Auf Teufel

Die Chroniken der Hüter • Band 2

Komm raus

W0383128

Tanya Huff

Autorin Tanya Huff
Deutsch von Dorothee Danzmann
Lektorat Oliver Hoffmann
Korrektorat Susanne Bonn und Thomas Russow

Art Director, Satz und Gestaltung Oliver Graute
Umschlagillustration Oliver Graute

© Tanya Huff 1998
© der deutschen Übersetzung Feder&Schwert 2004
1. Auflage 2005
ISBN 3-935282-89-3
ISBN 978-3-935282-89-5
Originaltitel: The Second Summoning
Auf Teufel komm raus ist ein Produkt von Feder&Schwert unter Lizenz von Tanya Huff 2003. Alle Copyrights mit Ausnahme dessen an der deutschen Übersetzung liegen bei Tanya Huff.

Alle Rechte vorbehalten. Nachdruck außer zu Rezensionszwecken nur mit schriftlicher Genehmigung des Verlags.

Die in diesem Buch beschriebenen Charaktere und Ereignisse sind frei erfunden. Jede Ähnlichkeit zwischen den Charakteren und lebenden oder toten Personen ist rein zufällig.

Die Erwähnung von oder Bezugnahme auf Firmen oder Produkte auf den folgenden Seiten stellt keine Verletzung des Copyrights dar.

Feder&Schwert im Internet: http://www.feder-und-schwert.com

Für Meg, die half, die Teenager klingen zu lassen,
als seien sie siebzehn und nicht vierzig.
In memoriam Austin, 1980-2000

Eins

Eigentlich war das Motelzimmer finster und still. Ein einziger Lichtstrahl von dem riesigen Neonschild, das sich draußen vor der Rezeption so geschwind um sich selbst drehte, daß es aussah, als würde es ständig von den eigenen Nachbildern eingeholt und werbe für ein ‚Motel 666', drang indirekt durch einen kleinen Spalt im Vorhang. Das einzige Geräusch im Zimmer stammte von einem Heizkörper, einem großen, quadratischen Klotz direkt unter dem Fenster, der gleichzeitig mit der Wärme auch einigen Lärm produzierte. Der Dezibellevel des Heizgeräts lag irgendwo zwischen dem einer startenden DC 10 und dem eines Nirvana-Konzerts, wobei der antike Wärmespender allerdings um einiges melodischer klang als Flugzeug oder Rockband. Der Geruch im Zimmer war ein Gemisch aus dem Duft, den ein leerer Pizzakarton ausströmte – irgend jemand hatte diesen Karton sorgsam so zusammengefaltet, daß er in dem eigentlich viel zu kleinen Papierkorb Platz fand – und dem Mief, der von ehemaligen Bewohnern des Zimmers stammte, von denen es einige offenbar mit der persönlichen Körperhygiene nicht allzu genau genommen hatten.

Der Radiowecker zwischen den beiden Doppelbetten im Raum zeigte dreiundzwanzig Uhr vierzig und ein Kringelchen an, wobei das Kringelchen einst, als es noch als ganze Zahl erleuchtet gewesen war, eineFünf dargestellt hatte.

Beide Betten des Zimmers waren belegt.

Im Bett, das dem Bad am nächsten gelegen war, konnte man die Umrisse zweier Körper erkennen; einer dieser Körper war groß, der andere eher klein, und beide lagen ausgestreckt unter der Bettdecke.

Im Bett nahe dem Fenster lag eine lange, schmale, schwarzweiße Gestalt, die mehr Raum in Anspruch zu nehmen schien, als das von ihrer reinen Körpergröße her eigentlich möglich hätte sein dürfen.

Das Licht flackerte; die Heizung röhrte; die lange, dünne Gestalt im Bett beim Fenster zog sich zusammen und wurde zu einer Katze. Diese Katze streckte sich und stiefelte dann mit steifen Beinen zum Rand der Matratze, wo sie sich mit heftig zuckendem Schwanz niederließ.

„Das Ganze ist einfach lächerlich und jämmerlich!" verkündete sie und landete mit einem Satz auf der kleineren der beiden Gestalten im anderen Bett. „Selbst für deine Verhältnisse!"

Claire Hansen streckte den Arm aus, schaltete die Nachttischlampe ein und mußte erkennen, daß ein höchst ärgerlicher einäugiger Kater direkt vor ihr hockte und sie anklagend anstarrte. „Austin! Ich bitte dich, wir warten auf eine Erscheinung!"

Der Kater machte es sich auf Claires Brustkorb bequem und lag dann dort in der Haltung einer Sphinx, womit er unmißverständlich zu verstehen gab, daß er nicht vorhatte, sich so schnell wieder von der Stelle zu rühren. „Eine Woche geht das nun schon so."

Claire verdrehte den Kopf und schielte nach dem Wecker, auf dem das Kringelchen gerade die Form wechselte. „Wir sind gerade mal sechsundvierzig Minuten hier."

„Vor einer Woche", fuhr der Kater ungerührt fort, „haben wir das Hotel Elysium verlassen. Seit einer Woche nun leistet ihr einander Gesellschaft, du und der junge Mr. McIsaac hier."

In diesem Moment rührte sich auch die andere Gestalt im Bett, was den Kater aber nicht weiter kümmerte.

„Zum erstem Mal in dieser einen Woche liegt ihr nun zusammen in einem Bett, und was tut ihr da? Ihr wartet auf eine Erscheinung!"

Claire blinzelte. „Wir leisten einander Gesellschaft?" fragte sie ein wenig verwirrt nach.

„Ich sage das ganz bewußt so, weil mir kein anderer Ausdruck einfällt. Zumindest keiner, der die Situation hier treffender beschriebe – womit ich beim Thema wäre: Es herrscht ganz einfach ein eklatanter Mangel an Ausdrücken, mit denen sich beschreiben ließe, was hier aktuell abgeht. Beziehungsweise eben nicht abgeht! Diese ganze unbearbeitete sexuelle Spannung zwischen euch beiden ist doch zum Schneiden dick, und ich zumindest", bei diesen Worten sträubten sich dem Kater empört die Schnurrhaare, „habe die ganze Sache gründlich satt."

„Laß uns mal einen Moment lang so tun, als ginge dich das alles etwas an", erwiderte Claire verkniffen. „Dann ließe sich folgendes erwidern: Eine Woche ist wahrlich keine lange Zeit ..."

„Ihr beide kanntet euch vorher doch schon zwei Monate!"

„... und wir befinden uns nur deswegen zu zweit hier auf diesem Bett, weil die Unfallstelle eine männliche und eine weibliche Komponente erfordert ...”

„Willst du damit sagen, daß du über das, was in den letzten sieben Tagen passiert ist, keine Kontrolle hattest?”

„... und ist es dir eigentlich noch nie in den Sinn gekommen, daß die Dinge vielleicht nur deswegen keine Fortschritte machen, weil wir hier ständig Publikum haben?”

„Klar doch, nur zu, schieb ruhig mir die Schuld in die Schuhe.”

„Darf ich auch einmal etwas sagen?” Dean rollte näher zur Bettkante hinüber und richtete sich auf den Ellbogen gestützt auf. Als das Licht der Nachttischlampe durch die Gläser der Nickelbrille hindurch seine blauen Augen traf, mußte der junge Mann blinzeln. „Ich glaube, jetzt ist weder die Zeit noch ist hier der Ort, diese – nun ja, all diese Dinge zu erörtern.”

„Erörtern?” Austin schnaubte. „Du hast mich wohl überhaupt nicht verstanden!”

Die Wangen des jungen Mannes färbten sich zartrosa. „Also momentan ist ja kaum der richtige Zeitpunkt und hier kaum der richtige Ort, etwas zu *tun*.”

„Warum nicht?”

„Weil ... weil eine tote Dame am Fußende des Bettes steht.”

Claire reckte den Hals, um über den Körper des Katers hinweg das Fußende des Bettes sehen zu können.

Richtig: Am Fußende des Bettes stand, das Gewicht auf die leicht vorgeschobene, in einer engen Stretchhose steckende linke Hüfte verlagert, in einem türkisfarbenen Pulli und die Arme vor der Brust verschränkt, ein Gespenst und hob die sorgfältig gezupfte ektoplasmische rechte Braue. „Buh!” sagte die tote Dame.

„Selber buh”, seufzte Claire.

Cheryl Poropat, genauer gesagt der Geist Cheryl Poropats, schwebte über dem Kreuz, das Claire mit Hilfe von etwas Staub und etwas Asche auf den Teppichboden gemalt hatte. Wobei sich die abgetretenen Absätze ihrer modischen Stiefeletten dabei gute fünf Zentimeter über dem Boden befanden. „Sie sind hier, um mich weiterzuschicken?”

„Richtig." Claire nahm auf einem der beiden Stühle Platz, mit denen das Zimmer ausgestattet war. Der Stuhl war, wie die meisten seiner Art, nicht wirklich zum Sitzen gedacht, aber Claire fand, es würde ihre Autorität untergraben, wenn sie zusammen mit Dean im Bett liegenbliebe, selbst wenn sie beide dabei vollständig und korrekt bekleidet waren.

„Dann sind Sie so etwas wie eine Exorzistin?"

„Nein. Ich bin eine Hüterin."

Cheryl verschränkte die Arme, wobei ein Dutzend billiger Armbänder, die ihr rundliches Handgelenk zierten, leise klingelte. „Hüterin? Was soll das denn sein, wenn ich fragen darf?"

„Hüter bewahren die strukturelle Integrität der Barriere zwischen der Welt, wie die meisten Menschen sie kennen, und der metaphysischen Energie, von der diese Welt umgeben ist."

Das Gespenst blinzelte verwirrt. „Was?"

„Wir reparieren Löcher in der Hülle des Universums, damit nichts Böses eindringen kann."

„Warum zum Teufel haben Sie das denn nicht gleich gesagt? Wenn ich nicht tot wäre", fuhr der Geist nachdenklich fort, ehe Claire ihm hatte antworten können, „dann würde ich jetzt denken, Sie verarschen mich, und zwar gehörig, aber ich bin nicht nur tot, ich bin zudem auch noch hier – das hat meine Sicht der Dinge irgendwie erweitert." Die nicht nur sorgfältig gezupften, sondern auch ebenso sorgfältig schwarz nachgezogenen Brauen zogen sich bedrohlich zusammen. „Tot sein, das führt nun mal dazu, daß man die Dinge anders sieht." Nun waren die Brauen wieder dort, wo sie hingehörten. „Wie machen Sie das?"

„Wie mache ich was?" wollte Claire wissen, denn die überaus beweglichen Brauen der toten Frau hatten sie ein wenig abgelenkt.

„Wie kriegen Sie die Löcher dicht?"

„Wir greifen hinter die Barriere und bedienen uns der vorhandenen Möglichkeiten. Wir arbeiten mit Magie", ergänzte die Hüterin, denn Cheryls Gesicht hatte sich in einer Art verändert, aus der man nur schließen konnte, daß die Verschiedene Claires Ausführungen nicht hatte folgen können.

Langsam dämmerte beim Gespenst die Erkenntnis, und Gesichtszüge, die schon fast nicht mehr sichtbar gewesen waren, waren wieder erkennbar. „Sie sind eine Hexe! Wie die im Fernsehen!"

„Nein."

„Wo ist denn der Unterschied?"

„Sie hat die hübschere Katze", verkündete Austin von der Ablage der Spiegelkommode herab in einem Ton, dem man entnehmen konnte, daß dies seiner Meinung nach eigentlich eine sattsam bekannte Tatsache sein sollte.

Claire ignorierte den Einwurf. „Ich bin eine Hüterin", erklärte sie noch einmal.

„Hüte sich wer kann, was?" Cheryl kicherte und ließ die Fingerspitzen auf dem steif toupierten Haar umherhüpfen, was möglich war, da ihr Haarspray der Werbung auf seiner Verpackung gerecht geworden war und selbst im Leben nach dem Tod noch hielt. „Ich wette, Sie hätten gern einen Groschen für jedes Mal, an dem Sie sich diesen Spruch haben anhören müssen."

„Nein, eigentlich nicht."

„Die im Fernsehen hat auch deutlich mehr Humor", murmelte der Geist ungehalten.

„Das liegt daran, daß Hüterinnen und Hüter überhaupt keinen Sinn für Humor haben", erklärte Austin bereitwillig, während er angelegentlich sein eigenes Spiegelbild im Spiegel über der Ankleidekommode betrachtete. „Wenn es mich nicht gäbe, wäre sie so eingebildet und von sich selbst eingenommen, daß niemand es mit ihr aushalten könnte."

„Vielen Dank für deinen Redebeitrag." Claire erhob sich und warf ihrem Kater einen erzürnten Blick zu. ‚*Warte nur, später!*', besagte dieser Blick. „Wollen wir anfangen?"

Mit einer verächtlichen Geste tat Cheryl diesen Vorschlag ab. „Wieso haben Sie es denn so eilig? Wollen Sie mich nicht erst einmal dem appetitlichen Jüngelchen vorstellen, mit dem Sie sich im Heu wälzen sollten, wenn es nach dem Kater hier ginge?"

„Mit dem ich was tun sollte?"

„Sie wissen schon: horizontales Ballett, das Tier mit den zwei Rükken und so." Das Gespenst untermalte seine Worte mit eindeutigen Bewegungen der kaum durch die knappen roten Stretchhosen verhüllten Hüften, womit dann auch die letzte Unklarheit beseitigt war. „Ist der Junge auch ein Hüter?"

Claire warf einen Seitenblick auf Dean. Der junge Mann wiederum starrte den Geist an, und zwar mit einer Miene, in der sich zu gleichen Teilen Furcht und Faszination widerspiegelten. Was überwog – Furcht oder Faszination –, hätte Claire beim besten Willen nicht sagen können. „Er ist ein Freund. Das war ein Privatgespräch."

„Fragen Sie mich mal, ob mich das interessiert." Durchscheinende Hände klopften an nichtstoffliche Hosentaschen. „Für eine Kippe würde ich glatt einen Mord begehen – und schaden könnte es mir ja jetzt auch nicht mehr, was? Sie sollten es sich ruhig angewöhnen, Hüterin."

„Ich rauche nicht."

Ein abschätziger Blick aus Geisteraugen glitt an Claire hinauf und wieder herunter. „Das überrascht mich nicht. Sie wirken so rauchfrei. Alkohol- und cholesterinfrei übrigens auch. Ist das Ihre Naturhaarfarbe?"

„Ja." Claire schob sich eine dunkelbraune Strähne hinter die Ohren.

„Habe ich mir doch gedacht! Farbstofffrei sehen Sie auch aus. Versuchen Sie es mal mit Henna, Schätzchen, hören Sie ruhig auf mich."

„Ich soll es mit Henna versuchen?"

„Ja – für die Haare. Aber eigentlich wollte ich etwas ganz anderes sagen. Eigentlich wollte ich sagen: Versuchen Sie es doch mal mit ihm." Das Geisterkinn deutete auf Dean. „Leben Sie ruhig mal ein bißchen. Die Männer nehmen sich ihr Vergnügen doch auch, wo sie es kriegen können, oder nicht? Warum sollten wir Frauen es anders handhaben? Da hat man nun einen Mann, der wild in der Gegend herumvögelt, und alle denken, er ist der reine Hengst im Bett, aber von wegen! Zu Hause heißt es immer nur: Tut mir leid, Süße, und das soll man sich dann kommentarlos anhören, weil der Arme doch seine Arbeit verloren hat und nun nicht mehr weiß, ob er Männchen oder Weibchen ist – als hätte man selbst verdammt noch mal Schuld daran, daß die ihn RAUSGESCHMISSEN HABEN ..."

Claire und Austin, die beide hatten mit ansehen können, wie sich Energie aufbaute und bündelte, ließen sich rasch zu Boden fallen. Dean folgte nur einen knappen Herzschlag später. Immerhin saß seine Familie in Neufundland seit Generationen zwischen einem kahlen Felsen und einer wütenden, rauhen See eingekeilt – die Fähigkeit, sich jeder Lebenslage anzupassen, war da zu einem genetischen Merkmal geworden.

Im plötzlich aufzuckenden, grellweißen Licht flogen Radiowecker und Papierkorb durch die Luft und sausten krachend gegen die jeweils gegenüberliegende Wand.

„... aber wagt man es, es ihnen auch nur ein *einziges* Mal gleichzutun, dann WUMM ..."

Die Kommodenschubladen flogen auf und knallten wieder zu.

„... Hirnblutung, und man steckt fest in diesem verdammten MÜLLHAUFEN!"

Beide Betten hoben sich gute zehn Zentimeter, um dann mit einem lauten Krach wieder zu Boden zu gehen.

Verwundert und heftig atmend sah sich der Geist die Verwüstung im Zimmer an. Das Atmen wäre nicht wirklich notwendig gewesen, da die Frau ja gar nicht mehr zu atmen brauchte, aber einige alte Gewohnheiten lassen sich nun einmal besonders schwer ablegen. „Was ist denn gerade passiert?"

„Wenn Sie sich manifestieren, reißt Ihre Wut üblicherweise eines dieser Löcher in der Hülle des Universums auf", erklärte Claire, während sie sich erhob. Die Hüterin hatte mit dem rechten Knie auf einem undefinierbaren schleimigen Fleck gekniet, der den orangefarbenen Teppichboden zierte. Nun trennte sich die Jeans, die dies Knie bedeckte, nur ungern und mit einem Geräusch, als löse man einen Klettverschluß, von der klebrigen Unterlage. „Jetzt, wo ich hier bin und verhindere, daß Ihre Wut diese Löcher reißt, muß der Zorn sich anderswo auslassen. So entsteht dann das Poltergeist-Phänomen."

„Wie in diesem einen Film?" Cheryl wirkte höchst interessiert.

„Den habe ich nicht gesehen."

„Wieder muß ich sagen, daß mich das nicht weiter wundert."

„Warum? Sagen Sie mir jetzt nicht, ich würde einen filmfreien Eindruck machen."

„Also gut, dann nicht."

„Was heißt: also gut, dann nicht?"

„Also gut, dann sagt sie es dir eben nicht", kicherte Austin.

Mit wütend zusammengekniffenen Augen starrte Claire ihren Kater an. „Du solltest mir eigentlich beistehen, und was Sie betrifft ...", mit diesen Worten wandte sich die junge Frau energisch an das breit grinsende Gespenst, „... Sie machen sich jetzt bitte zur Weiterreise bereit." Eigentlich hatte man Claire beigebracht, diese Aufforderung nicht wie eine Drohung klingen zu lassen, aber die junge Hüterin hatte bereits bei weitem mehr von Cheryl Poropat mitbekommen, als ihr lieb war. *Ich habe immerhin ein Leben. Was mehr ist, als man von Ihnen behaupten kann.*

Auf dem Gesicht der Verstorbenen erlosch das Grinsen. „Jetzt sofort?" wollte sie besorgt wissen.

„Warum nicht? Was spricht dagegen?"

„Dagegen spricht, daß ich hier schließlich rumhänge, weil ich noch was zu erledigen habe, oder etwa nicht?"

Claire seufzte. Sie hätte sich eigentlich denken können, daß sich die Sache nicht so rasch erledigen lassen würde. „Wenn Sie meinen."

„Was soll denn DER dumme Spruch?"

Erneut zuckte ein kleiner Energiestrahl durchs Zimmer. Im Badezimmer rauschte die Toilettenspülung.

„Bei metaphysischen Phänomenen ist der Glaube sehr wichtig. Wenn Sie also glauben, Sie seien hier, weil Sie noch etwas zu erledigen haben, dann sind Sie auch aus genau dem Grund hier."

„Ach ja? Was, wenn ich jetzt glaube, daß ich wieder am Leben bin?"

„So funktioniert das nicht."

„Das ist wieder mal typisch!" Der Blick der Toten glitt zwischen Dean und Claire hin und her. „Na gut. Kommen wir zu der Sache, die ich hier noch erledigen muß. Ich will mit meinem Mann reden. Sie schaffen ihn mir her, Sie lassen mich sagen, was ich zu sagen habe, und dann gehe ich."

„Ich soll Ihren Ehemann hier ins Motel schaffen?"

„Wäre es denn möglich, daß ich zu ihm gehe?"

Claire schüttelte den Kopf. „Nein. Sie sind an das Zimmer hier gebunden."

„Verdammt dazu, Liebespaaren zu erscheinen und Ratschläge zu erteilen, die sie gar nicht hören wollen!" Mit diesen Worten tauchte nun auch Dean auf, der die ganze Zeit im engen Spalt zwischen einem der Betten und der Wand zum Badezimmer gekauert hatte.

„Wenn es um die Liebe geht, dann will *niemand* Ratschläge hören, du kleiner Scheißer, du." Zum ersten Mal seit ihrem Erscheinen sah Cheryl ihn an, als sei er mehr als ein hübsches Stück Fleisch. „Aber woher willst du das wissen?"

Dean seufzte und versuchte, nicht an den Zustand des Fußbodens zu denken, auf dem er kniete. „Wir haben mit Steve und Debbie gesprochen."

„Nette Kinderchen."

„Ja, und nach der Begegnung mit Ihnen zu Tode erschrocken."

„Ja nun, was will man sagen: Der Tod ist und bleibt einfach Scheiße!"

„Sie ist unmittelbar nach einem mittäglichen Schäferstündchen mit meinem besten Freund gestorben. Kaum vorstellbar, nicht?" Der Ton, in dem Howard Poropat diese Enthüllung vortrug, klang eher resigniert als wütend; er sprach leise. Seine Tenorstimme formulierte jedes Wort einzeln und fast wie widerstrebend; ein leicht klagender Monolog, bei dem sich die Stimme am Ende eines jeden Satzes sacht hob, was sich anhörte, als reihe der Mann eine Frage an die andere. „Hat sie Ihnen das erzählt?"

„Nein. Die Geschichte hat sie noch nicht einmal erwähnt." Als der Wagen auf den Motelparkplatz einbog und im Schneematsch, der sich dort angesammelt hatte, leicht ins Rutschen geriet, wurde Claire mulmig zumute. Ängstlich klammerte sie sich ans Armaturenbrett. Erst als sie annehmen konnte, daß es ungefährlich war, es wieder loszulassen, gelang es ihr, die Hand zu heben und auf eine Zimmertür zu deuten. „Da. Nummer 42."

Bedächtig schob Howard Poropat das Nikotinkaugummi, auf dem er herumkaute, von einer Wange in die andere und lenkte den großen Kombi zur Tür, auf die Claire gezeigt hatte. „Können wir das Ganze noch einmal durchgehen? Cheryl spukt also als Gespenst in dem Zimmer, in dem sie gestorben ist?"

„Genau so verhält es sich."

„Sie kann erst weiterziehen, wenn sie mir etwas ganz Bestimmtes gesagt hat?"

„So hat es zumindest den Anschein." Es war überraschend einfach gewesen, Cheryls Witwer davon zu überzeugen, daß dies durchaus der Fall sein mochte. Zwar erinnerte der Mann Claire irgendwie an eine Scheibe Schmelzkäse, er selbst jedoch war auf höchst egozentrische Weise von seiner Stellung in der Welt überzeugt und entsprechend von sich eingenommen.

„Ob sie sich bei mir entschuldigen möchte? Was meinen Sie?" Der Wagen glitt das letzte Stück Weg mehr oder weniger vor sich hin, kam dann aber doch ungefähr vor der richtigen Tür zum Stehen.

„Wenn ich ganz ehrlich sein soll: Das weiß ich nicht", erwiderte Claire, wobei sie die rechte Schulter gegen die Beifahrertür drückte und diese mit sanfter Gewalt zwang, sich zu öffnen. „Lassen Sie uns zuerst einmal ganz einfach reingehen. Dann werden wir schon bald mehr wissen."

In Claires Abwesenheit hatte jemand das Motelzimmer neu dekoriert, und zwar mit antiken Spielkarten. Die meisten Karten lagen einfach nur herum. Ein paar jedoch hatten sich in die Deckentäfelung gebohrt, die das Zimmer schalldicht isolieren sollte.

„Was war hier denn los?"

Dean wies mit dem Kinn auf das Gespenst, und seine Lippen formten lautlos das Wörtchen: „Wumm!"

Empört zog Cheryl die Brauen zusammen und verschränkte die Arme vor der Brust. „Wir wollten hier friedlich ein Ründchen Rommé spielen, aber er schummelt!"

„Dean? Das möchte ich bezweifeln. Der Mann hat sechs Monate lang direkt neben einem Loch gelebt, das zur Hölle führte, und die gebündelten Kräfte des Bösen haben es in all der Zeit nicht geschafft, ihn soweit zu bringen, daß er seine Unterwäsche einfach auf dem Boden liegen ließ!"

„Nicht er, der Kater!"

Austin säuberte weiter eine bereits makellos reine weiße Vorderpfote, wobei er weder der Unterhaltung im Zimmer noch der Karo Sieben Beachtung schenkte, die durch eine Falte in seinem Bauchfell nur unvollständig verdeckt war.

Claire schnaubte. „Was hatten Sie denn erwartet? Er ist nun mal ein Kater." Die Hüterin hatte keine Ahnung, wie Kater, Gespenst und Mann es geschafft haben sollten, miteinander eine Partie Rommé zu spielen, wo doch eigentlich nur einer von ihnen in der Lage war, die Karten zu halten. Sie wollte es auch gar nicht wissen. Energisch entledigte sie sich ihrer Jacke und trat ins Zimmer, während sie einen plötzlich gar nicht mehr so willigen Howard Poropat an der Außentasche seines beigefarbenen Dufflecoats hinter sich herzog.

Die Augen des Gespensts weiteten sich begeistert. „Ich fasse es nicht! Wie haben Sie den denn überreden können?"

„Ich habe ihn gebeten." Vorsorglich ließ sich Claire auf die Bettkante fallen. Sie wollte es vermeiden, in die direkte Schußlinie der Wiederversöhnung zwischen den Eheleuten zu geraten.

„Cheryl?"

„Howard."

Die Matratze, auf der Claire hockte, gab nach, als nun auch Dean darauf Platz nahm. Claire ließ sich zurücksinken, bis sie an seiner Schulter lehnte. Dann drehte sie den Kopf ein wenig zur Seite, um leise zu fragen: „Alles in Ordnung?"

„Die Pik Sieben hat mich angegriffen, aber mein Pullover konnte den Angriff abwehren."

Dean trug einen Wollpullover mit Zopfmuster, wie er traditionell von Fischern getragen wird. Seine Tante hatte dieses Kleidungsstück für ihn gestrickt, und die Wolle, die sie dabei verwendet hatte, war so frisch und unbehandelt gewesen, daß sie auf ihrem Weg vom Rücken des Schafs zu den Stricknadeln der Tante unmöglich mehr als eine winzigkleine Pause eingelegt haben konnte. Claire hegte den Verdacht, daß dieser Pullover imstande sein würde, selbst Bleikugeln zu bremsen, wenn nicht sogar abzulenken. „Vielen Dank, daß du bei ihr geblieben bist."

Dean schlang den Arm um Claires Taille. „Keine Ursache, Boß. Ich helfe doch immer gern."

Austin hat recht, dachte Claire, als sie nun beide wieder ihre Aufmerksamkeit auf das Ehepaar richteten, das mitten im Zimmer stand und sich unverwandt anstarrte. *Es liegt seit einer Woche in der Luft – worauf warten wir eigentlich noch?*

Es hatte ja durchaus Berührungen gegeben – Berührungen und sogar Küsse und noch mehr Berührungen, sanfte Erkundungen, rasch und vorsichtig, in den wenigen Momenten, in denen sie wirklich allein gewesen waren und nicht hatten befürchten müssen, jeden Augenblick irgendeinen bissigen Kommentar zu hören zu bekommen. Aber aus irgendeinem Grund hatten sie den Schritt, der als nächstes anlag, nie getan.

Vielleicht sollte ich Austin im Bad einsperren.

Die nächste Stufe der Intimität.

Allerdings ist es ja nun nicht so, daß er da auch drin bleibt.

Der horizontale Tango ...

Nun ist aber gut!

„Howard."

„Cheryl?" Howard zog sich mit den Zähnen die Handschuhe von den Fingern und streichelte die Luft neben der Wange seiner Gattin. „Die ... Hüterin sagt, du möchtest mir etwas sagen?"

„Ja." Cheryl lehnte sich vor, Howards Berührung entgegen, wobei der weiche, weiße Babyfinger ihres Mannes in ihrer Augenhöhle versank, was sie aber nicht mitbekam. Howard jedoch schauderte und zog seine Hand rasch wieder zurück. „Was ich dir sagen wollte, betrifft mich und Tony", fuhr Cheryl fort.

„Tony? Meinen besten Freund, mit dem du mich betrogen hast?"

„Ja. Tony. Ich habe dir etwas zu sagen."

Howard streckte beide Hände aus, ganz Vergebung und innere Größe. „Was hast du mir zu sagen, Schatz?"

Cheryl lächelte. „Ich wollte nur sagen – ich muß es dir einfach sagen, ehe ich diese Welt für immer verlasse ..." Hier legte sie eine dramatische Pause ein, woraufhin sich ihre vier Zuschauer geschlossen erwartungsvoll vorbeugten. „Ich muß dir einfach sagen, daß Tony ein viel, viel besserer Liebhaber war, als du je einer gewesen bist. Größer, besser, und noch dazu wußte er, wie man damit umgeht. Wir haben es zweimal miteinander getrieben, *zweimal* in einer Mittagspause! Er hat mir ein Riesensandwich gekauft. Tony hat dafür gesorgt, daß ich all die vielen, jämmerlichen Male vergessen konnte, wo DU MICH BERÜHRT HAST!"

In der Stille, die folgte, nachdem Howard mit Schwung rückwärts gegen die Tür geflogen war, konnte man hören, wie die Herzkönigin von der Decke fiel und Austin murmelte: „Ich muß zugeben: Überrascht bin ich nicht."

Ruhig und triumphierend wandte sich Cheryl zum Bett. „Also gut, Hüterin: Ich bin bereit."

„Dean ..."

„Schon recht, Boß, ich kümmere mich um Howard."

Claire brauchte nicht lange, um Cheryl weiterzuschicken. In der Luft lag ganz eindeutig das Gefühl, daß sich hier etwas dem Ende zuneigte; die Möglichkeiten boten sich Claire praktisch wie auf dem Präsentierteller.

„Vergessen Sie nicht, was ich Ihnen gesagt habe, Schätzchen!" Knallrote Lippen verzogen sich zu einem Kußmund. „Wenn du was willst, pack zu."

Jeder Hüter ist darauf bedacht, sich durch die Provokationen durch metaphysische Unfälle gefühlsmäßig nicht allzusehr beeinflussen zu lassen und Ruhe zu bewahren. An diese Maxime erinnerte sich Claire aber leider erst dann wieder, als sie bereits dafür gesorgt hatte, daß Cheryl auf die andere Seite überwechseln konnte – ein wenig unsanfter, als nötig gewesen wäre. Eigentlich erheblich unsanfter, als nötig gewesen wäre.

Im großen und ganzen schien Howard Poropat sowohl die Abschiedsworte seiner Frau als auch seinen schmerzhaften Kontakt mit der Zimmertür relativ unbeschadet überstanden zu haben. Claire hatte die Barriere zwischen dieser Welt und der anderen wieder versiegelt und kämpfte noch gegen die Nachbilder des Jenseits und einer sich zweimal überschlagenden, durchsichtigen Gestalt in Stretch. Sie drehte sich um, als Dean gerade dem Ehemann der Entschwundenen auf das Bett half, das der Tür am nächsten stand.

„Ist sie fort?" fragte der Mann, wobei er sich auf der Suche nach eventuellen Beulen mit der rechten Hand durch das schüttere Haar fuhr.

„Ja."

„Ist sie in der Hölle gelandet?"

„Dafür bin ich nicht zuständig." Sanft packte Claire den Mann beim Doppelkinn und drehte seinen Kopf leicht zu sich. „Howard? Es ist Zeit zu gehen."

Blaßblaue Augen weiteten sich.

„Sie haben an Ihre verstorbene Frau gedacht. Deswegen konnten Sie nicht einschlafen und beschlossen statt dessen, eine kleine Spazierfahrt zu machen."

„Eine kleine Spazierfahrt zu machen ..."

„Sie landeten vor dem Motel, in dem Ihre Frau gestorben ist. Dort stiegen Sie aus."

„Aus dem Wagen ...?"

„Sie starrten ganz lange auf die Tür des Motelzimmers, in dem Ihre Frau starb."

„Ganz lange ...?"

„Dann stiegen Sie wieder in Ihr Auto, um nach Hause zu fahren."

„Nach Hause ..."

„Sie wissen nicht warum, aber nach diesem Ausflug ist Ihnen nicht mehr so schwer ums Herz, wenn Sie an den Tod Ihrer Frau denken und an all die Dinge, die zwischen Ihnen und ihr ungesagt blieben. Sie sind froh, daß alles vorbei ist."

„Bin froh, sie los zu sein."

„So kann man es wohl auch sagen." Immerhin war dies die erste eindeutige, nicht halb als Frage vorgebrachte Stellungnahme, die Howard abgegeben hatte. Sorgsam nutzte sie die neue, so viel plausiblere Version der Ereignisse und schrieb Howards Erinnerung an die letzte halbe Stunde dahingehend um. Dann führte sie den Mann immer noch an der Kinnlade aus dem Zimmer hinaus und zu seinem Auto, wo sie ihn freigab.

„Ist er fort?" wollte Dean wissen als Claire zurückkam, die Zimmertür hinter sich schloß und sich erschöpft dagegen fallenließ.

„Das kann man wohl sagen. Ich habe ihn gefragt, was das zum Teufel soll, daß er da draußen auf dem Parkplatz herumsteht und meine Zimmertür anstarrt. Daraufhin hat er mir erzählt, seine Frau sei in diesem Zimmer gestorben – ob ich ihn nicht trösten wolle!"

„Er war also traurig?"

„Unter Trösten hat sich der was anderes vorgestellt als du, Dean!"

„Was ... oh."

„Die beiden waren schon ein liebliches Paar, oder?" Claire massierte sich die Schläfen und ging dann zum Bett, um das Kreuz aus Staub und Asche auf dem Fußboden dort mit der Schuhspitze zu verwischen. „Wenn man solche Paare trifft, dann schwört man doch glatt bis ans Ende seiner Tage allen Liebesbeziehungen ab!"

Sie brauchte eine Weile, um zu verstehen, warum Deans Schweigen auf ihre Worte so laut und bedeutungsvoll im Raum stand wie das, das sich über einen vollbesetzten Fahrstuhl senkt, wenn einem der Benutzer unerwartet und ungewollt eine unschöne Emission entweicht. Dann aber wurde ihr bewußt, was sie da gerade von sich gegeben und zu wem sie es gesagt hatte.

„Immer her mit dem nächsten Fettnäpfchen, und dann munter reingetreten!" empfahl Austin.

„Die beiden *waren* widerlich."

„Was niemand bestreitet. Auch wenn ich wahrlich nicht verstehe, wie du befürchten kannst, du und Dean, ihr könntet irgendwann auch so werden."

Claire hatte eine plötzliche Vision von sich selbst in roter Stretchhose und türkisfarbenem Pullover. Der Gedanke ließ sie erschaudern. „So etwas befürchte ich doch gar nicht."

„Nicht?"

„Nein!"

Austin schnaubte. „Dann entschuldige bitte. Da habe ich dich wohl völlig mißverstanden."

„Du hast doch nicht etwa ... hast du vielleicht so ein Gefühl, was Dean und mich betrifft?" Noch war es niemandem gelungen, endgültig zu klären, ob Katzen wirklich Dinge vorhersehen konnten oder ob sie sich nicht nur mit größtem Vergnügen als haarige kleine Unruhestifter gebärdeten, indem sie so taten, als ob. In der Regel neigte Claire dazu, von Letzterem auszugehen, aber in dieser Nacht ...

„Beruhige dich, Claire, das wird nicht passieren."

„Du bist dir da ganz sicher?"

„Natürlich. Ich bin ein Kater."

Mit dem Zeigefinger strich Claire das weiche Haar hinter Austins Ohr glatt. „Meinst du, ich soll Dean aufwecken und mich bei ihm entschuldigen?"

„Du hast dich doch schon bei ihm entschuldigt, und er hat deine Entschuldigung auch bereits akzeptiert."

„Warum liegt er denn dann ganz allein da drüben im Bett und ich liege hier bei dir?"

Seufzend legte sich Austin noch bequemer zurecht. „Weißt du was? Vielleicht hättest du diese unangenehme Dame, die da vor noch nicht allzu langer Zeit von uns gegangen ist, um ein paar Beziehungstips angehen sollen. Schlimmer, als sie jetzt ist, kannst du die Sache nämlich nicht mehr machen."

„Ich *tue* doch gar nichts!"

„Na eben ... ich weiß noch nicht genau, woran es bei dir liegt. Vielleicht denkst du ja, der Junge erwartet alle möglichen verbindlichen Zusagen von dir, weil es sein erstes Mal ist. Aber du bist nicht bereit, diese Zusagen zu machen. Vielleicht hast du ja aber auch Angst, weil du ganze sieben Jahre älter bist als er und damit praktisch so altersschwach, daß du seinen Erwartungen unmöglich gerecht werden kannst."

„Nun mach aber mal halblang! Ich finde doch nur ..."

Schweigen machte sich breit, unterbrochen nur von Deans gleichmäßigen Atemzügen.

„Du findest nur ..."

„Egal. Laß uns jetzt lieber schlafen."

„Womit festzustellen wäre, daß ein weiterer Punkt an den Kater geht."

„Ich sagte: Laß uns jetzt lieber schlafen. Was hast du daran nicht verstanden?"

Hunderte von Kilometern entfernt erwachte Diana Hansen mit einem Gefühl im Bauch, das nur zweierlei bedeuten konnte: Entweder würde sie sich in den nächsten paar Tagen mit hormonell bedingten psychischen Störungen herausreden können, falls es sie überkam und sie den Lehrer erwürgte, der versuchte, ihr die Infinitesimalrechnung beizubringen, oder der Traum, den sie eben geträumt hatte, war gar kein Traum gewesen.

Die Frage war jetzt nur: Sollte sie sich da einmischen?

Wollten Hüter ihr Wissen um die Zukunft benutzen, um eben diese Zukunft zu beeinflussen, dann gab es dafür genaue Vorschriften. Insbesondere waren das Vorschriften, die Hütern *untersagten*, ihr Wissen um die Zukunft benutzten, um eben diese Zukunft zu beeinflussen. Schwachsinn, wie Diana fand. Wozu hatte man seine Fähigkeiten denn, wenn nicht, um sie auch einzusetzen? Welchen Sinn hatte es, daß man ein Unglück kommen sehen konnte, wenn man es nicht verhindern durfte?

Überhaupt keinen.

Diana aber lehnte es schlichtweg ab, ein Leben ohne Sinn zu führen.

Bei diesem einen besonderen Unglück allerdings, das in der Zukunft drohte, ging es auch um Dianas ältere Schwester, und dadurch lagen die Dinge gleich schon ein ganzes Stück anders. Diana verehrte Claire längst nicht mehr mit der unkritischen Liebe, die sie als Kind der gut zehn Jahre älteren Schwester entgegengebracht hatte. Sie war mittlerweile in der Lage, jeden einzelnen Fehler im leicht verkniffenen, immer auf alle Vorschriften bedachten, stets die bessere Hüterin hervorkehrenden Wesen ihrer Schwester zu erkennen. Aber Diana liebte Claire trotz all ihrer Fehler von ganzem Herzen und wollte nicht, daß ihr etwas zustieß. Das war die eine Seite. Andererseits hatte Diana noch ein Hühnchen mit Claire zu rupfen, denn diese hatte der Mutter haarklein alles erzählt, was sich im Keller des Hotels Elysium zugetragen hatte und wem dort was zugestoßen war. Nach Was und Wie war es zum Warum dann nur noch ein kleiner Schritt gewesen.

Aber hallo! Da war noch allerhand offen zwischen Claire und ihrer kleinen Schwester!

Noch ein einziger verständnisvoller Vortrag von seiten der alten Herrschaften, die so gern glauben wollten, sie befänden sich auf der Höhe der Zeit, und Diana würde ihre Fähigkeiten in einer Art und Weise mißbrauchen, von der frühere Hüter noch nicht einmal zu träumen gewagt hätten. Diana besaß ein Notizbuch voll möglicher Maßnahmen. Nur für den Fall der Fälle.

Aber daß Claire etwas zustieß, das wollte sie wirklich nicht.

Zumindest nicht allzuviel.

Nachdenklich kratzte sich Diana mit dem großen Zeh des rechten Fußes an der Wade des linken Beins, seufzte und beschloß, am nächsten Morgen weiter über die ganze Sache nachzudenken, woraufhin sie beruhigt wieder einschlief.

Als Claire am Morgen erwachte, war Dean verschwunden.

„Beruhige dich – er ist nur Frühstück holen gegangen."

Claire warf die Bettdecke mit einigem Schwung beiseite, wobei sie beinahe das gesamte Bett abgezogen hätte. Dann streckte sie beide Beine zu einer Bettseite hinunter, um mit den Füßen nach ihren Hausschuhen zu tasten, die irgendwo auf dem Fußboden bereitstehen mußten. „Ich weiß nicht, was du hast. Ich jedenfalls habe mir keine Sorgen gemacht."

„Natürlich nicht", kicherte Austin, der es sich auf der Spiegelkommode bequem gemacht hatte. „Darum siehst du auch aus wie ein begossener Pudel."

„Ich sehe mitnichten aus wie ein begossener Pudel!"

„Du mußt es ja wissen."

„Hör auf, mich derart von oben herab zu behandeln!"

„Warum? Dann würde das Leben doch nur halb soviel Spaß machen." Letzteres mußte Austin Claire hinterherrufen, denn die hatte gerade mit einem lauten Knall die Badezimmertür hinter sich zufallen lassen.

Nach dem Duschen fühlte sich Claire besser. Sobald Dean zurück war, würden sie beide über das Geschehene reden können – oder vielmehr über das, was nicht geschehen war, und dann konnten sie die ganze Sache ad acta legen. Sie würde Dean erklären, wie ungewohnt es für sie war, jemanden ohne Fell und schräges Mundwerk um sich zu haben. Er würde Verständnis haben, weil er immer Verständnis hatte. Dann würde sie ihm versichern, daß sie die Beziehung zu ihm fortzusetzen wünsche, und er würde sich darüber freuen.

Unter Umständen könnten sie dann den Kater im Badezimmer einsperren. Das Motelzimmer mußte erst um zwölf Uhr geräumt werden.

Sie faltete gerade ihren weißen Seidenschlafanzug zusammen, als das Telefon klingelte – in Hüterkreisen war man endlich, wenn auch zähneknirschend im Informationszeitalter angekommen und hatte von daher die Parole ausgegeben, Hüter hätten des Nachts so bekleidet zu schlafen, daß sie notfalls in den Frühnachrichten vor den unvermeidlichen Direktübertragungskameras nicht nur die üblichen Trümmerhaufen, sondern auch sich selbst präsentieren konnten.

„Hallo?" Claire, die mit Deans Stimme am anderen Ende der Leitung gerechnet hatte, war recht erstaunt – nein: baßerstaunt –, als ihr statt dessen ihre jüngere Schwester antwortete.

„Was immer du gerade vorhast – laß es."

Claire seufzte. „Guten Morgen. Warum bist du nicht in der Schule? Hör auf, mich bei der Arbeit anzurufen, und hör auf zu denken, du könntest mein Leben besser organisieren als ich selbst."

„Ich bin in der Schule." Der Lärm im Hintergrund wurde lauter; offenbar hielt Diana den Telefonhörer in die Menge, um Claire vom Wahrheitsgehalt ihrer Worte zu überzeugen. „Du packst wohl gerade? Übrigens denke ich nicht, ich könnte dein Leben besser organisieren als du, ich weiß es." Dann schien sie den Hörer etwas vom Mund wegzuhalten, aber leider nicht weit genug, denn Claire konnte noch deutlich genug hören, wie Diana irgend jemandem zuschrie, sie sei in einer Sekunde fertig mit Telefonieren. „Hör mal", fuhr die jüngere Schwester dann fort, nun wieder direkt in die Sprechmuschel, „ich hatte letzte Nacht eine ziemlich heftige Vorahnungssache laufen. Du bist kurz davor, einen Riesenfehler zu machen."

Erneut konnte Claire ein Seufzen nicht unterdrücken. In guter alter metaphysischer Tradition war Diana als jüngeres Geschwisterkind die mächtigere Hüterin – was der Siebzehnjährigen selbst leider nur allzusehr bewußt war. Gott sei Dank hatte sie noch nicht mitbekommen, daß sie das einzige existierende jüngere Geschwisterkind eines Hüters war – ehe sie zur Welt gekommen war, waren alle Hüter Einzelkinder gewesen. Das machte Diana zu einem Unikat. Das letzte, das wirklich letzte, was dieses Unikat erfahren durfte, war die Tatsache, daß es, obwohl gerade mal siebzehn Jahre alt und so nervtötend, wie nur Teenager es sein können, die mächtigste Hüterin der Welt war. „Was für ein Fehler soll das denn sein?"

„Ich habe keine Ahnung."

„Kannst du mir wenigstens ungefähr sagen, von welchen Dimensionen wir ausgehen müssen?"

„Nein. Ich weiß nur, daß der Fehler riesig ist."

„Das hilft mir ja nun auch nicht gerade weiter."

„Ich tu', was ich kann. Aber jetzt muß ich los, Mathe ruft!"

„Diana ..."

„Küßchen fürs Kätzchen. Geh doch und hilf Dean mit den Tüten, ja?"

Mühsam verkniff sich Claire ein paar drastische Erwiderungen. Dann legte sie auf und eilte an die Tür, denn es nahte in der Tat gerade Dean mit dem Frühstück. Sein Eintritt ins Zimmer gestaltete sich allerdings etwas kompliziert und mühsam – fast hätte man die Sache schon als Slapstick bezeichnen können: Da stand der Junge in der Tür, behindert durch zwei umfangreiche Plastiktüten, fummelte mit dem Zimmerschlüssel im Schlüsselloch herum und mußte sich dabei noch eines kalten Windes erwehren, der über den Parkplatz pfiff und ihm ein paarmal die Türklinke aus der Hand riß.

„Einfacher wäre es, wenn du ganz hereinkommen würdest", empfahl Claire, wobei sie dem Freund die Plastiktüten aus der Hand nahm.

Dean strahlte sie freudig und dankbar an, denn nun war es ihm endlich gelungen, die Tür in den Griff zu bekommen. „Ich wollte doch nur keinen Dreck hier reinschleppen."

Claire warf daraufhin einen genaueren Blick auf den Fußboden ihres Hotelzimmers. Soweit sie das beurteilen konnte, würde ein wenig zusätzlicher Dreck dem nicht mehr viel anhaben können – aber sie war ja auch nicht diejenige, die sich in jeder billigen Absteige, die sie bisher aufgesucht hatten, als erstes vom Personal Staubsauger, Putzlappen und Reinigungsmittel geborgt hatte. Wobei das Erstaunliche war, daß Dean auch stets erhielt, worum er bat – und das von Leuten, die sich ansonsten sehr hartnäckig sträuben konnten, wenn es darum ging, ein winzigkleines Extrastückchen Seife herauszurücken.

Nun wandte sich Claire wieder Dean zu, der seine Jacke bereits ausgezogen hatte und sich gerade bückte, um die Schuhe aufzuschnüren. Das war immer ein lohnender Anblick. Vielleicht war es ja gar nicht so verwunderlich, daß seine Verhandlungen mit den Zimmermädchen immer so erfolgreich verliefen.

„Ist alles soweit in Ordnung?" fragte Claire besorgt, während sie sich im stillen fragte, ob es Dean in letzter Zeit gelungen war, auch noch ein Bügeleisen zu borgen oder ob er die Jeans, die er trug, in der Vergangenheit so oft gebügelt hatte, daß die Bügelfalte mittlerweile zu einem integralen Bestandteil des Kleidungsstücks geworden war. „Irgendwie bewegst du dich komisch. So vorsichtig."

„Meine Brille ist beschlagen", erklärte er, während er sich aufrichtete. Mit der einen Hand strich er sich eine schwarze Haarsträhne aus dem Gesicht und nahm mit der anderen seine Brille ab, um sie zu putzen.

Austin murmelte etwas in seinen Bart. Es hörte sich verdächtig nach „Supermann!" an.

Ohne ihrem Kater weiter Beachtung zu schenken, machte sich Claire daran, die Lebensmittel auszupacken, wobei sie durchaus mitbekam, daß Dean dicht an ihr vorbei ins Badezimmer ging. Der junge Mann roch nach frischer Luft und Weichspüler. Claire hatte gar nicht gewußt, daß der Geruch von Weichspüler zu den Düften gehören konnte, die sie als erotisch empfand.

„Würstchen?" Weiße Schnurrhaare zuckten empört. „Ich wollte gebratenen Schinken!"

„Du kriegst dein Spezialfutter für greise Katzen."

„Krieg ich nicht, das ist alle."

„Da mußt du dir etwas Neues einfallen lassen. Es sind noch vier Dosen übrig."

Angewidert verzog Austin das Gesicht. „Die esse ich nicht. Die lagen schon im Müll."

„Das ist ja interessant: Das hast du also mitbekommen? Wo du doch im Bad warst, als ich die Dosen fand?"

Austin richtete sich zu voller Größe auf und warf Claire aus dem einen ihm verbliebenen Auge einen grüngoldenen, indignierten Blick zu. „Willst du mir da etwa am Ende irgend etwas unterstellen?"

Einen Moment lang betrachtete Claire nachdenklich ihren Kater. Dann wandte sie sich an Dean, der gerade aus dem Badezimmer kam: „Dean, hast du Austins Futter in den Müll geworfen?"

Rasch nahm Dean Claire die beiden wohlgefüllten Frühstücksteller aus der Hand und stellte sie auf den Tisch, wobei er genug Anstand besaß, betreten dreinzuschauen. „Diesmal nicht."

„Dann muß ich sagen, daß ich dir in der Tat etwas unterstelle, Austin." Claire öffnete eine der fraglichen Dosen, löffelte einen Haufen braune Paste auf einen Unterteller und setzte das Ganze dem Kater vor, der nach wie vor auf der Spiegelkommode thronte. „Du bist mittlerweile siebzehneinhalb. Du weißt genau, was der Tierarzt gesagt hat."

„Den Kopf bitte nach hinten drehen und dann husten?"

„Austin ..."

„Schon gut, schon gut! Ich fresse es ja." Der Kater schnüffelte an der Untertasse und seufzte tief auf. „Ich hoffe, dir ist bewußt, daß ich plane, noch am Leben zu sein, wenn sie dich einst im Pflegeheim mit gedämpften Backpflaumen füttern."

Claire beugte sich hinunter und drückte dem Kater einen flüchtigen Kuß auf den Kopf. „Das Leben wäre ohne dich nicht dasselbe."

Eine Zeitlang saßen alle drei schweigend da und aßen, wobei man ihr Schweigen nicht als gemütlich und entspannt hätte bezeichnen können. Schließlich legte Claire die Gabel beiseite, um Dean, der seinen Teller mit der ruhigen Entschlossenheit eines jungen Mannes leerputzte, der seit mehr als sechs Stunden nichts mehr zwischen die Kiemen bekommen hat, beim Essen zuzusehen. Normalerweise liebte es Claire, Dean beim Essen zuzusehen.

Nun wurde sich der junge Mann der Tatsache bewußt, daß er beobachtet wurde, und hielt inne, die Hand mit dem letzten Stück Toast bereits auf dem Weg zum Mund. „Ist irgend etwas?"

Wollen wir über letzte Nacht reden? „Diana hat angerufen."

„Hier?" Nun verschwand auch noch dieser letzte Happen Toast.

„Ja." *Warum reden wir nicht über letzte Nacht?*

„Steckt sie in irgendeiner Klemme?"

„Sie wollte nur eine Warnung weitergeben." *Ich habe eine Erklärung für letzte Nacht, willst du die denn nicht hören?*

„Wovor?"

„Das wußte sie nicht." *Warum reden wir über Diana?*

„Das bringt einen auch nicht gerade viel weiter." Dean hatte seinen Teller geleert und griff zum Kaffeebecher. Er lehnte sich auf seinem Stuhl zurück, während er sorgsam den Plastikdeckel vom Styroporbehälter abzog.

Anscheinend hatten die Dinge einfach nicht vor, sich weiterzuentwickeln. Seufzend griff Claire nach dem eigenen Becher und trank einen ordentlichen Schluck Kaffee. Aus Deans Miene konnte sie nichts ablesen. Sie hätte nicht sagen können, ob der Junge einfach nur höflich war – wobei man nicht vergessen durfte, daß Dean eigentlich immer höflich war – oder ob ihm die ganze Sache wirklich und ehrlich nichts ausmachte – wobei man wiederum nicht vergessen durfte, daß Dean sich seiner selbst und seines Platzes in dieser Welt so absolut sicher war, daß ihm eigentlich nur sehr wenig überhaupt etwas ausmachte. Dieses Ruhen in sich selbst war eine Charaktereigenschaft, die Claire an Dean liebte, auch wenn der junge Mann dadurch manchmal etwas passiv wirkte. Er schien so ganz sicher zu wissen, daß die Welt sich schon von allein wieder richten würde, wenn er nur geduldig darauf wartete, und verhielt sich dementsprechend. Das war etwas, was Claire – die ja schließlich zu den Menschen gehörte, die aktiv dafür sorgten, daß die Welt wieder in Ordnung kam – manchmal irritierend fand. *Ob das allen Leuten so geht? Empfindet wohl jeder so gegensätzliche Gefühle für den Menschen, den er ...* Claire scheute sich selbst in Gedanken vor dem Wort mit den fünf Buchstaben, das mit einem L beginnt, weswegen sie hastig weiterdachte: *für den Menschen, mit dem er ein Zimmer teilt? Oder bin ich die einzige?*

Langsam, aber sicher bekam Claire das Gefühl, sie sollte sich vielleicht häufiger mal Oprah Winfreys Talkshow ansehen, um ihren Horizont zu erweitern.

Andererseits: *Frauen, die die Welt retten, und die Männer, die ihnen den Kopf verdrehen* – das klang eher nach einem Besuch bei Jerry Springer! Um sich für einen solchen Besuch zu qualifizieren, würde

Claire allerdings ungefähr hundertfünfzig Pfund zu- und die Hälfte ihres Wortschatzes ablegen müssen.

Also: Wenn er die Sache nicht anspricht, warum soll ich es dann tun? Nachdem Claire die Sache so für sich geklärt hatte, trank sie erleichtert einen weiteren Schluck Kaffee.

„Wie soll es nun weitergehen?" wollte Dean wissen.

„Warum muß es denn überhaupt weitergehen?" fragte Claire zurück, nachdem sie sich wieder beruhigt hatte; durch Deans Frage völlig überwältigt, hatte sie hustend und keuchend einen Großteil des Kaffees in ihrem Mund über den Tisch geprustet und all die Papierservietten, die vom Essen übriggeblieben waren, hatten kaum gereicht, die Schweinerei wieder zu beseitigen. „Was ist so schlimm an dem, wie es jetzt ist?"

„Ich wollte doch nur wissen, wohin du als nächstes berufen wirst", erwiderte Dean, den der Anblick einer Hüterin, der Kaffee aus Mund und Nase spritzt, ein wenig erschüttert hatte. „Aber wenn du nicht darüber sprechen willst ..."

„Worüber soll ich denn nicht sprechen wollen?" Claire tupfte an den feuchten Stellen auf ihrem Ärmel herum, wobei sie sich völlig vergeblich alle Mühe gab, nicht so zu klingen, als würde sie jeden Moment endgültig in Panik geraten. *Definitiv* mehr Oprah.

„Über den nächsten Ruf."

„Ach ja." Natürlich. Ein tiefer Atemzug, und Claire hatte sich fast schon wieder beruhigt. „Nach Norden."

„Also geht es wieder zurück über die Grenze?"

„Wahrscheinlich ja."

„Handelt es sich auch diesmal um ein metaphysisches Überbleibsel, das örtlich begrenzt Veränderungen in der Barriere zwischen Tatsächlichem und Möglichem verursacht?"

Die Frage ließ Claire schmunzeln. „Noch ein Geist, der Löcher in die Hülle des Universums reißt? Ich weiß nicht." Als Dean zurücklächelte, empfand Claire ihre Reaktion auf dieses Lächeln als so peinlich, daß sie sie hinter einem barschen Kommentar zu verbergen trachtete. „Du wirst langsam gut in diesen Dingen."

„Zwei allein in der letzten Woche", rief der junge Mann ihr ins Gedächtnis.

Claire war inzwischen zu der Erkenntnis gelangt, daß sie sich im Moment wohl allein deswegen so sehr zu den ruhelosen Toten hingezogen fühlte, weil die viele Zeit, die sie im Hotel Elysium mit Jacques verbracht hatte, sie für deren Belange hatte sensibel werden lassen. Jacques war ein frankokanadischer Seemann gewesen, der im Hotel gespukt hatte. Da ihre Zuneigung zu Jacques weiter gegangen war als ... nun, als die Dinge zwischen ihr und Dean im Moment gingen, wollte sie diese Überlegung Dean gegenüber lieber nicht erwähnen. Wenn sie Glück hatte, würden die noch verbliebenen Nachwehen jener Affäre ja auch bald abgeklungen sein.

Die Sache mit Jacques war einfach und klar gewesen: Jacques war tot gewesen und alles, was sich zwischen ihm und Claire entwickelte, von daher endlich. Was dagegen die mögliche Entwicklung der Dinge zwischen Claire und Dean betraf ...

Plötzlich standen Claire die vielen Entwicklungsmöglichkeiten für das, was sich zwischen ihr und Dean anbahnte, ganz deutlich vor Augen.

Sie und Dean, immer auf Achse von einer Unfallstelle zu nächsten. Immer wieder der Streit, welcher Radiosender eingestellt werden sollte oder, noch schlimmer: Sie hörten Musik, die ihnen beiden gefiel! Denn wenn es stimmte, daß nichts auf der Welt unmöglich war, *mußte* es irgendwo da draußen eine Band geben, die sowohl ihr als auch Dean gefiel. Irgendwo.

Sie und Dean in einem Motelzimmer nach dem anderen, und jedes würde dem gleichen, in dem sie sich gerade befanden. Immer wieder Tagesdecken in einem schmutzigen Orangeton und einem kaum noch definierbaren Blumenmuster. Immer von neuem der senfbraune Fußbodenanstrich, der sowohl drinnen als auch draußen vorgab, ein Teppich zu sein. Immer wieder von neuem der halbherzige Versuch, mit einer Tapetenbordüre direkt unter der Zimmerdecke dem Raum einen modernen Anstrich zu verleihen, immer von neuem diese völlig harmlosen und nichtssagenden Drucke, die man aus irgendwelchen unerfindlichen Gründen über den Betten an die Wand geschraubt hatte.

In einem dieser Betten dann Dean und sie, zusammen.

Sie würden gemeinsam arbeiten. Sie würden zusammen lachen. Zusammen würden sie die Schweinereien beseitigen, die Austin um sein Katzenklo herum anzustellen pflegte – auch wenn hier die Wahrscheinlichkeit, daß Dean das Saubermachen allein besorgte, viel höher war als die, daß sie es wirklich zusammen tun würden.

Eines Tages dann würde Claire vergessen, daß Dean kein Hüter war und noch nicht einmal einer der bei weitem nicht so mächtigen Vettern. Irgend etwas würde durch die Barriere dringen, und sie würde vergessen, Dean davor zu beschützen. Oder dieses Etwas würde versuchen, durch ihn an sie heranzukommen. Oder Dean würde versuchen, Claire zu beschützen und dabei wie eine Ameise zertreten werden. Nun gut: wie eine ein Meter neunzig große, muskulöse, blauäugige, brillentragende Ameise aus Neufundland, aber das liefe im Endergebnis auf dasselbe heraus.

Mit einem Mal schien Claire die Zukunft mit Dean erschreckend endlich.

Da könnte ich genausogut gleich eine Zielscheibe auf ihn draufmalen und es hinter mich bringen!

„Claire? Boß?" Dean mußte sich anstrengen, brachte es aber fertig, nicht mit der Hand vor Claires Gesicht hin und her zu wedeln. Sollte die Hüterin sich in irgendeiner Art Trance befinden, so wollte er sie ganz gewiß nicht darin stören.

In den drei Monaten, in denen Dean im Hotel Elysium für Claire gearbeitet hatte, hatte er ein paar höchst erstaunliche Dinge zu Gesicht bekommen, einschließlich der Hölle selbst. Keines dieser Dinge hatte ihn jedoch darauf vorbereitet, wie es sein würde, in der Gesellschaft Claire Hansens unterwegs zu sein. Er hatte sie für eine der Beifahrerinnen gehalten, die es nicht lassen können, sich in den Fahrstil der Person am Steuer einzumischen und daran herumzumäkeln, aber das war, wie es sich schnell herausgestellt hatte, Austins Job. Claire aß nie richtig, außer Dean stellte ihr Essen direkt vor die Nase. Dean verstand inzwischen, warum Austin so hartnäckig und ausdauernd darauf bestand, gefüttert zu werden, und warum Claire so dünn war. Völlig unverständlich war ihm, daß sie die Übertragung eines Eishockeyspiels lieber im amerikanischen Fernsehen verfolgte als im kanadischen, weil die amerikanischen Sender mit diesem blöden blauen Licht arbeiteten, das es den Zuschauern einfacher machen sollte, zu verfolgen, wo sich der Puck gerade befand. Typisch Amerikaner, nicht zu wissen, daß es doch gerade darum beim Eishockey ging: auch ohne Licht und andere Spielereien immer genau zu wissen, wo der Puck war!

Dean gefiel, wie Claire sich in seinen Armen anfühlte, und er sah es gern, wie ihr Gesicht aufleuchtete, wenn sie ihn anschaute. Überhaupt sah er die junge Frau sehr gern an, und er mochte es, mit ihr zusammenzusein. Wobei er sich inzwischen über die Tatsache im klaren war, daß ‚mögen' für die Gefühle, die ihn bewegten, nicht die richtige Bezeichnung war. Wenn Dean über seine Zukunft nachdachte, dann war Claire eindeutig ein Teil davon.

„Wir können nicht mehr zusammen reisen."

Oder vielleicht ja auch nicht. Hilflos sah sich Dean um, in der Hoffnung, ihm würde Hilfe zuteil werden. Aber aus dem Bad drang der Lärm heftiger Ausgrabungen zu ihnen herüber und signalisierte, daß Austin sich auf dem Katzenklo befand. „Was hast du gesagt?" Dean war zumute, als habe man ihn gerade mit dem Gesicht nach vorn gegen die Bande geworfen. Ein wenig wunderte er sich darüber, vor sich statt einer Plexiglasscheibe und einer Reihe aufgeregt schreiender Zuschauer lediglich die Überreste eines Frühstücks aus dem Schnellimbiß und ein paar besorgte braune Augen zu sehen.

„Wir können nicht mehr zusammen reisen."

„Aber ich dachte, wir wären ...? Ich meine, sind wir nicht ...?" Dean schüttelte den Kopf und versuchte, sich eine Frage einfallen zu lassen, die er auch wirklich stellen konnte. „Warum denn nicht?"

„Irgendwann einmal werde ich auf eine Sache treffen, die so gelagert ist, daß ich nicht werde verhindern können, daß du verletzt wirst."

Gerade wollte Dean den Mund auftun und verkünden, er sei bereit, dieses Risiko einzugehen, wenn er dafür nur mit Claire zusammensein könnte – aber da setzte Claire ihre Ausführungen bereits fort, und die Unterhaltung nahm eine neue – wenn auch allzu vertraute – Wendung.

„Aus diesem Grunde reisen Hüter nun einmal nicht in Begleitung von Zuschauern."

„Ich hätte gedacht, dieses Hüter/Zuschauer-Ding hätten wir längst hinter uns."

„Wir *können* dieses Hüter/Zuschauer-Ding gar nicht hinter uns lassen."

In der nun plötzlich auftretenden Stille war deutlich zu vernehmen, wie auf dem Fußboden im Badezimmer energisch Unmengen kleiner Tonteilchen verstreut wurden.

„Dean? Verstehst du, was ich sage?"

„Klar doch.

Die Worte ‚klar doch' aus dem Munde eines Mannes können vieles bedeuten. Claire arbeitete schon seit geraumer Zeit an den unterschiedlichen Deutungsmöglichkeiten. Diesmal gelang es ihr nicht, die Worte richtig zu deuten. *Klar doch, ich habe dich verstanden, aber ich bin nicht deiner Meinung* – das war zu eindeutig. Dasselbe galt für: *Ich habe gar nicht zugehört, aber da du eine Antwort von mir zu erwarten scheinst, klar doch.*

„Dean?"

Als er sie ansah, machte das die Sache nicht einfacher. Aus irgendeinem unerfindlichen Grund sah er nämlich wütend aus.

„Was ist dann mit uns beiden?"

„Jedes ‚wir beide' wird ein Ende finden, wenn du stirbst, weil ich es unterlassen habe, irgend etwas zu tun. Das gestatte ich nicht."

„Du gestattest es nicht?"

„Genau."

Dean verschränkte die Arme vor der Brust. „Ein ‚wir' gibt es also nicht, und wie du zu der Sache stehst, das wissen wir nun auch. Was ist dann aber mit mir?"

„Wie meinst du das?"

„Oder habe ich hier gar nichts mitzureden?"

„Ich bin die Hüterin ..."

„Ja, und ich bin kein Hüter. Das ist mir bewußt."

„Ich tue das schließlich für dich!"

„Weil du weißt, was gut für mich ist, soll ich einfach so abhauen?"

„Ich weiß wirklich, was am besten ist!" Wütend schob Claire ihren Stuhl zurück. „Wenn du anerkennen würdest, daß ich nur verhindern will, daß dir etwas Schreckliches zustößt, dann wäre das sehr nett von dir!" Damit hätte die Szene eigentlich einen höchst traurigen und dramatischen Höhepunkt finden müssen, wo Dean sich dem Unausweichlichen stellte und Claires Worte nicht mehr hinterfragte. Aber der Junge schien immer noch nicht kapieren zu wollen, worum es eigentlich ging.

„Weißt du was?" Dean war nun ebenso wütend wie Claire und schob genauso energisch seinen Stuhl zurück. „Ich stelle fest – wobei es mich wirklich wundert, wie lange das gedauert hat –, daß es eigentlich immer nur um dich geht. Du weißt einfach nicht, wie man ... wie man Kompromisse schließt!"

„Eine Hüterin kann keine Kompromisse eingehen!"

„Offenbar kann sich eine Hüterin auch nicht die Füße abtreten."

„Im Gegensatz zu dir habe ich wichtigere Dinge zu tun, als mich mit dreckigen Schuhen zu befassen, und", fügte Claire mit eisigem Nachdruck hinzu, „ich muß mir um wichtigere Dinge Sorgen machen als um dich."

„Wunderbar. Also!"

„Wunderbar."

Schweigen senkte sich zwischen die beiden wie eine endgültig zugeschlagene Tür.

„Na, das wird mit dem Alter auch nicht leichter." Mit diesen Worten sprang Austin auf das nächststehende Bett und drehte sich so, daß er den Tisch, an dem seine beiden Mitreisenden saßen, direkt vor sich hatte, und ließ den Blick zwischen Dean und Claire hin und her wandern. „Also, was habe ich gerade Spannendes verpaßt?"

Zwei

„Aber ich habe dich hierher nach Amerika gebracht – da sollte ich dich auch wieder zurück über die Grenze fahren."

„Dazu besteht keine Notwendigkeit." Claire stopfte ihr Schminkköfferchen in ihren Rucksack. Bis Dean sie irgendwann einmal nach dem Grund dafür gefragt hatte, pflegte sie auf ihren Reisen außer diesem Rucksack auch noch einen Koffer bei sich zu führen. Wenn es ihr gelang, einen Laptop samt Drucker, zwei Kartons mit Disketten und die unvermeidlichen klebrigen Hustenbonbons in ihren Rucksack zu stopfen, warum sollte ihr das mit dem Rest ihrer Habe nicht ebenso gelingen? Claire war Dean dankbar für diese Erkenntnis – und für ungefähr tausend andere Dinge, die aufzuzählen ihr Verstand nicht müde wurde. Daß es ihm nie etwas ausgemacht hatte, am Steuer zu sitzen und zu fahren; daß er ihr immer alle roten Gummibärchen überlassen hatte; daß er Austins Katzenklo saubergemacht hatte. Claire war dankbar dafür, daß Dean ihr wieder und wieder ein paar bestimmte Feinheiten des Eishockeyspiels erklärt hatte, die einfach nicht in ihren Schädel hineingehen wollten. Dankbar, weil er all die Zeit eine warme und grundsolide Stütze in ihrem Rücken gewesen war. Dafür ...

„Du brauchst mich nicht über die Grenze zu bringen. Wir sind hier im Staate New York, nicht in Kambodscha!" Claire sprach lauter, als eigentlich notwendig gewesen wäre. Die Stimme in ihrem Kopf schien nicht bereit, die Aufzählung zu beenden; vielleicht konnte man sie wenigstens übertönen. „Es gibt Kanadier, die kommen täglich hier herüber, um sich mit diesen Minibacköfen einzudecken!"

„Dann eben nicht!" Dean zog mit einem Ruck den Reißverschluß an seiner Hockeytasche zu. Er hatte es satt, ohne jeden Grund angeschrien zu werden. „Dann kannst du ja zusehen, daß einer von denen dich mitnimmt." Er warf sich die Tasche über die Schulter und wollte zur Tür hinaus. Aber ehe er dort angelangt war, hatte sich Austin ihm in den Weg gestellt.

„Ich möchte nicht mit einem Minibackofen reisen!" verkündete der Kater entschieden. „Ich will mit Dean reisen."

„Austin!" Claire stieß den Namen ihres Katers zwischen zusammengebissenen Zähnen hervor.

Austin beugte sich zur Seite, um an Deans Beinen vorbei seine Besitzerin wütend anfunkeln zu können. „Liegt die neue Unfallstelle, zu der du berufen wirst, diesseits der Grenze?"

„Nein, aber ..."

„Dann bringt es Dean auch nicht in Gefahr, wenn er uns bis zur Grenze mitnimmt, und darum geht es doch, oder? Ihn nicht in Gefahr zu bringen?"

„Ja, aber ..."

„Eine Mitfahrgelegenheit brauchen wir doch auf jeden Fall."

„Ich weiß, aber ..."

„Also bedank dich gefälligst bei dem jungen Mann hier und geh die Rechnung bezahlen, während wir den Pick-up beladen."

„Während *wir* den Pick-up beladen?" fragte Dean später nach, während er Austins Tragekorb neben sich auf die Vorderbank seines Wagens stellte und den Deckel anhob, damit der Kater aussteigen konnte.

„Ich bitte dich!" Austin schlängelte sich anmutig aus dem Behältnis und plazierte sich genau in den kleinen Streifen Sonnenlicht, der durch die Windschutzscheibe ins Wageninnere fiel. „Als wüßtest du nicht ganz genau, daß ich mit dir reden will."

„Mit Claire solltest du reden, nicht mit mir." Dean ließ den Motor an, prüfte, ob sich der Wagen auch wirklich im Leerlauf befand und die Handbremse gezogen war, nahm dann den Fuß von der Kupplung und fing an, mit dem Jackenzipfel ganz sorgfältig kaum sichtbare Fingerabdrücke vom Lenkrad zu wischen. „Daß man mir so schnell schon den Stuhl vor die Tür setzt, das hatte ich wirklich nicht erwartet."

„Was setzt man dir vor die Tür?"

„Den Stuhl – daß ich den Job verliere, meinte ich."

„Den Job? Das war doch kein Job; die Sache hier, das war gelebtes Leben, dein Leben. Wenn es nämlich ein Job gewesen wäre", und bei diesen Worten schnaubte der Kater verächtlich, „dann hätte sie dich dafür bezahlt."

„Dann hatte ich eben nicht erwartet, daß dieser Abschnitt meines Lebens so rasch beendet sein würde."

„Er muß ja auch gar nicht beendet sein."

„Muß er wohl."

„Das heißt dann also, du willst einfach so zulassen, daß sie dir vorschreibt, was du zu tun und zu lassen hast?"

„Nein, heißt es nicht. Aber ich werde auf keinen Fall bei ihr bleiben, wenn sie denkt, sie hat das Recht dazu, Entscheidungen über mein Leben zu treffen, als sei ich selbst kein Teil davon."

„Kein Teil deines Lebens?"

„Oder der Entscheidungen."

„Habe ich das recht verstanden? Du verläßt sie also nicht, weil sie dir befohlen hat, sie zu verlassen? Du verläßt sie, weil sie denkt, sie habe das Recht, dir so etwas zu befehlen?"

„Ja."

Austin seufzte. „Würde es helfen, wenn ich dir glaubhaft versichere, daß Claire ganz ehrlich eine Heidenangst davor hat, dir könnten bei lebendigem Leibe die Eingeweide aus der Nase gesogen werden, weil sie an nichts anderes als an deine breiten Schultern denken konnte und deswegen eine Unfallstelle falsch eingeschätzt hat?"

„Ich will ja selbst nicht, daß mir bei lebendigem Leibe die Eingeweide aus der Nase gesogen werden", gestand Dean ein. Dann unterbrach er sich und errötete hold, während er immer wieder über ein bereits makellos glänzendes Stück Armaturenbrett wischte. „Sie denkt an meine Schultern?"

„Schultern, Schenkel – soweit ich das feststellen kann, verbringt Claire ziemlich viel Zeit damit, über einzelne Körperteile von dir nachzudenken. Über einzelne Körperteile und über dich als Gesamterscheinung – wenn sie eigentlich an etwas anderes denken sollte."

„An so etwas wie Unfallstellen?"

„An so etwas wie mich."

„Ach." Der Ton, in dem der Kater die letzte Antwort gegeben hatte, schien jedoch eine Entschuldigung nahezulegen, weswegen Dean nach einer kleinen Pause noch hinzufügte: „Entschuldige."

Austin hatte bekommen, was ihm seiner Meinung nach zustand, und konnte nun großzügig sein: „Ja, *und* an Unfallstellen sollte sie denken, ganz recht. Hör mal: Claire hat die Tendenz, alle Dinge unter einem einzigen Aspekt zu betrachten. Für sie geht es nur darum, was sie tun muß, um zu verhindern, daß die Welt in Stücke geht. Hier eine Unfallstelle schließen, dort verhindern, daß sie eine Wiederauflage von *Gilligans Insel* drehen, aufpassen, daß Dean nichts passiert, die Katze füttern: Für Claire ist einfach alles absolut. Für Kompromisse hat sie wenig Talent – das ist eines der Risiken, die ihr Beruf mit sich bringt. Bleib da; lehre sie, deine Sicht der Dinge wahrzunehmen und zu berücksichtigen."

„*Nur*, wenn sie mich darum bittet!" Das Lenkrad des alten Pick-up knarrte empört, als Dean die Hände darum legte und zudrückte. „Da ich aber weiß, daß die Hölle nicht zugefroren ist, weiß ich auch, daß ich mir da keine großen Hoffnungen machen kann."

Austin seufzte und drehte sich so, daß er zusehen konnte, wie sich Claire über den dünn mit Schneematsch bedeckten Parkplatz hinweg einen Weg von der Motelrezeption zu Deans Auto suchte. „Sieh sie dir an: Sie hat ihren Willen durchgesetzt, da sollte man doch denken, das würde sie glücklich machen, oder? Statt dessen sieht sie völlig unglücklich aus. Willst du, daß sie unglücklich ist? Willst du das wirklich?"

„Sie hat mit der ganzen Sache angefangen", murmelte Dean, wobei er den Blick unverwandt auf die Öldruckkontrollampe gerichtet hielt. „Wenn sie möchte, daß ich bleibe, muß sie mich davon überzeugen."

„In Ordnung. Fein." Er legte eine Pfote auf Deans Oberschenkel und sah den jungen Mann bittend an. „Was ist mit mir? Ich bin alt. Ich habe vor nicht allzu langer Zeit ein Auge verloren."

„Ich dachte, die Wunde sei im großen und ganzen verheilt?"

„Darum geht es doch nicht. Es geht darum, daß November ist. Es ist kalt. Ich will nicht mehr in jedes x-beliebige klapprige Ding einsteigen müssen, das zufällig des Weges kommt. Ich reise gern im geheizten Führerhaus eines Pick-up! Zugegeben: Eine beheizte Lincoln-Limousine mit Ledersitzen würde mir noch besser gefallen, aber das ändert nichts an der Frage: Was ist mit mir?"

„Es tut mir leid, Austin."

„Nicht so leid, wie es ihr tun wird", murmelte Austin, als die Hüterin nun die Beifahrertür öffnete.

„Die Schlange vor dem rechten Schalter ist länger."

„*Länger?*" Dean war die ganze Fahrt über jeglicher Konversation aus dem Weg gegangen, indem er den Pick-up über die Landstraße gesteuert hatte, ohne die zulässige Höchstgeschwindigkeit von 90 km/h auch nur ein einziges Mal zu überschreiten. Den ausdrucksstarken Gesten, mit denen ihn die anderen Verkehrsteilnehmer bedacht hatten, wenn es ihnen endlich gelungen war, ihn zu überholen, hatte er keine Beachtung geschenkt. Jetzt warf er einen Blick hinab auf den Kater auf Claires Schoß, bemüht, die diversen Teile von Claire nicht zu beachten, die das Tier umgaben. „Wieso möchtest du, daß ich mich in die längere Schlange einordne?"

„Weil wir dann entsprechend länger brauchen würden. Je länger wir alle beisammen sind, desto besser stehen die Chancen, daß ihr beiden euch wieder vertragt. Wer weiß, am Ende bleibt mir ja doch noch erspart, daß man mich hinaus in die Kälte treibt, mit nichts zwischen mir und den Novemberstürmen als einem jämmerlichen Weidenkorb."

„Dean und ich brauchen uns nicht zu vertragen", erklärte Claire ungeduldig. „Wir haben uns nicht gestritten."

„Ach nein?"

„Nein!" Über den Kopf ihres Katers hinweg schleuderte Claire das Wort Dean ins Gesicht. „Ich habe eine Entscheidung getroffen."

„Eine Entscheidung, die meine Zukunft betrifft. Ohne vorher mit mir darüber geredet zu haben."

„Also: Für mich klingt das ganz nach einem Streit", bemerkte Austin.

Claire ließ sich tiefer in den Sitz gleiten und verschränkte die Arme vor der Brust. „Dich geht das alles nichts an."

„Ach nein? Immerhin bin ich derjenige, der oben im Gepäckfach reisen muß ..."

„Du bist noch nie oben in einem Gepäckfach gereist!"

„... oder hinten in irgendeinem Kofferraum!"

„Du bist auch noch nie in einem Kofferraum gereist!" Claire hatte die Stimme erhoben, und das klang gefährlich.

Austin schenkte dem keinerlei Beachtung. „Wieder einmal werde ich auf Gedeih und Verderb der Gnade irgendwelcher Fremder ausgeliefert sein. Ich werde von der Pfote in den Mund leben müssen, dunkle Ecken werden mein Katzenklo sein, Pappkartons mein Bett."

„Du schläfst gern in Pappkartons."

„Darum geht es doch gar nicht."

„Du hast überhaupt keinen Grund, dich über irgend etwas zu beschweren, also laß es lieber sein. Du hörst dich ja an wie ein Hund."

„Wie ein Hund?" Austin drehte sich so, daß er Claire aus seinem verbliebenen Auge einen absolut tödlichen Blick zuwerfen konnte. „Noch nie im Leben bin ich derart beleidigt worden. Du kannst von

Glück sagen, daß ich nicht mit dem Dosenöffner umgehen kann." Würdevoll und betont langsam stieg der Kater von Claires Schoß, um sich dann mitten auf der Sitzbank niederzulassen, wobei er der Hüterin verächtlich den Rücken zukehrte.

Das Lächeln, das sich seine beiden Begleiter über Austins Kopf hinweg zuwarfen, kam völlig spontan und unbeabsichtigt. Als Claire wahrnahm, daß ihr eigenes Spiegelbild sie aus Deans Brillengläsern fröhlich angrinste, ließ sie den Blick so rasch wieder sinken, daß er um ein Haar von ihrem Schoß abgeprallt wäre.

Dean biß die Zähne zusammen, bis die eine einzige Füllung, die sich in seinem ansonsten makellosen Gebiß gewiß recht einsam fühlte, leise knarrte. Dann lenkte er den Pick-up hinüber zur kürzesten der Warteschlangen. Je eher sie die ganze Sache hinter sich brachten, desto besser.

Beim kanadischen Zoll waren nur zwei der eigentlich fünf vorhandenen Schalter geöffnet. Das war immer so: Bei der kanadischen Zollabfertigung an diesem Grenzübergang waren nie mehr als zwei Schalter besetzt. An manchen Tagen, wenn reger Grenzverkehr herrschte und die Schlangen der Fahrzeuge, die darauf warteten, nach Kanada einreisen zu können, fast bis ins Städtchen Watertown zurückreichte, garantierte dies Ungeduld und schlechte Laune bei allen Beteiligten. Die Fragen der kanadischen Zöllner wurden oft recht spontan beantwortet. Manchmal, an besonders heißen Sommertagen, fielen die Antworten derart spontan aus, daß die berittene kanadische Polizei hinzugezogen werden mußte.

So lag hier an der Grenze also eigentlich ständig ein erhebliches Maß an Verärgerung in der Luft. Verärgerung mit den entsprechenden Ecken und Kanten, die für unzählige Löcher in der Hülle des Universums hätten sorgen müssen. Dies wurde jedoch vereitelt, und zwar durch den trockenen Diensteifer der hier wirkenden Regierungsstellen, der alles, was nicht in die eigenen, doch recht engen Parameter paßte, für nicht existent hielt. Dementsprechend waren die meisten Grenzübergänge zwischen den USA und Kanada metaphysisch gesehen so solide, daß sich übernatürliche Phänomene gezwungen sahen, sie auf dieselbe Art und Weise zu überqueren wie alle anderen auch. Selbst wenn es für einige von ihnen manchmal wirklich nicht einfach war, sich einen Ausweis mit Lichtbild zu verschaffen.

War die Überquerung gelungen, gab es viel zu erzählen: Geschichten über den Mangel an Humor, der bei den kanadischen Zöllnern vorherrschte; Geschichten über Leibesvisitationen, die irgend jemand – oder irgend etwas – hatte über sich ergehen lassen müssen, ohne daß dafür überhaupt ein wirklicher Grund bestanden hätte; Triumphgeschichten, in denen von unzähligen Minibacköfen die Rede war, die man gleich dutzendweise zollfrei ins Land hatte schmuggeln können.

Dean ließ den Pick-up vor das Zollhäuschen rollen und warf der jungen Beamtin darin ein höfliches Lächeln zu. Derweil griff Claire in die Möglichkeiten, woraufhin der Blick der Beamtin, als diese nun in den Wagen schaute, wie ein geölter Blitz über Claire und Austin hinwegglitt, um dann möglichst schnell an Deans Gesicht hängenzubleiben.

„Staatsangehörigkeit?"

„Kanadisch."

„Kanadisch", versicherte auch Claire, die allerdings die Vermutung hegte, dies sei eigentlich nicht notwendig gewesen. Die Aufmerksamkeit der verzückten Zöllnerin galt einzig und allein Dean.

„Wie lange haben Sie sich in den Vereinigten Staaten aufgehalten?"

„Vier Tage."

„Wie hoch ist der Gesamtwert der in den USA erstandenen Waren, die Sie jetzt nach Kanada einführen?"

„Sechs Dollar und achtundsiebzig Cent. Ich mußte ein paar Straßenkarten und einen Liter Öl für mein Auto kaufen." Das klang fast so, als wolle Dean sich dafür entschuldigen.

„Sie kommen aus dem Osten?" Dean beantwortete diese Frage mit einem Nicken, woraufhin Claire, die noch nie erlebt hatte, daß irgendwer, der für die kanadische Zollbehörde tätig war, anders als mürrisch wirkte, eine große Überraschung erlebte. Die junge Beamtin strahlte nämlich plötzlich bis über beide Ohren und verkündete: „Ich komme aus Cornerbrook. Wann waren Sie denn das letzte Mal daheim?"

„Ich bin gerade auf dem Weg dorthin."

Rasch wandte sich die Unterhaltung der zwei Orten und Menschen zu, an die sie beide gute Erinnerungen hatten. Neufundländer sind nie Fremde füreinander, wenn sie sich tausendfünfhundert Kilometer von zu Hause entfernt zufällig über den Weg laufen. Todfeinde mögen sie sein, das ja, Fremde aber nie. Nachdem Dean und die Beamtin festgestellt hatten, daß Dean einst in der Unterstufe gegen einen

Kumpel Eishockey gespielt hatte, mit dem der Vetter zweiten Grades der Zöllnerin zur Schule gegangen war, winkte die junge Frau den Pick-up durch.

„Du hast mir gar nicht gesagt, daß du vorhast, nach Neufundland zu fahren", bemerkte Claire, nachdem sie sich ein Stück vom Grenzübergang entfernt hatten.

„Du hast nie danach gefragt."

„Wie erwachsen, diese Antwort!" murmelte die Hüterin zynisch, woraufhin sie nicht nur von ihrem Kater ignoriert wurde, sondern auch von Dean. Von Austin erwartete Claire gar kein anderes Verhalten, Dean jedoch zeigte sonst bessere Manieren. *Gut. Wenn du dich so benehmen willst – bitte! Ich weiß genau, daß ich im Recht bin.* Ein kurzer Seitenblick auf das Gesicht des jungen Mannes zeigte Claire, daß in Deans Unterkiefer ein Muskel zuckte. Claire überfiel das plötzliche Bedürfnis, diesen Muskel liebevoll zu berühren. Sie senkte den Blick.

Das half nicht.

Auf ihren Wangen bildeten sich hektische Flecken. Claire wandte den Kopf ab und starrte aus dem Fenster auf rosafarbenen Granit, der in großen Brocken aufeinandergeschichtet gen Himmel ragte.

Das half jedoch auch nicht.

Denk an etwas anderes. An etwas anderes. Drei mal neun ist siebenundzwanzig. Gebratene Leber. Rosenkohl. Homer Simpson ...

Der neue Ruf, der die ganze Zeit über unnachgiebig, aber zurückhaltend an Claire herumgezupft hatte, schwoll mit einem Mal zu einem Crescendo an. Claires Hand flog empor und wies auf die Einfahrt zum Parkplatz des Thousand Island Sky Deck and Fantasy Land. „Bieg bitte hier ab."

Das hatte drängend geklungen; Dean gelang es gerade so eben noch, Claires Anweisung zu befolgen und in die Einfahrt abzubiegen, wobei allerdings das hintere Ende des Pick-up auf der dünnen nassen Schneeschicht, die inzwischen die Straße bedeckte, leicht ins Schwimmen geriet. „Hier ist geschlossen", sagte er, als er den Wagen vor dem Souvenirladen unterhalb der Aussichtsplattform zum Stehen brachte.

„Für mich nicht." Das war's dann also. Hier war alles zu Ende. Claire verspürte ein nur entschieden geringes Bedürfnis, aus dem Auto zu klettern, was nicht nur daran lag, daß es nun wieder zu schneien angefangen hatte. *Du tust es seinetwegen!* rief sich die Hüterin streng ins Gedächtnis. *Er ist nur ein Zuschauer, und es geht nicht an, daß du ihn irgendwie in Gefahr bringst.*

Dean machte Anstalten, den Motor abzustellen. Claire riß sich zusammen, streckte die Hand aus und verhinderte im letzten Moment, daß er den Zündschlüssel umdrehte, wobei sie sich wirklich sehr bemühen mußte, sein Handgelenk nicht länger als unbedingt nötig umklammert zu halten. „Laß den Motor ruhig an. Du wirst dich nicht lange hier aufhalten." Mit diesen Worten löste Claire ihren Sicherheitsgurt, zog sich die Mütze fest über beide Ohren und griff nach dem Katzenkorb, der hinter dem Fahrersitz klemmte. „Komm, Austin."

Der Kater wandte ihr weiterhin ungerührt den steifen und mißbilligenden Rücken zu.

„Austin!"

Austin tat so, als sei Claire gar nicht vorhanden. Das tat er so gründlich und überzeugend, daß die junge Frau einen kurzen Moment lang selbst nicht mehr wußte, ob sie überhaupt wirklich vorhanden war.

„Was ist nur mit dir ..." Dann fiel es ihr wieder ein. „Ach du ... Austin, es tut mir wirklich leid, daß ich gesagt habe, du würdest dich anhören wie ein Hund. Das war unhöflich von mir."

Ein Ohr zuckte in ihre Richtung.

„Du hast dich nie anders angehört als eine Katze. Katzen sind Hunden deutlich überlegen, und ich weiß nicht, was vorhin über mich gekommen ist. Austin, ich möchte mich aus ganzem Herzen bei dir entschuldigen und dich bitten, mir zu verzeihen."

Der Kater schnaubte, ohne sich umzudrehen. „Nennst du das etwa auf dem Bauch kriechen?"

„Ja. Es tut mir aufrichtig leid, wenn ich deinen hohen Ansprüchen diesbezüglich nicht gerecht werde. Also: Willst du lieber zu Fuß gehen? Ich sage jetzt nämlich nichts mehr. Als nächstes packe ich dich einfach beim Schlafittchen und stopfe dich in den Korb."

Als er Claires Hände bereits an seinem Pelz spürte, mußte Austin einsehen, daß es ihr ernst war. „Typisch!" murrte er, während sein Schwanz abgehackte, empörte kleine Kreise in die Luft malte. Dann kletterte er mit steifen Beinen in den Korb. „Gib einer Gattung Primatendaumen, und prompt entwickeln sich all ihre Angehörigen zu Rüpeln!"

Dean sah schweigend zu, wie Claire die Beifahrertür des Pick-up öffnete und den Katzenkorb sorgsam auf einem halbwegs trockenen

Stück Bürgersteig nahe der Außenwand des Souvenirladens abstellte, um schließlich ihren Rucksack zu holen, der unter der Plane lag, die über die Ladefläche gespannt war. Mit dem Rucksack in der Hand blieb Claire nachdenklich stehen, als wisse sie nicht recht, was es jetzt noch zu sagen gäbe. Sie hatte sich irgendein Zeug auf die Lippen getan, wodurch diese noch viel voller und weicher ... Dean beugte sich zum Beifahrerfenster und kurbelte es herunter. „Meinst du, du kannst Hilfe brauchen?"

Er hatte gar nicht vorgehabt, diese Frage zu stellen, sie war ihm einfach so entschlüpft, gegen seinen Willen. Die Erziehung seines Opas erwies sich als stärker als die rechtschaffene Wut, die Dean empfand, stärker als das Gefühl, verraten worden zu sein, stärker als die unbequeme Art, wie der Sicherheitsgurt in seinen ... seinen Schoß schnitt.

Aus dem Katzenkorb drang ein nachdrückliches „Ja", dem Claire jedoch keinerlei Beachtung schenkte. „Nein, vielen Dank", antwortete sie ihrerseits, mußte jedoch einen Kloß herunterschlucken, der sich im Hals einer Hüterin eigentlich nicht hätte befinden dürfen. „Wenn du die ganze Strecke nach Neufundland durchfahren willst, dann solltest du dich lieber auf den Weg machen."

„Neufundland ist eine Insel. Durchfahren kann ich die ganze Strekke also sowieso nicht."

„Du weißt, was ich meine." Auf einmal mußte sich Claire ganz auf ihre Handschuhe konzentrieren. „Dean, es ist zu deinem Besten!"

„Wenn du meinst."

Das kam einer gehässigen Bemerkung sehr nahe, etwas, was Claire an Dean nicht kannte. Einen Moment lang befürchtete sie, der junge Mann würde nicht abfahren. Der Moment ging vorüber.

„Auf Wiedersehen, Claire." Dean hatte zum Abschied irgend etwas Trockenes, Humorvolles sagen wollen, etwas voll heiterer Anmut und Gelassenheit, damit Claire mitbekam, was ihr entging. Es war ihm aber nichts eingefallen. Nur ein Satz aus einem alten Schwarzweißfilm lag ihm plötzlich auf der Zunge: „Lebend kriegt ihr mich nicht." Nicht das Richtige in dieser Situation. Offenbar war eingetreten, wovor seine Tante ihn und seine Vettern immer wieder gewarnt hatte: *Der Tag wird kommen,* hatte die Tante oft genug verkündet, *da werdet ihr Jungs euch wünschen, ihr hättet euch auch mal ein paar Filme angeguckt, in denen nicht nur geschossen wird, sondern auch geredet!* Für Dean war dies nun wohl eingetroffen. Letztlich mußte er sich damit zufrieden geben, bedeutungsvoll zu winken.

Das Fenster ließ er heruntergekurbelt, bis er die Landstraße erreicht hatte. Nur für den Fall, daß sie ihn zurückriefe.

Claire stand regungslos da und sah Dean zu, der zurücksetzte und dann wegfuhr. Erschrocken stellte sie fest, daß sie ja eigentlich seine Erinnerung an alles Geschehene ein wenig hätte umdichten, den Ereignissen eine Deutung hätte geben müssen, die logischer und wahrscheinlicher war als das, was wirklich geschehen war. Nur konnte sie im Moment an nichts Logischeres denken als daran, mit dem jungen Mann, der da gerade vom Parkplatz fuhr, den Rest ihres Lebens zu verbringen.

Ich habe es zu seinem eigenen Besten getan.

Es war kälter, als es eigentlich hätte sein dürfen. Diese Kälte hatte jedoch nichts mit der Tatsache zu tun, daß Claire auf dem leeren Parkplatz einer geschlossenen Touristenattraktion stand, die selbst im Sommer höchstens als zweitrangig gelten konnte. Oder daran, daß ihr ein früher Novemberwind eiskalte Finger unter den Mantelkragen schob und mit Schneefall drohte. Claire starrte auf das einsame Paar Reifenspuren im Neuschnee, bis sie ihre Füße nicht mehr spürte.

Im Sommer konnte man sich im Fantasy Land an Irrgärten und Rutschen erfreuen, an Teilen von Burganlagen, die man, von der Größe her kindgerecht, derart gebaut hatte, daß sie allesamt einen Pfad säumten, der sich durch einen Wald schlängelte. Hier und da machte der Pfad auch an szenischen Darstellungen von Märchen halt, wobei die an den Darstellungen beteiligten Figuren aus Beton gegossen und danach bunt angemalt worden waren. Hier konnten Kinder sich austoben und überschüssige Energien loswerden, ehe ihre Eltern sie zurück in die Autos verfrachteten, wo sie dann weitere hundertfünfzig Kilometer Fahrt über ruhelos herumquengeln würden. Im Sommer hatte die Anlage also einen gewissen funktionellen Charme. Jetzt im Winter kam man nicht umhin, die vielen Schäden zu bemerken, die die Kinderhorden an den Spielgeräten und Märchenfiguren zurückgelassen hatten. Unweigerlich wurde man daran erinnert, daß einige der zarten Wesen, die sich hier im Sommer ausgetobt hatten, durchaus in der Lage waren, einen achthundert Dollar teuren DVD-Player innerhalb weniger Minuten unbrauchbar zu machen, mit nichts weiter bewaffnet als mit einem Schinkenbrot und einem Dauerlutscher. Im Winter wirkte die Anlage lediglich deprimierend.

Der Ruf hatte seinen Ursprung mitten in einer Szene aus dem Märchen ‚Schneewittchen'.

Fünf Betonzwerge, von denen die Farbe bereits heftig abblätterte, umstanden die Bahre der schlafenden Prinzessin – zumindest ging Claire davon aus, daß die Prinzessin einst auf dieser Bahre gelegen hatte. Die Holde selbst war nämlich, genauso wie zwei weitere Zwerge, mit Hilfe eines Bleirohres zertrümmert worden. Geborstene Betonteile lagen über die ganze Lichtung verteilt, während Schneewittchens Kopf seine Position in eindeutig zweideutiger Haltung direkt neben einem der Zwerge gefunden hatte.

„Ich nehme an, die Typen hier heißen allesamt Brummbär", murmelte Claire vor sich hin und trat näher heran. „Nicht das geringste Lächeln – auf keinem der Gesichter."

Austin nahm im Schatten eines riesigen Betonpilzes Platz, wickelte sich den Schwanz um die Zehen und würdigte die Hüterin keines Blickes.

Ein anderes Verhalten hatte Claire von ihm auch kaum erwartet. Der Vergleich mit einem Hund würde ihre Beziehung wohl noch eine ganze Weile schwer belasten.

Das Loch, mit dem Claire sich zu befassen haben würde, befand sich mitten auf der Bahre, was wenig verwunderlich war, da vermutlich der Vandalismus, der hier gewütet hatte, erst zum Entstehen des Lochs geführt hatte. Allerdings war das Loch groß, größer als Löcher, die durch reinen Vandalismus entstehen. Aus dem Loch drangen schon seit geraumer Zeit Sickeremanationen und machte keine Anstalten zu versickern.

Das bedeutete, daß irgend etwas in der unmittelbaren Umgebung des Lochs die Sickeremanationen absorbierte.

Eine rasche Bestandsaufnahme erbrachte keinerlei Fauna, nicht einmal eine einzige Taube. Allerdings ließen deutliche Spuren, großzügig auf alle fünf unversehrten Zwerge verteilt, darauf schließen, daß es hier einmal Tauben gegeben haben mußte.

„Ich hoffe, hier tobt nicht wieder so ein besessener Kernbeißer rum", meinte Claire munter. „Mit denen ist nie gut Kirschen essen!" Sie warf Austin einen Seitenblick zu, und als der sich unbeeindruckt zeigte, mußte die junge Frau seufzen. *Prima! Mein Kater reagiert nicht mal mehr auf schlechte Witze, Dean ist weg ...* Claire vergaß, darauf zu achten, wohin sie trat, und stolperte über ein Stück Schneewittchen. Sie konnte gerade noch verhindern, daß sie lang hinschlug, indem sie sich an die steinerne Schulter eines Zwerges klammerte ... *und jetzt habe ich mir auch noch den Knöchel verstaucht! Wie bescheuert soll der Tag denn noch werden?*

Eine zarte Hand aus Stein schloß sich schmerzhaft um ihr Handgelenk.

Ich habe es ja unbedingt wissen wollen.

Glücklicherweise waren die Hände der Zwerge so klein wie auch ihr restlicher Körper, weshalb der Griff zwar wehtat, Claire aber keinerlei Mühe hatte, sich ihm zu entziehen. Sie riß sich los, trat einen Schritt zurück und spürte, wie sich etwas in ihren Oberschenkel bohrte.

Wie sich herausstellte, handelte es sich dabei um eine Nase.

Claire war erleichtert – es hätte ja auch ein anderer kleiner spitzer Körperteil sein können –, aber die Erleichterung war von kurzer Dauer, denn nun packte sie dieser zweite Zwerg am Knie und murmelte rauh: „Schreib was auf mich, ja?"

Dafür, daß er aus Beton bestand, war dieser zweite Zwerg ziemlich forsch und auch ziemlich beweglich.

Das galt ebenso für seine Kumpane.

„... verdammte Blagen."

„Eis auf meinen Hut ..."

„... und wenn du Happy willst, dann sag ich dir, was mich glücklich macht, du kleine ..."

„... wird mir büßen für diese Schokoküsse."

„... ich werd dir was geben, und zwar gleich hier auf deinen ..."

„Hallo!" Mit einer gekonnten Pirouette wich Claire einem letzten Zwerg aus und starrte ihn erzürnt an. „Paß auf, Typ, ja? Wir sind hier schließlich auf einem Kinderspielplatz."

Steinerne Augen wurden zu wütenden Schlitzen. „Breche dir die Knochen und back' daraus mein Brot."

„Ach, wirklich ..." Claire sprang vom Betonsockel, auf dem die Märchenfiguren versammelt waren und landete auf gelbem, verwelktem Gras. „Nun versuchen sie sich auch noch in freier Assoziation!"

Den Zwergen gelang es, ihr bis zum Rand des Sockels zu folgen, aber nicht darüber hinaus.

Das freute Claire; noch mehr hätte es sie gefreut, hätten die kleinen Biester sich jetzt nicht direkt zwischen ihr und der Unfallstelle befunden. Davonrennen konnte sie ihnen nicht – das ließ sich durch ein schnelles Umrunden des Sockels rasch feststellen, und außer Atem würden die Kleinen erst dann geraten, wenn die Unfallstelle geschlossen war.

Die Zwerge wußten genau, daß die Hüterin nicht in der Lage sein würde, sich an ihnen vorbeizuschleichen. Sie fühlten sich so sicher, daß vier von ihnen anfingen, mit Schneewittchens Kopf Fußball zu spielen, während der fünfte halbherzig Wache schob.

Nach zwei Täuschungsmanövern, einem Versuch, die Zwerge abzulenken, und einem Streit darüber, ob es wirklich moralisch gerechtfertigt war, Teile der Zwerge sechs und sieben als Torpfosten zu verwenden, mußte Claire sich eingestehen, daß sie ohne einen Plan nicht weiterkommen würde. Außer, jemand fände sich bereit, ihr bei einem neuen Ablenkungsmanöver zu helfen.

„Austin?"

„Nein."

„Ich wollte doch nur ..."

„Das Leben ist hart. Ich mache es nicht."

„Gut. Was würde denn dann fünf bis sieben Zwerge ablenken?"

„Eine urheberrechtlich geschützte Titelmelodie?"

„Ich glaube kaum."

„Du könntest ja die Kurzfassung singen."

„Nein."

„Meinst du, das würden die nicht durchstehen?"

Seufzend sah Claire hinunter auf Austin. „Bist du fertig?"

„Noch nicht, aber bald."

„Austin ..."

„Schon gut, schon gut, ich bin fertig." Austin fuhr rasch mit der Zunge über eine ohnehin makellos reine weiße Schulter. „Was ist mit fünf Betonzwerginnen?"

„Warum nicht? Ich werde einfach eine Stellenanzeige aufgeben." Claire schob beide Hände in die Taschen und sah sich um. Rings um sie her zerbrochene Flaschen, verstreuter Müll, sinnlose Zerstörung. Daran, wie es im Hause der Frau von Peter dem Kürbisesser aussehen mochte, wollte Claire noch nicht einmal denken. Manche Leute brauchten ein dunkles Eckchen nur zu sehen, und schon taten sie entweder das eine oder das andere ... nun, vielleicht auch noch etwas Drittes.

Oder Viertes.

„Autsch!" Irgend jemand hatte zu fest zugetreten, woraufhin der Kopf von Schneewittchen vom Betonsockel gerollt war und Claire empfindlich am rechten Knöchel getroffen hatte. „Hier, das ist nur für euch!" zischte die Hüterin wütend, schnappte sich den Kopf und zielte damit auf den Haufen höhnisch grinsender Zwerge. Dann ließ sie ihrer improvisierten Kegelkugel freien Lauf und hoffte auf fünf von sieben. Diese Runde konnte leicht an sie gehen – damit wäre dann dies unsägliche Patt ein für allemal beseitigt.

„Voll daneben", verkündete Austin in einem Ton, der auch nicht dazu angetan war, Claires Stimmung zu heben.

„Ich weiß!" Claire mußte schreien, um das schallende Lachen der Zwerge zu übertönen und sich Gehör zu verschaffen. Zwei der fiesen Kleinen mußten einander stützen, weil sie sonst zu Boden gegangen wären, so gut ging es ihnen. Einer lag bäuchlings darnieder und warf vor Vergnügen seine kleinen Betonfersen in die Luft, während die letzten beiden in immer kleiner werdenden Kreisen umherstolperten, sich die Bäuche hielten und sich lautstark über Claires sportliche Talente lustig machten.

Nicht gerade, was die Hüterin im Sinn gehabt hatte, aber es erfüllte dennoch einen Sinn.

Ein rascher Sprint, ein Satz über einen Haufen blutbefleckter Federn, die vermuten ließen, daß es zumindest einer Taube nicht gelungen war, unversehrt zu entkommen, und dann landete Claire mit einem nicht gerade anmutigen, für ihre Zwecke aber völlig ausreichenden Sprung auf der Bahre.

Hüter und Hüterinnen lernen ziemlich schnell, daß es nichts ausmacht, wenn es bei den Reparaturarbeiten dreckig zugeht, Hauptsache, das Loch wird gestopft. Claire persönlich hatte diese Lektion gelernt, als sie bei einer Autorenlesung eine Unfallstelle hatte schließen müssen. Dem Autor, der dort sein Buch hatte vorstellen sollen, wäre um ein Haar ein ebenso spannendes Leben beschieden gewesen wie den Charakteren, die seine Werke bevölkerten – wenn auch kein so langes. Letztlich war sie gezwungen gewesen, sich der paranormalen Eigenschaften einer Krabbenpastete, zweier gefüllter Champignonköpfe und einer Miniaturquiche zu bedienen. Das Personal des Restaurants, das das kalte Büffet für die Lesung gestellt hatte, war wütend auf sie gewesen.

Aber nicht so wütend wie die fünf Zwerge.

Die waren nämlich zu klein, um ohne fremde Hilfe auf die Bahre klettern zu können. Eine Flut von Schimpfwörtern flog in einer Lautstärke, die mühelos ausglich, was den Zwergen an Körpergröße fehlen mochte, durch die Luft. Claire ging davon aus, daß die Zwerge alle diese Worte von den Vandalen aufgeschnappt hatten, die hier gehaust hatten, und nicht von den Kindern, die im Sommer hier gespielt hatten, aber eine Wette wäre sie darauf nicht eingegangen. Zum Glück gehören Betonzwerge nicht zu den Schnelldenkern. Claire hatte Umfang und Parameter der Unfallstelle bereits fast vollständig entziffert, als einer von ihnen rief: „Stapeln wir die Scherben hier. Wir bauen uns eine Rampe!"

Als der erste der kleinen Männer in Sicht kam, zog Claire ein Stück Pflastermalkreide aus der Tasche und kritzelte die Determinanten der Unfallstelle auf die einzige glatte Oberfläche, die Schneewittchen verblieben war. Dann griff sie in die Möglichkeiten, verschloß das Loch, und als sie sich umdrehte, befand sie sich Auge in Auge mit dem ersten Zwerg, der über die Rampe zu ihr emporgeklettert war.

„Ehe die Energie versiegt", grollte der wütend, „reißen wir dich in tausend Stücke."

Das wäre ihnen vielleicht sogar gelungen, wenn sie sich nicht auf ihrem Weg die Rampe hinauf in die Haare geraten wären. Wie die Dinge lagen, sprang Claire einfach auf der anderen Seite von der Bahre – dort, wo sich keine Rampe befand – und brachte sich mit einem kurzen Sprint in die Sicherheit der den Betonsockel umgebenden Grasfläche. Der erste Zwerg, der ihr von der Bahre aus nachsprang, stolperte und zerbarst.

Die fiesen Kleinen wurden alle sichtlich langsamer.

„Meine Herren?"

Mühsam und geräuschvoll wandten sich vier Köpfe Claire zu.

„Ihnen verbleiben knappe dreißig Sekunden. Vielleicht wollen Sie bedenken, wie die Nachwelt Sie vorfinden soll? Welche Haltung wollen Sie einnehmen, ehe Sie erstarren? Was bringt am besten zum Ausdruck, wie Sie das alles hier finden?"

„Wer hätte gedacht, daß man diese Betonhosen überhaupt herunterlassen kann?" murmelte Austin erschüttert, als Claire ihn zurück zum Parkplatz trug.

Irgendwie hatte sie gehofft, Dean dort warten zu sehen.

Aber er wartete nicht.

Natürlich nicht, du Idiotin. Du hast ihn schließlich fortgeschickt.

Claire verspürte eine so starke Trauer um diesen Verlust, daß sie es kaum schaffte, darüber hinaus auch noch den neuen Ruf mitzubekommen. „Mir kommt es so vor, als hätte ich einen Arm oder ein Bein verloren", seufzte sie, stellte Austin am Souvenirladen neben seinem Tragekorb auf den Boden und stellte ihren Mantelkragen.

Der Kater schnaubte. „Woher willst du denn wissen, wie sich das anfühlt?"

„Was?"

„Das einzige, was dir fehlt, ist der Sinn für die richtige Einschätzung der Dinge. Anderen Anwesenden fehlen aber durchaus richtige Körperteile."

„Tut mir leid, Austin. Die Sache mit deinem Auge vergesse ich ständig."

„Mein Auge?" Austins verbliebenes Auge verengte sich bedrohlich. „Ach ja, das ja auch. Entschuldigst du mich mal kurz? Ich werde mich jetzt hinter dieses Haus hier begeben, denn ich glaube, ich habe dort ein Katzenklo in Form einer überdimensionalen Schildkröte gesehen."

„Das ist ein Sandkasten."

„Wie dem auch sei. Warum gehst du nicht ans Telefon, während ich rasch mal verschwinde?"

„An was für ein Telefon?"

Schon fing das öffentliche Telefon, das sich auf der anderen Seite des Parkplatzes befand, an zu läuten.

Diana verlagerte ihr Gewicht auf die rechte Hüfte, klemmte sich den Telefonhörer zwischen Schulter und Ohr und kramte in ihrem Rucksack nach einem Kugelschreiber. Zwar standen die Chancen ziemlich gut, daß Claire ihrer Warnung keinerlei Beachtung geschenkt hatte, aber da sie sie nun einmal gewarnt hatte, wollte sie doch gern wissen, wie die Sache ausgegangen war.

„Hallo?"

„Also, hast du es gemacht?"

Diana hörte die Schwester am anderen Ende der Leitung vernehmlich seufzen. „Was denn?"

„Hast du diesen Riesenfehler begangen?" Diana feuchtete mit der Zungenspitze ihren Zeigefinger an und entfernte die Telefonnummer unter der Kritzelei, die in jeder öffentlichen Telefonzelle zu finden ist: die Aufforderung, die Telefonnummer einer bestimmten Frau anzurufen und es sich bei dieser Frau richtig gut gehen zu lassen. Diana ersetzte die ursprünglich dort hingekritzelte Telefonnummer durch die des Graffitikünstlers, der für diese Schmiererei zuständig war, denn die Nummer einfach nur auszuwischen hätte bedeutet, eine Lücke zu hinterlassen, die jeder Idiot mühelos wieder hätte füllen können. Außerdem stellte Diana mit ihrer Tat auch das Gleichgewicht wieder her, das jeder Hüter und jede Hüterin stets herzustellen bestrebt sind.

„Ich weiß nicht, wovon du sprichst, Diana. Ich habe gerade eine kleine Unfallstelle geschlossen und bin dabei, zur nächsten weiterzureisen."

„Ich spreche von meiner Warnung, von meinem Anruf heute morgen. Von meiner rechtzeitigen Warnung." Diana zog die Brauen hoch und tippte sich nachdenklich mit dem Kugelschreiber gegen die Lippen, löschte bei einer weiteren Kritzelei den Schlußpunkt und ergänzte sie so, daß sie nicht mehr häßlich klang, sondern nur noch albern und somit den Standards einer öffentlichen Mittelschule gerecht wurde, denn eine albernere, sinnlosere Institution konnte sich Diana beim besten Willen nicht vorstellen. „Ich wette, du hast noch nicht einmal Vorkehrungen getroffen."

„Das geht dich gar nichts an."

Diana schüttelte den Kopf. Niemand zeigte sich auf so wohlerzogene Weise indigniert wie Claire, wenn eine Frage oder eine Bemerkung auch nur im Entferntesten eine zweideutige Interpretation zuließ, und niemand verriet sich dabei jedes Mal so eindeutig wie Claire. „Du hast Dean den Laufpaß gegeben, was?"

„Ich habe ihm nicht den Laufpaß gegeben. Wir reisen nur nicht mehr zusammen."

„Schwachsinn."

„Es ist nicht die Aufgabe einer Hüterin, einen Zuschauer an gefährlichen Arbeiten zu beteiligen."

„Du hast wohl eine ziemlich hohe Meinung von dir selbst, was? Du hast ihn nirgends mit reingezogen. Das hat der liebe Kleine schon von ganz allein besorgt – wobei ja nicht alles an ihm klein ist, wenn ich mich recht erinnere."

„Diana!"

„Claire!" Diana fühlte sich schlagartig traurig und bedrückt und legte auf. Ihrer keineswegs auch nur in Ansätzen bescheidenen Meinung nach war Dean das Beste gewesen, was ihrer Schwester je widerfahren war. Durch seine bloße Existenz hatte er es geschafft, die ganze Nummer mit der einsamen Hüterin, der allein die Rettung der Welt obliegt, in Frage zu stellen, an die Claire doch von ganzem Herzen glaubte. Leider nur hatte er sie anscheinend nicht genügend in Frage gestellt.

Seufzend füllte Diana den letzten freien Platz an der Wand neben dem Telefon mit einem schnell hingekritzelten *John liebt Terry* und einem leicht verrutschten Herzen. Nicht das größte Kunstwerk aller Zeiten, aber zumindest würde hier niemand mehr etwas hinschreiben können, was anderen wehtun mochte.

„Hätten Sie einen Moment Zeit, Miss Hansen?"

Diana schob sich eine schwarze Haarsträhne aus dem Gesicht, wandte sich um und zwang sich zu einem Lächeln. „Klar. Was gibt es denn, Miss Neal?"

Das Lächeln, mit dem die stellvertretende Schuldirektorin Dianas Lächeln beantwortete, hatte eine frappierende Ähnlichkeit mit dem Grinsen eines Hais. „Anscheinend sind Sie der Meinung, unsere Schule brauche ein wenig Verschönerung, und offenbar haben Sie ein Talent für Verschönerung. Warum leben Sie es nicht anders aus? Zum Beispiel, indem Sie im Komitee mitwirken, das die Ausschmückung der Turnhalle für den Schulball zu Weihnachten übernommen hat?"

„Das würde ich ja liebend gern tun, Miss Neal, aber ich habe nicht ... das war gar nicht als Vorschlag gemeint, was?"

„Eher nicht. Eher als Alternative zu einem Monat Nachsitzen."

Nach dem Zwischenfall mit der Footballmannschaft hatten Dianas Eltern ihr streng untersagt, irgend jemandem neue Möglichkeiten zu eröffnen – auch wenn beide Eltern, das mußte man ihnen lassen, gern zugegeben hatten, daß zwei der Linebacker und ein Verteidiger nach Dianas Intervention entschieden besser geworden waren.

„Das Komitee trifft sich morgen mittag in der großen Pause. Auf der Bühne in der Aula. Sie werden auch da sein, Miss Hansen."

„Ja, Miss Neal."

„Wenn Sie hier für heute fertig sind, dann sollten Sie jetzt nach Hause gehen."

„Ja, Miss Neal."

Diana spürte den bohrenden Blick der stellvertretenden Schulleiterin den ganzen Weg bis zur Schultür im Rücken. *Das ist doch ätzend. Abends und am Wochenende soll ich die Welt retten, und den Rest der Zeit kann mich jeder kleine Diktator herumschubsen, wie er will, solange er nur für die Schulbehörde arbeitet. Ich bin Hüterin! Was habe ich hier überhaupt noch verloren?*

Die Schultür hatte sich gerade hinter Diana geschlossen, da näherten sich von verschiedenen Seiten der Pausenhalle her zwei völlig verwirrte Teenager der Telefonzelle, die die junge Hüterin gerade eben noch verschönert hatte. Je näher sie der Zelle kamen, desto lauter und schmalziger erklang die Melodie eines beliebten modernen Liebeslieds. Dann standen die beiden voreinander, und ihre Hände berührten sich, während die Musik zu einem lauten Crescendo anschwoll und erst verklang, als es Miss Neal gelungen war, den Kassettenrekorder zu konfiszieren, mit dem eine Gruppe von Schülern sich auf der Treppe zum ersten Stock amüsiert hatte.

„John?"

„Terry?"

Das Herz an der Wand neben dem Telefon glühte.

„Das ist wirklich um Längen besser als in einem warmen und gemütlichen Pick-up zu hocken, neben dir jemand, der dich gern hat!" Austin warf dem immer dunkler werdenden Himmel einen finsteren Blick zu, bahnte sich vorsichtig einen Weg durch nasse Schneeflocken hindurch zum Begrenzungspfeiler des Parkplatzes, auf dem Claire hockte, und sprang mit einem Satz auf deren Schoß. „Ich finde es ziemlich traurig, daß du es lieber mit einem Zwergenquartett aufnimmst als mit einer normalen zwischenmenschlichen Beziehung."

„Ich bin kein normaler Mensch."

„Wer ist das schon?"

„Diana ist der Meinung, ich hätte in der Sache mit Dean einen Riesenfehler gemacht."

„Handelt es sich hier um dieselbe Diana, die um ein Haar die Heerscharen der Hölle freigelassen hätte?"

Claire lächelte und verbarg das Gesicht im Fell von Austins Nacken. „Da hast du recht! Sie hatte auch früher schon mal unrecht."

„Laß uns erst einmal feststellen, daß ich natürlich auf jeden Fall recht habe. Das ist das Wichtigste überhaupt, das dürfen wir nicht außer acht lassen. Als nächstes wollen wir dann feststellen, daß Diana in diesem Fall mitnichten unrecht hat. Drittens: Hör sofort auf, immerfort zu seufzen. Du machst mich ganz naß."

„Ich weiß, wo meine Verantwortung als Hüterin liegt!"

„Verantwortung?"

„Ja."

„Dafür und für drei Dollar fünfundsiebzig kriegst du einen Latte Macchiato. Wo wir gerade beim Thema sind: Wann essen wir?"

„Bald." Claire wies mit einem Nicken auf den alten Kombi, der gerade auf den Parkplatz einbog. „Da kommt unsere Mitfahrgelegenheit."

„Oh wunderbar! Sie bremst auch für Einhörner und Hobbits." Austin sprang von Claires Schoß, eilte zum Katzenkorb und murmelte vor sich hin: „Ich hoffe nur, sie bremst auch an Stopschildern." Er ließ sich im Korb nieder und starrte vorwurfsvoll zu Claire hoch. „Du weißt doch genau, daß sie uns die ganze Fahrt über niedliche Anekdoten von ihren drei Katzen erzählen wird."

„Ich weiß." Claire schloß den Korb und wandte sich um, um sich tapfer dem fröhlichen Winken der frisch rekrutierten Zuschauerin zu stellen, fragte sich dabei allerdings, ob sich die Hölle nicht am Ende doch befreit haben könnte.

Drei

Wenn man die Strecke in einem Stück durchfuhr, kam man in siebzehn Stunden von Kingston in der Provinz Ontario bis nach Halifax, Nova Scotia. Das war möglich, Dean kannte jemanden, der es geschafft hatte, wenn auch in umgekehrter Richtung. Aber die Richtung war egal, das Prinzip blieb das gleiche. Klappen konnte die Sache allerdings nur, wenn eine Reihe von Faktoren im Sinne des Reisenden zusammenwirkten.

Zuerst einmal war es zwingend notwendig, daß sich zum fraglichen Zeitpunkt kein einziger Angehöriger der verschiedenen Polizeitruppen, die für die Autobahnen durch die Provinzen Ontario, Quebec, Vermont, New Brunswick und Nova Scotia zuständig waren, auf der Strecke blicken ließ. Dann durfte mit dem Fahrzeug, mit dem man auf Reisen war, nichts schiefgehen. Wenn die Klappe des Handschuhfachs aus irgendwelchen unerfindlichen Gründen beschloß, nicht mehr zugehen zu wollen, dann ging das ja noch an. Fiel einem aber aus heiterem Himmel kurz vor Fredericton die gesamte Auspuffanlage auf die Asphaltdecke der Autobahn, dann war das schon eine ganz andere Sache. Man muß allerdings sagen, daß ein solches Ereignis zu jedem Zeitpunkt eine andere Sache ist! Drittens war für das Gelingen des Unterfangens noch dringend erforderlich, daß dem betreffenden Fahrer die Wut auf eine Ex-Freundin plagte, und zwar in erheblichem Maße. Ohne eine solche Wut schaffte man es nämlich nicht, siebzehn Stunden lang so wach zu bleiben, daß man den Gefahren des kanadischen Autobahnnetzes unbeirrt ins Auge sehen konnte. Wobei das kanadische Autobahnnetz im Grunde nicht anders ist als das amerikanische, nur mit mehr Elchen.

Glücklicherweise hatten die Regierungen zu beiden Seiten der Staatsgrenze Haushaltseinsparungen vornehmen müssen und damit geschafft, was vorher undenkbar gewesen war (trotz der Tatsache, daß sich mittlerweile praktisch an jeder Ecke ein Tim Hortons befand): Die Gefahr, auf der Autobahn von einem Elch gestoppt zu werden, war erheblich größer als die, von der Polizei aufgehalten zu werden. Was Deans Auto betraf, so würde das Fahrzeug zwar demnächst stolze zehn Jahre auf dem Buckel haben, aber sowohl Auspuffanlage als auch Handschuhfach befanden sich in gutem Zustand. Auch wenn das Handschuhfach ziemlich voll war: Es beherbergte zur Zeit eine Haarbürste, zwei Lippenstifte, siebzehn kleine Päckchen Süßstoff, ein Plastikspielzeug aus einem Schnellimbiß, eine kleine rote Plastikhülle, in der sich etwas befand, was Dean anfangs für eine Wundkompresse gehalten hatte, bis er peinlich berührt hatte feststellen müssen, daß Wundkompressen in der Regel in der Mitte keine Flügel haben. Weiterhin lagen dort eine halbgeleerte Mineralwasserflasche und eine angebrochene Dose mit altersgerechtem Futter für die greise Katze.

Dean war nicht wütend genug auf Claire, um die siebzehn Stunden bis Halifax in einem Rutsch durchzufahren, auch wenn er kurz davor gewesen war, als er die Dose mit Katzenfutter entdeckt hatte. Bis Claire und Austin ihn verlassen hatten, war Dean nämlich davon ausgegangen, daß es in der Fahrerkabine des Pick-up so merkwürdig roch, weil Austin darin reiste, ein immerhin schon ziemlich betagter Kater.

Es war also möglich, innerhalb von siebzehn Stunden von Kingston nach Halifax zu gelangen, aber Dean brauchte für die Strecke drei volle Wochen: Kurz nachdem er wieder auf die amerikanische Seite übergewechselt war, nach Vermont hinein, hielt er kurz an, um einem anderen Fahrer zu helfen, der Probleme mit seinem Wagen hatte. Dieser Fahrer entpuppte sich als Besitzer eines Schnellrestaurants auf der Suche nach einer Urlaubsvertretung für seinen Koch. Dean erklärte sich bereit, die Arbeit des Kochs zu übernehmen, während dieser damit beschäftigt war, ein kleines Problem zu klären, bei dem es anscheinend um eine Kuh, zwei Liter Speiseeis und eine Touristin aus New Hampshire ging. Nach Einzelheiten dieser Angelegenheit hatte Dean sich nicht erkundigen mögen; er ging davon aus, daß es sich bei diesem Problem um eine durch und durch amerikanische Sache handle.

Jedesmal, wenn der junge Mann eine dunkelhaarige junge Frau oder auch eine Katze zu Gesicht bekam, mußte er an Claire denken. Auch wenn in den Nachrichten von merkwürdigen Geschehnissen die Rede war, dachte er an Claire. Er dachte an Claire, wenn er hinter der Kellnerin im Restaurant herräumte, wenn er Kunden darum bat, sich die Füße abzutreten und wenn er abends allein zu Bett ging.

Auch als die Kellnerin andeutete, wenn es nach ihr ginge, bräuchte er abends nichts allein zu Bett zu gehen, dachte er an Claire. Er dachte an sie, als er sich bei der Kellnerin höflich für das freundliche Angebot bedankte und es ablehnte. Nur als die Kellnerin ihn fragte, ob er schwul sei, dachte er nicht wirklich an Claire.

„Nein, schwul bin ich nicht. Ich bin Kanadier."

Damit schienen die Dinge zur vollsten Zufriedenheit aller geklärt.

Dean dachte mehr oder weniger ständig an Claire. Als der Koch seine Arbeit wieder aufgenommen hatte und er selbst weiterreisen konnte, zögerte er sogar einen Moment lang an der Autobahnauffahrt, unschlüssig, welche Richtung er einschlagen sollte. Was wäre, wenn er zurück nach Ontario führe und sich auf die Suche nach Claire machte? Als er einfach weggegangen war, hatte er sich da nicht als ebenso kompromißunfähig erwiesen wie sie? War es da überhaupt noch angebracht, daß er ihr diesbezüglich Vorhaltungen machte?

Lange hatte sich Dean dieser Frage nicht widmen können: Mit wild kreischenden Bremsen war dicht hinter ihm ein Sattelschlepper zum Stehen gekommen und hätte um ein Haar nicht nur den Moment des Zögerns beendet, sondern auch gleich das Problem an sich gelöst. Ein wenig zittrig und mit heftig klopfendem Herzen legte Dean den Gang ein und fuhr weiter gen Osten.

Er hatte mit angesehen, wie Claire mit der Hölle selbst fertig geworden war – und mit Austin. Wenn die Hüterin es wollte, würde sie ihn finden.

Es war Mitte Dezember, als Dean in der Wohnung seines Vetters in Halifax ankam. Er hatte dort nur bleiben wollen, bis es ihm gelungen war, eine Fährpassage nach Hause zu buchen. Aber so weit kam es irgendwie nie – aus einer Vielzahl von Gründen, von denen recht viele mit übermäßigem Bierkonsum zu tun hatten.

Austin streckte die Pfote aus und angelte sich geschickt eine Pommes von Claires Gabel. „Habe ich recht? Du denkst an Dean?"

„Nein." Nur daß der Pick-up, von dem sie fast überfahren worden wäre, als sie in Napanee eine Unfallstelle an der Ecke King Street/ Highway 2 bearbeitete, von weitem fast wie Deans Pick-up ausgesehen hatte. Gut: Beim Wagen in Napanee hatte es sich um einen Ford gehandelt. Einen roten Ford – Deans Wagen war weiß. Zudem verfügte Deans Wagen – im Gegensatz zu dem an der Unfallstelle – nur über eine normale Fahrerkabine mit einer einzelnen Sitzbank und war immer sauber. Aber abgesehen davon ...

❧❧ ❧❧ ❧❧

Die Matratze gab unter Claires Gewicht nach und sackte dann noch ein wenig mehr nach unten, bis sich das Bett mit den Gesetzen der Schwerkraft auf eine Position geeinigt hatte. Dieses Bett war bei weitem nicht das unbequemste Motelmöbel, in dem Claire je gelegen hatte, aber es kam einem Negativrekord sehr nahe. Es erinnerte Claire an das Bett im Motel am Stadtrand von Rochester. An das Bett, das Dean und sie kurz platonisch miteinander geteilt hatten. Wenn sie die Hand ausstreckte, konnte sie fast die Wärme eines ...

... siebzehneinhalb Jahre alten Katers spüren.

„Du denkst an Dean, nicht?"

„Nein."

❧❧ ❧❧ ❧❧

„Ist Ihnen auch nichts passiert?"

„Nein, machen Sie sich keine Sorgen." Nachdem Claire den dunkelhaarigen, blauäugigen, brilletragenden jungen Kellner beruhigt hatte, steckte sie verstohlen den Finger wieder in den Mund.

„Zweimal hätten sie uns die Kneipe um ein Haar schon dicht gemacht, aber eine Ratte ist mir hier noch nie über den Weg gelaufen."

Auch jetzt war es keine Ratte gewesen, die ihm über den Weg gelaufen war, aber Claire würde sich hüten, ihm das mitzuteilen.

„Gut, daß Sie Ihre Katze dabeihaben!" Dann verzogen sich die dunklen Brauen des Mannes nachdenklich, und er kratzte sich am keineswegs glattrasierten Kinn. „Wobei ich allerdings glaube, es ist gar nicht gestattet, hier eine Katze dabeizuhaben!"

Claire veränderte die Möglichkeiten ein klein wenig, um sie den Gegebenheiten anzupassen. „Ist schon in Ordnung."

„Prima. Möchten Sie noch etwas trinken?"

„Warum nicht?" Warum sollte sie sich nicht das Vergnügen gönnen, dem Jungen zuzusehen, wie er einmal quer durch den Raum ging, von der düsteren Nische in der hintersten Ecke der fast leeren Kneipe, in der Claire hockte, bis zum Tresen am Eingang? Das war ein schöner Anblick, und immerhin hatte Claire bereits um ein Haar einen Finger eingebüßt, weil dieser Anblick und die damit verbundenen Assoziationen sie derart abgelenkt hatten.

Austin angelte sich ein Stück undefinierbares braunes Etwas auf den Kunstledersitz der Eckbank. „Du denkst an Dean, nicht?"

Claire lutschte am Finger und schenkte ihrem Kater keinerlei Beachtung.

Der schnaubte. „Gut, daß du deine Katze dabeihattest, was?"

Claire stand auf einem verlassenen Stück Autobahn kurz vor Renfrew und starrte auf die Schmiererei, die gute zehn Meter über ihr am Kalksteinfelsen prangte. Das Loch, das dort oben genau zwischen dem ‚I' und dem ‚C' plaziert war, hatte ein allseits beliebtes Schimpfwort in eine metaphysische Instruktion verwandelt.

Ehe Austin danach fragen konnte, schob Claire eiskalte Finger tiefer in die Manteltaschen und seufzte. „Ja. Nun laß es gut sein."

„Ich wollte doch nur sagen, daß Dean bestimmt genau wüßte, mit was für Zeug man die Schmiererei da vom Felsen wieder abkriegt."

„Na klar. Mehr wolltest du gar nicht sagen."

Auf dem Parkstreifen auf der anderen Seite der Straße hinterließ jemand einen Handabdruck im Kondenswasser, das sich auf der Windschutzscheibe des Buick gesammelt hatte, den die Hüterin und ihre Begleitung dort geparkt hatten.

Allen Erwartungen zuwider gefielen Diana die wöchentlichen Sitzungen des Ausschusses, der für die Ausschmückung der Turnhalle für den weihnachtlichen Schulball zuständig war. „Also ist das beschlossene Sache, ja? Unsere Dekoration basiert auf Schneeflocken." Mit Stefanies Lächeln hätte man Papier schneiden können. „Weißt du was, Lena? Das Wort Engel will ich kein einziges Mal mehr hören."

„Aber Engel ..."

„Sind inzwischen von jedem Hinz und Kunz zu Tode geritten worden. Vergiß es."

Zuzusehen, wie Stefanie jegliche demokratische Debatte mit der Präzision eines Bildhauers, der Styropor mit der Motorsäge bearbeitet, rigoros klein hielt, war um Längen amüsanter als zuzusehen, wie das in der Schulkantine ausgegebene warme Mittagessen auf den Tellern unwilliger Konsumenten langsam aber sicher völlig neue, unerwartete Formen annahm.

„Diana ..."

Diana wurde rüde aus ihrem Tagtraum gerissen und widerstand nur mühsam der Versuchung, sich kerzengerade aufzurichten und stramme Haltung anzunehmen. Stefanie war groß und blond und hätte nicht einmal in Springerstiefeln schlecht gekleidet gewirkt, vorausgesetzt, sie hätte eine Handtasche gefunden, die zu Springerstiefeln paßte. Irgendwann würde das Mädchen zweifellos eins der fünfhundert erfolgreichsten Großunternehmen des Landes mit demselben Elan leiten, mit dem sie momentan die Geschicke der Medway High lenkte. Manchmal kam Diana nicht umhin, die Welt an sich zu bedauern: Es war Hütern nicht gestattet, Präventivschläge auszuteilen.

„... wir nicht wollen, daß es hier zu sehr wie in einer Turnhalle aussieht, möchte ich von dir ein Schneeflockenmuster aus weißgoldenem Krepp, und zwar an der Decke oben, ein bis zwei Meter unterhalb dieser unglaublich häßlichen Deckenverkleidung."

Diana starrte ungläubig erst zur Turnhallendecke hinauf und dann Stefanie an. Die Turnhalle war gute zehn Meter hoch, und wollte man höher hinaus als bis zum Holzbrett der Basketballkörbe, dann würde man dazu ein Gerüst brauchen. Die Chancen, daß einer der Hausmeister sich bereit erklärte, den Schülern zum Anbringen von Weihnachtsdekoration ein solches zu bauen, standen schlecht. Eher konnte man darauf hoffen, daß einer der Spieler der Basketball-Schulmannschaft aufgefordert werden würde, als Profi in einer Mannschaft der Oberliga zu spielen, und die Schulmannschaft hatte von den dreizehn Spielen dieser Saison noch kein einziges gewonnen. Inzwischen glaubten selbst die Cheerleaderinnen nicht mehr wirklich an die Qualitäten der Truppe. „Was soll ich machen?" fragte Diana also erstaunt.

„Ich möchte dich doch sehr bitten, mir besser zuzuhören. Ich will, daß du die Decke abhängst, mit einer Schneeflocke aus Krepp." Ungerührt hielt der Blick aus Stefanies blauen Augen Dianas ungläubigem Staunen stand. Stefanie ging eindeutig davon aus, daß Diana schon tun würde, was ihr aufgetragen wurde.

Im Gegensatz zu Claire hatte Diana nicht ihre gesamte Schulzeit an der Oberschule als unscheinbares graues Mäuschen am Rande des Geschehens verbracht, das sich nie an außerschulischen Aktivitäten beteiligte. Aber auch Diana war bemüht gewesen, mit ihren Talenten als Hüterin so gut es ging hinter dem Berg zu halten. Angesichts der Tatsache, daß die junge Frau das öffentliche Schulsystem eigentlich insgesamt als völlige Zeitverschwendung ansah, war das nicht immer einfach gewesen. Aber es war ihr gelungen, bis zur Abschlußklasse durchzuhalten, ohne daß jemand mit dem Finger auf sie gezeigt und „Hexe!" geschrien hätte. Nun – zumindest hatte das niemand getan, dem diejenigen, die etwas zu sagen hatten, Gehör geschenkt hätten ...

Was mochte Stefanie gesehen haben – und spielte das unter dem Strich irgendeine Rolle?

„Eine Schneeflocke aus Kreppapier?"

„Ja."

„Gut."

Die Decke war ja auch wirklich ziemlich häßlich.

Als das Treffen beendet war und Diana gerade die Turnhalle verlassen wollte, fand sie sich überraschend in der Begleitung von Lena wieder. „Du bist im Ausschuß die einzige aus der Abschlußklasse, Diana. Stefanie ist nicht in der Abschlußklasse. Wenn du also Engel gewollt hättest ..." Lena verstummte. Sie hatte gesagt, was sie zu sagen wagte, weiter würde sie nicht gehen.

„Ich bin hier nicht freiwillig", erinnerte Diana sie. „Ich hatte die Wahl zwischen diesem Ausschuß hier und einem Monat Nachsitzen. Aber außerdem finde ich persönlich auch gar nicht, daß Engel eine so tolle Sache sind."

Lena wirkte verständnislos und völlig am Boden zerstört. „Warum nicht?"

„Flammenschwerter, die Vernichtung der Gottlosen ...", setzte Diana an.

„So sind Engel doch gar nicht!"

„Vielleicht nicht die, mit denen du es zu tun hast, aber das Problem ist doch: Ganz genau kann man es einfach nie wissen."

„Was kann ich nicht genau wissen?"

„Auf was für Engel du treffen wirst."

Darüber mußte Lena nachdenken. Dann – Diana beschleunigte bereits ihre Schritte, um bei der ersten Unterrichtsstunde nach der Mittagspause auch rechtzeitig zu erscheinen – murmelte sie finster vor sich hin: „Meine Mutter hat recht: Du bist wirklich ziemlich abnormal."

Da Toronto über mehr als drei Millionen Einwohner verfügte, arbeiteten in der Stadt zwei aktive Hüter, dazu ein bereits ziemlich alter Herr, der sozusagen als Stöpsel auf einer nicht zu schließenden Unfallstelle draußen in Scarborough fungierte, und ein halbes Dutzend Vettern, die ganz allgemein die konstanten metaphysischen Strömungen überwachten. Einer dieser Vettern hatte ein kleines Vermögen gemacht, indem er in seiner Freizeit gleich noch den Aktienmarkt beobachtete. Die relative Ruhe, mit der die Börse arbeitete, so erklärte dieser Vetter allen, die es wissen wollten, wirke beruhigend auf seine Nerven.

Der Ruf führte Claire zur U-Bahnstation College Park, eine Haltestelle der University Line. Dort war sechsundneunzig Stunden zuvor ein Regierungsbeamter, der in einem der umliegenden Bürohochhäuser seinen Arbeitsplatz hatte, vom Bahnsteig geschubst worden. Die Old Red Rocket war zu diesem Zeitpunkt noch dreihundert Meter vom Bahnhof entfernt gewesen und hatte sich ganz langsam und lautstark ihren Weg gen Norden gebahnt; genügend Zeit also für das Opfer, sich den Dreck vom Anzug zu klopfen, wieder auf den Bahnsteig zu klettern und dem Mann, der für seinen Sturz verantwortlich gewesen war, mit einer unangekündigten Buchprüfung zu drohen. Aber daß die Sache so glimpflich abgegangen war, spielte letztlich keine Rolle. Selbst wenn es sich als unfähig erweist, bleibt das Böse immer noch böse, und so hatte sich am Rand des Bahnsteigs ein Loch aufgetan.

An den folgenden Tagen hatte dieses Loch jeweils am Morgen die Pendler auf dem Bahnsteig mit kleinen Stückchen Dunkelheit bespuckt und diese dann am Abend, da sie nun weitaus größer und dunkler geworden waren, wieder eingesammelt. Bestimmt war es Zufall, daß Mitglieder der Regierung der Provinz Ontario, die jeden Tag in den nur wenige Straßenzüge von der Unfallstelle entfernten Regierungsgebäuden eintrafen, ausgerechnet in dieser Zeit eine Gesetzesvorlage unterbreiteten, die die Schließung der Hälfte aller Krankenhäuser der Provinz und eine Reduzierung der Ausgaben für öffentliche Bildung um vierundvierzig Prozent vorsah. Immerhin war es höchst unwahrscheinlich, daß ein Mitglied der regierenden konservativen Partei mit öffentlichen Verkehrsmitteln zur Arbeit fuhr.

Das Loch hatte bereits ziemliche Dimensionen angenommen, als Claire bei der Unfallstelle eintraf. Tausende von Beamten kamen täglich in finsterer Stimmung zur Arbeit und gingen noch schlechter gelaunt, als sie gekommen waren. Im Grunde nichts Neues und Außergewöhnliches – nur um einiges verstärkt.

Es war nach Mitternacht, weswegen der Bahnsteig mehr oder weniger verwaist dalag, als Claire ihn betrat. Am einen Ende trieb sich eine Gruppe Teenager herum – jeder für sich allein mit seinen Kopfhörern und seiner Sonnenbrille –, und vom anderen Ende her funkelte eine ältere Frau Claire wütend an. Die Alte war in mindestens vier Lagen Kleidung gehüllt, und um sie herum standen unzählige dreckige, stinkende Plastiktüten.

Seufzend verlagerte Claire den Katzenkorb von ihrer rechten Hand in die linke und ging langsam und widerstrebend über den Bahnsteig, wobei sie sich irritiert fragte, warum es ihr nicht gelingen wollte, durch all die Trugbilder hindurchzuschauen. Als sie nahe genug herankam, überlagerte der Gestank ungewaschener Kleidung und ängstlich gehüteten Mülls mit einem Mal den Geruch nach winterkaltem Metall und heißgelaufenen Maschinen, der ansonsten hier auf dem Bahnsteig vorherrschte. Claire mußte einsehen, daß sie nicht durch die Trugbilder hindurchsehen konnte, weil die Trugbilder gar keine waren.

„He, Thunfisch!" Eine schwarze Nase drückte sich gegen das Gitter vorn am Katzenkorb, zog sich dann aber hastig und heftig niesend wieder zurück. „Sechs Tage alt! In der getragenen Tennissocke von einem, der schlimme Schweißfüße hat, und wenn es dir nichts ausmacht, würde ich da lieber nicht näher rangehen." Austin nieste erneut. „Können wir gehen?"

„Nein, und rede bitte leiser, wir sind an einem öffentlichen Ort."

„Ich bin doch nicht diejenige, die mit ihrem Gepäck spricht!"

Mit tränenden Augen stand Claire außen am Rand des Rings aus Plastiktüten, der die ältere Frau umgab. Von allein schaffte es niemand, so erbärmlich zu stinken; der Geruch war auf jeden Fall sorgsam komponiert worden. Claire bedankte sich im stillen bei der Vorsehung dafür, daß sie damals keinen Abschnitt ihrer Ausbildung bei dieser speziellen Hüterin hatte absolvieren müssen. *Heute nachmittag wollen wir lernen, wie wir den Gestank von ranzigem alten Käse und die Ausdünstungen der Kombination von Erbrochenem und Urin, wie sie sich auf den Rücksitzen bestimmter Taxis finden läßt, mischen können ...* war denn das Leben noch nicht gefährlich genug?

„Claire?"

„Ja." Wenigstens legte diese Hüterin keinen Wert auf die traditionelle Anrede ‚Tante Claire', die Claire persönlich nur lächerlich fand.

„Sie sind Nalo?" fragte Claire zurück.

„Die bin ich – und? Wo ist er? Wo haben Sie ihn gelassen?"

Claire blinzelte die Hüterin verwirrt an. „Bitte?"

„Ihr junger Mann, wo haben Sie ihn gelassen? Beim Apotheker ist mir zu Ohren gekommen, daß Sie eine Beziehung, eine wirkliche Bindung, mit einem Zuschauer eingegangen sind." Die Frau verdrehte den Hals und präsentierte so einen Einblick in ihren reichlich schmutzigen Hemdkragen. „Hatte er Schwierigkeiten, einen Parkplatz zu finden?"

Der Frau zu sagen, das ginge sie gar nichts an, würde wenig Zweck haben.

„Wir reisen nicht mehr zusammen."

„Nein? Warum denn nicht? Ich hörte, er sei das hübscheste Schnukkelchen und noch dazu reinen Herzens." Ein Auge schloß sich zu einem unmißverständlichen Zwinkern. „Wenn Sie verstehen, was ich meine."

Claire nahm sich vor, Diana eine ordentliche Ohrfeige zu verpassen, wenn sie ihre Schwester das nächste Mal traf. „Wir sind nicht mehr zusammen, weil ich zu der Erkenntnis gekommen bin, daß das Reisen mit mir nicht sicher für ihn ist."

„Sie sind zu der Erkenntnis gekommen? Der Junge war schon mal in der Hölle, Mädchen, was soll ihm denn Ihrer Meinung nach Schlimmeres zustoßen können?"

„Was wäre mit Tod durch Ersticken?"

Ein anklagender schwarzer Finger in einem dreckigen Handschuh, der die Fingerspitzen freiließ, wies auf den Katzenkorb. „Hast du eine bessere Idee, wie man Zuschauer weit genug vom Loch hier fernhalten kann? Dann laß mal hören! Wenn nicht – solche dummen Sprüche lasse ich mir von keiner Katze gefallen!"

Wahrscheinlich war es ein glücklicher Zufall, daß genau in diesem Moment die U-Bahn kam, in deren Lärm Austins Antwort unterging.

Die Teenager stiegen ein. Aus der Tür des Waggons, der am nächsten bei der Unfallstelle zum Stillstand gekommen war, trat ein junger Mann in Lederjacke, auf dem kahlen Schädel die Tätowierung eines Hakenkreuzes samt Dolch. Er hielt die mit Ringen verzierten Lippen verächtlich verzogen und stolzierte in seiner engen Lederhose ein wenig steifbeinig, aber gewichtig auf die beiden Frauen zu. Er holte tief Luft, um sich vor den beiden aufzubauen und sie ein wenig einzuschüchtern, mußte dann aber entsetzt feststellen, daß er drauf und dran war, sich zu übergeben.

„Wissen Sie, was ich denke, wenn ich so eine Tätowierung sehe?" murmelte Nalo, während alle Kacheln des U-Bahnschachts das Echo eines wüsten, verzweifelten Hustens wiedergaben. „Ich denke dann immer: Wenn der mal achtzig ist und im Pflegeheim sitzt, dann sieht er aber ziemlich dämlich aus!"

„Vielleicht läßt er sich das Haar ja wieder wachsen."

„Das hilft ihm auch nicht! Dem sieht man doch an der Nasenspitze an, daß er eine Glatze bekommt. Das liegt bei ihm in der Familie."

Das sah Claire nicht; dafür konnte sie sehen, daß auf dem rechten Handrücken des Mannes das Wort ‚Haß' eintätowiert war, auf dem linken das Wort ‚Mord'. Sie griff in die Möglichkeiten und nahm eine kleine kosmetische Veränderung vor. Dann griff sie noch ein wenig tiefer.

Die Augen des Mannes weiteten sich. Verzweifelt preßte er sich die Hand, auf der nun „Glatze" stand, krampfhaft an den Schritt, während er die andere – mit der Aufschrift „erblich" – panisch ausgestreckt hielt, um jedes etwaige Hindernis aus dem Weg zu schieben. So schnell er irgend konnte hastete er auf die Treppe und den Ausgang zu.

„Ob er wohl zurückkommt?"

„Das hängt davon ab, wie lange er braucht, um eine Toilette zu finden."

„Der pinkelt doch bestimmt auch in jede Ecke."

„Damit wäre aber nur die Hälfte seines Problems beseitigt."

Nalo grinste. „Welch eine hervorragende Idee. Ich muß sagen, Sie gehen subtiler vor als Ihre Schwester."

„Wenn das Privatfernsehen Zuschauerrekorde brechen will, geht es subtiler vor als meine Schwester!"

„Da haben Sie nun auch wieder recht. Das war der letzte reguläre Zug, der heute kommt. Machen wir uns an die Arbeit, ehe der Wartungszug sich in Bewegung setzt." Nalo legte den Mantel ab, streifte sich die Handschuhe von den Fingern und stand plötzlich als ganz normale schwarze Frau mittleren Alters vor Claire, gekleidet in die Uniform des Wartungspersonals der Vereinigten Verkehrsbetriebe Toronto. Daß sie im Mantel so umfangreich gewirkt hatte, lag zum großen Teil an einem schweren Werkzeuggürtel, den sie um die Taille trug.

„Arbeiten Sie oft im Bereich der U-Bahn?" erkundigte sich Claire, während sie Austins Korb auf dem Bahnsteig abstellte und den Deckel abnahm, damit der Kater aussteigen konnte.

„Hunderttausende von Menschen benutzen täglich die U-Bahn, was dachten Sie denn? Genügend Löcher gehen ja von ganz allein wieder zu, aber es bleiben doch immer einige, bei denen wir nachhelfen müssen. Irgendwann schien es sinnvoll, sich die Ausrüstung und die Uniform zuzulegen. Einer der Vettern arbeitet in einem der regulären Wartungstrupps und hat mir die Sachen besorgt."

„Hat er auch die Unfallstelle hier überwacht?"

„Diese hier und noch ein paar andere." Die ältere Hüterin warf einen Blick auf die Uhr. „Bald kommt der Sicherheitsdienst. Ich kenne mich hier aus, ich habe hier früher schon mal behandelt. Den Part übernehme ich. Sie haben die jüngeren Beine. Ich schlage vor, die nehmen Sie jetzt mal in die Hand und hüpfen schnell runter auf die Schienen, um dort unten die Parameter zu vermessen."

Warum eigentlich nicht? Claire gab sich Mühe, aber ihr wollte beim besten Willen nichts einfallen, was sich gegen den Vorschlag der Älteren einwenden ließe. Aber etwas hinauszögern konnte sie die Sache noch, oder? „Was ist mit der Überwachungskamera? Die passe ich wohl lieber ein bißchen an, damit sie eine andere Möglichkeit aufzeichnet."

„Schon geschehen!"

Hinauszögern ließ es sich also nicht. Claire nahm ihre Ausrüstung aus dem Rucksack, ging zur Bahnsteigkante und ließ sich mit baumelnden Beinen nieder. „Kommst du?"

„Eher nicht."

„Da unten gibt es Mäuse."

„Na und? Meinst du, darauf lege ich Wert?" Aber er kam herbeigetrottet, um sich das genauer anzusehen. „Nicht *nur* Mäuse!"

Eine Gruppe winziger Krieger, alle nicht mehr als vier Zentimeter hoch und alle kaum erkennbar mit ihrer dunklen Haut, umstanden schweigend ein nichtsahnendes Nagetier. Ein rascher kollektiver Vorstoß – dann war die Beute tot. Ein Dutzend winziger Arme hob sie hoch und schleuderte sie zu Claires großer Verwunderung gegen den dritten Schienenstrang, der dort unten verlegt war. Ein rasch aufzukkender Blitz, eine kleine Rauchwolke und dann skandierten zarte Stimmchen: „Grill. Ver. Gnü. Gen! Grill. Ver. Gnü. Gen!"

„Warum geht es nicht weiter?" fragte Nalo und trat auch an die Bahnsteigkante. „Ach, Abatwa. Ich weiß nicht, wann die aus Südafrika herübergekommen sind, aber sie haben sich erstaunlich gut dem U-Bahnsystem angepaßt. Sie wissen, was Sie tun müssen, wenn die Sie herausfordern?"

Soweit Claire sehen konnte, handelte es sich bei den Kriegern nur um Männer. „Schmeichelei?"

„Genau. Passen Sie auf, wo Sie hintreten – die kommen sonst ganz schlecht drauf!"

Nachdenklich starrte Claire auf den zwischen den Schienen verstreuten Müll und gelangte zu der resignierten Erkenntnis, daß es ein überschaubares Problem sein würde, wenn sie auf einen Abatwa trat. Da unten lag Müll, bei dem sie noch nicht einmal daran denken mochte, wie der da wohl hingekommen war. Gerade wollte sie sich von der Bahnsteigkante abstoßen und springen, da schoß ihr noch eine weitere Frage durch den Kopf und ließ sie zögern. „Sie sprachen von einem Wartungszug?"

„Bis der kommt, haben Sie noch reichlich Zeit."

„Wir wissen doch gar nicht, wie lange wir hierfür brauchen werden."

„Mädchen, Sie hirnen zu viel." Nalo versetzte Claire einen aufmunternden Schlag auf den Rücken. Das kam einem Schubs fast schon gleich.

Claire konnte nicht anders: Sie akzeptierte den Wink mit dem Zaunpfahl und ließ sich auf die ölverschmierten Kacheln hinabfallen. Gerade wollte sie sich der Arbeit zuwenden, da kündigten schwere Fußtritte auf dem Bahnsteig an, daß sich die Sicherheitskräfte der Vereinigten Verkehrsbetriebe Toronto näherten. Die Männer schienen bereit, in den beiden Hüterinnen Mitarbeiterinnen des Wartungsdienstes zu sehen, und erkannten in Austins Tragekorb eine Werkzeugkiste. Also sahen sie sich nur kurz auf dem Bahnsteig um, wie es ihre Pflicht war, und zogen sich dann rasch wieder zurück. Die Ansammlung stinkender Plastiktüten, mutmaßte Claire, sorgte dafür, daß sich die Männer nicht allzu lange mit irgendwelchen mißtrauischen Betrachtungen aufhalten mochten. Zumal ihnen dank dieser Plastiktüten auch jegliche Unterhaltung schwerfiel – vom Atmen ganz abgesehen.

Claire fühlte sich in ihren Mutmaßungen bestätigt, als einer der Wachleute den Hüterinnen versprach, den Reinigungskräften über den Dreck auf diesem Bahnhof Bericht zu erstatten. „Die können dann dafür sorgen, daß der Müllzug die Tüten mitnimmt."

„Müllzug?" fragte Claire, als die Männer gegangen waren. „Ist das der Wartungszug, den Sie erwähnten?"

„Einer der Wartungszüge", mußte Nalo eingestehen. Dann zog sie ein Stück Kreide aus ihrem Werkzeuggürtel und ging vorm oberen Ende des Lochs in die Hocke.

„Einer? Wie viele gibt es denn?"

„Kommt darauf an."

„Worauf?"

„Darauf, wie viele es sind."

„Wunderbar."

Die Reinigungstruppe kam, ehe die beiden Frauen mit der Kartierung fertig waren. Keiner der Leute sprach Englisch, zwei davon konnten sich noch nicht einmal untereinander verständigen. Alle drei schafften es jedoch, unmißverständlich zum Ausdruck zu bringen, was sie von den versammelten Plastiktüten hielten.

„Ich weiß ja nicht, wie es euch geht", kicherte Austin, als die drei gegangen waren. „Aber ich habe gerade ein paar neue Worte gelernt." Er schlenderte zur Bahnsteigkante und schielte auf Claire hinunter. „Wie kommst du voran?"

„Prima." Das Loch reichte bis zur Bahnsteigkante, schlang sich dann um deren Rand und reichte noch sechzig Zentimeter in einen geschwärzten Betonsockel hinein. Claire sah sich gezwungen, großzügig von ihrem Nagellackentferner Gebrauch zu machen, um ein winziges Stück Beton notdürftig zumindest so sauber zu bekommen, daß sie eine Definition vornehmen konnte. Dabei wurden langsam, aber sicher ihre Finger klamm.

„Dean würde das im Handumdrehen sauber kriegen."

„Wenn Dean jetzt hier wäre, hätte deine Bemerkung auch eine Relevanz."

„Hör mal, *ich* habe ihn schließlich nicht weggejagt."

„Halt das Maul."

„Fast fertig?"

„Fast."

„Das ist auch gut so."

Austins Ton veranlaßte Claire hochzuschauen. „Warum ist das auch gut so?"

„Ich will dich ja nicht hetzen, aber irgend etwas geht da vor sich, weiter unten auf der Strecke."

„Weiter unten auf der Strecke geht irgend etwas vor sich?"

Austin neigte den Kopf, die Ohren gen Süden gespitzt. „Hört sich an wie ein Zug."

„Na toll!"

„Nun hat es wieder aufgehört."

„Gut. Sag Bescheid, wenn der Zug wieder losfährt. Nalo?"

„Ich bin fertig. Hören Sie, wenn Sie nicht sicher sind, daß Sie es schaffen, ehe der Zug hier durchkommt, dann hüpfen Sie doch erst mal wieder hoch. Wir können einen Teil der Vorbereitungen später noch einmal machen."

Claire warf einen Blick in den Tunnel. Dort war kein Licht zu sehen, und auch den Luftzug eines sich nähernden Zuges spürte sie nicht. Außerdem wollte sie die ganze Sache jetzt nur noch hinter sich bringen. „Ich muß nur noch eine Position definieren, das schaffe ich schon." Sauber war der Beton nicht, aber Claire handhabte die Malkreide mit dem nötigen Druck und Elan, und schließlich stand das Symbol mehr oder weniger lesbar genau dort, wo es hingehörte. „Das hätten wir." Claire stand auf. Ein plötzlicher Luftzug ließ ihr die Nackenhaare zu Berge stehen. „Auf geht's!"

Das Loch lag – mit einer Krümmung dort, wo es vom Bahnsteig in die Tiefe reichte – so, daß es einem Hüter allein nicht möglich war, seinen gesamten Umfang zu überblicken. Während Nalo das Ende auf ihrer Seite geschickt in den Boden drückte, griff Claire in die Möglichkeiten und hob ihr Ende an.

Der leichte Lufthauch wurde zu einem recht starken Wind.

Unter den Sohlen spürte Claire das Vibrieren eines sich nähernden Zuges.

Das Loch wehrte sich. Es rang förmlich darum, nicht geschlossen zu werden.

Gerade erreichte das untere Ende des Lochs widerstrebend den Punkt, an dem es galt, die Krümmung an der Bahnsteigkante zu überwinden. Aus den Augenwinkeln nahm Claire ein kleines Licht wahr.

Das rapide immer größer wurde.

Das zu den Vorderlichtern eines Zugs wurde.

Ich könnte mich eigentlich gleich unter diesen Zug werfen! Nicht zu fassen, wie gründlich ich die Sache mit Dean in den Sand gesetzt habe!

Wie kann ich weiterleben, wo er mir doch so sehr fehlt? Was hat das Leben denn überhaupt für einen Sinn, wenn man niemanden hat, mit dem man es teilen …

Plötzlich zerrissen scharfe kleine Nadeln an mehreren Stellen die Haut auf Claires Handrücken, und die junge Frau kam mit einem Ruck wieder zu sich. Rasch griff sie in die Möglichkeiten, umklammerte die Definitionen mit einem harten, entschiedenen Griff, sprang hoch, warf sich der Länge nach über die Bahnsteigkante auf den Bahnsteig und schaffte es, genau in dem Moment das Loch zuzuschlagen, in dem ein hellerleuchteter Zug mit drei Wagen durch den Bahnhof fuhr. Aus der Fahrerkabine der Lokomotive plärrte ohrenbetäubend laut Weihnachtsmusik.

Claire lag erschöpft auf dem Rücken und betrachtete prüfend die Hand, die sie auf Augenhöhe gehoben hatte. „Ich blute!"

„Sie können sich glücklich schätzen, daß es dabei geblieben ist. Der Kater hier hat Ihnen das Leben gerettet. Was war los?"

„Ich habe …"

„An Dean gedacht."

Claire wandte den Kopf so weit, daß sie Austin in die Augen sehen konnte. Dann öffnete sie den Mund, um alles abzustreiten, brachte aber kein Wort hervor und seufzte statt dessen nur leise.

„*Haben* Sie an den Jungen gedacht?"

Eine weitere Wendung des Kopfes, dann sah Claire Nalo, die neben ihr stand, die Hände in die Hüften gestemmt, und mit gerunzelter Stirn auf sie herabsah. „Kein wirklicher Gedanke, eher eine schlechte Seifenoper im Kopf", mußte sie widerstrebend eingestehen.

„Stehen Sie auf", befahl die ältere Hüterin. „Wir müssen uns dringend unterhalten."

Der Ton der Frau ließ keinen Raum für Widerworte. Er ließ ja kaum Raum für Vokale!

Während Nalo sich vergewisserte, daß das Loch auch wirklich sicher verschlossen war, stand Claire auf und bückte sich, um ihren Kater aufzuheben. „Vielen Dank."

Austin rieb den Kopf an ihrem Kinn. „Laß gut sein, das war doch weiter nichts."

„... Sie nicht mit ihm zusammen sind, hat das offenbar Auswirkungen auf Ihre Arbeit. Ganz zu schweigen davon, daß Sie Ihr Leben in Gefahr bringen – und haben Sie schon einmal daran gedacht, welche Folgen es haben könnte, wenn ein Zug eine Hüterin überfährt, die gerade unter dem Einfluß dunkler Möglichkeiten steht? Ich werde Ihnen sagen, welche Folgen so etwas haben könnte! Wir hätten eine Wiederholung dieses ganzen Debakels mit Euro-Disney erleben können!"

Claire wurde ganz übel.

„Die herrschenden Kräfte sind eindeutig der Meinung, ihr beiden solltet zusammensein. Sonst würden sie nicht zulassen, daß Sie so auf den Hund kommen, wenn Sie den Jungen entbehren müssen." Nalo gab Claire ein Glas Eierpunsch, füllte dann auch für Austin eine Untertasse und stellte sie vor den Kater auf dem Couchtisch ab. „Trinken Sie, dann geht es Ihnen gleich schon viel besser."

„Im Punsch ist doch aber Rum."

Austin hob den Kopf. Auf seinen Schnurrhaaren hatte sich ein dünner weißer Film gebildet. „In *meinem* ist kein Rum drin."

Keine der beiden Hüterinnen schenkte ihm Beachtung.

„Lieben Sie den Jungen?" wollte Nalo wissen.

Claire verschluckte sich, und der Punsch kam ihr zur Nase wieder heraus. „Er ist kein Junge."

„Entschuldigung, Fräulein Rührmichnichtan! Hier: Nehmen Sie gefälligst eine Serviette und nicht Ihren Pulloverärmel. Wenn Ihnen das lieber ist: Lieben Sie den jungen Mann?"

„Ich will doch nur das Beste für ihn!"

„Was halten Sie davon, ihn selbst entscheiden zu lassen, was für ihn am besten ist, und mir meine Frage zu beantworten?" Nalo machte es sich in ihrem Ohrensessel bequem und starrte Claire über den Rand ihres Glases hinweg an. „Lieben Sie ihn?"

„Liebe." Claire versuchte, sich ungerührt zu geben, was jämmerlich mißlang. „Was ist denn überhaupt Liebe?"

„Claire ..."

Man übt Macht über jemanden aus, wenn man dessen Namen nennt. In diesem Fall enthielt die Namensnennung auch eine gewisse Warnung.

In den Tiefen des Punschglases fand Claire jedenfalls keine Antwort – auch wenn ihr der Rum im Punsch ein oder zwei eindeutige Bilder einzuflüstern versuchte, die sie aber gar nicht beachtete. Seufzend stellte sie ihr leeres Glas neben einem gehäkelten Weihnachtsbaum ab, der den Sofatisch zierte. „Seit Dean fort ist, habe ich das Gefühl, es fehle ein Stück von mir."

„Damit kommen wir der Sache schon viel näher, aber immer noch nicht nahe genug. Lieben Sie ihn?"

„Ich ..."

„Ja oder nein?"

Ja oder nein. Es mußte doch auch noch andere Optionen geben! Als sich keine abzeichneten, seufzte Claire tief auf. „Ja", sagte sie leise.

„Ja was?"

„Ja, ich liebe ihn." Einen Augenblick lang blieb die Welt stehen. Als sie sich wieder drehte, war Claire merkwürdig leicht und etwas schwindelig zumute. Aber wo blieb die Musik? Sollten jetzt nicht sanfte, freudige Töne erklingen?

„Die Welt ist stehengeblieben! Reicht das nicht? Brauchen Sie unbedingt noch musikalische Untermalung?"

„Nein, ich glaube, es geht auch ohne."

„Gut. Liebt er Sie?"

„Das weiß ich nicht."

Austin sah von der leeren und sauber geputzten Untertasse auf. „Er liebt sie."

„Woher willst du das wissen?" fragte Claire mißtrauisch, während sie sich vorbeugte, um Austin in sein intaktes Auge zu sehen.

„Das hat er mir gesagt."

„Hat er nicht!"

„Schimpfst du mich einen Lügner?"

„Ich nenne dich einen Kater!"

Darüber mußte Austin einen Moment lang nachdenken. „Das ist in Ordnung", gestand er dann ein.

„Es ist also ganz offensichtlich so, daß Sie und Dean zusammen sein sollten", faßte Nalo zusammen, womit sie die Aufmerksamkeit der beiden anderen wieder auf sich lenkte. „Was gedenken Sie also zu unternehmen?"

Claire schüttelte den Kopf. „Hüterinnen dürfen nicht ..."

„Erzählen Sie mir nicht, was Hüterinnen tun und lassen dürfen. Ich bin um einiges länger Hüterin als Sie. Eins ist klar: Hüterinnen leugnen die Wahrheit nicht, wenn sie sich schon die Mühe macht, an ihnen hochzuspringen und sie in den Po zu beißen. Das tun Hüterinnen nicht!

Wenn es hilft, dann stellen Sie sich die Distanz zwischen Ihnen und Dean einfach als Unfallstelle vor, als Loch, das es zu schließen gilt."

„Aber die Gefahr!"

„Mädchen, verfallen Sie bitte nicht auch nur einen Augenblick lang auf den Fehler zu glauben, Hüter allein verfügten über Macht! Wenn Sie diesen Jungen lieben, dann müssen Sie ihn finden, und dann vertrauen Sie ruhig auf die Macht der Liebe. Die sorgt dann schon dafür, daß nichts passiert, und wenn der Kater da nicht auf der Stelle aufhört so zu tun, als müßte er sich gleich übergeben, dann erwürge ich ihn, ziehe ihm das Fell über die Ohren und füttere damit meine Hausschuhe!"

„Letztlich hat sie nichts gesagt, was dir nicht auch vorher schon klar war."

„Ich weiß." Claire übernachtete auf Nalos Sofa und starrte aus dem Fenster über die Lichter der Stadt hinaus auf irgendwelche Punkte weit draußen im Osten. Da draußen war Dean, irgendwo da draußen, und Claire fiel nur ein einziger Weg ein, wie er sich finden ließe – und der würde sie einiges kosten.

Austin knetete das Federbett über Claires Hüften – mit ausgefahrenen Krallen, die es aber doch nicht ganz schafften, durch die dicke Decke zu dringen. „Was willst du denn jetzt unternehmen?" wollte er wissen.

„Ich fahre an Weihnachten nach Hause."

„Diana?"

„Diana."

„Was ist, wenn man dich irgendwo anders hinberuft?"

„Dann weiß ich, daß Dean und ich gar nicht wirklich dazu bestimmt sind, zusammenzusein, und daß ich den Rest meines Lebens über mißmutig und unglücklich sein werde."

„Das ist dein ganzer Plan?"

Claire seufzte und strich sanft mit den Fingerspitzen an Austins Wirbelsäule entlang. „Ja. Das ist mein einziger Plan."

„Weißt du was? Ihr Typen, ihr bräuchtet wirklich ganz dringend eine Gewerkschaft!"

Der Weihnachtsball in diesem Jahr war der erste Ball in Dianas Schulkarriere, an dem sie teilnahm. Sie hatte es nicht vorgehabt, aber als ihre Eltern – zu spät, um noch etwas unternehmen zu können – entdeckt hatten, was ihre jüngste Tochter in der Turnhalle vollbracht hatte, hatten sie darauf bestanden, daß Diana den Ball nicht unbeaufsichtigt ließ. Für den Fall der Fälle. Auch sonst hatten sie allerhand zu sagen gehabt, was Diana aber nicht mitbekommen hatte, weil sie bereits ganz zu Anfang der Tirade ihre Ohren auf Durchzug gestellt hatte.

Nun lehnte die junge Frau an der Wand der Turnhalle, beide Arme über der Brust verschränkt, in der einen Hand einen Pappbecher mit Punsch, und sah den glitzernden kleinen Lichtteilchen zu, die sanft aus dem Loch in der Mitte der Kreppschneeflocke auf die feiernden Schülerinnen und Schüler herabsanken. Die ganze Konstruktion funktionierte genau so, wie Diana es geplant hatte: Das Kreppnetz unter der Decke fing die positiven Gefühle auf, die aus der feiernden Menge aufstiegen, filterte und reinigte sie und sandte sie dann wie metaphorische kleine Schneeflocken durch das Loch in der Mitte der Kreppflocke wieder herab, und obwohl die alten Herrschaften ja milde in Panik geraten waren ob all der Gefahren, die drohten, wenn alle sich zu wohl fühlten, zeigte die Realität hier und jetzt, daß die kollektiven Ängste der bei dieser Schulveranstaltung versammelten Teenager reichten, um ein Gegengewicht zu bilden. Alles war im Lot, die ganze Sache drohte mitnichten, sich hochzuschaukeln und außer Kontrolle zu geraten.

Wahrscheinlich würde dies der erste Schulball der Menschheitsgeschichte werden, bei dem sich alle prima amüsierten, ohne daß sich jemand *zu* sehr amüsierte.

Von unten wirkte das Kreppapier – wie von Stefanie befohlen – wirklich wie eine riesige Schneeflocke.

Diana war äußerst zufrieden mit sich selbst.

Sie leerte ihren Becher, stellte ihn ab und begab sich auf die andere Seite der Turnhalle, wo die Spieler der Basketballmannschaft alle nebeneinander in einer Reihe an der Wand lehnten und mißmutig dreinschauten. Die Mannschaft hatte es mittlerweile auf einen Tabellenstand von 0:19 gebracht – selbst der Schachclub war populärer.

„Joe, tanz mit mir", forderte Diana einen der Spieler auf.

Joe zuckte leise zusammen, ergriff aber folgsam Dianas Hand und gestattete es dem Mädchen, ihn auf die Tanzfläche zu führen.

Die Musik spielte gerade einen Klammerblues. Diana griff in die Möglichkeiten und wechselte die CD, ehe der Basketballspieler Gelegenheit gehabt hatte, sie in die Arme zu ziehen.

Hier sollte sich an diesem Abend wirklich jeder amüsieren dürfen. Aber auch der selbstloseste Akt tätiger Nächstenliebe hatte Grenzen, und der Junge hatte die letzten fünf Freiwürfe allesamt vermasselt.

Kurz nach ein Uhr schlüpfte Diana aus ihren Stiefeln, zog den Mantel aus und schlich auf Socken die Treppe hinauf, wobei sie nur ein ganz klein wenig in die Möglichkeiten griff, gerade ausreichend, den Lärm ihrer Ankunft zu dämpfen. Sie hatte keine feste Uhrzeit, zu der sie zu Hause sein mußte – es wäre ja auch wirklich ziemlich albern, jemandem zu befehlen, an den Wochentagen des Schuljahrs pünktlich um zehn die Rettung der Menschheit einzustellen. Aber Diana war es lieber, wenn ihre Altvorderen nicht genau mitbekamen, wann sie kam und ging. Die Altvorderen wußten dies und stellten ihr immer wieder kleine metaphysische Fallen, die Diana jedesmal mit links entschärfte. So konnten sich alle Beteiligten loben, ihren Teil im landesüblichen Machtspiel zwischen Teenagern und Eltern beigetragen zu haben – das hieß: der Hüter/Vettern-Variante dieses Machtspiels.

Diana hegte den leisen Verdacht, daß ihre Eltern die Sache nicht so locker sahen wie sie, aber solange die beiden zufrieden waren, scherte sich das Mädchen nicht weiter darum.

Diana schaltete das Licht in ihrem Zimmer erst ein, als sie die Tür hinter sich geschlossen hatte.

„Du mußt mir einen Gefallen tun."

Rasch herbeizitierte Möglichkeiten dämpften Dianas Aufschrei, und die Kerze, mit der die jüngere nach ihr warf, konnte Claire mühelos abwehren. „Oh Gott! Hast du denn keinen Ruf, dem du folgen solltest?" keuchte Diana.

„Nein." Claire legte die Kerze auf einen Stapel Taschenbücher, der sich neben dem Bett der Schwester türmte.

„Nein?"

„Wie laut war denn die Musik auf dem Schulball? Nein! Zur Zeit bin ich ohne Ruf, muß ich nirgendwohin."

Ihr Herzschlag begann, zu einem normaleren Rhythmus zurückzukehren, und Diana ging hinüber zu ihrem alten Sitzkissen aus Leder, nahm Austin, der es sich darauf bequem gemacht hatte, in beide Arme und ließ sich dann selbst auf dem Kissen nieder, die Katze auf dem Schoß. „Oha! Weißt du, was das zu bedeuten hat?"

„Muß ich dir das wirklich erklären?" Mit verschränkten Armen tigerte Claire im Zimmer auf und ab, immer acht Schritte in die eine Richtung, dann wieder acht Schritte zurück. „Das heißt, daß ich genau hier, in diesem Zimmer sein soll. Daß ich genau das tun soll, was ich gerade tue."

„Das scheint dich ja überhaupt nicht zu begeistern. Worum geht es, was sollst du tun? Was macht dich so nervös?"

Claire ließ sich auf das Fußende des Bettes fallen und zog einen losen Faden aus der Wolldecke, die dort zusammengefaltet lag, eine Wolldecke, die in der Tradition der Navajos gewebt worden war. „Das habe ich doch schon gesagt. Du mußt mir einen Gefallen tun."

„Du bist also hier, weil du mich um einen Gefallen bitten möchtest?"

„Nein. Ich *muß* dich um einen Gefallen bitten."

„Ausgerechnet mich?"

„Siehst du hier außer dir etwa noch jemanden?" fragte Claire wütend zurück, wobei ihre Nasenflügel leicht bebten. „Wenn ich es irgendwie anders hinbekäme, würde ich das tun, aber ich brauche einen Gefallen, und nur du, meine einzige Schwester, kannst mir diesen Gefallen tun."

„Nur ich?" Dianas Grinsen wurde zu einem nachdenklichen Schmunzeln, während die Finger der jungen Frau an Austins Rückgrat entlangglitten. „In deinem ganzen Leben bist du nicht einmal zu mir gekommen, um mich um Rat oder Hilfe zu bitten. Du hast mich nie gebeten, an deinen Vorhaben teilzuhaben, und nun kommst du an und willst einen Gefallen von mir." Sanfte Finger glitten durch weiches Katzenhaar. „Auf einmal kommst du zu mir und nennst mich Schwester."

Austin streckte die Pfote aus und stupste Dianas Bauch. „He, Pate, hinter den Ohren jetzt bitte."

„Du bist sicher, daß du die Nummer kennst?"

„Immer." Diana betätigte entsprechende Tasten auf dem Telefon.

„Das sind viel zu viele Zahlen!"

„Entspann dich. Erzähl mir doch noch mal, wie sich das angefühlt hat, als ich recht hatte und du unrecht."

„Mach schon, wähl. Spar dir die Kommentare."

„Ich habe gewählt – es klingelt." Unwillkürlich lächelte Diana, als sie die Panik in Claires Augen sah. Das Lächeln wurde allerdings schnell etwas schief, denn die Schwester machte keine Anstalten, ihr den Hörer abzunehmen, sondern starrte das Gerät nur unverwandt an. „He? Willst du nicht übernehmen? Zu spät – hallo Dean!"

Mühsam richtete sich Dean auf der Schlafcouch seines Vetters weit genug auf, um sich in die Kissen lehnen zu können. „Diana?" Er schob sich die Brille auf die Nase und schielte zum Videogerät, in der Hoffnung, dort die Uhrzeit erkennen zu können. „Woher hast du diese Nummer?"

„Wenn ich dir das enthüllen würde, müßte ich dich hinterher umbringen. Hier ist jemand, der mit dir reden will. Jemand, dem es sehr, sehr leid tut, daß sie dich weggeschickt hat .... aua! Hast du sie noch alle? Es hat sich doch weiß Gott angehört, als wolltest du ... schon gut! Schon gut! Hör auf, mich zu kneifen, ja?"

Es entstand eine kleine Pause, die Dean nutzte, um auf dem Couchtisch nach seiner Uhr zu suchen. Zwei Uhr einundvierzig!

„Dean?"

Nicht das Atmen vergessen! befahl sich der junge Mann streng, als sich das Zimmer um ihn zu drehen begann. „Claire?"

Claire, deren Finger das Plastikgehäuse des Telefonhörers so fest umklammerten, daß es krachte und knirschte, hatte plötzlich das Hotelzimmer in Rochester vor Augen.

„Howard?"

„Cheryl?"

Wir alle wissen ja, wie wunderbar das geendet hat! Claire schluckte und brachte keinen Ton heraus. Wenn Dean etwas gesagt hätte – ganz gleich, was! Aber er schwieg, und Claire spürte, daß er wartete.

Verzweifelt verdrehte Diana die Augen. Sie beugte sich vor, fing den Blick der Schwester auf und zwang diese, ihr nicht auszuweichen. „Sag's ihm!" Dann griff sie in die Möglichkeiten und nach dem Zauberwort: *„Bitte."*

Jeder Widerstand war zwecklos. Die Worte sprudelten nur so aus Claire heraus, ohne daß sie etwas dagegen unternehmen konnte. „Es tut mir leid, Dean. Ich hatte unrecht, als ich einfach entschied, wir beide könnten nicht mehr zusammensein. Ich hätte dich über die Gefahren aufklären sollen und dich ..." Im Hintergrund grummelte Diana unzufrieden vor sich hin. Claire fuhr sich mit der Zunge über die trockenen Lippen und korrigierte sich hastig: „Dann hätte ich darauf vertrauen sollen, daß du schon deine eigenen Entscheidungen triffst. Dean, ich möchte, daß wir zusammensind."

„Warum?"

„Warum? Ich ... nun ja ... Diana, wenn du das mit dem Bitte noch mal abziehst, knalle ich dir eine, wirklich!" Claire starrte die Schwester nieder und holte dann tief Luft.

Wenn es hilft, dann stell dir die Distanz zwischen dir und Dean doch einfach als Unfallstelle vor, als Loch, das es zu schließen gilt.

Claire legte die Hand über den Hörer. „Wäre es zuviel verlangt, um etwas Privatsphäre zu bitten?"

Diana, die sicher in dem unerschütterlichen Wissen ruhte, daß die Schwester ihr allerhand schuldig war, schnaubte: „Heul' doch!"

Austin ignorierte Claires Bitte, die sich ja eindeutig unmöglich auf die Anwesenheit von Katzen beziehen konnte.

Keine der beiden Reaktionen auf ihre Bitte überraschte Claire wirklich. Sie nahm die Hand vom Telefonhörer und senkte die Stimme. „Dean, seit du weg bist, ist mir, als fehle mir ein Stück von mir selbst."

Immer noch konnte sie förmlich hören, wie er wartete.

Damit kommen wir der Sache schon erheblich näher, aber immer noch nicht nahe genug.

„Hör mal, ich liebe dich. Okay?"

Sie liebte ihn. Deans Herz klopfte zum Zerspringen, und sanfte Musik erklang. Dann erklang die Musik nicht mehr nur sanft: Sie schwoll an, füllte die ganze Wohnung, brachte um ein Haar die Adern in Deans Kopf zum Platzen.

Nebenan klopfte sein Vetter heftig gegen die Zimmerdecke, wütend auf den Nachbarn in der Wohnung über ihnen, den er für die Musik verantwortlich machte. „Es ist drei Uhr morgens, Arschgesicht!"

„Dean?" Mit gerunzelter Stirn starrte Claire auf den Hörer.

„Was ist los?" wollte Diana wissen und machte Anstalten, sich das Telefon anzueignen.

Claire versetzte der Schwester einen Klaps auf die Finger. „Ich weiß nicht! Hört sich an wie Bon Jovi."

Die Musik verstummte.

„Dean?"

Sie liebte ihn. In der plötzlich eintretenden Stille war deutlich noch das Echo dieser Worte zu vernehmen.

Sie liebte ihn.

Was nun? Sollte er jetzt sagen, daß er sie auch liebte oder würde sie dann denken, er hätte das nur gesagt, weil sie es auch gesagt hatte – wobei es doch wirklich so war, daß er sie liebte, und er sich dessen auch bewußt war, seit er fortgefahren war und sie allein da auf dem Parkplatz hatte stehenlassen, auch wenn er bis zu diesem Moment nicht gewußt hatte, daß er es wußte ...

Was dann?

„Dean?"

„Was ist?" Diana startete einen weiteren Versuch, sich des Hörers zu bemächtigen, der aber ebenso abgeschmettert wurde wie der erste.

„Er sagt nichts."

„Gib mir das Telefon."

Erbost starrte Claire Austin an. „Was?"

„Das Telefon, gib es mir rüber." Als Claire zögerte, seufzte Austin. „Vertrau mir, das ist eine Männersache. Du mußt das aufbrechen, in Einzelteile."

Die Stille am anderen Ende der Leitung dauerte an. Claire legte den Telefonhörer auf dem Bett neben Austin ab, und der Kater neigte den Kopf so, daß er sich direkt vor der Sprechmuschel befand, während ein Ohr sich in Richtung Lautsprecher neigte.

Das war nicht Claire. Wo war Claire?
„Claire?"

Austins Schwanz zuckte heftig hin und her. „Sie ist hier, aber wir hätten jetzt gern mal ein paar Antworten. Frage eins: Liebst du sie?"

Dean seufzte. Das war etwas, worüber er nicht nachzudenken brauchte! „Ja."
„Möchtest du bei ihr sein?"
„Ja."
„Dann schreib dir mal auf, wie du hierher kommst."
Dean schüttelte den Kopf, um das Summen in seinen Ohren loszuwerden. Das Adrenalin verursachte einen Höllenlärm in seinem Kopf! Rasch angelte er sich einen Kuli vom Couchtisch und blickte dann hektisch um sich, auf der verzweifelten Suche nach einem Stückchen Papier. Als er keins fand, zog er das Bettlaken über seinem Oberschenkel glatt und notierte sich Austins Anweisungen auf dem weißen Stoff. Dann wiederholte er sie und legte auf.

„Also?" wollte Claire wissen, als Austin den Kopf hob. „Was hat er gesagt?"
„Er sagte ja. Würdest du bitte auflegen? Für den Fall, daß dir noch nicht klar ist, was du mir zu Weihnachten schenken sollst: Ich bin mir ziemlich sicher, eines dieser Telefone mit den Riesentasten, so eins, wie sie für Senioren hergestellt werden, könnte ich auch handhaben."
„Austin!"
„Denk doch nur, wieviel Zeit du sparen würdest, wenn ich mir selbst mein Essen bestellen könnte!"
„Austin!"

„Was?"

Claire schaffte es, den Kater nicht zu würgen, aber es fiel ihr schwer. „Er hat ja gesagt, und was weiter?"

„Ich gehe davon aus, daß er bereits fix dabei ist, seine Unterwäsche zusammenzulegen und in die Hockeytasche zu packen."

„Er legt seine Unterwäsche zusammen?" Diana mußte kichern.

„Dean legt alles ganz ordentlich zusammen", teilte Austin ihr mit, während er sich angelegentlich ein zerzaustes Stückchen Fell glättete.

„Austin ..." Claire stieß den Namen des Katers zwischen zusammengebissenen Zähnen hervor. „... was hat Deans Unterwäsche damit zu tun? Ach ja, und du ..." – mit diesen Worten warf sie ihrer Schwester einen warnenden Blick zu – „... du hältst jetzt die Klappe und läßt ihn die Frage beantworten."

„Es hat etwas mit Packen zu tun." Als Claire nach wie vor wütend funkelte, seufzte Austin verzweifelt. „Mit Packen, um hierher zu kommen. Keine Ursache", keuchte er dann, als eine jubelnde Claire ihn stürmisch in die Arme nahm. „Aber bitte: Ich bin alt, und du hast mir gerade eine Rippe durch die Milz gebohrt."

„Haben Katzen überhaupt eine Milz?"

„Ich glaube, du verstehst nicht, was ich meine."

„Entschuldige." Claire setzte den Kater vorsichtig ab und sah dann, mit welch selbstzufriedenem Ausdruck ihre Schwester sie betrachtete. Steif richtete sie sich auf. „Was ist?"

„Solltest du dich nicht noch bei jemand anderem bedanken? Bei jemandem, der den ersten Kontakt hergestellt hat?"

„Danke."

„Gern geschehen."

„Ich hätte es ihm auch ohne deine Hilfe gesagt."

„Aber sicher doch. *Ein Schweinchen namens Babe* wäre auch ohne meine Hilfe für den Oscar als bester Film nominiert worden."

„Diana!"

„Damals war ich noch wesentlich jünger, und es ist ja nun auch nicht so, daß der Film gewonnen hätte ..."

Es ist unmöglich, von Halifax in der Provinz Nova Scotia innerhalb von siebzehn Stunden nach Kingston, Ontario zu reisen. Die Gründe dafür offenbaren sich nur wenigen männlichen Sterblichen, auch wenn die meisten weiblichen Sterblichen durchaus davon Kenntnis haben: Man kommt nämlich aus Montreal nicht heraus, ohne anzuhalten und nach dem Weg zu fragen. So dauert die Reise auf jeden Fall achtzehn Stunden. Dean mußte noch dazu über Kingston hinausfahren: durch Toronto hindurch nach London und dann nordwärts weiter nach Luca. Er benötigte dreiundzwanzig Stunden für die Strecke. Er sah ein einziges Polizeiauto. Das stand vor einer Bäckerei mit Schnellimbiß. Er sah nicht einen Riesenelch.

Vier

„Das ist sein Pick-up. Er ist da!"

„Claire ... kriege keine Luft ..."

„Entschuldigung." Claire lockerte ihren Griff um Austin, woraufhin dieser sich geschickt ihren Armen entwand und mit hoch erhobenem, heftig zuckendem Schwanz zum anderen Ende des Sofas stolzierte. Claire zupfte sich ein paar Katzenhaare vom Pullover. „Ich kann es nicht fassen, wie nervös ich bin!" murmelte sie.

„Ich kann es nicht fassen, wie du dich aufführst!" bemerkte Diana seufzend. „Du liebst ihn, er liebt dich, bla bla bla. Aber nun schieb deinen Arsch vors Haus, sonst denkt er noch, er ist an der falschen Adresse gelandet."

„Hüterinnen ..."

„Was ist mit Hüterinnen? Sie machen sich nicht in aller Öffentlichkeit mit Zuschauern zum Narren, was?" Es gelang Diana, den Tonfall ihrer Schwester täuschend echt nachzuahmen. „Wenn du wartest, bis er hier vor der Tür steht, mußt du ihn auch hereinbitten. Wenn er hier hereinkommt, dann muß er erst einmal nett und höflich sein und sich mit Mama und Papa ablabern. Wenn du ihn aber am Wagen abfängst, kannst du ihn in deine Wohnung zerren, und ihr könnt nett zueinander sein. Noch hast du die Wahl."

Claire hielt den Blick unverwandt auf die Gestalt gerichtet, die nun aus der Fahrerkabine des Pick-up kletterte, bewegte sich aber nicht von der Stelle.

„Du weiß genau, daß Papa ihm dann das Fotoalbum zeigt."

Das half. Nun zögerte Claire nicht mehr.

„Schieb deinen Arsch vors Haus, sonst denkt er noch, er ist an der falschen Adresse gelandet?" Austin schnaubte. Dann kam er herbeigetrottet und baute sich neben Diana auf, die in der offenen Tür stand. „Ich wußte gar nicht, daß du so romantisch sein kannst."

Feuerwerk! dachte der kleine Teil von Claires Hirn, der noch funktionsfähig war. Dann allerdings stellte sie fest, daß sie sich geirrt hatte: Es spiegelten sich lediglich die Lichter der elterlichen Weihnachtsdekoration in Deans Brillengläsern. Dean schmeckte nach Kaffee und Zahnpasta. Oder nach Zahnpasta mit Kaffeegeschmack.

Nach einer ganzen Weile löste sie ihre Lippen ein klein wenig von seinem Mund. „Du bist da!" murmelte sie seufzend.

Dean lächelte auf sie hinab, aber es fiel ihm nicht leicht, Claire wirklich klar zu erkennen. „Ich bin da!" murmelte auch er.

„Ich bin so froh, daß du gekommen bist."

„Ich bin so froh, daß du angerufen hast."

***

„Ich kann die beiden nicht hören."

„Glückspilz!" Austin trat von der Tür weg. „Wenn ich noch mehr von dem Stuß zu hören kriege, kotze ich dir Gewölle auf die Fußmatte! Da draußen läuft ein derart banaler Dialog – es wundert einen, daß sie sich nicht in Zeitlupe in seine Arme gestürzt hat!"

„Da draußen liegen gute dreißig Zentimeter Schnee", erwiderte Diana. Dann blickte sie aus dem Fenster und mußte ihre Aussage korrigieren. „Ich hätte sagen sollen: Da draußen lagen mal gute dreißig Zentimeter Schnee." Unter Deans Arbeits- und Claires Laufschuhen war der Schnee geschmolzen. Die freie Fläche breitete sich in rasantem Tempo aus, und Diana mußte sich anstrengen, um durch den Nebel hindurch, den die plötzliche Hitze örtlich verursacht hatte, überhaupt noch etwas zu sehen. Sie grinste. „Nehmt euch doch ein Zimmer!" rief sie den beiden Liebenden zu.

„Diana?"

„Mama?" Rasch zog Diana die Tür zu und wandte sich zu ihrer Mutter um. Es gab ein paar Dinge, die teilte man einfach nicht mit der anderen Generation. An der Spitze dieser Dinge standen Third Eye Blind und kurze Radlerhosen, aber der Anblick einer Claire, die im Vorgarten mit einem Riesenkerl von einem Mann wüst herumknutschte und ganz faktisch in Liebe entbrannt war, kam gleich danach. In der Regel war Diana bemüht, auf elterliche Gefühle Rücksicht zu nehmen.

„War das Deans Pick-up, den ich da eben vorfahren hörte?"

„Ja, das war Deans Pick-up."

„Ist Claire nach draußen gegangen, um ihn zu begrüßen?"

„Ja."

„Bringt sie ihn herein, damit wir anderen ihn auch begrüßen können?"

„Irgendwie bezweifle ich das stark."

Aufmerksam studierte Martha Hansen das Gesicht ihrer jüngeren Tochter. „Also so stehen die Dinge, wie? Schön!"

„Schön?"

„Ja, schön. Dean gefällt mir, und ich hoffe, Claire und dieser junge Mann werden glücklich miteinander. Es gelingt nicht vielen Hüterinnen, jemanden zu finden, mit dem sie ihr Leben verbringen können." Sie warf ihrer jüngeren Tochter einen vielsagenden Blick zu. „Die meisten von euch sind so arrogante Alleswisser, daß sie im Alter einsam und allein dastehen." „Ja ja. Wenn wir überhaupt alt werden, heißt das!" Mit einer verächtlichen Geste tat Diana die mütterliche Warnung ab. Sie hatte schon lange beschlossen, jung und ruhmbedeckt mit einem großen Knall dahinzuscheiden – die mütterlichen Argumente konnte sie also getrost ad acta legen. „Es macht dir also gar nichts aus, daß in deinem Vorgarten gerade ein heißer Sexstreifen läuft?"

Marthas Lächeln wirkte ein wenig wehmütig. „Genauso waren dein Vater und ich, als wir einander kennenlernten. Wir konnten die Finger nicht voneinander lassen."

„Igitt!" Die Liste der Dinge, die man unmöglich mit der anderen Generation teilen konnte, wurde radikal umgeschrieben. An ihrer Spitze standen nun eindeutig alle Vertraulichkeiten das Paarungsverhalten von Eltern betreffend.

„Sollte ich nicht lieber erst einmal reingehen und deinen Eltern guten Tag sagen?"

Papa wird ihm auf jeden Fall das Fotoalbum zeigen.

„Nein", erwiderte Claire energisch.

Widerstrebend löste sich Dean aus Claires Armen und hob den Kopf, wobei er auf ihrem Gesicht eine kleine, feuchte Spur aus Küßchen hinterließ. „Das wäre aber sehr unhöflich."

Unhöflich war Dean nie – Claire war der Meinung, er sei schlichtweg unfähig zu einem solchen Verhalten. „Wenn hier jetzt eine kleine alte Dame auftauchen würde", murmelte sie und knabberte dabei zärtlich an Deans Kinn, „würdest du ihr dann über die Straße helfen?"

„Welche kleine alte Dame?" Dean konnte zwar kaum noch zusammenhängend denken, war sich aber doch ziemlich sicher, daß von kleinen alten Damen bislang nicht die Rede gewesen war.

„Irgendeine kleine alte Dame."

Jetzt war Dean endgültig verwirrt. Er hob sein Kinn von Claires Mund – die Trennung verursachte ein leises, saugendes Geräusch – und fragte sich verwundert, wo wohl plötzlich der Nebel hergekommen sein mochte. „Ich sehe keine kleine alte Dame."

„Hier ist ja auch keine kleine alte Dame!" Claire nahm sich fest vor, sich in Zukunft immer ganz klar und unmißverständlich auszudrücken. „Damit wollte ich nur sagen, daß es für alles eine Zeit und einen Ort gibt und daß jetzt nicht die Zeit ist, um mit meinen Eltern zusammenzusein." Mit diesen Worten sah sie nachdrücklich an Dean herunter.

Dessen Wangen färbten sich knallrot. Er packte Claires Handgelenke und entfernte ihre Hände von seiner Hose. „Claire, ich ..." Dann streifte ihr Oberschenkel seinen Oberschenkel, und aus Deans Kehle drang ein leiser, halberstickter Laut. Ohne jedes weitere Wort beugte er sich erneut über Claires Mund.

„Ich habe eine eigene Wohnung über der Garage", murmelte Claire nach einer Weile, die Lippen noch ganz nah an seinen. „Sie gehört nicht zum Haus meiner Eltern. Rein technisch gesehen könnten wir gleich sofort dort hingehen, ohne unhöflich zu sein."

„Claire ..."

„Wenn wir das recht bald tun, kann ich dir auch gleich dein Weihnachtsgeschenk geben."

„Aber Weihnachten ist erst morgen." Deans Proteste klangen inzwischen recht schwach.

Claire trat etwas zurück und ließ die Hände unter den Pullover des jungen Mannes gleiten. Sie spürte sein Herz; es klopfte so heftig, daß es ausreichte, den Muskel über seinen Rippen zum Zittern zu bringen. Auch Claire zitterte leicht. „Willst du wirklich noch warten?" murmelte sie heiser.

„Recht so! Er trägt sie die Treppe rauf. Aua! Das hat wehgetan. Sie hat sich den Kopf an der Garagenwand gestoßen." Mitleidig schüttelte Diana den Kopf und trat ein wenig nach rechts, um die ganze Szene weiter gut im Blick zu haben. „Es scheint ihr aber nichts auszumachen – sie machen weiter! Inzwischen toben wahrscheinlich so viele Endorphine in ihrem Blut herum, daß sie den Schmerz nicht mehr spürt!"

„Diana!" Ihre Mutter riß ihr den Vorhang aus der Hand. „Nun ist es aber wirklich genug!"

Die Garage hatte ihr gerade den Blick verstellt. So machte es Diana nichts aus, ihren Ausguck freizugeben und achselzuckend, mit beschwichtigend erhobenen Händen, vom Fenster wegzutreten, gern bereit, sich geschlagen zu geben, wo es doch ohnehin keine Rolle spielte. „Kein Problem. Dein Wunsch sei mir Befehl."

„Gut so." Martha schob sich eine graue Strähne hinter das Ohr und verschränkte die Arme vor der Brust. „Dann kann ich meinen Wunsch ja auch noch etwas genauer formulieren. Du spionierst deiner Schwester nicht mehr hinterher, und damit Schluß. Keine versteckten Mikros. Keine Webcams. Keine Ausspähung, keine Spiegel, keine Wasserschüsseln und keine Eingeweide! Ich brauche das Hühnerklein für die Soße. Du läßt Claire und Dean schön in Ruhe, solange sie ..."

Dianas Augenbrauen schossen in die Höhe, bis sie auf den Haaransatz trafen.

„Nun, egal, was sie tun. Die beiden sind erwachsen, und es geht dich nichts an. Mich auch nicht, und ebensowenig deinen Vater", fügte sie hinzu, noch ehe Diana den Mund auftun konnte. „Wenn du erst einmal auf eigenen Füßen stehst, werden wir auch dir diese Rücksichtsnahme zukommen lassen, es besteht also kein Grund, mich so anzufunkeln."

„Wie gucke ich denn?"

„So, als sei dein Leben ein einziger, nicht enden wollender Kampf gegen Unterdrückung. Du bist siebzehn Jahre alt. Claire ist siebenundzwanzig."

„Dean ist einundzwanzig."

„Was willst du damit sagen?"

„Nichts, ganz und gar nichts. Ich bin glücklich darüber, daß sie glücklich ist. Ich bin glücklich darüber, daß die beiden glücklich sind. Ich bin glücklich darüber, daß du glücklich bist. Aber vielleicht solltest du in Anbetracht aller Umstände doch dafür sorgen, daß sich die Feuerwehr in Alarmbereitschaft hält."

„Die Feuerwehr befindet sich bereits in Alarmbereitschaft", entgegnete Martha Hansen trocken. „Oder hast du vergessen, was letzte Weihnachten geschah, als der Stern von Bethlehem einen auf Supernova gemacht hat?"

In dieser Sache hatte Diana längst resigniert und unterließ es seitdem, sich gegen jegliche Anschuldigung zu wehren. Was nützte es, genau zu wissen, daß ihre Familie den Preis für die beste Weihnachtsbeleuchtung gewonnen hätte, hätten die Feuerwehrleute die Krippe nur feucht gehalten, wie sie es ihnen geraten hatte, statt gleich den ganzen Brand zu löschen? Hier argumentieren zu wollen war zwecklos; ihre Eltern würden auf alles, was sie zum Thema vortrug, ohnehin nur mit irgendwelchen irrelevanten Einwänden reagieren. Das Dach war nie gefährdet gewesen! Jedenfalls nicht sehr. Im Grunde gar nicht! Nur leicht angekokelt ...

Wenig später – man hatte Diana zwischenzeitlich gezwungen, ein Stück Früchtekuchen zu sich zu nehmen und am Telefon mit ihrer Tante Corinna zu plaudern – richtete sich die junge Frau seufzend von ihrem Horchposten an der Wand zwischen ihrem Zimmer und Claires Wohnung auf, stellte mißmutig das leere Wasserglas zurück auf den Schreibtisch und murrte: „Im Fernsehen funktioniert das immer."

„Bei David Duchovny, nur hat der einen recht dünnen Draht zur wirklichen Welt", erklang Austins Kommentar. Die Augen des Katers wurden schmal, als er sah, wie Diana eine Handvoll Bleistifte sorgfältig einzeln in einen leeren Kaffeebecher stellte. „Ich dachte, deine Mutter hat dir befohlen, die beiden in Ruhe zu lassen."

„Vom Lauschen an der Wand war nicht die Rede." Diana hob eine Trainingshose auf, die auf dem Zimmerboden lag, und schob nachdenklich den Zeigefinger durch ein ausgefranstes Loch an deren rechtem Knie.

„Sie hat dir auch nicht ausdrücklich befohlen, die Katze nicht zu füttern, aber ich stelle fest, daß du dieser Versuchung hast widerstehen können."

„Du hast gerade Früchtekuchen gehabt."

„Was willst du damit sagen?"

„*Mögen* Katzen überhaupt Früchtekuchen?"

„Mag irgend jemand Früchtekuchen?"

Diana warf die Trainingshose in den Korb für schmutzige Wäsche, ließ sich auf den Schreibtischstuhl fallen und drehte sich schmollend im Kreise. „Du bist widerlich verständnisvoll! Claire hat dich doch auch ausgesperrt, und dabei haben wir die beiden überhaupt erst zusammengebracht."

„Wenn du denkst, ich interessierte mich auch nur im geringsten dafür, sprechenden Affen beim Liebesakt zuzusehen, dann irrst du aber gewaltig", schnaubte Austin verächtlich.

„Im Sprichwort ist von *heißen* Affen die Rede."

„Aus meiner Warte betrachtet seid ihr alle sprechende Affen, und die Sache mit der Reibung habe ich schon zu sehen bekommen – es ist doch eigentlich immer das Gleiche."

Ein Personenzug mit sieben Waggons raste durch das Zimmer und verschwand in einem Tunnel.

„Na gut", bemerkte Austin nachdenklich, als der Lärm verklungen war. „Ich gebe zu, das war mal etwas anderes."

„Diana!"

Diana wedelte mit der Hand vor ihrem Gesicht herum, um den Dieselgeruch zu vertreiben, der noch schwach im Zimmer hing, und öffnete die Zimmertür, wobei sie sich an der Türverkleidung festhielt, um sich ziemlich weit in den Flur hinauszubeugen. „Ja, Papa?"

„Was um Himmels Willen war das denn da gerade?"

„Ich glaube, ein Euphemismus." Die Erschütterung hatte ein paar Familienfotos an der gegenüberliegenden Flurwand verrückt. Nun hingen die Bilder schief, und das Konterfei einer bis dato recht ernsthaft dreinblickenden Claire grinste auf einmal leicht dümmlich. „Vielleicht war es aber auch eine Metapher."

„Nun, mach es bitte nicht nochmal."

„Das war ich doch gar nicht!" Diana schloß die Tür mit einem leichten Knall. Es war ihr sehr schwergefallen, sie nicht einfach zuzudonnern. Dann warf sie sich der Länge nach aufs Bett. „Warum denkt er immer gleich, daß ich es war?" fragte sie anklagend und schlang beide Arme um Austin.

„Weil du es immer *warst.*"

„Aber diesmal nicht."

„Trotzdem, du darfst es deinem Vater nicht übelnehmen, wenn er sich ein einziges Mal irrt. Schließ die Augen."

„Warum?"

„Vertrau mir. Drei, zwei, eins ..."

Möglichkeiten taten sich auf.
Weit.

„Scheiße!" Brent Carmichael stand am Fenster, preßte eine Hand gegen die Scheibe und starrte auf das halbe Dutzend Feuerwehrmänner, das sich hinter ihm drängte. Auf dem Tisch im Bereitschaftszimmer verstreut lagen die Spielkarten, die die Feuerwehrleute im Stich gelassen hatten, um zum Fenster zu laufen. „Habt ihr das gesehen?"

„Ich sehe es immer noch", murmelte einer der Männer erschüttert und versuchte heftig blinzelnd, sich der Nachbilder zu erwehren, die sich auf seine Netzhaut gebrannt hatten.

„Es kam aus der Richtung, in der das Grundstück der Hansens liegt."

Irgendwer wimmerte leise.

Das Schweigen dehnte sich – über den Punkt hinaus, an dem man es noch problemlos hätte brechen können. Noch immer mochte niemand etwas sagen. Dann endlich räusperte sich der Dienstälteste, ein Mann, der bereits seit achtzehn Jahren bei der Truppe war und den man für seine Tapferkeit zweimal öffentlich belobigt hatte. „Ich habe gar nichts gesehen", sagte er.

Erleichtert murmelte der ganze Chor: „Ich auch nicht." Es folgte ein kollektiver abschließender Seufzer.

„Aber ..." Brent sah hinaus in die Dunkelheit des Weihnachtsabends, die sternenbeleuchtete Schönheit des Samthimmels über ihnen, auf die leuchtend bunten Ketten der Weihnachtsdekorationen, die die Schönheit oben hier unten so unschuldig widerspiegelten, und erinnerte sich an frühere Besuche auf dem Anwesen der Hansens. Vielmehr, er versuchte, sich an diese früheren Besuche zu erinnern. Vieles war ihm nur noch verschwommen in Erinnerung. Nicht angenehm und traulich verschwommen, nein, so, als bemühe man sich, den Warner-Brothers-Filmkanal auf den Bildschirm zu bekommen, ohne eine anständige Satellitenschüssel zu besitzen oder verkabelt zu sein: ein ständig verrutschtes Bild, von sieben gesprochenen Worten vielleicht eins wirklich verständlich. Je mehr Brent sich anstrengte, desto weniger Einzelheiten kamen ihm letztlich in den Sinn.

Mit einer Ausnahme: der Vorfall mit dem brennenden Busch. Den konnte er einfach nicht vergessen.

Den konnte er nur leugnen, das war die einzige logische Art, mit der Sache umzugehen.

Brent Carmichael war glücklich, die Angelegenheit zumindest für sich soweit geregelt zu haben, und wandte sich wieder seinen Kollegen zu. „Welcher Schwachsinnige hat das denn jetzt ausgespielt?”

Das Licht hätte sich auflösen sollen.

Es hätte sich auflösen sollen.

Aber es löste sich nicht auf.

Statt dessen fand es sich in einem leeren, riesigen Raum in einem großen, zweistöckigen Ziegelgebäude wieder. Es verfing sich in der Kraft, die man in ein Schneeflockenmuster aus Kreppband gewoben hatte, und stieg zur Decke auf, wurde gefiltert, gereinigt und dann durch das mittlere Loch der Schneeflocke wieder zu Boden geschickt.

Das Licht war jetzt mehr als nur eine glorreiche, wunderbare Möglichkeit. Einen Moment lang schwebte es zögernd über dem Center Court, geriet in einen Sog von Verlangen und Sehnsucht und schwebte darin zum Fenster hinaus in die Nacht.

Nachdenklich knipste Lena ihr Feuerzeug an und wieder aus. Die Batterien des Rauchmelders im Flur hatte sie bereits entfernt, aber ab einem bestimmten Punkt wurden diese Vorsichtsmaßnahmen irrelevant, und ihr Vater würde trotzdem in ihr Zimmer gestürzt kommen und zu wissen verlangen, ob sie beabsichtige, das Haus niederzubrennen.

Sechs Kerzen brannten bereits unter Lenas Engelposter; neun erstrahlten zwischen den Porzellanfigürchen in Engelsgestalt, die sie über die Ankleidekommode verteilt hatte, drei geweihte Kerzen flakkerten in Kerzenständern, die Engel darstellten, und eine in einer mit einem Bild der Backstreet Boys verzierten Souvenirtasse auf ihrem Nachttisch.

Das Ganze war hart an der Grenze.

Lena beschloß tapfer, doch noch eine, eine einzige, weitere Kerze zu entzünden, und durchwühlte vergeblich die geschmolzenen Wachsstümpfe vor sich auf der Suche nach irgend etwas, was noch brennen würde. Die Sache mit der einen einzigen Kerze war mittlerweile leider zur zwingenden Notwendigkeit geworden. Lena drehte sich ganz langsam um und wandte sich ihrem Bücherregal zu.

Neben ihrem CD-Spieler stand noch ein Engel. Eine etwa dreißig Zentimeter hohe altmodische Figur in langen, fließenden Gewändern, ein Engel mit Flügeln, der sogar über eine Harfe verfügte. Ein goldener Heiligenschein lag kreisrund um einen unberührten, reinen, weißen Docht.

Dieser Gestalt nun näherte sich Lena, das Feuerzeug in der Hand, mit heftig klopfendem Herzen. Dies war ihr erster Engel gewesen. Sie hatte ihn auf einem Flohmarkt in der Nachbarschaft entdeckt, eingeklemmt zwischen einem nicht mehr funktionierenden Tischgrill und einem Stapel Makramee-Untersetzer. *Oh bitte, bitte!* dachte Lena, als die Flamme des Feuerzeugs dem Docht immer näher kam. *Bitte mach, daß das Opfer groß genug ist. Daß es endlich geschieht.*

Was geschehen sollte, das brauchte nicht extra noch gesagt zu werden. Lena wünschte sich nur eins; sie hatte es sich beim Anblick Tausender Sternschnuppen gewünscht, beim Ausblasen der Kerzen auf ihren letzten drei Geburtstagstorten, beim Zerbrechen der Wunschknochen von vier Truthähnen – an Weihnachten und Thanksgiving – und jedesmal, wenn sie an einem Gewässer vorbeikam und einen Penny dort hineinwarf. Der Hausmeister ihrer Schule hatte inzwischen aus den Klobecken in den Waschräumen der Mädchen so viel Geld gefischt, daß er sich einen Satz Toilettenpapier hatte gönnen können, der nicht von der Schulverwaltung gestellt worden war. Toilettenpapier, das man an keinen Laserdrucker verfüttern konnte.

Der Docht wurde dunkler, auf dem goldenen Haupt schmolz ein klein wenig Wachs, und dann schoß die Flamme so hoch, daß sie die Zimmerdecke schwärzte und Lenas Zimmer, das im Kellergeschoß des elterlichen Hauses lag, in gleißendes Licht tauchte.

Langsam entfernte sich das Licht von der Kerze und gelangte zur Zimmermitte.

„Ein Engel!" rief Lena, und ihre Augen unter den leicht versengten Brauen schimmerten feucht und verzückt.

Weil sie daran glaubte, war es auch so.

Das Licht nahm Gestalt und Substanz an.

Es wurde zu all dem, was sich ein nicht ganz siebzehnjähriges Mädchen von einem Engel erträumt.

Im Augenblick dieses Entstehens jedoch flog die Zimmertür auf, und ein großer, dunkelhaariger Mann stürmte herein, wedelte heftig mit der Hand, um den Rauch zu vertreiben, der über der gesamten Szene lag, und war sehr zornig. „Lena! Wie oft habe ich dir ...?" Dann weiteten sich die Augen des Mannes, und seine ohnehin schon laute Stimme schwoll zu einem wütenden Brüllen an. „Was zum Teufel treiben Sie im Zimmer meiner Tochter?"

Lena wußte, daß Engel kein Geschlecht haben, aber ihr Vater wußte nicht, daß der wunderschöne junge Mann mit dem zweifarbigen Haar ein Engel war, und sein Glaube an das, was er sah, war ebenso stark wie Lenas.

Das letzte kleine Stückchen Substanz formte sich aus den Ängsten eines Vaters.

Genaugenommen war es noch nicht einmal so klein.

Der Engel wirkte verwirrt und verängstigt. Dem ersten Faustschlag konnte er noch ausweichen. Er tauchte unter dem ausgestreckten Arm des wütenden Mannes durch, hechtete zur Zimmertür, und womöglich wäre ihm die Flucht auch gelungen, hätte er sich nicht das Stück Anatomie, das er nicht erwartet hatte, an einer Stuhllehne gestoßen. Der plötzliche Schmerz ließ ihn in die Knie sinken. So konnte der zweite Faustschlag ihn voll treffen.

Die Hände zwischen die Beine gepreßt, lag der Engel rücklings auf dem Boden, starrte benommen auf den wutschnaubenden Mann, der drohend über ihm aufragte, und fragte sich, was hier eigentlich los war.

Damit war er nicht der einzige.

„Was soll das heißen, er hatte nichts an, als er hier eintraf?"

Von allen möglichen soliden Schutzschilden umgeben kauerte Diana im Dreieck aus tiefen Schatten hinter dem zweisitzigen Sofa und tat recht gekonnt so, als täte sie gar nichts. In diesem Jahr würde es passieren; die junge Frau war wild entschlossen. Ihre Augen hatten sich bereits an die Dunkelheit gewöhnt, und so konnte sie von ihrem Versteck aus den gesamten Kamin einsehen – von rechts nach links, von oben nach unten. Dazu noch die unteren Zweige des Weihnachtsbaums. Auf dem Kaminsims thronten zwischen den Weihnachtskarten ein Glas Milch und ein Teller mit drei Keksen. Selbstgebackene Schokokekse mit ganzen Schokostückchen. Die Schokostückchen waren noch weich, so frisch waren die Kekse. Der Köder mußte schon gut sein, wollte man dafür sorgen, daß das Objekt der Begierde sein Tempo drosselte.

Ein paarmal hätte sie ihn fast erwischt, war aber im letzten Moment doch durch irgend etwas abgelenkt worden. Als sie jünger war, hatte sie ihn sehen wollen, nur um ihn gesehen zu haben. Nun, nach so vielen Niederlagen, war die ganze Angelegenheit zu einer Ehrensache geworden.

Die Polaroid-Kamera hatte sie drei Jahre zuvor in ihrem Strumpf gefunden. Sie hegte den starken Verdacht, das er sie verspotten wollte.

Plötzlich war vom Dach her Getrappel zu vernehmen, und Diana lächelte zufrieden. Sie hatte tagsüber den Schnee vom Dach geräumt; nichts sollte den Lärm dämpfen, den ihre Beute bei der Ankunft notgedrungen machen mußte.

Unten auf der Kaminplatte landete ein wenig Ruß.

Die Stunde der Wahrheit war gekommen!

Auf einmal prallte etwas hart gegen Dianas Schilde und explodierte in einem Regenbogen aus metaphysischem Licht.

Hastig stand Diana auf, geblendet durch all die strahlenden Gelb-, Rot- und Grüntöne. Sie stieß mit der Schulter gegen eine Lampe. Diese drohte umzufallen, Diana fing sie aber auf, ehe sie zu Boden gehen konnte, und schaffte es dann endlich, hinter dem zweisitzigen Sofa hervorzuklettern. Sie hörte nur das heftige Summen frustrierter Möglichkeiten. Daraufhin jedoch stieß ihre eine Hand sekundenlang gegen etwas Pelziges, und sie drückte mit der anderen rasch dreimal hintereinander den Auslöser ihrer Polaroid-Kamera.

Dann war der Augenblick auch schon wieder vorbei, und Diana konnte wieder hören und sehen.

Das Milchglas war leer, die Kekse waren weg. Die Strümpfe am Kamin waren zum Bersten prall gefüllt.

Auf der Kaminplatte lag Austin, eine Pfote auf einem funkelnagelneuen, mit echter Katzenminze ausgestopften Kissen aus gebleichter Baumwolle. „Bist du nicht allmählich zu alt für solche Späße?" wollte er wissen.

„Er etwa nicht?" Diana blinzelte, um die letzten Nachbilder loszuwerden, und ließ sich mit einem frustrierten Seufzer aufs Sofa fallen. „So etwas hat er noch nie gemacht." Sie bückte sich, um die Fotos vom Boden aufzuheben, die sich inzwischen entwickelt hatten und bezeugen würden, was sich ereignet hatte. „Wenigstens habe ich ..."

Aus allen drei Fotografien starrte ein vertrautes schwarzweißes Gesicht zu ihr empor.

Austin sprang zu Diana aufs Sofa und wies mit einem Kopfnicken auf das mittlere der Bilder. „Kriege ich davon einen Abzug? Du hast mich wirklich von der Schokoladenseite erwischt."

Letztlich war es das selbstzufriedene „Ho, ho, ho", das aus dem Schornstein zu Diana herunterdröhnte, was wirklich wehtat.

Claire erwachte halb, den Kopf auf Deans Brust gelegt, weil sie eine Art metaphysischen Schubs verspürt hatte. Nun lag sie, immer noch in einen warmen Kokon aus Erschöpfung und Erfüllung gehüllt, matt und ein wenig selbstzufrieden da. Letztlich war sie den Erwartungen aller Beteiligten gerecht geworden, das tat gut. Gegen den Schubs wehrte sie sich mit einer Barrikade, die sie bereits vor Jahren eingerichtet hatte, damals, als Diana beschloß, Privatsphäre sei ein relativer Begriff. Danach schlief Claire wieder ein.

Es heißt, daß jedes Jahr in haargenau dem Moment, in dem der Heilige Abend in den Weihnachtstag übergeht, ein Wunder geschieht und Tieren die Gabe der Sprache zuteil wird.

In einem sahnefarbenen Bungalow am Stadtrand von Sandusky, Ohio erwachte eine kleine graue Tigerkatze, deren Schwanzspitze ein winzigkleiner weißer Fleck zierte, reckte sich und stolzierte an einem lang unter einer Bettdecke hingestreckten Körper entlang, bis sie dort angekommen war, wo sie ihre rechte Pfote in einen halb geöffneten Mund stecken konnte.

Mitternacht kam – und damit das Wunder.

„Hallo! Aufwachen! Gib mir was zu fressen!"

Pater Nicholas Harris stand in der offenen Tür von St. Patrick, schüttelte eine Hand nach der anderen und wünschte sich inbrünstig, seine Schäfchen würden allesamt bald nach Hause gehen. Pater Harris liebte es, die Mitternachtsmesse an Heiligabend zu zelebrieren – eine der wenigen Messen im Jahresverlauf, bei der man wirklich von zelebrieren reden konnte –, aber er hatte an diesem Morgen sehr früh aufstehen müssen und war am Abend zuvor spät zu Bett gekommen. Er war so müde! Einen Augenblick lang – die zweite Sopranistin hatte gerade zu ihrem etwas schrillen, aber dafür liebenswert enthusiastischen Vortrag von „Es ist ein Ros' entsprungen" angesetzt – war es ihm vorgekommen, als könne er ganz oben am Kirchenfenster die Umrisse fliegender Rentiere und eines schwerbeladenen Schlittens vorbeiziehen sehen.

„Pater Nick, ich möchte Ihnen meine Schwester Doris und ihre Familie vorstellen ..."

Lächelnd schüttelte der Priester einem halben Dutzend ihm völlig unbekannter Personen die Hand, wünschte allen ein gesegnetes Fest, lehnte die vierte Einladung zum Festschmaus ab, die er an diesem Tag erhalten hatte, und bemühte sich, nicht daran zu denken, was die offene Kirchentür und die Dezemberkälte mit seiner Heizkostenrechnung anstellen mochten. Endlich schien ein Ende in Sicht, und es galt, nur noch zwei Hände zu schütteln.

„Pater ..."

Eine der Hände gehörte Frank Giorno. Der packte die Rechte des Priesters mit eisernem Griff; genauso eisern hielt er den Aufschlag einer Anzugjacke umklammert und zog nun den jungen Mann, der in diesem Anzug steckte, energisch nach vorn, so daß dieser dem Priester gegenüberstand.

„... dieser Knabe hier ist nackt im Schlafzimmer meiner Tochter aufgetaucht und hält sich für einen Engel. Da dachte ich, er ist bei Ihnen an der richtigen Adresse."

Er wußte nicht, warum er sich in diesem kleinen, von Bücherregalen gesäumten Zimmer befand, aber da niemand ihn anbrüllte, schüttelte oder verprügelte, schien es zumindest so, als hätte sich seine Lage ein wenig gebessert. Vorsichtig verlagerte er Körperteile, an die er nicht gewöhnt war und bei denen er von daher nicht geahnt hatte, wie sie sich anfühlten, wenn sie gequetscht wurden, und betrachtete prüfend den Mann hinter dem Schreibtisch. Auch dieser war ein Diener des Lichts – so stand zu hoffen, daß Lenas Vater trotz all seines Geschreis und der wüsten Drohungen mit seiner Einschätzung richtig gelegen hatte und dies wirklich der Ort war, an den er gehörte.

Pater Harris sah sich mit einem prüfenden Blick konfrontiert, der die Intensität einer grell leuchtenden Stablampe hatte. Er bemühte sich, diesem Blick standzuhalten und nicht nervös auf seinem Stuhl hin und her zu rutschen, während er ein paar völlig unwichtige Papiere auf seinem Schreibtisch neu arrangierte und sich irritiert fragte, warum Giorno nicht einfach die Polizei gerufen hatte. Offenbar versuchte er zu leugnen, daß er im Zimmer seiner Tochter einen nackten jungen Mann angetroffen hatte. Eins mußte man dem Jungen lassen: Er hatte sich höchst originelle Ausflüchte einfallen lassen, um seine Anwesenheit im Schlafzimmer des jungen Mädchens zu begründen. Er verdiente dafür durchaus Anerkennungspunkte, denn er hatte in einer schwierigen Situation den Kopf bewahrt und Humor bewiesen. Aber ganz ernsthaft: Wo hatte man je von einem Engel gehört, der sein kurzes dunkelbraunes Haar mit hellblonden Strähnchen hatte aufhellen lassen? Oder der es schaffte, auf diese überzeugende Art zu schlurfen, die nur Heranwachsenden eigen ist? Der so verwirrt dreinschaute? Die Augen des Jungen waren ...

... waren ...

Goldene Flecken in einem samtweichen Braun wurden heller, verschmolzen miteinander, wurden zu einem Fenster ins ...

... ins ...

Harris rieb sich die Augen. Er war viel zu müde für fundierte seelsorgerische Beratung. Nicht nur sah er Dinge, die gar nicht vorhanden waren – er roch noch dazu überbackenen Käsetoast, sein Lieblingsessen. Viel, viel zu müde, um zu warten, bis ein sturer Teenager freiwillig redete. „Wie heißt du, mein Sohn?" fragte er seufzend.

Name? Hatte er einen Namen? Das war möglich, denn am Anfang war einem jeglichen Ding ein Name gegeben worden, da mochte auch er einen bekommen haben. Er fing an, die Liste im Geiste durchzugehen, wobei er ganz oben anfing, in der Hoffnung, irgendein Name möge vertraut klingen. Es gab ja nur 301.655.722 Engel – irgendwann einmal würde er unweigerlich auf seinen Namen stoßen.

„Dein Name, mein Sohn?"

Erschreckt griff er sich einen heraus. „Samuel?"

„Fragst du mich das?"

„Nein." Samuel. Nun war dieser Name seiner. Ob das auch vorher sein Name gewesen war, spielte keine Rolle – so hoffte er zumindest.

„Samuel also – und wie weiter?"

War da noch mehr? Das glaubte er nicht! „Einfach nur Samuel."

Pater Nicholas seufzte. In diesem Tempo säßen sie Silvester noch in seinem Büro. „Auf was stehst du, Samuel?"

Diese Frage war einfacher zu beantworten. „Laminat." Als der Priester daraufhin unglücklich wirkte, sah er sich die Sache genauer an. „Laminat, mittelbraune Eiche, stabverleimt, 3,99/m². Zwanzig Jahre Garantie."

„Nein!"

„Nein?"

Irgend etwas in den Augen des jungen Mannes machte es zwingend erforderlich, diese Frage zu beantworten. Der Priester seufzte erneut. „Nun – eigentlich ja. Woher weißt du das alles?"

Beiläufig zuckte Samuel die Achseln. „Ich verfüge über höheres Wissen." Das waren die Anforderungen gewesen: höheres Wissen, Mobilität, wunderschönes Haar – und eigentlich hatte er auch eine Botschaft überbringen sollen, aber er wußte nicht wirklich, was für eine. Insgesamt waren Lena Giornos Angaben zu seiner Person recht vage geblieben – bis auf die Sache mit dem wunderschönen Haar. Da hatte sie genaue Angaben gemacht, da hatte sie sich sehr bestimmt auszudrücken gewußt.

„Höheres Wissen über Fußbodenbeläge?"

„Ja." Er wartete, ob der Priester auch noch andere Themen ansprechen würde, aber Pater Harris seufzte nur ein weiteres Mal und fuhr sich mit zittrigen Fingern durch das Haar.

„Schön, Samuel – fangen wir noch einmal von vorne an, ja? Was hast du genommen?"

Der Engel richtete sich auf. Er war entsetzt darüber, daß jemand überhaupt auf die Idee kam, ihm diese Frage zu stellen. „Nichts!"

„Nichts?"

„Nichts! Das schwöre ich bei ... Sie wissen schon." Ein Finger wies gen Zimmerdecke. „Diese Kleider wurden mir gegeben." Der Engel sah an sich herunter und studierte die Schrift auf dem T-Shirt, das er trug. Dann sah er dem Priester eindringlich in die Augen. „Ich weiß ja noch nicht einmal, wer dieser Regis Philbin ist!"

„Na, da bist du wahrscheinlich der einzige in ganz Nordamerika, der das nicht weiß!" murmelte der Priester leise. Dann riß er sich zusammen und fragte streng: „Warum warst du in Lena Giornos Schlafzimmer?"

„Sie hatte mich herbeigerufen."

„Per Telefon?"

„Mit einer Kerze."

„Sie hat dich mit einer Kerze herbeigerufen?"

„Ja."

Pater Harris, der Lena ziemlich gut kannte, wagte einen Schuß ins Blaue: „Mit einer Engelkerze?"

„Ja."

„Du bist ein Engel?"

„Ja."

Pater Nicholas fühlte sich, als habe er gerade eine Runde „Was bin ich" gewonnen. Er ließ sich in seinen Sessel zurückfallen. „Du bist ein Engel, weil Lena wollte, daß du ein Engel bist?"

Samuel nickte, glücklich, daß jemand zu verstehen schien, was er die ganze Zeit beteuert hatte. „Ja! Aber ihr Vater erwartete wohl etwas ganz anderes, als er mich sah und so ..." Hilflos breitete der Engel die Hände aus und sah an sich herunter, „... sind die Dinge ein wenig durcheinander geraten."

„Ich glaube, das kann man so sagen."

„Ich habe Genitalien, und ich weiß nicht, was ich damit machen soll."

„Genitalien?"

„Sie wissen schon, einen ..."

Hastig hob Pater Harris die Hand, um sich weitere Details zu ersparen. „Ich weiß."

„Dadurch wird alles so ... merkwürdig."

Diese Klage war dem Priester vertraut, er hatte sie oft genug zu hören bekommen. Neunundneunzig Prozent aller Seelsorgegespräche mit Teenagern drehten sich um Hormone, die verrückt spielten. So drastisch wie der junge Mann, der nun vor ihm saß, hatte allerdings noch nie jemand das Problem formuliert. Es fühlte sich so gut an, wieder auf vertrautem Terrain zu sein, daß er dachte, es könne gewiß nicht schaden, erst einmal ein paar der in diesem Fall üblichen Platitüden zu verbreiten. „Wenn du nicht die Achtung vor dir selbst verlieren möchtest, dann mußt du die Versuchungen des Fleisches auf jeden Fall bekämpfen."

„Schön. Aber was mache ich mit den Dingern, während ich kämpfe?"

Schon geriet der vertraute Boden ins Wanken. Pater Harris fühlte sich womöglich noch müder als zuvor, so müde wie noch nie in seinem ganzen Leben. Hilflos massierte er sich die Schläfen und murmelte: „Versuch, sie links zu tragen."

Leise raschelte Stoff.

Gut. Ich gebe auf. Ich weiß nicht, welche Droge er intus hat, aber soll er sich erst einmal ausschlafen und nüchtern werden. Morgen, wenn wir beide wieder klar denken können, finde ich schon heraus, wer er ist und was ich mit ihm machen soll.

Am nächsten Morgen ...

„Fröhliche Weihnachten, Dean!" Martha Hansen eilte durchs Wohnzimmer, packte Deans freie Hand, stellte sich auf die Zehenspitzen und küßte den jungen Mann auf die Wange.

„Mrs. Hansen ..."

„Martha. Wir freuen uns, daß Sie mit uns feiern können."

Claire, die Deans andere Hand fest umklammert hielt, lächelte ihren Liebsten an, wobei sie zu ihm aufblickte. „Ich habe es dir doch gesagt!"

„Was hast du ihm gesagt, Claire?"

Nun schenkte Claire auch Martha ein strahlendes Lächeln. „Daß er überhaupt keinen Grund hat, ängstlich zu sein."

„Um deine Mutter ging es ja auch gar nicht ...", hob Dean mit gedämpfter Stimme an, aber ehe er seinen Satz beenden konnte, hatte Claire ihn noch fester bei der Hand gepackt und quer durch das ganze Zimmer geschleppt.

„Dad? Ich möchte dich mit Dean bekannt machen."

John Hansen stellte seinen Kaffeebecher sorgsam auf der Sofalehne ab, erhob sich und schüttelte Dean die Hand. „Ich freue mich sehr, Sie endlich kennenzulernen, mein Junge. Vom Rest der Familie habe ich ja nur Gutes über Sie zu hören bekommen."

„Das stimmt doch gar nicht! Von mir hast du zu hören bekommen, daß der Typ die Stirn besessen hat, mir sagen zu wollen, wie ich mich zu benehmen habe und daß ich wirklich nicht weiß, was Claire an ihm findet, auch wenn er ja ein wahrer Augenschmaus ist. Au!" Wütend funkelte Diana ihre Schwester quer durchs Wohnzimmers an.

„Vergiß nicht, in welchem Zusammenhang dir Dean diese Vorhaltungen gemacht hat, Liebes", tadelte Martha sanft. „Immerhin hatte dein Verhalten dazu geführt, daß er fast geopfert worden wäre. Was dich angeht, Claire, so muß ich mich sehr wundern. Du weißt genau, daß man die Möglichkeiten nicht so einsetzen darf."

„Darum habe ich ja auch mit einer Haselnuß geworfen."

„In diesem Fall muß ich mich entschuldigen. Du zielst viel genauer als früher."

„Was ist mit mir?" Diana ließ sich neben dem Weihnachtsbaum auf den Fußboden fallen.

„Auch du solltest dich entschuldigen. Dean ist Gast in diesem Haus, und du hast dich ihm gegenüber absichtlich unhöflich verhalten."

Alle drei Frauen richteten ihren Blick prüfend auf Dean, dessen Ohren sich daraufhin von scharlachrot zu karmesinrot verfärbten. „Das ist schon in Ordnung", stammelte er. „Es ist ... na ja ... ich meine ..."

„Dean?"

Erleichtert wandte sich der junge Mann an den Vater seiner Angebeteten, im Gesicht den verzweifelt optimistischen Ausdruck, wie man ihn von Fans der Buffalo Bills beim Auftakt der Spiele der Nationalliga kennt. „Ja, Sir?"

„Hätten Sie gern einen Kaffee?"

„Ja, Sir."

„Dann kommen Sie, die Kanne steht in der Küche. Wir holen am besten frischen für alle." John pflückte die Hand seiner ältesten Tochter von Deans Arm und zog den jungen Mann hinter sich her aus dem Wohnzimmer, während er ihm mitteilte: „Ich verspüre plötzlich den starken Drang, mir eine Werkstatt einzurichten! Sie glauben nicht, wie wunderbar es ist, ein paar mehr männliche Hormone im Haus zu wissen!"

„Also bitte! Als hätten manche von uns in dieser Frage die Wahl gehabt!" kommentierte Austin von der Rücklehne des Ohrensessels aus empört den Abgang der beiden Männer.

Als Dean an diesem Morgen das Wohnzimmer der Hansens betreten hatte, war ihm nicht klar gewesen, was ihn dort erwarten mochte. Jeder im Zimmer wußte doch haargenau, wie Claire und er die Nacht verbracht und was sie getrieben hatten. Nicht, daß er irgend etwas bereute – auch wenn seine Erinnerung an das fünfte und sechste Mal etwas verschwommen war. Im Gegenteil: Dean hatte das deutliche

Gefühl, die Dinge seien nun wieder so, wie sie sein sollten, daß er mit seinem Leben genau das tat, was er auch tun sollte.

Aber es würde nicht alles einfach sein, das konnte sich Dean durchaus ausmalen.

Da half es wenig, daß Claires Eltern beide Vettern waren. Vettern waren nicht so stark und mächtig wie Hüter, aber auch sie gehörten zu denen, die halfen, das metaphysische Gleichgewicht der Welt zu wahren. Wie schmerzhaft es sein konnte, wenn diese Metaphysik aus dem Gleichgewicht geriet, hatte Dean am eigenen Leib erfahren müssen.

Martha Hansen hatte er bereits im Hotel Elysium kennengelernt, und er war sich damals ziemlich sicher gewesen, daß sie ihn gut leiden mochte. John jedoch war eine vollständig unbekannte Größe. Dean folgte dem älteren Mann in die Küche, wobei er fieberhaft nach Worten suchte, die in einer solchen Situation angemessen waren. Er war schließlich selbst erstaunt darüber, was letztlich aus seinem Mund herauskam: „Ich liebe Ihre Tochter wirklich und wahrhaftig, Sir."

„John."

„Wie bitte?"

„Wenn Sie in Zukunft zu Claires Leben gehören – und alle Anzeichen deuten darauf hin, daß dies der Fall sein wird –, dann können Sie mich genausogut auch John nennen."

„Ja, Sir. John. Anzeichen?"

„Sie wissen schon ..." John setzte die Kaffeekanne ab und beschrieb in der Luft das universelle Zeichen für alle Dinge, die mit Geisterspuk zu tun haben. „Anzeichen eben: helle Lichter am Himmel, die Eisblumen an den Fenster bilden kleine Herzen, im CD-Spieler findet sich plötzlich und geheimnisvoll eine Sammlung von Liebesliedern aus den Siebzigern ..."

„Ich verstehe."

„Wirklich?"

„Nein, Sir. Aber ich weiß, was ich empfinde, und ich weiß, was Claire empfindet, und das ist das, worauf es ankommt."

Claire sah ihrem Vater ähnlicher als ihrer Mutter, stellte Dean fest, als sich der Mund des Älteren zu dem vertrauten Lächeln verzog und er eine feste Hand auf seiner Schulter spürte. „Guter Mann! Eine Sekunde noch, dann bin ich hier fertig und wir können wieder zurück zu den Damen."

„Frauen", korrigierte ihn ein Stück leere Luft direkt über der Spüle.

John hob die Hand, und aus dem anderen Zimmer erklang ein unterdrücktes „Autsch!" „Erwarten Sie nie, daß Sie irgendwo ganz für sich sind", seufzte Claires Vater.

„Nein, Sir."

Dean blickte sich um. Er sah Kunstwerke, die nur von Heranwachsenden stammen konnten und die nun sorgfältig gerahmt in der Eßekke der Küche ausgestellt waren. Er sah ein Geschirrhandtuch mit der Aufschrift *Meine Tochter hat einen Höllenschlund geschlossen und alles, was ich gekriegt habe, ist dieses lausige Geschirrtuch* – ein Mitbringsel, wie es sie tausendfach auf der Welt gab. Er sah den Topf, in dem das Hühnerklein vor sich hin köchelte, die allgemeine Unordnung ... Dean kniff die Augen zusammen. In dieser Küche war am frühen Morgen ein Truthahn gestopft worden, wovon Semmelbrösel und andere verstreute Reste Zeugnis ablegten, die über die gesamte, gut zwei Meter lange Arbeitsfläche verstreut lagen. Wie es schien, hatte sich der Truthahn heftig gewehrt und die Schlacht um ein Haar gewonnen ... ohne groß nachzudenken griff sich Dean ein Spültuch, und bis Claires Vater das Tablett mit der Kaffeekanne und den Bechern gerichtet hatte, war die Arbeitsfläche blitzblank.

John reichte Dean das Kaffeetablett und nickte dem jungen Mann wohlwollend zu. „Sollten Sie je aufhören, Claire zu lieben, dann sind Sie in diesem Haushalt trotzdem jederzeit herzlich willkommen."

„Mit ein wenig Scheuern bekomme ich auch die Flecken aus dem Spülbecken."

„Später, mein Junge, später."

Sie gingen ins Wohnzimmer. Dean hatte das Tablett gerade an Martha weitergereicht, als ihm Claire auch schon einen prallgefüllten, riesigen, gestreiften Strumpf in die Hand drückte. Er brauchte einen Augenblick, um zu begreifen, was das war. „Es gibt einen Strumpf für mich?"

„Hey, der Große macht keine Fehler!" Diana zerschlug eine Schoko-Orange an der Kante des Kaminsimses. „Fünf Leute im Haus, fünf volle Strümpfe."

„Der Große?"

„Santa! Nikolaus. Der Weihnachtsmann."

„Der ist wirk..." Dann erinnerte sich Dean an die Stimmen, mit denen die Hölle sich mit sich selbst gestritten hatte. „... lich effizient."

Claire tätschelte Deans Arm, als der Junge sich neben sie setzte. „Wie nett du die Kurve gekriegt hast!"

„Vielen Dank."

Stunden später – die Strümpfe waren geleert, alle Geschenke ausgepackt und lautstark gelobt worden, und jedermann hatte für die Tageszeit viel zu viel Schokolade gegessen – führte sich Claire einen Schluck lauwarmen Kaffee zu Gemüte, seufzte zufrieden und ließ sich gegen Deans Arm sinken. „Das war das schönste Weihnachten, das wir je hatten! Es war so ..." Mit diesen Worten neigte sie den Kopf zur Seite und runzelte nachdenklich die Stirn, „... ruhig!"

Diana sah auf, wollte protestieren, hielt dann aber inne und nickte zustimmend. „Zu ruhig", sagte sie.

Austin schoß unter die Couch.

„Kannst du irgendeinen Ruf spüren?" wollte Claire wissen.

„Nein. Du?"

„Nein. Seit letzter Nacht nicht mehr. Ich habe den kleinen Schubs gespürt und ... der Schubs kam von einem Ruf, du abartiges Geschöpf!"

Diana hob abwehrend die Hände. „Hey, ich habe doch gar nichts gesagt!"

„Ich habe gesehen, wie du geguckt hast!"

„Wir befassen uns später mit der Art, wie Diana geguckt hat, Claire", seufzte die Mutter der beiden Hüterinnen. „Jetzt erzählt ihr mir erst einmal, was letzte Nacht passiert ist."

Claire kaute an der Unterlippe und versuchte sich zu erinnern. „Ich wurde wach und ... oh nein! Ich schob den Ruf hinter eine Barrikade zum Schutz meiner Privatsphäre. Da ist er wohl immer noch!"

Martha Hansen schüttelte den Kopf. „Claire, ich weiß ja, daß du letzte Nacht ein wenig abgelenkt und anderweitig beschäftigt warst, aber das war wirklich nicht sehr verantwortungsbewußt von dir. Gib den Ruf sofort frei." Claire griff in die Möglichkeiten, während ihre Mutter besorgt hinzufügte: „Hoffen wir nur, daß er nicht allzu dringend ..."

Am Weihnachtsbaum explodierte jedes einzelne Lämpchen. Leuchtend bunte Glassplitter prallten an hastig errichteten Schutzschilden ab, und der Engel an der Spitze des Baumes setzte zu einer schwungvollen Version von „Day Dream Believer" an.

„Das", stellte Austin fest und wagte sich wieder unter dem Sofa hervor, „hört sich gar nicht gut an."

Fünf

„Claire!"

Diese Stimme erwartete, nein: forderte, daß man ihr Gehör schenkte. Einer solchen Stimme gelingt es mühelos, sich selbst in einem proppenvollen Einkaufszentrum durchzusetzen, sie übertönt die lauteste Musik, die einem direkt aus dem Kopfhörer in die Ohren dringt, und man kann sie auch dann nicht überhören, wenn einem eigentlich alles gerade vollkommen egal ist. Hätte Hannibal eine solche Stimme besessen und damit zu seinen Elefanten gesprochen, wäre ihm nicht nur die Überquerung der Alpen und die Eroberung Roms gelungen, nein, er hätte beide Leistungen vollbracht und dabei stets auch noch sauberes Geschirr und anständig zusammengelegte Bettwäsche mit sich geführt!

Claire erkannte sie trotz des Rufs, der in ihrem Schädel herumjagte wie ein Rollschuh-Derby, bei dem jemand auf die Vorspultaste gedrückt hat. „Mama?"

„Hör auf zu schielen, Schatz. Du willst doch sicherlich nicht, daß deine Augen so stehenbleiben."

Claire brauchte eine Weile, um herauszufinden, wo genau denn nun ihre Augen in ihrem Gesicht angebracht waren. Wenig später hatte sie die beiden dann auch wieder so weit, daß sie bereit waren, im Team zu arbeiten. Langsam, aber sicher ordneten sich die vielschichtigen Bilder ihrer Mutter zu einem einzigen, das Claire wohlwollend zunickte.

Tiefe Sorgenfalten zierten Deans Stirn, als er sich nun vorbeugte, wodurch er auch in Claires Blickfeld geriet. „Claire! Wie fühlst du dich? Alles klar?"

„Ich ... habe kein Gefühl in den Fingern!"

Dean lockerte seinen Griff. „Tut mir leid! Was ist passiert?"

Claire mußte ihre Hand ein paar Mal kräftig schütteln, um die Blutzirkulation dort wieder in Gang zu bringen. Dann richtete sie sich auf. „Das war ein Ruf. Nein: Das *ist* ein Ruf."

„Kommt ein Ruf denn in der Regel ..." Dean beendete den Satz nicht, aber die beredte Geste, mit der er auf das Chaos im Wohnzimmer wies, umschloß auch die feine Schicht Glassplitter, die den Teppichboden im Umkreis von einem Meter um den Weihnachtsbaum herum bedeckte, und zwar als perfekte Reproduktion des berühmten Gemäldes ‚Das Abendmahl', wobei allerdings vier der Apostel durch die vier Teletubbies ersetzt worden waren.

„Nein."

„Dachte ich mir."

Tinky Winky schien sich mit dem heiligen Johannes zu streiten.

Martha packte Claire mit Daumen und Zeigefinger am Kinn und drehte das Gesicht ihrer Tochter zum Licht. „Deine Pupillen sind stark geweitet, und dein Puls rast."

„Mama, mir geht es prima! Der Ruf hat die Energie verpulvert, die sich aufgestaut hatte, und pendelt sich nun auf ein normales Niveau ein. Laß mir eine Minute Zeit, dann habe ich mich wieder erholt."

„Wirklich?"

„Ja."

„Gut." Martha richtete sich auf, verschränkte die Arme vor der Brust und runzelte die Stirn. „Was hast du dir nur dabei gedacht? Wie konntest du einen Ruf in eine Barriere zum Schutz deiner Privatsphäre sperren?"

„Ja, wie konnte sie das tun?" meinte John nachdenklich, ehe seiner ältesten Tochter noch hatte einfallen können, wie sie sich gegen die Vorwürfe ihrer Mutter verteidigen sollte. „Gute Frage! Eigentlich dürfte so etwas gar nicht möglich sein – selbst für Claire nicht."

Mit gerunzelter Stirn wandte sich Martha an John. So wie es aussah, kamen sie nicht umhin, sich noch einmal genau vor Augen zu halten, was geschehen war und was das besagen mochte. „Meinst du, Claires Kräfte haben sich noch verstärkt, wo sich jetzt die Sache mit Dean geklärt hat?"

„Das wäre durchaus möglich, nicht? Ich würde gern ein paar Tests vornehmen."

„Aber genausogut kann es auch eine zufällige zeitliche Übereinstimmung gewesen sein. Ich bezweifle doch sehr, daß sie wissentlich und willentlich sexuelle Energien angezapft hat."

„Richtig. Ein zufällig auftretender Energieschub ist allerdings weit schwieriger zu rekonstruieren, und wie ich die Bedingungen nachstellen soll, um genaue Messungen vornehmen zu können ... aber dennoch ..."

„Ich muß doch sehr bitten!"

Die beiden Vettern wandten sich fragend ihrer Tochter zu.

Claire hatte sich inzwischen aufgerappelt und stand fest auf den Beinen, die Arme vor der Brust verschränkt. „Hier führt überhaupt niemand irgendwelche Tests durch!"

„Aber ..."

„Nein, wirklich nicht, Papa. Ich habe einen Ruf erhalten, und dem muß ich folgen. Ich habe diesen Ruf auch nur beiseitegewischt, als er ursprünglich kam, weil er sich angefühlt hat wie Diana."

Alle Köpfe wandten sich anklagend um.

Achselzuckend nahm Diana eine Zuckerstange aus dem Mund. „Ich weiß wirklich nicht, wovon sie redet! Ich hatte letzte Nacht wahrlich Besseres zu tun, als ... Moment mal! Nikolaus!"

Ihr Vater seufzte. „Diana, willst du dem Weihnachtsmann unterstellen, er habe Claire und Dean hinterherspioniert?" „Nein!" Dann fuhr die junge Frau mit wesentlich weniger Nachdruck fort: „Allerdings darf man den alten Spruch nicht vergessen: ‚Er sieht dich, wenn du schläfst, und sieht dich, wenn du wach bist'. So ganz legal ist das ja auch nicht."

„Diana!"

„Er weiß wirklich immer ganz genau, ob man artig oder unartig war", fügte die junge Frau hinzu. „In diesem Fall also: ob Claire artig oder unartig gewesen ist."

„Diana!"

„Schon gut, schon gut! Irgendwas ist mir an die Schutzschilde geprallt, als Santa auftauchte. Ich dachte, er zieht sein alljährliches Ablenkungsmanöver durch, und habe es abgeleitet ..."

„Auf mich." Claire nickte. Allmählich begann sie, die Zusammenhänge zu begreifen. „Ich spürte deine Berührung, kam zu dem durchaus nachvollziehbaren Fehlschluß ..."

„Nun mach aber mal halblang!"

„... und sperrte das Teil in eine Barriere."

„Also!" Diana sprang auf. „Eigentlich ist der Ruf dann an mich ergangen."

„Kannst du ihn denn jetzt auch spüren?"

„Was hat das schon groß zu bedeuten? Der Ruf hat mich als erste erreicht."

„Mag sein, mag aber auch nicht sein."

„Mag sein?"

Claire schenkte den wütenden Protesten ihrer Schwester keinerlei Beachtung und fuhr fort: „... aber letztlich ist er dann an mich ergangen, und der Intensität nach zu urteilen, mit der er hier präsent ist, hocken wir praktisch direkt auf diesem Ruf. Ich glaube, ich kann loslaufen und das entsprechende Loch schließen und bin wieder hier, ehe der Truthahn aus dem Ofen muß."

„Na, du hast aber eine hohe Meinung von dir selbst!" schnaubte Diana wütend. „Du meinst, du kriegst das Loch zu, nur weil du es finden kannst? Du hast wohl vergessen, wie es hier in der Gegend zugeht!"

„Ich habe schon mehr vergessen, als du bisher gelernt hast!" Claire warf ihrer Schwester quer durch das Wohnzimmer ein herablassendes Lächeln zu.

Das Diana umgehend erwiderte.

Sobald sich der Qualm verzogen hatte, konnte man Martha erkennen, die mit der rechten Hand Claires linke, mit der Linken Dianas rechte Schulter umklammert hielt. „Ihr arbeitet beide an diesem Ruf!"

„Aber ..."

„Ich will kein einziges Aber mehr hören! Ich bin bereit und willens, euer kindisches Benehmen dem Übermaß an Zucker zuzuschreiben, den ihr heute morgen zu euch genommen habt, aber ich bin weder willens noch bereit, mir dieses Benehmen weiterhin anzusehen. Für so etwas seid ihr beide schlichtweg zu alt."

„Aber ..."

„Was habe ich gesagt? Was ist mit aber?" Martha schob die beiden zur Tür. „Claire, versuche bitte, die Sache für deine Schwester als Lernprozeß zu gestalten. Du, Diana, solltest dich bemühen, etwas zu lernen. Dean, es tut mir leid, aber du wirst die beiden chauffieren müssen. Ich befürchte, solange du hier bist, wird keine andere Mitfahrgelegenheit auftauchen."

Dean, der krampfhaft versuchte, ein Lächeln zu unterdrücken, murmelte vage etwas Zustimmendes.

„Austin, bleibst du hier oder willst du mit?"

Ein schwarzweißer Kopf schob sich unter der Couch hervor, und ein grüngoldener Blick heftete sich auf das Stilleben an der Tür. „Ich habe die Wahl? Ein uralter Pick-up mit eiskalter Fahrerkabine, worin junge Liebe und Schwesternstreit Fangen spielen – oder eine nette, warme

Küche und die vage Chance, daß jemand Mitleid mit einer verhungernden Katze hat und mir ein Stück Truthahn zuschiebt. Mein Gott – ich kann mich nicht entscheiden!"

„Du bist nicht am Verhungern", sagte Claire und verdrehte die Augen.

„Blöd bin ich auch nicht. Amüsiert euch schön."

„Hör sofort auf, mich zu schubsen."

„Ich soll aufhören? Als würde es dir etwas ausmachen! Du sitzt ja praktisch schon auf seinem Schoß. Wird spannend, wenn er schalten will!"

Dean dankte im stillen der Vorsehung, die ihn am Tage zuvor rückwärts in die Einfahrt der Hansens hatte fahren lassen, denn wenn er jetzt den Rückwärtsgang hätte einlegen wollen, hätte das nur den Schandtaten einer Minderjährigen Vorschub geleistet. Er legte den ersten Gang ein, ließ den Pick-up langsam anrollen und kam dann am Ende der Auffahrt mit einem scharfen Ruck gleich wieder zum Halten.

Ein limonengrüner Kleinwagen mit Fließheck schoß auf der Straße vorbei, dessen Fahrer den Blick starr und panisch auf das Haus der Hansens gerichtet hielt, und selbst aus der Entfernung konnte man das Weiß nicht übersehen, das die Pupillen der weit aufgerissenen Augen des Mannes umrahmte.

Diana winkte ihm fröhlich zu.

„Diana!" Rasch griff Claire in die Möglichkeiten und verhinderte in letzter Sekunde, daß der Wagen, der nunmehr auf zwei Rädern um die nächste Kurve schlitterte und außer Sicht geriet, im Straßengraben landete. „Du weißt doch, wie ängstlich Mr. Odbeck ist! Warum hast du das gemacht?"

„Ich konnte der Versuchung nicht widerstehen."

„Streng dich mehr an! Wir müssen nach links, Dean."

„Ich weiß nicht – ängstlich?" bemerkte Dean, als er nun aus der Einfahrt bog. „Der Typ fuhr viel zu schnell für die Straßenverhältnisse, und er hat gar nicht darauf geachtet, wo er hinfuhr."

„Das liegt an Diana. Die sorgt nämlich dafür, daß es hier in der Gegend nicht langweilig wird."

„Inwiefern nicht langweilig?"

„Unheimliche Lichter, merkwürdige Geräusche, Bäume, die lustwandeln, geothermische Explosionen."

„Hey! Diese geothermische Sache ist ein einziges Mal passiert!" warf Diana protestierend ein. „Ich habe mich fast umgehend darum gekümmert."

Fast umgehend – darüber mußte Dean nachdenken, während er den Pick-up vorsichtig bis zur erlaubten Höchstgeschwindigkeit hochfuhr. Danach konnte er sich gut vorstellen, warum Mr. Odbeck so ängstlich war. „Hast du das gemeint, als du sagtest, Claire hätte vergessen, wie es hier in der Gegend zugeht?"

„Wie es hier in der Gegend zugeht, das liegt nicht an ihr", erklärte Claire. „Das liegt an der Gegend selbst."

„Claire! Er hat mich gefragt!"

„Entschuldige. Da vorn an der Kreuzung rechts."

„An der Gegend?" forschte Dean nach, während er herunterschaltete, um in die Kreuzung einbiegen zu können, wobei er sich krampfhaft und erfolglos bemühte, nicht an den Schenkel zu denken, an dem er sich, ob er nun wollte oder nicht, rieb, wann immer er den Schalthebel betätigte.

„Wird er rot? Au!" Diana rieb sich die Seite und rückte nach rechts, bis sie eng an die Beifahrertür gedrängt saß, und sagte vorwurfsvoll: „Mama hat vollkommen recht: Du bist viel zu mager. Dieser Ellbogen! Der ist ja wie ... wie ein ..."

„Hockeyschläger?"

„Die Gegend hier", erklärte Claire daraufhin betont höflich, und Dean stellte leider zu spät fest, daß er Diana wohl lieber nicht bei der Suche nach einer passenden Beschreibung für den Ellbogen ihrer Schwester hätte behilflich sein dürfen, „ist nur durch eine wirklich sehr dünne Barriere geschützt."

„Der Stoff, aus dem die Realität ist, ist so dünn wie ein T-Shirt, wo er doch eigentlich so dick wie galvanisiertes Gummi sein sollte! Das hat mir eure Mutter schon in Kingston erklärt", fuhr er hastig fort, denn das beredte Schweigen seiner Mitfahrerinnen bestand nachdrücklich auf einer Erklärung. „Sie hat gesagt, deswegen seien sie hier, John und sie. Weil hier das Zeug eigentlich ständig nach draußen sickert."

Diana kicherte, hauchte gegen die Fensterscheibe und begann, mit dem Finger Muster ins Kondenswasser zu malen. „Meine Güte, Claire, und ich dachte, *deine* Erklärungen wären lahm!"

„Ich verwandle dafür aber auch nicht die Zaunpfähle der McConnells in riesige Zuckerstangen!"

„Oh!" Diana wischte das Muster mit den Ärmeln aus und griff in die Möglichkeiten.

Claire kniff die Augen zusammen und spähte in den Rückspiegel. „Jetzt tanzen sie."

„Das ist nicht meine Schuld! Es ist Weihnachten. Überall soviel Liebe und Frieden, das bringt ja alles durcheinander." Diesmal drehte Diana sich auf dem Sitz um, als sie in die Möglichkeiten griff. „Da: eindeutig Zaunpfähle."

„In der Tat", mußte Claire ihr beipflichten. „Aber du bist dir doch sicher im klaren darüber, daß du sie direkt im Erdkern verankert hast?"

„Tanzen können sie jetzt jedenfalls nicht mehr."

„Ja, aber ..."

„Warum erzählst du nicht erst einmal zu Ende? Warum erklärst du Dean nicht, warum es kein Zuckerschlecken sein wird, diese Unfallstelle zu schließen? Das mit dem Zuckerschlecken war nicht wörtlich gemeint!" fügte Diana nach einem Seitenblick auf Deans Profil hinzu. „Auch wenn selbst Zuckerstangen schon Löcher gebohrt haben, die der dunklen Seite Zugang verschafften."

„Eine große Hilfe bist du nicht gerade", beschwerte sich Dean und bog, Claires wortlosen Anweisungen folgend, nunmehr nach links ab. „Es hat sich in diesem T-Shirt-Stoff nun also ein Loch aufgetan ..."

„Ja, und weil der Stoff so dünn ist, kann man ihn nicht einfach an den Rändern zusammenziehen, und auch jeder Flicken, den man benutzt, muß ganz leicht und fein sein. Das kann durchaus problematisch werden, aber es handelt sich keineswegs um eine Sache, mit der ich nicht fertig würde."

Dean lenkte den Wagen mit der linken Hand, damit er mit der rechten Claires Finger an seine Lippen ziehen konnte. „Ich habe nie auch nur einen Augenblick daran gezweifelt."

Sie lächelte und rieb sich die Wange an der Jacke über seiner Schulter. „Warum nicht?"

„Ich habe dich in Aktion erlebt."

„Kotz, würg!" Diana zuckte die Achseln, als sich zwei zusammengekniffene Augenpaare vorwurfsvoll auf sie richteten. „Austin ist nicht hier! Irgend jemand mußte es ja sagen!"

„Wie wahr, wie wahr!" murmelte Dean und Claire richtete sich empört auf. „Halte da. Bei dem Haus mit den grauen Ziegeln."

Dean parkte den Wagen, und Diana schielte durch ein plötzliches Schneegestöber hindurch auf den Briefkasten am Straßenrand. „Giorno?"

„Du kennst die Leute?"

„Ich gehe mit einer Lena Giorno zur Schule. Sie ist eine Klasse unter mir. Bei ihr zu Hause bin ich noch nie gewesen."

Claire hatte den Gurt ausgeklinkt und drehte sich langsam um, wobei sie deutlich spürte, wie der Ruf an ihr zerrte. „Jetzt scheinst du dazu Gelegenheit zu bekommen."

„Mr. Giorno! Fröhliche Weihnachten! Ich bin Diana, eine Freundin von Lena, und dies hier ist meine Schwester Claire."

Claire stand weit außerhalb der Schußlinie, kam aber dennoch nicht umhin, ganz deutlich einen Teil des Charmes abzubekommen, den Diana auf den Mann versprühte, der sich mitten in der offenen Tür aufgebaut hatte und die beiden Schwestern wütend anfunkelte. Es knisterte zwischen dem Hausherrn und der Hüterin förmlich in der Luft, aber darüber hinaus schienen Dianas Bemühungen keine weiteren Folgen zu haben: Der Mann stellte sein zorniges Funkeln nicht einen Augenblick lang ein und blieb stur in der Tür stehen, fest entschlossen, komme, was da wolle, sein Heim zu verteidigen.

„Francis! Wir können es uns wirklich nicht leisten, die ganze Welt zu heizen! Tür zu." Zusammen mit Mrs. Giornos Stimme drang auch der eindeutige Geruch nach verbranntem Truthahn hinaus in die Winterluft.

„Fang du nicht auch noch an!" schrie der Mann seiner Frau über die Schulter hinweg zu, ohne sich von seinen Besucherinnen abzuwenden. „Ich mache die Haustür zu, wann immer ich will." Dann wandte er sich wieder an die beiden Frauen auf der Veranda. „Lena verläßt heute das Haus nicht", erklärte er finster. „Fragt noch mal nach, wenn sie dreißig ist, vielleicht lasse ich sie dann aus dem Haus, vorher bestimmt nicht. Ihr Gören da drin haltet jetzt gefälligst den Mund!"

Das Kreischen im Hintergrund erklang daraufhin eine Tonlage höher.

Diana, die die Art, wie der Mann ständig den Kopf hin- und herdrehte, um einmal mit ihnen, dann wieder mit seiner Familie im Haus zu reden, nervös machte, hob nun ebenfalls die Stimme: „Wir wollen ja gar nicht, daß Lena rauskommt, Mr. Giorno. Wir haben gehofft, Sie würden uns erlauben, hereinzukommen und Lena zu besuchen."

„Ich glaube ..."

„*Bitte.*"

Der Gesichtsaudruck des Mannes veränderte sich so rasch, daß es fast den Anschein hatte, als seien seine Wangen geschmolzen. „Klar! Kommt rein! Ihr seid nette Mädels, ihr sollt nicht auf der Veranda herumstehen müssen wie bestellt und nicht abgeholt! Ihr seid gute, nette Mädchen. Gute Mädchen. Meine Lena ist ein gutes Mädchen." Er schnaufte jämmerlich und fuhr sich mit dem Handrücken über die Augen. „Kommen Sie bitte herein!" Mit einer großzügigen Geste seiner nunmehr ziemlich feuchten Hand bat er die beiden Frauen näherzukommen. Er trat beiseite, um ihnen Platz zu machen. „Kommen Sie rein. Sie wollen mit Lena reden. Vielleicht können Sie herausfinden, warum sie ihrem armen Vater das Herz brechen will." Als Diana sich an ihm vorbeischob, drückte er ihr liebvoll die Schulter. Dann winkte er Claire zu. „Bitte, kommen Sie."

Im Wohnzimmer sah es aus, als hätte eine Bombe eingeschlagen und die Trümmer lägen nun im ganzen Haus verstreut. Gut, es handelte sich hier um den ersten Weihnachtstag in einem Heim, das außer von zwei Erwachsenen auch noch von drei Kindern, zwei Teenagern, einer Katze und einem Pärchen neurotischer Wüstenrennmäuse bewohnt wurde, was zu jeder anderen Zeit wahrscheinlich Erklärung genug für einen gewissen Grad an Zerstörung gewesen wäre, *hier* jedoch lag ein Ausmaß an Verwüstung vor, das sich weder durch den besonderen Charakter des Tages noch durch die demographischen Strukturen des Haushalts auch nur in Ansätzen begründen ließ. Der Weihnachtsbaum lag auf der Seite; die eine Hälfte der Kerzen in seinen Zweigen brannte noch, und auf den zerbrochenen Ästen hatte sich die Katze zusammengerollt, ein zufriedenes Lächeln im Gesicht und eine halbgegessene Zuckerstange im Fell. Überall lag Spielzeug, das nicht funktionierte, dazu leere Batterien. Zwei Babyzellen hatte jemand in die Wand des Hausflurs gehämmert – offenbar war dieser jemand mit seinem Latein am Ende gewesen, nachdem er zwei volle Großpackungen Batterien durchprobiert hatte und, als einzig diese beiden ihm blieben, hatte feststellen müssen, daß auch sie nicht funktionieren wollten. Das unermüdlich im Haus herumrasende Gasmolekül entpuppte sich als der fünfjährige Sohn der Familie, dessen Schädel genau in der Mitte ein frisch rasierter Streifen nackte Kopfhaut zierte.

„Lena ist unten in ihrem Zimmer", erklärte Lenas Vater, während er ein Taschentuch aus der Hosentasche zog, um gedankenverloren seine Nase in den Teil des großen Stofflappens zu putzen, in dem keine geschmolzenen Überreste eines Weihnachtsmannes aus Hamburger-Speck klebten. „Bitte gehen Sie zu ihr, reden Sie mit ihr."

Diana warf Claire aus den Augenwinkeln einen Blick zu und lächelte dann strahlend, als ihre große Schwester ihr zunickte. „Danke, Mr. Giorno."

„Nein, ich habe zu danken!"

Die beiden Schwestern machten sich auf den Weg die Treppe hinab und bekamen gerade noch mit, wie sich ihr Gastgeber abwandte, die Hand vor dem Gesicht, die Schultern heftig zuckend.

„Ich wollte ihn nicht zum Heulen bringen!" murmelte Diana leise, während sich die beiden Hüterinnen ganz vorsichtig einen Weg durch das Chaos im Haus bahnten.

„Du warst das nicht. Die Energie, die aus der Unfallstelle sickert, verzerrt die Möglichkeiten. Spürst du nicht auch diese hauchdünne Schicht Düsternis?"

„Ich hatte gedacht, das sei der Qualm vom verkohlten Truthahn. Oder der Tannenbaum – der scheint teilweise auch noch zu glimmen." Inzwischen hatten die beiden die Kellertreppe hinter sich gelassen und traten hinaus auf den lackierten Betonfußboden des Kellers. Diana sah Claire erwartungsvoll an. „Na?"

Hier unten gab es rechts von der Treppe zwei Schlafzimmer und ein Bad, links davon eine Waschküche, einen Heizungsraum und Geräte zur Weinherstellung.

Dem Ruf folgend wandte sich Claire nach rechts.

Die Tür zum vorderen Schlafzimmer war geschlossen. Claire klopfte.

„Haut ab! Ich *hasse* euch."

„Wow." Diana trat einen Schritt zurück. „Sie haßt uns wirklich."

„Was hattest du denn erwartet? Sie hockt da drin, im selben Zimmer wie die Unfallstelle. Versuch du es noch mal", schlug Claire vor, auf deren zweites Klopfen gar keine Reaktion mehr erfolgt war.

„Lena? Ich bin's, Diana. Wir kennen uns von den Vorbereitungen für den Weihnachtsball." Diana rüttelte an der Klinke, aber nichts rührte sich. Die Tür war verschlossen. „Laß mich doch rein."

„Nein!"

Es war eines der entschiedensten „Neins", die Diana je gehört hatte, und die junge Frau hatte in ihrem Leben bereits eine ganze Menge davon zu hören bekommen. „Bist du ganz sicher, daß sich die Unfallstelle da drin befindet?" erkundigte sie sich vorsichtshalber bei ihrer Schwester.

Claire nickte.

„Dann kann uns so ein billiges Türschloß auch nicht aufhalten!" Diana griff in die Möglichkeiten, woraufhin sie gleich die ganze Tür in der Hand hielt. „Okay!" Sie stolperte ein paar Schritte rückwärts, vom Gewicht der Holzplatte überwältigt. „Das wollte ich nicht."

„Das sagst du immer." Claire seufzte. „Aber es ist nicht weiter wichtig. Sieh mal."

„Oje. Ich wußte ja, daß Lena auf Engel steht, aber das ist wirklich ein wenig heftig!"

„Das nicht. Sieh mal, da unten!"

Das Loch hatte sich direkt neben einem von Lenas Bettpfosten aufgetan; ein dunkler, häßlicher, metaphysischer Fleck auf dem zartrosa Teppichboden.

Lena hob ein fleckiges Gesicht aus dem Kissen und starrte wütend auf die beiden dort im Keller vor ihrem Zimmerchen. „Hängt gefälligst die Tür wieder ein! Ich komme nicht raus! Mir ist es völlig egal, was mein Vater sagt."

„Hör mal, Lena, du brauchst gar nicht rauszukommen. Wir sind nicht hier ..." Etwas zu spät stellte Diana fest, daß sie sich mit der Tür in den Armen schlecht bewegen konnte, und lehnte diese an die gegenüberliegende Flurwand. „Wir sind hier, um dir beizustehen." Sie schlug einen Bogen um das Loch, ging um das Bett herum und hockte sich auf der Seite, die am weitesten von der Unfallstelle entfernt war, auf die Bettkante. „Wir wollen dir helfen."

„Ihr *könnt* mir nicht helfen."

Während Lena Diana den Kopf zugewandt hielt, trat Claire leise ins Zimmer, kniete neben dem Loch nieder und malte mit der rechten Zeigefingerkuppe ein Symbol in das Gewebe des Teppichbodens.

„Niemand kann mir helfen", klagte Lena weiter, während sie sich verzweifelt mit dem Handrücken über die Nase fuhr. „Mein Vater hat mir meinen Engel weggenommen!"

Diana fragte sich, wie Lena nur feststellen konnte, daß ein Engel fehlte, wo doch noch so viele im Zimmer herumstanden. Beruhigend strich sie dem Mädchen über die Schulter. „Aber du hast doch noch genug ..."

„Nein! Er war ein *richtiger* Engel! Er kam aus dem Licht zu mir! Letzte Nacht, als ich meine Kerze anzündete, und mir ist es völlig gleich, ob du mir glaubst oder nicht."

„Ich glaube dir. Hat dein Vater diesen Engel vielleicht geschlagen?" Claire stellte diese Frage so nebenbei, daß Diana sich überrascht auf dem Bett umdrehte und die Schwester anstarrte.

„Ja! Er ist einfach hier hereingeplatzt, wie er das immer tut. Er war stocksauer, und als er ihn dann sah, da ist er total ausgeflippt und hat ihn gehauen und weggenommen, und ich rede nie, nie wieder mit ihm."

„Wohin hat dein Vater den Engel gebracht, Lena?"

„Zum Pfarrer! Ich hasse ihn!"

„Den Pfarrer oder deinen Vater?"

„Beide! Ich hasse sie beide!"

„Diana." Claire bückte sich, um ein weiteres Symbol zu zeichnen, das sie dann aber hastig wieder auslöschte, als sie feststellte, daß das Teppichstück, auf das sie gemalt hatte, zu schmelzen begann. „Ich glaube, Lena würde sich besser fühlen, wenn sie ein wenig schlafen könnte."

„Nein! Ich *will* nicht ..."

Diana rückte Lenas Kopf vorsichtig auf dem Kopfkissen zurecht und wandte sich dann wieder an Claire. „Willst du damit etwa andeuten, daß Lena wirklich und wahrhaftig Besuch von einem richtigen Engel bekommen hat?"

„Ich will hier gar nichts andeuten. Du hast sie selbst gehört: Kein Zuschauer ist in der Lage, einen Hüter zu belügen."

„Aber sie können sich selbst belügen. Lena hat einmal ganz ernsthaft geglaubt, in einer Schüssel Karamelpudding das Konterfei Leonardo DiCaprios gesehen zu haben. Daraufhin erlag der gesamte weibliche Teil der neunten Klasse einem kollektiven hysterischen Anfall, und zwar für die gesamte Dauer der Mittagspause."

„Wirklich?"

Diana nickte. „Das war kein schöner Anblick!"

„Diesmal belügt sie niemanden, weder uns noch sich selbst." Claire ließ sich auf die Hacken sinken und wies mit einer Handbewegung auf das Zimmer, in dem sie sich befanden. „Unter der Dunkelheit hier liegen eindeutige Rückstände, die darauf schließen lassen, daß ein Engel anwesend war. Die kann man gar nicht übersehen, wenn man weiß, worauf man achten muß."

„Ach ja? Eindeutige Rückstände eines Engels? Das hört man ja nun auch nicht alle Tage."

„Diana, das ist eine ganz ernste Sache."

„Gut, ich bin ja auch schon ganz ernst." Diana hob den mit dem Konterfei der Backstreet Boys verzierten Becher auf, schnitt eine Grimasse und stellte den Becher rasch wieder ab. „Die Frage ist doch: Wie konnte es geschehen, daß Lena ein Engel erschien? Besessenheit allein reicht nicht; damit allein kann man die Möglichkeiten so weit nicht öffnen. Glaubst du, er ist gesandt worden, um eine Botschaft zu überbringen?"

„Das kann nicht sein. Sonst hätte er die Botschaft überbracht und wäre gleich wieder verschwunden. Lena sagt jedoch, ihr Vater hätte den Engel fortgeschafft."

„Vielleicht hat der Vater ihn fortgeschafft, ehe der Engel die Botschaft überbringen konnte."

„Nein. Das wäre unmöglich gestattet worden. Eine Botschaft des Lichts wird immer überbracht, egal was geschieht. Ein wütender Vater hat einem entschlossenen Engel gegenüber ebensoviel Chancen wie gegenüber einem Lastwagen, dessen Fahrer die Kontrolle über das Steuer verloren hat. Das Resultat wäre in beiden Fällen ungefähr das gleiche. Nein, ich weiß eine bessere Frage: Wie hat es dazu kommen können, daß sich die Möglichkeiten derart weit öffneten, und zwar ohne daß ich es mitbekommen habe?"

„Die Antwort ist doch einfach: Wenn sie sich letzte Nacht geöffnet haben, dann hast du es nicht mitgekriegt, weil du beschäftigt warst." Diana kniff die Augen zusammen und grinste plötzlich. „Wirst du etwa rot?" „Nein." Claire strengte sich noch nicht einmal an, überzeugend zu lügen – angesichts der Hitze, die sie in beiden Wangen aufsteigen spürte, hätte das auch wenig Sinn gehabt. „Warum hast du es nicht mitbekommen?"

„Frag mich was Leichteres! Ist wohl untergegangen in dem ganzen Friede-Freude-Eierkuchenzeug! Du weißt ja, wie es um diese Jahreszeit ist."

„Da könntest du unter Umständen recht haben."

„Da die Veränderung vom oberen Ende der Skala kommt, ist sie ja auch nicht wirklich unser Problem."

„Auch damit hast du recht." Claire zeichnete ein drittes Symbol auf den Teppich, woraufhin der Lärmpegel im Erdgeschoß rapide sank. „Jetzt liegt über der Unfallstelle eine provisorische Abdeckung. Ehe ich alles richtig versiegeln kann, brauche ich aber noch weitere Informationen."

„Was für Informationen?"

„Zum Beispiel brauche ich die Antwort auf die Frage, warum ein eigentlich doch ganz anständiger Familienvater einem Boten des Lichts eins auf die Nase gibt."

„Hat sich dadurch das Loch aufgetan?"

„Diana: Mr. Giorno hat einem Engel einen Faustschlag versetzt; was dachtest du denn?"

„Ich wollte nur sichergehen." Diana beugte sich vor, wischte Lena sanft eine dichte, schwarze Haarsträhne aus dem Gesicht und rief das Mädchen leise beim Namen. „Nicht aufwachen!" befahl sie, als Lena Anstalten machte, sich zu rühren. „Sag mir nur, ohne wütend zu werden, warum dein Vater den Engel schlug."

„Er war nackt."

„Dein Vater?" Unwillkürlich fielen Diana die lockigen Haare ein, die sich über Mr. Giornos Hemdkragen gekräuselt und seinen Handrücken geziert hatten. Hastig verbannte sie den Gedanken an einen nackten Mr. Giorno sofort wieder aus ihrem Kopf.

„Nicht mein Vater! Der Engel."

„Der Engel war nackt?"

„Ja." Lena lächelte entzückt. „Ich habe sein Ding gesehen."

„Lena, Engel haben kein Ding."

„Das *weiß* ich!" Selbst im Schlaf gelang es dem Mädchen, den Satz mit Betonung zu sprechen. „Aber er schon. Ich glaube ..." Sie runzelte die Stirn. „Ich glaube, mein Vater hat es ihm verpaßt. Es war groß."

„Welchen Vergleichsmaßstab hast du?"

„Diana!"

Diana machte sich nicht die Mühe, sich umzudrehen, sondern wehrte jegliche Einwände ihrer Schwester mit einer sorglosen Geste ab. „Gut, Lena, darauf können wir später noch zu sprechen kommen. Jetzt möchte ich, daß du wieder einschlummerst. Ich rufe dich, wenn ich dich brauche."

„O...", gefolgt von einem langen Seufzer, „...kay."

Diana vergewisserte sich, daß Lena auch tatsächlich wieder eingeschlafen war, sprang auf und breitete triumphierend die Arme aus – nur, um die Geste gleich darauf wieder teilweise zurücknehmen zu müssen, weil es einen Cherub aufzufangen galt, den sie von einem Regal gefegt hatte. „Trara! Lenas Vater kam ins Zimmer gestürzt, als Lenas Obsession es gerade fertiggebracht hatte, einen nackten Engel Gestalt annehmen zu lassen. Der Mann zog einen typisch väterlichen Fehlschluß aus dem, was er da vor sich sah, holte aus und gab dem Typen eins auf die Nase."

Claire verdrehte die Augen und richtete ihre Kräfte auf die Bettdecke, unter der es sich zu regen begann. „Nur ein Teenager kriegt es fertig, einen nackten Engel Gestalt annehmen zu lassen."

„Reg dich doch ab! Du hast ja schließlich die ganze letzte Nacht einen nackten Dean Gestalt annehmen lassen."

„Das ist nicht ..."

„Noch dazu hast du dabei einen Ruf ignoriert – nämlich genau diesen Ruf hier. Ich will damit gar nicht sagen, daß ich nicht unter ähnlichen Umständen genauso gehandelt hätte! Ich will damit lediglich sagen, daß du keinerlei Anlaß hast, über anderer Leute Hormone vornehm die Nase zu rümpfen."

Nach einer ziemlich langen Pause, in der beide Schwestern deutlich mitanhören konnten, wie verschiedene hohe Stimmchen über ihnen allesamt versicherten, sie hätten die Soße wirklich nicht angerührt und wüßten auch nicht, was darin herumschwämme, seufzte Claire tief auf. „Vielleicht liegst du ja richtig, und sicher hätte er auch Kleider angehabt, wenn die ganze Sache nicht gestört worden wäre, und da ihr Vater ihm das ... das ... Ding verpaßt zu haben scheint ..."

Diana schnaubte. „Weißt du, Claire: Wer ihn in die Hand nimmt, sollte auch in der Lage sein, ihn beim Namen zu nennen!"

Das war mehr, als Claire sich aus Dianas Mund anzuhören bereit war. „Toll!" sagte sie knapp und wütend. „Ich dachte nämlich, ich nenne es Floyd!" Kaum hatte sie die Worte ausgesprochen, da bereute sie sie auch bereits heftig. Hastig klappte sie den Mund zu, aber es war bereits zu spät: Sie konnte kein einziges mehr einfangen. In Dianas Augen blitzte es, und Claire mußte erkennen, daß sie für diese unbedachte Äußerung den Rest ihres natürlichen Lebens hindurch würde zahlen müssen, und höchstwahrscheinlich noch darüber hinaus. „Wir sollten uns lieber wieder an die Arbeit machen", schlug sie in einem derart scharfen Ton vor, daß er schon einem präventiven Erstschlag gleichkam. „Ich versiegele die Sache hier, und du siehst zu, daß deine Freundin ihren Haß loswird."

„Klar doch."

„Diana ..."

„Mach dir keine Sorgen, ich passe schon auf."

„Das hatte ich ..." Als Diana eine Braue hochzog und damit Claire in ihren besten sarkastischen Zeiten nachahmte, mußte Claire ungeachtet der Dinge, die später unweigerlich auf sie zukommen würden, erst einmal lachen. „... nicht gemeint, und das weißt du auch ganz genau."

„Ja. Aber ich passe trotzdem auf." Diana ließ sich wieder auf der Bettkante nieder und zog Lenas Kopf zu sich heran. „Auch wenn ich gestehen muß, daß der Drang, hier die Inneneinrichtung aufzumischen, extrem stark ist."

„... aber hast du dir nicht mal überlegt, daß sie vielleicht gar nicht so viele Kastanien in der Füllung mögen?" fragte Claire, während die beiden Schwestern vorsichtig die vereiste Auffahrt hinabstrebten, auf Deans Pick-up zu.

Diana zuckte die Achseln. „Um Längen besser als das, was in der Füllung war, ehe ich mich darum gekümmert habe – und das was drin war, spricht sehr dafür, nie das Katzenklo in der Küche zu plazieren, glaub mir."

Im Haus der Familie Giorno war alles wieder so, wie es sich gehörte. Baum und Essen waren wiederhergestellt, die Geschenke repariert, die Katze befriedet und die Spannungen zwischen den einzelnen Familienmitgliedern beigelegt. Allerdings waren viel mehr Schritte notwendig gewesen, um das Heim der Giornos aufzuräumen, als ein Hüter normalerweise in die Aufräumarbeiten bei einer Unfallstelle investierte. Das mochte am Datum liegen. Immerhin war ja – wie Diana, kurz bevor die Katze den Tannenbaum erneut umwarf, und zwar diesmal ohne Hilfestellung von Seiten der dunklen Möglichkeiten, betonte – Weihnachten.

Dean kam mit einem Ruck zu sich, als Claire die Beifahrertür öffnete. „Alles soweit geregelt?" erkundigte er sich besorgt.

„Alles, was wir regeln konnten", mußte Claire eingestehen. Sie klopfte sich den Schnee von den Stiefeln und glitt auf den Sitz neben Dean. „Es tut mir leid, daß es so lange gedauert hat."

„Das ist schon in Ordnung. Dein Ding hat das Auto warmgehalten."

„Ihr Ding?" kicherte Diana und kletterte ebenfalls in die Fahrerkabine. „Hast du einen Namen dafür?"

„Beachte sie gar nicht", riet Claire, die hoffte, Dean würde ihre roten Ohren der Kälte zuschreiben, die an diesem Tag herrschte.

Dem Ausdruck in seinen Augen konnte sie allerdings entnehmen, daß dem nicht so war.

Der junge Mann sah erst Diana an und dann wieder Claire, sagte aber wohlweislich lediglich: „Wohin soll es jetzt gehen?"

„Zurück nach Hause, packen. Dann ab nach Süden. Wir haben einen neuen Ruf erhalten."

„Noch ein Ruf?" Martha setzte den Bräter oben auf dem Küchenherd ab und hob einen erbosten Austin vom Küchentresen, ehe sie sich ihren Töchtern zuwandte. „Meint ihr, der neue Ruf könnte etwas mit diesem Engel zu tun haben?"

„Das ist unwahrscheinlich. Mr. Giorno hat ihn zu Pater Harris in die St.-Patricks-Kirche gebracht, und deshalb gehe ich davon aus, daß wir nie wieder etwas von ihm zu sehen bekommen."

„Von ihm?"

Claire warf Diana einen Blick zu, sah, daß diese den Mund voll Essiggurken hatte und fuhr unwillig fort: „Es scheint so, als habe er sich ein Geschlecht zugelegt, als er Gestalt annahm."

„Geschlecht?"

Diana schluckte und kicherte hämisch. „Damit meint sie genau das, was du denkst, Mutter."

„Der arme Junge! Der muß ja jetzt vollständig verwirrt sein!"

„Verwirrt? Überrascht vielleicht!" Mehr mochte Diana dem Engel nicht zugestehen. Sie hatte sich auf die Kante des Küchentischs gehockt und warf ein heißes Brötchen zum Abkühlen von einer Hand in die andere. „Aber die Dinger sind ja nicht schwer zu bedienen. Eigentlich braucht man doch nur zu zielen und abzudrücken." In der Küche war es plötzlich still geworden, weswegen Diana alle Anwesenden prüfend musterte. „Metaphorisch gesprochen. Na ja", seufzte sie dann, „das mit dem Abdrücken war nicht wörtlich gemeint. Aber ihr müßt zugeben, sie können zielen." Sie erwischte einen bedeutungsvollen Blick, der über den Topf mit Kartoffelbrei hinweg zwischen ihren Eltern hin und herflog, warf Dean das Brötchen zu und spreizte verzweifelt die Hände. „Was ist denn nun schon wieder?"

„Wir reden später darüber", entschied Martha etwas verkniffen. Dann wandte sie sich ihrer älteren Tochter zu und nahm sie liebevoll in den Arm. „Jetzt solltet ihr euch lieber erst einmal auf den Weg machen."

Austins Kopf – er hatte auf dem Fußboden einen kleinen Fettspritzer inspiziert – flog empört hoch. „Was denn? Ich warte hier seit geschlagenen fünf Stunden darauf, daß dieser Gockel aus dem Ofen kommt! Der Ruf wird sich wohl zwanzig Minuten gedulden können."

„Wir wissen ja nicht, wie lange er sich ohnehin schon hat gedulden müssen", rief Claire dem Kater ins Gedächtnis. Dann durchquerte sie die Küche, um sich mit einer kräftigen Umarmung von John zu verabschieden. „Irgendwie konnten die Dinge sich aufstauen, hast du das schon vergessen?"

„Toll, und darunter soll ich jetzt also leiden?"

Martha bückte sich und kraulte den Kater zärtlich am Kopf. „Mach dir keine Sorgen. Während Dean und Claire ihre Sachen zusammensuchen, packe ich euch ein Freßpaket!"

„Weißt du, das ist jetzt der zweite Ruf, der an diesem Morgen an dich ergeht!" beschwerte sich Diana und rutschte vom Küchentisch, als Claire nun auf sie zukam. „Du hattest heute schon zwei und ich noch keinen. Das ist einfach unfair!"

„Du bist noch nicht im aktiven Dienst."

„Aber ich habe Schulferien, und ich bin so was von verfügbar!"

„Man wird dich auch rufen, sobald etwas auftaucht, das schwerwiegend genug ist, deine Mithilfe zu erfordern. Wie man dich berufen hat, als ich dich in Kingston brauchte!" Claire streckte den Arm aus und streichelte Diana über die Wange. „Im Juni, wenn du die Schule hinter dir hast, wird alles anders. Ich weiß, wie schwer es ist! Du denkst, es gibt so viele wesentlich wichtigere Dinge, die du tun solltest – aber du schaffst das schon! Ich habe es auch durchgestanden."

„Red bloß nicht so von oben herab mit mir!" Diana begleitete ihre Worte mit einem kräftigen Schubs, der Claire ins Wanken geraten ließ. „Vergiß deine Geschenke nicht, sei vorsichtig und laß Dean helfen – wirklich helfen, nicht einfach nur danebenstehen und hinterher saubermachen."

„Mache ich."

„Was ich bezweifeln möchte."

„Ich werde es versuchen."

„Damit müssen wir uns dann wohl zufrieden geben." Diana trat zurück. „Nun macht schon – ab mit euch!"

Dean, der sich gerade hatte zur Tür wenden wollen, fand sich plötzlich in einer mütterlichen Umarmung wieder. Er zögerte einen Moment, aber dann erwiderte er sie herzlich und mußte zu seiner großen Verwunderung feststellen, daß er Martha kaum loslassen mochte, als sie sich von ihm lösen wollte. Deans Mutter war gestorben, als er noch ein Baby gewesen war, aber er hatte Zeit seines Lebens ihre Liebe gespürt. Nur ihre Arme nicht – er konnte sich nicht erinnern, sie je gespürt zu haben. Bis jetzt nicht.

Martha, die mitbekommen hatte wie ungern er sie freigab, berührte den jungen Mann liebevoll an der Wange. „Ich bin sehr froh darüber, daß ihr beiden zusammengefunden habt, Claire und du, Dean. Du bist ein guter Mann. Stark, zuverlässig ..."

„Mama!" unterbrach Diana, die wieder auf der Tischkante hockte und sich ein weiteres Brötchen geschnappt hatte. „Claire versucht hier, einem Ruf zu folgen! Wir haben jetzt keine Zeit, eine Eulogie auf Dean zu verfassen."

Er warf Diana einen fragenden Blick zu. „Eulogie?"

„Dir wird schon nichts geschehen." Martha tätschelte ihm beruhigend den Arm.

„Ich weiß." Dean trat von einem Fuß auf den anderen. „Ich habe mich nur gefragt, was Eulogie bedeutet."

„Nachruf."

„Oh."

Martha Hansen streichelte erneut seinen Arm. „Dir wird nichts geschehen."

„Klar doch."

„Ihm wird nichts geschehen, wenn er bereit ist, mit allem fertig zu werden, womit er wird fertig werden müssen", sinnierte John, der das Tranchiermesser aus der Hand gelegt hatte, um sich die Finger an einem Küchenhandtuch abzutrocknen.

Marthas Hand schwebte immer noch am ausgestreckten Arm knapp über Deans Pulloverärmel. Fragend wandte sie sich John zu. „Muß es nicht heißen: womit er fertig werden *mußte?*"

„Das kann man so sicher nicht behaupten. Die Dinge zwischen den beiden haben sich verändert – zum Besseren, höchstwahrscheinlich. Aber er wird dennoch in die eine oder andere ungewöhnliche Situation geraten, was seine Stellung als Zuschauer angeht, und er wird entsprechenden, vielfach wohl auch ungewöhnlichen Anforderungen gerecht werden müssen."

Deans Ohren wurden schlagartig so rot, daß er befürchtete, demnächst mit diesen Körperteilen etwas in Brand zu setzen. Ungewöhnlich? Stellungen? Wie hatte Claires Vater herausfinden können ...? Erleichtert erkannte er dann, daß er wohl etwas falsch verstanden hatte.

„Nun, sie werden wohl kaum auf Dinge stoßen, mit denen er nicht fertig wird", verkündete Martha entschieden. „Schlimmeres als das, was er bereits im Hotel Elysium hat mitansehen und erleben müssen, kann ich mir kaum vorstellen."

„Ich schon."

„Halt die Klappe, Austin!" Claire bückte sich, hob den Kater hoch und gab ihn an Dean weiter.

„Hey! Die Hinterbeine stützen!" Austin versenkte die Krallen im Flanellstoff von Deans Kragen und zog sich hoch, bis er bequemer saß. Dean paßte derweil seinen Griff den Anforderungen der Katze an. „Ich bin alt! Ich mag nicht baumeln!"

„Tut mir leid."

„Da lassen sie einen baumeln! Mal ehrlich."

Claire strich Austin beruhigend die aufgestellten Haare entlang der Wirbelsäule glatt. „Laß gut sein, Austin."

„Er hatte ein Brötchen in der Hand! Ich habe Krümel im Schwanz."

„Die bürste ich dir raus, sobald wir auf der Straße sind." Claire schob zwei Finger in das ausgeblichene Blau von Deans Hosenbund und zog den jungen Mann hinter sich her zu Tür. „Sag auf Wiedersehen, Dean."

„Auf Wiedersehen, Dean."

Wenigstens Austin hatte er zum Lachen bringen können.

Es ist einfach ungerecht. Diana fuhr mit dem Staubsauger über versprengte Glassplitter und empfand mürrische Befriedigung, als sie Laa Laa und den heiligen Matthäus verschwinden sah. *Mein Platz ist draußen, ich sollte losziehen und die Welt retten wie Claire, statt diese doofe Schule zu besuchen! Was für eine bescheuerte Zeitverschwendung!* Ein Stück vollständig sauberer Teppich tauchte auf und trennte Jesus und Po. *Ich habe es so gründlich satt, daß Claire immer alles als erste tun darf!* Claire hatte als erste der beiden die Erlaubnis erhalten, sich Ohrlöcher stechen zu lassen, sie hatte als erste die Oberschule abgeschlossen, sie hatte als erste auf eine tropische Insel reisen und dort mit Mühe und Not verhindern dürfen, daß diese sich Atlantis auf dem Meeresgrund anschloß. *Nee, Moment – das war ich.* Am Ende war die ganze Sache nichts weiter gewesen als ein feuchtes Mißverständnis.

Der Kopf des Staubsaugers war zu breit, um damit auch die letzten Splitter aus der Ecke saugen zu können. Diana wußte genau, daß sie eigentlich einen anderen Aufsatz hätte holen müssen, schob aber statt dessen stur, frustriert und sinnlos immer wieder den uneffektiven Staubsaugerkopf vor sich her und ließ ihn gegen den Kaminsockel knallen. *Mein Leben ist langweilig. Claire kriegt einen Ruf, Lena einen Engel, und was kriege ich? Eine explodierte Lichterkette!*

Noch dazu hatte Claire ja auch noch Dean gekriegt, das durfte man keinesfalls vergessen – und Floyd! Kichernd machte sich Diana daran, Dipsy und den heiligen Petrus vom Teppichboden zu entfernen. *Für alle drei war das jedenfalls ein Weihnachtsabend, den sie nie vergessen werden. Nicht ganz, was ich persönlich vom Leben erwarte, aber ansonsten einfach ...*

... einfach ...

Irgend etwas lauerte ganz hinten in Dianas Kopf, eine Erinnerung, die der Gedankengang, dem sie da gerade nachgehangen hatte, fast, aber leider eben nur fast an die Oberfläche befördert hätte. Ohne recht darauf zu achten was sie tat, fuhr Diana wieder und wieder mit dem Staubsauger über dasselbe Stück Teppichboden, während sie versuchte, den Gedankengang zu rekonstruieren und der Erinnerung auf die Spur zu kommen.

Heiligabend.

Claire kriegt Dean.

Am Baum explodieren die Lichter.

Lena kriegt einen Engel.

Hastig trat die junge Frau nach dem Staubsauger und schaltete das Gerät aus. Ihr Herz klopfte mit einem Mal so laut, daß sie den Lärm, der von draußen an ihr Ohr drang, als Dean seinen Pick-up startete, fast nicht gehört hätte.

Ihre Mutter kam geschäftig in den Flur geeilt, als Diana gerade die Haustür aufgerissen hatte: „Gehst du zum Pick-up? Dann nimm das doch bitte mit."

Aus dem Paket, das die Mutter ihr reichte, drang unverkennbar der Duft gebratenen Truthahns und ließ jede Nachfrage überflüssig werden. Wortlos und ohne anzuhalten schnappte sich Diana das Päckchen und eilte gleich weiter.

„Diana, deine Stiefel!"

„Keine Zeit! Ich muß Claire noch erwischen, ehe sie abfährt!"

Hüterinnen dürfen einander keine wichtigen Informationen vorenthalten – hätte Claire jetzt gesagt. Was nicht hieß, daß Diana je richtig zuhörte, wenn Claire ihr etwas zu sagen hatte, oder daß sie auch nur die geringste Absicht hegte, der älteren Schwester mitzuteilen, was wirklich aus deren *Best of John Denver*-CD geworden war ... resolut klemmte sich Diana die Gabe der Mutter unter den Arm und stürzte hinaus in die Kälte.

„Ja!" Austin sprang auf die Rückenlehne des Sitzes, um ungehinderte Sicht aus dem Rückfenster zu haben. „Da kommt das Essen!"

Claire drehte sich auf ihrem Sitz so, daß sie sehen konnte, wie Diana vom Haus herbeigeeilt kam. „Wie kannst du auf die Entfernung sehen, was sie da unter dem Arm hat?"

„Ich bin eine Katze."

Eine Ader an Claires Schläfe setzte zum vertrauten Pochen an. „Warum frage ich eigentlich noch?" stöhnte die Hüterin.

Das hatte sich Dean auch gerade gefragt. Er kurbelte im gleichen Moment, als Diana auf einer vereisten Stelle ausrutschte und gegen seine Tür prallte, sein Seitenfenster herunter. „Ich weiß jetzt, woher der Engel gekommen ist!" verkündete die junge Frau, noch ehe einer der Insassen des Pick-up etwas hatte sagen können. „Ich hatte recht! Lenas Obsession konnte die Möglichkeiten nicht so weit öffnen, und ich hatte noch einmal recht mit meiner Feststellung, daß du abgelenkt warst!"

„Kannst du mir mal erklären, wovon du eigentlich sprichst?"

Diana grinste, händigte Dean das Freßpaket aus und stieß dann den Zeigefinger der rechten Hand durch einen Kreis, den sie mit Daumen und Zeigefinger der linken beschrieb. „Du hast das Loch geöffnet – und Lenas Sehnsucht nach einem Engel war so groß, daß sie ausreichte, um zu definieren, was dann letztlich aus dem Loch kam."

„Nein." Claire schüttelte den Kopf. „Selbst wenn wir die Möglichkeiten geöffnet haben ..."

„Habt ihr!"

Claire warf dem Kater einen tadelnden Blick zu: „Ich muß doch sehr bitten!"

„Die Möglichkeiten standen weit offen! Ganz weit offen." Austin kratzte sich an der Schulter. „Es war eigentlich ziemlich beeindrukkend."

„Soviel also zu all deinen Vorträgen zum Thema Safer Sex, was?" empörte sich Diana.

„Ach, leck mich doch und hör auf, diese widerliche Geste zu machen. So war es doch gar nicht", entgegnete Claire.

„War es etwa so?" Diana konnte ihre Finger gerade noch anders anordnen, ehe es Dean gelang, seine Hand auszustrecken, um ihre beiden Hände festzuhalten.

„Nein", sagte er ruhig, wenn auch mit knallroten Ohren. „So war es nicht."

Diana hatte plötzlich das Gefühl, sich schämen zu müssen. Sie kam sich gemein vor, was ihr ganz und gar nicht gefiel. Mit einem Ruck riß sie sich los. Dean zu necken war irgendwie nicht dasselbe, wie Claire aufzuziehen! *Aber entschuldigen werde ich mich deswegen noch lange nicht. Wenn er noch nicht einmal einen Witz abkann ...* „Hört mal, ich habe auch gesehen, was Austin gesehen hat. Aber ich hätte es nie in Zusammenhang mit Lena und ihrem Engel gebracht, weil solche Phänomene sich eigentlich immer wieder auflösen, sobald sie alle in der unmittelbaren Umgebung glücklich gemacht haben."

„Das Phänomen hätte sich auflösen müssen!" stimmte Claire bei, runzelte dann aber die Stirn, als sie sah, wie ihre Schwester betreten mit den Füßen scharrte. „Warum hat es das nicht?"

„Das hab ich versiebt. Irgendwie."

„Irgendwie?"

„Okay, okay: Ich hab's versiebt. Ich habe diese Deko gebaut, für den Weihnachtsball an unserer Schule: eine Art Netz, in dem sich alle guten Gefühle fangen sollten, um dann potenziert wieder zurückgeschickt zu werden und noch mehr gute Gefühle zu produzieren. Ich glaube, ich habe die Anziehungskraft zu stark bemessen ..."

„Quelle surprise!" murmelte Austin.

„... weswegen meine Deko das Licht anziehen konnte. Es muß dann eine Art Proto-Gestalt angenommen haben, ehe es schließlich zu Lena kam."

„Wo es zum Engel wurde." Claire seufzte. „Na ja. Hätte schlimmer kommen können. Er ist wahrscheinlich einfach wieder zum Licht zurückgekehrt, nachdem er sich vom Schlag auf den Kopf erholt hatte."

„Meinst du?"

„Den Hintergrundinformationen zufolge, über die wir zu diesem Thema verfügen, können Engel die Barriere passieren, wie es ihnen paßt. Versetz dich in seine Lage: Wenn man dir einen solchen Empfang zuteil werden ließe, wie er ihm bereitet worden ist – würdest du dann nicht auch schleunigst dahin zurückkehren, woher du gekommen bist?" Diana nickte, woraufhin Claire fortfuhr: „Nun, es ist ja ganz schön, daß wir diese Fragen haben klären können. Aber das Loch, das bei der Ankunft des Engels entstand, ist versiegelt, und auf mich wartet bereits andere Arbeit."

„Aber ..."

„Fröhliche Weihnachten, und ich werde versuchen, mich zu melden."

„Wir haben also wirklich einen Engel gemacht?" wollte Dean wissen, während er vorsichtig in die Straße einbog.

„So könnte man es nennen, ja."

„Scheint ein wenig ..."

„Knapp bemessen, was die Füllung mit den kleinen Würstchen betrifft!" Austin hob den Kopf aus dem Freßpaket und funkelte seine Mitreisenden indigniert an. „Das reicht ja kaum für zwei Personen, von dreien ganz zu schweigen!"

„Du bist keine Person, du bist eine Katze." Claire schob Austin die Hand unter die Brust und hob ihn vorsichtig auf ihren Schoß. „Wenn du mit deinen dreckigen Pfoten, an denen noch das vollgekackte Katzenstreu klebt, in den Süßkartoffeln warst, dann tue ich dir was Schreckliches an, und drittens ..." Mit diesen Worten fuhr Claire zärtlich mit dem Zeigefinger an Deans Oberschenkel entlang, „glaube ich, wir hätten auch ohne Dianas und Lenas Mithilfe einen Engel machen können."

Dean brauchte einen Moment, aber dann hatte er Claire verstanden, grinste, griff nach ihrer Hand und führte sie sich an die Lippen. „Wirklich?"

„Wirklich."

„Wollt ihr beiden euch jetzt ständig so aufführen?" erkundigte sich Austin von Claires Schoß aus. „Weil ich nämlich alt bin, müßt ihr wissen, und ich glaube nicht, daß meine Krankenversicherung dafür ausreicht."

Claire entzog Deans Lippen ihre Hand und glättete Austins Fell. „Ich glaube, hier ist jemand eifersüchtig."

„Auf den da?" Austin schnaubte und ließ den Kopf auf die Pfoten fallen. „Ich muß doch sehr bitten!"

„Ganz sicher nicht?"

„Katzen werden nicht eifersüchtig."

„Wirklich?"

„Sie sehen zu, daß sie sich revanchieren."

„Austin!"

„Das war ein Witz."

Diana stand in der Auffahrt und sah Deans Pick-up nach, bis dieser in der Ferne verschwunden war. Dann schlenderte sie zum Haus zurück, wobei sie dem Schnee in der Auffahrt den einen oder anderen wütenden Fußtritt verpaßte.

... ganz schön, daß wir diese Fragen haben klären können ...

Schön! Es gab Zeiten, da hätte Diana Claire am liebsten bei den Ohren gepackt und der älteren Schwester deren überhebliche Attitüde durch heftiges Schütteln des Kopfes ein für alle Mal ausgetrieben! Warum die auch immer raushängen lassen mußte, daß sie sich für die wesentlich bessere Hüterin hielt!

Die hat doch immer schon gedacht, daß in ihrem Arsch die Sonne aufgeht ...

Nachdem Dean seinen Wagen vorsichtig durch eine enge Kurve manövriert hatte, warf er Claire einen Seitenblick zu und lächelte. Wie er es liebte, wenn das Licht aufleuchtete und durch die haselnußbraunen kleinen Lichter in ihrem Haar schimmerte! Wie dunkel ihre Augen in diesem Licht wirkten, wie ... *Moment mal!* „Wo kommt das Licht denn her?"

Claire seufzte. „Fahr du nur einfach!"

Sechs

Etwa eine Stunde, nachdem sie das Haus der Hansens verlassen hatten, bog Dean von der York Street auf den Parkplatz des Busbahnhofs von London ein. „Hier also?"

„Ja, genau hier."

„Drinnen?"

„Nein, da drüben." Claire wies auf einen Bus, der in der hintersten Ecke des Parkplatzes stand, im Dämmerlicht und Schneegestöber des Nachmittags kaum zu sehen.

Dean legte den Gang ein und fuhr langsam wieder an. Da Feiertag war, hatte der Busbahnhof nicht viele Reisende zu verzeichnen, weswegen der Parkplatz, der früh am Morgen das letzte Mal geräumt worden war, unter einer fast unberührten Schneedecke lag. Ungefähr drei Meter vom Bus entfernt, auf den Claire gedeutet hatte, spürte Dean, wie ein Ruck durch das Lenkrad in seiner Hand ging. Danach war jeglicher Versuch, den Wagen zu lenken, von dem schrecklichen Gefühl begleitet, das Steuer ließe sich zu leicht handhaben und man müsse von daher annehmen, daß keines der vier Räder des Pick-up noch über Bodenhaftung verfügte. Er steuerte gegen, glaubte, es geschafft zu haben, da geriet er erneut ins Schleudern. „Achtung!" schrie er aufgeregt, „gleich kracht es!" Aber da kam der Pick-up auch schon zum Stehen, die Beifahrertür nur fünf Zentimeter von der vorderen Stoßstange des Busses entfernt.

„Gleich kracht es?" wollte Austin wissen. „Achtung?" Er zog seine Krallen aus Claires Hosenstoff. „Weißt du denn wenigstens theoretisch, wie man flucht?"

Mit wild klopfendem Herzen stellte Dean den Motor aus. „Was soll Fluchen denn schon groß nützen?"

„Wenn du fragen mußt, dir wahrscheinlich gar nichts ... hey! Was sagte ich vorhin übers Baumeln?" Unwillig brummelnd ließ sich der Kater von Claires Schoß heben.

„Entschuldigung." Stirnrunzelnd rollte Claire ihr Fenster herunter und starrte nachdenklich auf die Vorderansicht des Busses.

„Ich muß doch sehr bitten! Hier sitzt ein alternder Kater im Durchzug!"

„Austin, sei still. Dean, ich werde auf deine Seite hinüberklettern müssen." Claire kurbelte das Fenster wieder hoch und langte unter den Kater, um ihren Gurt aufzuklinken. „Wir sind so nah an dem Loch, ich weiß nicht, ob du den Pick-up noch bewegen kannst. Wir haben hier eine Kaskade!" fügte sie dann hinzu, glitt auf die andere Seite der Sitzbank, tauchte unter dem Lenkrad hindurch und stand bald darauf auf dem Parkplatz. Während Dean alle Hände voll zu tun hatte, die Tür festzuhalten, die der Wind ihm zu entreißen drohte, steckte Claire den Kopf noch einmal zurück in die Fahrerkabine: „Kommst du?" wollte sie von Austin wissen.

„Ist schon Sommer?"

Ein eisiger Wind blies ihr Schneeflocken in den Mantelkragen. „Das würde ich so nicht sagen."

Der Kater ließ sich daraufhin auf der Sitzbank nieder und faltete die Vorderpfoten unter seinem Rumpf. „Dann bleibe ich hier drin."

„Na gut. Ich stelle dir die Möglichkeiten so ein, daß du es warm hast."

„Vielen Dank. Solltest du allerdings vorhaben, die Tür offenzulassen, dann bringt das auch nicht gerade viel."

Claire trat zurück und nickte Dean zu, der es trotz des scharfen Windes schaffte, seine Autotür zu schließen, ohne sie einfach zuknallen zu lassen. „Weißt du was?" fragte sie ihn liebevoll. „Jeder andere hätte die Tür einfach losgelassen!"

„Ich bin eben nicht jeder andere."

Dean stützte sich mit beiden Armen an der Fahrerkabine des Pick-up ab, die behandschuhten Hände rechts und links von Claires Gesicht, und strahlte sie an. Niemand hätte sein Lächeln zweideutig oder anzüglich nennen können, und doch unterbreitete es ganz offen alle möglichen Vorschläge. Da sie das Loch blockiert und es damit praktisch unschädlich gemacht hatten, konnte es kaum schaden, dachte Claire, eine kleine Pause einzulegen. Zumal Austin hinter Stahl und Blech eingesperrt saß – eine Gelegenheit, die viel zu gut war, um sie sich entgehen zu lassen.

Als die beiden sich wenig später wieder voneinander losreißen konnten, war im Umkreis von acht Metern um ihre Füße herum jeglicher Schnee geschmolzen. Der Asphalt direkt unter ihren Schuhen dampfte leise vor sich hin.

„Passiert das jetzt jedesmal?" wollte Dean ein wenig zittrig wissen und eilte Claire hinterher, die um den Pick-up herum auf den Bus zuging.

„Das kann ich dir nicht sagen.“ Claires Lippen fühlten sich ganz wund an, und sie empfand jedes einzelne ihrer Kleidungsstücke als viel zu eng. „Was hältst du davon, die Nacht über irgendwo abzusteigen? Sobald ich das Loch geschlossen habe?“

Dean warf einen Blick auf seine Uhr. „Es ist zehn nach vier.“

„Aber es wird bereits dunkel.“

Prüfend sah Dean zum Himmel empor, dann wieder hinunter auf die Hüterin. „Ich habe ganz in der Nähe ein Hotel gesehen.“

„Ich auch.“ Vor der Stoßstange der Busses ließ sich Claire auf die Knie nieder, zog den rechten Handschuh aus und gravierte, den Zeigefinger ungefähr zwei Zentimeter vom Chrom entfernt, drei Furchen in das glänzende Metall.

„Das war alles?“ fragte Dean, der hinter ihr stand. „Kommt mir ein wenig unspektakulär vor.“

„Eine Kaskade muß nicht unbedingt groß sein. Wahrscheinlich hat der Busfahrer beim Verlassen des Parkplatzes ein parkendes Fahrzeug angefahren – um ein fahrendes Fahrzeug kann es sich nicht gehandelt haben, denn das hätte einen richtigen Unfall verursacht. Jedenfalls ist der Busfahrer einfach weitergefahren, ohne zu halten. Das hat hier ein Loch entstehen lassen und noch dazu, nehme ich an, auf der gesamten Strecke, die der Bus heute zurückgelegt hat, häßliche Möglichkeiten verstreut. Die wiederum führten dann wohl zu der einen oder anderen zerbeulten Stoßstange, und diese zerbeulten Stoßstangen haben dafür gesorgt, daß sich unser Loch hier nicht schließen konnte. So kam es zur Kaskade. Stell dir das ursprüngliche Loch als Schürfwunde vor, die sich schon wieder geschlossen hatte. Jeder kleine Unfall mit Blechschaden führt dann dazu, daß der Schorf wieder abgeht.“

Dean stieß einen leisen Stoßseufzer aus. „So genau hatte ich es gar nicht wissen wollen. Aber woher weißt du, daß der Busfahrer nicht angehalten hat, sondern einfach weiterfuhr?“

„Wenn ein Fahrer nach einem Unfall anhält, entsteht gar nicht erst ein Loch“, erklärte Claire. Sie griff in die Möglichkeiten und drückte fest gegen ein Ende der ersten Furche, worauf sich das Metall darunter kräuselte und die Furche verschwand. Claire wiederholte diesen Vorgang noch zweimal, dann war das Loch dicht. „Als nächstes werde ich wohl ein paar Löcher schließen müssen, die ihren Ursprung bei diesem Teil hier haben“, sagte sie, als Dean ihr auf die Beine half. „Vorne am Bus steht London – Toronto. Da wir uns jedoch in London befinden, soll das wohl London – Toronto und zurück heißen." Claire streifte sich den Handschuh über und stellte gleichzeitig fest, daß Dean sie unverwandt und fasziniert anschaute, die Augen vor Bewunderung glänzend. „Was ist?" wollte sie wissen.

„Du hast mir nie gesagt, daß du auch Karosseriearbeiten machst!"

„Ich kann auch Rostschutz!"

„Kannst du wirklich?"

Sie grinste ihn von unten herauf an. „Nein, tut mir leid – ich wollte nur sehen, wie deine Augen aufleuchten. Oh!"

„Neuer Ruf?"

„Nein."

„Nein?"

„Nein, irgend etwas anderes. Hier ganz in der Nähe."

„Soweit also zu unseren Plänen, heute etwas früher Feierabend zu machen", seufzte Dean enttäuscht. Allerdings mußte er sich selbst eingestehen, daß ein Gutteil seines ursprünglichen Elans sich in der Kälte des Winternachmittags ganz von allein verflüchtigt hatte.

„Nicht unbedingt", erwiderte Claire, die sich suchend auf dem Parkplatz umschaute. „Die Sache ist hier wirklich ganz in der Nähe."

Langsam gingen die beiden hinüber auf den Bürgersteig. Dort blieb Claire stehen, um sich dann nach rechts zu wenden. „Was immer es auch sein mag – es befindet sich jedenfalls innerhalb des Bahnhofsgebäudes."

Die Eingangstür zum Bahnhof war verschlossen. Ein Schild verkündete: AM ERSTEN WEIHNACHTSTAG SCHLIESST DIESER BAHNHOF BEREITS UM SECHZEHN UHR.

„Das wär's dann wohl für heute. Auf Wiedersehen bis morgen!" Zufrieden wischte Dean mit dem Handschuhrücken ein paar Fingerabdrücke von der Glasscheibe der Bahnhofstür und wandte sich ab. „Sieh mal! Das Hotel!" Dann mußte er etwas verwirrt mit ansehen, wie sich Claire den rechten Handschuh auszog – nicht gerade die Reaktion, die er erwartet hatte. „Was ist denn?" wollte er besorgt wissen.

„Bisher haben wir das ja noch nicht tun müssen ..." Claire griff in die Möglichkeiten, und die Bahnhofstür sprang auf. „Claire! Das ist Einbruch und Hausfriedensbruch."

„Eingebrochen bin ich nicht, also ist es lediglich Hausfriedensbruch." Die Hüterin packte den jungen Mann am Mantel und schob ihn in den

Bahnhof. „Los! Wieviel einfacher das Leben doch ist, wenn man nicht irgendwelchen Zuschauern gegenüber Erklärungen abgeben muß!"

„Aber das ist illegal!" protestierte Dean und schloß hastig die Tür hinter sich und seiner Freundin. Ohne auf seinen Protest einzugehen, trat Claire einen Schritt vor in die Bahnhofshalle, wurde dann aber sofort am Ärmel zurückgerissen. „Die Fußmatte!"

Unwillkürlich zuckte die Hüterin zusammen und blickte zu Boden. „Was?"

„Tritt dir die Füße ab."

Rasch und in aller Stille ging Claire eine Reihe möglicher Reaktionen auf diese Forderung durch. Dann trat sie sich die Füße ab.

Die beiden waren etwa sechs Schritte weit in den Bahnhof vorgedrungen, als Claire sich auf ein Knie sinken ließ und die gespreizten Finger der rechten Hand gegen die Fußbodenfliesen preßte. „Gut ist das hier überhaupt nicht!" murmelte sie.

„Ich würde sagen, das ist widerlich!" knurrte Dean und kniete sich neben die Freundin. „Wie kann man seinen Fußboden nur derart herunterkommen lassen und nicht aufwischen, ehe man geht?"

„Dean ..."

„Tut mir leid! Ich nehme an, du hast etwas anderes gemeint. Was soll nicht gut sein?"

Claire hob die Hand, und an ihren Fingerkuppen glitzerte es. „Rückstände von Engeln", verkündete sie düster.

„Frohe Weihnachten. Sie sind mit der Residenz der Familie Hansen verbunden. Im Moment will jedoch niemand mit Ihnen reden. Wenn Sie also nach dem Piepton ..."

„Jetzt nicht, Diana, wir haben ein Problem. Ich bin in einer Telefonzelle im Busbahnhof von London, und du rätst nicht, was ich gerade gefunden habe."

Diana klemmte sich den Hörer unters Kinn und versuchte, einen Teller mit Truthahnresten im Kühlschrank unterzubringen. „Busse?"

„Engelsrückstand."

„Das war meine nächste Idee."

„Wie könnte es denn auch anders sein? Es scheint so, als sei Lenas Besucher noch nicht wieder nach Hause gegangen."

„Außer, er hat den Bus genommen." Diana griff in die Möglichkeiten und schuf auf dem zweiten Kühlschrankregal Platz für die Preiselbeersoße, eine halbvolle Schüssel Süßkartoffeln und einen Plastiktopf, in dem sich einstmals Margarine befunden hatte, der aber mittlerweile Bratensauce enthielt. „Du weißt schon", fuhr sie fort, „‚Fahr Bus und Bahn' oder so was in der Art. Warum telefonierst du eigentlich nicht von dem Handy aus, das wir dir zu Weihnachten geschenkt haben? Keine Extragebühren für Ferngespräche, die Batterien halten bis ans Ende aller Tage! Siehst du die Apokalypse nahen, kannst du immer noch den Notruf wählen! Warum also die öffentliche Telefonzelle?"

„Was würde ich dem Notruf denn erzählen, wenn die Apokalypse naht?"

„Was weiß ich! Rette sich, wer kann?"

„Ich telefoniere nicht mit dem Handy, weil das Handy im Pick-up liegt. Ich muß dich bitten, hinüber zur St. Patricks zu gehen und mit Pater Nicholas Harris zu sprechen. Soweit wir wissen, ist er derjenige, der den Engel zuletzt gesehen hat. Vielleicht weiß er, wo er ist. Ich habe auf dem Weg aus der Stadt noch einen weiteren Ruf erhalten. Angesichts der Tatsache, daß ich gerade eine Kaskade geschlossen habe, rechne ich eigentlich mit Problemen auf der gesamten Strecke nach Toronto. Ich rufe an, sobald wir uns irgendwo für die Nacht niedergelassen haben."

„Du brauchst nicht anzurufen. Ich schicke dir einfach alles, was ich herausfinden kann, per Mail." Als Claire Anstalten machte zu protestieren, verdrehte Diana ungeduldig die Augen. „Claire, ich bitte dich; laß uns versuchen, im zwanzigsten Jahrhundert anzukommen, ehe wir mitten im einundzwanzigsten stecken, ja? Bis später!"

Diana legte auf und begab sich auf die Suche nach Mantel und Stiefeln, während sie sich nicht zum ersten Mal fragte, warum alle Hüter außer ihr der modernen Technik gegenüber derart viele Vorbehalte hatten. „Hundert Jahre haben sie gebraucht, um sich ans Telefon zu gewöhnen!" grummelte die junge Frau, während sie in beiden Manteltaschen nach ihren Handschuhen fahndete. „Auch damit kommt Austin wahrscheinlich besser zurecht als Claire!"

„Austin, was machst du mit diesem Telefon?"

„Nichts."

„Was meinst du mit ‚nichts'?" wollte Claire wissen, als sie nun zurück in die Fahrerkabine schlüpfte.

„Damit meine ich, daß es in der ganzen Stadt keinen chinesischen Schnellimbiß gibt, der einen beliefert, wenn man als Adresse den Parkplatz des Busbahnhofs angibt."

Nachdem Diana in letzter Sekunde noch eine Diskussion über den Abwasch und darüber, wer ihn hätte erledigen sollen und das nicht getan hatte, hatte abwenden können, eilte sie hinunter auf die Straße, hielt das Auto eines Nachbarn an, der praktischerweise gerade vorbeigefahren kam und ließ sich nach Luca mitnehmen. Fünfzehn Minuten nach ihrem Aufbruch aus der elterlichen Wohnung entstieg sie vor St. Patrick dem Fahrzeug, das sie freundlicherweise bis direkt dorthin gebracht hatte, entschuldigte sich beim Fahrer für die unerwartete und äußerst scharfe Vollbremsung, mit der der Wagen gehalten hatte, und eilte den sauber freigeschaufelten Pfad zum Haus des Priesters hinauf, wobei sie streng darauf achtete, dem gelben Ziegelgebäude von St. Patrick tunlichst nicht zu nahe zu kommen. Merkwürdige Dinge geschahen, wenn Hüterinnen Kirchen betraten, und da Diana in einem Zeitalter lebte, in dem es weniger als Wunder denn als Ärgernis angesehen wurde, wenn Porträts der Apostel in Kirchen-Mosaikfenstern Broadwayhits anstimmten, gedachte sie, auf Nummer sicher zu gehen und nicht – schon wieder – das Schicksal herauszufordern.

Aus irgendwelchen unerfindlichen Gründen geschah in protestantischen Kirchen weniger als in katholischen – auch wenn die Bewohner der kleinen Stadt, in der Diana aufwuchs, noch immer von der legendären Wohltätigkeitsveranstaltung der Kirche ‚Friendship United' sprachen, während der man hatte feststellen müssen, daß drei der für den Anlaß gespendeten Kuchen insgesamt vierundzwanzig Schwarzdrosseln enthielten. Claire, die damals fünfzehn und damit in den Augen ihrer fünfjährigen Schwester fast schon erwachsen gewesen war, wäre beim Anblick dieser perfekten Nachbildung des beliebten Kinderreims, in der eine Tüte Mehl und eben genau vierundzwanzig Schwarzdrosseln die entscheidende Rolle spielten, am liebsten ganz tief im Boden versunken. Diana erinnerte sich jedoch daran, daß ihre Mutter die ganze Sache eher gelassen hingenommen hatte. Immerhin existierten viele Kinderreime, die schlimmer gewesen wären. *Außer für die Schwarzdrosseln natürlich!* dachte Diana und machte einen großen Schritt, um nicht auf einen extrem breiten Spalt zwischen zwei Bürgersteigplatten zu treten.

In Dianas unmittelbarer Umgebung gab es weder Moscheen noch Synagogen, und als dann die Zeit kam, in der die junge Frau die ersten Rufe erhielt, hatte sie bereits begriffen, warum es wichtig war, sich von religiösen Bauwerken fernzuhalten. Der Vorfall in jenem Shinto-Schrein war wirklich nur ein unglücklicher Zufall gewesen.

Na gut, zwei unglückliche Zufälle dann eben! stellte Diana fest, während sie die Stufen zur Vordertür der Priesterwohnung hinaufkletterte. *Obwohl ich immer noch behaupten würde, wenn man nicht will, daß Gebete erhört werden, dann sollte man nicht ...* „Frohe Weihnachten, Mrs. Verner. Ist Pater Harris zu Hause?"

Die Haushälterin des Priesters runzelte die Stirn, als fiele es ihr mit zusammengezogenen Brauen leichter, die junge Frau zu erkennen, die vor ihr stand. „Ist es denn wichtig? Das Weihnachtsessen steht ja schon fast auf dem Tisch!"

„Wir haben früh gegessen."

„Er nicht."

„Ich brauche nicht lange."

„Ich glaube nicht ..."

Die Möglichkeiten erfuhren eine ganz kleine Veränderung.

„... daß das ein Problem ist!" schmetterte die Dame mit einem schweren deutschen Akzent, begleitet vom zackigen Zusammenschlagen ihrer Gesundheitsschuhe. „Kommen Sie herein! Sie können im Büro warten, ich finde ihn schon. Sie haben einen Notfall! Sie brauchen Hilfe! Wie kann er dasitzen und nichts tun, wenn er gebraucht wird. Wenn es sein muß, zerr' ich ihn persönlich aus dem Sessel. Ich zerr' ihn aus dem Sessel und schaff' ihn her!" Hätte nur noch gefehlt, daß die Frau salutierte.

Ein wenig zu heftig an den Möglichkeiten gedreht! befand Diana selbstkritisch, als die Haushälterin des Pastors nun auf dem Absatz kehrtmachte und davonmarschierte. Ehe die resolute Dame womöglich beschloß, in Polen einzumarschieren, nahm die junge Hüterin rasch ein paar Richtigstellungen vor.

In dem kleinen, dunkel getäfelten Arbeitszimmer des Pastors, dessen vier Wände hohe Bücherregale zierten, herrschte eine Atmosphäre von Klaustrophobie, die zu gleichen Teilen von der Größe des Raumes, der Innenausstattung (Mittelalterimitat) und der schier überwältigenden Fülle der in vergilbtes Leder gebundenen Bücher im Raum herrührte. Diana hätte nicht sagen können, ob das Gemälde über dem Schreibtisch, das eine dreibeinige Gestalt zeigte, die vor einem schon fast schmerzhaft grünen Hintergrund über bunte Wellen hinweg auf den Betrachter zuschritt, das Zimmer noch kleiner machte oder am Ende der einzige Farbtupfer im Raum war. Beides – auch eine Kombination aus beidem – wäre möglich gewesen.

„Das Gemälde stellt St. Patrick dar, der die Schlangen aus Irland vertreibt", erklang direkt hinter Diana eine ruhige Stimme. „Eins meiner Gemeindeglieder hat das Bild gemalt."

„Wahrscheinlich eines, das auch beaucoup de Schotter für den Wiederaufbaufonds gestiftet hat." Diana konnte sich den Kommentar nicht verkneifen, als sie sich zu der Stimme umwandte.

Pater Harris trat hastig einen unfreiwilligen Schritt zurück. Offenbar war ihm die plötzliche Erinnerung daran in die Beine gefahren, wie St. Jerome damals aus voller Kehle ‚Everything's Coming Up Roses' geschmettert hatte. Pater Harris hätte nicht sagen können, warum er nun plötzlich an Buntglasfenster und Musicalhits denken mußte, aber er war sich aus allerhand Gründen, die er keinesfalls alle zu überblicken imstande war, völlig sicher, daß er dringend etwas zu trinken brauchte.

Diana lächelte ihm beruhigend zu. „Lena Giorno hat mir erzählt, ihr Vater habe letzte Nacht einen Engel zu Ihnen gebracht."

„Einen jungen Mann, der dachte, er sei ein Engel", stellte der Priester richtig. Er war sich ziemlich sicher, daß das Lächeln der jungen Dame da vor ihm beruhigend gemeint war – ihn jedoch stimmte es lediglich noch nervöser.

„Sie persönlich halten ihn also nicht für einen Engel?" „Ich bezweifele sehr, daß ein Engel wirklich in dieser Art und Weise im Schlafzimmer eines jungen Mädchens auftauchen würde."

„Sie meinen nackt?"

„Das ist ja wohl kaum ein Thema, das Sie und ich erörtern sollten." Entschieden holte der Priester tief Luft, verschränkte die Arme vor der Brust und warf Diana einen Blick zu, den er als ‚festen Blick einer Autoritätsperson' lange geübt und oft zum Einsatz gebracht hatte – den besten, den er unter den gegebenen Umständen fertigzubringen vermochte. „Nun, meine liebe junge Dame: Wenn Sie nichts dagegen haben, wüßte ich jetzt gern, wie Sie heißen und was Sie mit dem jungen Samuel zu tun haben."

Dianas Lächeln wurde breiter. ‚Samuel', wiederholte sie befriedigt im stillen. ‚Den Namen hätte er mir nicht verraten sollen!' Dann konzentrierte sie sich wieder ganz auf Pater Harris, der nunmehr überhaupt nicht mehr fest und autoritätsgewohnt dreinschaute, sondern eher das Bild ‚verwirrter Greis versucht, die Jugend zu verstehen und scheitert kläglich' verkörperte. „Ist er letzte Nacht hiergeblieben?" erkundigte sich Diana fröhlich.

„Ja. Aber früh am Morgen war er wieder verschwunden. Nun, sehen Sie, junge Frau ..."

„Dürfte ich *bitte* sehen, wo er geschlafen hat?"

Pater Harris hatte Diana eigentlich auffordern wollen, ihm endlich all seine Fragen zu beantworten und ihm mitzuteilen, wer sie war und was sie wollte. Statt dessen fand er sich auf einmal im Hausflur wieder, wo er sich anschickte, seiner Besucherin voran die Treppe hinaufzusteigen.

Der Engel – oder angebliche Engel – hatte im ersten Stock in einem winzigen Zimmer am Ende des Flurs geschlafen. Das Zimmer enthielt ein Einzelbett, einen Nachttisch, eine Ankleidekommode und ein Bild, bei dem es sich wahrscheinlich um ein weiteres Porträt St. Patricks handeln sollte. Diesmal kam der Heilige auf einem Poster daher, das man an allen vier Ecken an der Wand befestigt hatte, und zwar mit jenen dicklichen Klebestreifen, die unweigerlich dafür sorgen, daß Fettflecke die so angebrachten Poster zieren. Auf diesem Bild hatte der Heilige nur zwei Beine. Er trug kirchliche Gewänder und war auch diesmal damit befaßt, Schlangen zu verjagen.

„Ich weiß ja nicht, was Sie zu finden hoffen ...", setzte der Priester an und verschränkte abermals die Arme vor der Brust. Er war entschlossen, fest und entschieden aufzutreten. Schließlich war dies sein Haus, und ...

Ein Telefon klingelte.

Im Erdgeschoß.

Es klingelte und klingelte und schien gar nicht mehr aufhören zu wollen.

„*Bitte* nehmen Sie auf mich keine Rücksicht", teilte Diana dem Pastor mit. „Ich bleibe nicht mehr lange hier oben."

Pater Harris war schon fast wieder in seinem Arbeitszimmer, als er sich fragte, warum nur Mrs. Verner den Anruf nicht entgegengenommen hatte.

Derweil griff Diana in die Möglichkeiten und trat auf das Poster zu.

Der heilige Patrick blinzelte zweimal und schaute ihr konzentriert ins Gesicht: „Was soll's denn sein, Hüterin?"

„Ich hätte gern ein paar Auskünfte über den Typen, der letzte Nacht hier geschlafen hat."

Die tiefen Furchen in der Stirn des Heiligen wurden womöglich noch ausgeprägter. „Ach? Ist Ihnen nicht aufgefallen, daß ich hier bis zum Hals in Schlangen wate? Wie kommen Sie nur darauf, daß ich mir den Typen irgendwie genauer angesehen hätte?"

„Na, ich ..."

„Sie hätten nicht vielleicht ein Bier oder so dabei?" Ein kurzer, aber kräftiger Tritt beförderte eine Schlange direkt aus dem Bild.

„Seit wann verlangen Heilige nach Bier?"

„Ich bin ein irischer Heiliger. Sie müssen entschuldigen, wenn ich Klischees bediene, aber mein Original wurde vor fünfhundert Jahren fertiggestellt. Mir ist die Kehle ganz schön ausgetrocknet. Egal – wie war doch gleich noch die Frage?"

„Wissen Sie, wohin der Typ, der hier heute nacht geschlafen hat, gegangen ist, als er heute morgen das Haus verließ?"

„Der Engel?"

„Ja."

„Ich habe keine Ahnung. Aber eins kann ich Ihnen sagen, Hüterin: An dem Typen war etwas mächtig merkwürdig!" Der Heilige schüttelte angewidert das Haupt, wodurch sein Heiligenschein ins Wanken geriet. „Wann hat man denn je von einem verwirrten Engel gehört? Die Engel zu meiner Zeit hatten keine Gefühle. Die haben einfach erledigt, wozu sie auf die Erde geschickt worden waren, und dann sind sie wieder nach Hause gegangen. Ist der hier vielleicht so eine Art New-Age-Version?"

„Das kann ich Ihnen wirklich nicht sagen."

Eine weitere Schlange war dem Mann zu nahe gekommen und wurde mit einem gezielten Tritt nach links befördert. „Es wird Ärger geben, das können Sie mir glauben! Ein Engel ohne Daseinszweck und Aufgabe ist wie ein ..., wie ein ..."

„Eine Religion ohne Verbindung zur wirklichen Welt?"

„Wer hat Sie denn gefragt?"

„Hat er das Bett hier benutzt?"

„Ja. Er hat sich hingelegt. Aber ich kann Ihnen wirklich nicht sagen, warum, denn er braucht ja keinen Schlaf. Die Engel zu meiner Zeit, die haben sich jedenfalls nie hingelegt, und haben Sie gehört, daß der Typ einen ..." Die Hand des Heiligen pumpte im Bereich seines Gemächts in der Luft auf und ab.

... nicht gerade eine Geste, die Diana bislang je bei einem Heiligen wahrgenommen hatte. „Ja, ich habe davon gehört."

„Was soll das, frage ich Sie? Denken Sie an meine Worte, Hüterin: Die Engel heutzutage, die haben kein ..."

Diana schnitt dem Mann mitten im Lamentieren das Wort ab, denn sie fand, sie könne einem metaphysischen Konstrukt gegenüber schlecht direkt unhöflich werden. Noch dazu wollte der Mann allem Anschein nach gerade wieder so richtig aufdrehen und sich bereitmachen für einen nächsten Tritt. Diana hatte inzwischen richtig Mitleid mit den armen Schlangen.

In der Präzision, mit der das Bett gemacht worden war, erkannte Diana mühelos Mrs. Verners Handschrift. Diese Decken und Laken waren so straff gespannt, daß es nicht mehr um einzelne Groschen ging, die darauf hätten abprallen können: Auf diesem Terrain hätte eine gesamte Riverdance-Truppe auf Tournee herumhüpfen können. Ohne sich allzuviel davon zu versprechen, durchsuchte Diana das Zimmer nach Dingen, die eventuell zurückgeblieben sein mochten. Man konnte nie wissen: An diesem Tag waren ja bereits einige Wunder geschehen. Sie fuhr mit der Handfläche über das Bett und förderte unter dem Kopfkissen ein zweifarbiges Haar hervor. Mehr aber auch nicht.

„Sind Sie fertig?"

Das Haar verschwand unbemerkt in Dianas Hosentasche, während sich die junge Frau strahlend dem Pastor zuwandte. „Ja, vielen Dank! Er hat Ihnen wohl nicht gesagt, wohin er weiterziehen wollte?"

„Er hat mir noch nicht einmal gesagt, daß er abreisen wollte", entgegnete Pater Harris kurz angebunden. Am Fuß der Treppe angelangt wandte er sich zu seiner Besucherin um und blickte die junge Frau streng an: „Ich möchte wissen, ob ihr jungen Leute irgend etwas mit Drogen zu tun habt!"

„Drogen?"

„Ja, Drogen. Nichts von dem, was der Junge da letzte Nacht von sich gegeben hat, ergab irgendeinen Sinn."

„Es sei denn, er hat nichts als die reine Wahrheit gesagt." Diana legte den Kopf kokett zur Seite, riß die Augen weit auf und blinzelte den Priester von unter herauf an: „Glauben Sie denn etwa nicht an Engel, Pater Harris?"

„Engel?"

„Ja."

„Seine Heiligkeit, der Papst, vertritt die Meinung, es sei von der Existenz engelsgleicher Geistwesen auszugehen. Von daher ist die offizielle Haltung der katholischen Kirche die, daß Engel nicht stofflich sind."

„Gut, und Sie persönlich?"

„Mir persönlich ist die Sache nach wie vor nicht eindeutig klar. Aber wie dem auch sei ...", fuhr er fort und stoppte den Protest, zu dem Diana ansetzte, mit erhobenem Zeigefinger, ehe die junge Frau ihn noch hatte laut werden lassen können, „... ich bin mir ganz sicher, daß der junge Samuel weder ein Engel war noch einer ist."

„Warum?"

„Er hatte ..." Die Geste des Priesters fiel um einiges weniger eindeutig aus als die des Heiligen.

„Einen verdorbenen Magen? Einen Basketball?"

„GENITALIEN!"

Womit die Unterhaltung dann mehr oder weniger beendet war.

Diana stand auf der Veranda, sah zu, wie ihr der Atem vorm Mund gefror und traf eine Entscheidung.

In der Kirche stimmte St. Margaret ‚Climb Every Mountain' an.

„Äh, Claire, dein Kopf ist irgendwie ..."

„Spitz und gestreift? Mach dir keine Sorgen, das liegt an der Mütze." Claire warf die Kopfbedeckung hinter ihren Sitz und fuhr sich mit beiden Händen durch die Frisur, wobei es ihr gelang, einen Großteil der roten und weißen Fusseln zu entfernen. „Als Diana zehn war, hat sie beschlossen, alle Weihnachtsgeschenke für die Familie selbst zu basteln. Das war mein Geschenk in jenem Jahr. Ich weiß, die Mütze sieht reichlich bescheuert aus, aber sie ist wirklich warm, und draußen wird es allmählich ziemlich kalt."

„Es wird kalt!" Austin kroch noch näher an Deans Oberschenkel heran und funkelte Claire wütend an. „Es *wird* kalt? Ich warne dich!

Komm mir bloß nicht mit irgendeinem Körperteil oder einem Kleidungsstück zu nahe!"

„Ich entschuldige mich wirklich tausendmal, daß der Saum meiner Jacke dein Ohr gestreift hat!"

„Der steifgefrorene Saum deiner Jacke!" Austin ließ das fragliche Ohr prüfend hin- und herzucken. „Ich akzeptiere deine Entschuldigung lediglich deswegen, weil scheinbar doch wieder Gefühl in mein Ohr zurückkehrt!"

„Hast du das Loch schließen können?" fragte Dean, während Claire sich anschnallte, wobei er ihr aufmerksam zusah und sich streng versicherte, dies nur deswegen zu tun, um ganz sicherzugehen, daß sie auch wirklich gut angeschnallt war. Mit dem, was der Gurt mit dem Stoff zwischen Claires Brüsten anstellte, hatte das gar nichts zu tun! Leider war Dean ein erbärmlich schlechter Lügner und glaubte sich selbst nicht eine Sekunde lang.

„Es gab keinerlei Probleme. Wie es aussah, war eins dieser riesigen Geländefahrzeuge wirklich von der Straße abgekommen, und der Fahrer hatte keine Ahnung, wie er die Allradgangschaltung bedienen soll. Er hatte das Auto nur gekauft, um zu beweisen, daß seiner größer ist."

„Das alles hast du dem einen einzigen Loch entnehmen können?"

Sie warf ihm ein strahlendes Lächeln zu. „Ich habe extrapoliert. Viel war nämlich eigentlich gar nicht zu sehen. Ich bin wahrscheinlich überhaupt nur hierher berufen worden, weil das Ganze auf dem Seitenstreifen einer Autobahn geschah, was weitere Unfälle hätte verursachen können. Das hätte natürlich das Loch vergrößert – je mehr Unfälle ... du weißt schon."

So ganz wußte Dean es nicht, aber er fing an zu verstehen, wie die Dinge miteinander verknüpft waren. Er schaltete den Pick-up in den ersten Gang und bog vorsichtig auf die 401 ab. „Kann ich dich mal was fragen?"

„Sieben. Aber sie haben ihr alle nicht wirklich etwas bedeutet."

„Austin!"

„Jacques war tot, also sollte man den vielleicht gar nicht ..."

Claire schnappte sich aus dem Karton hinter dem Sitz ein Stück Truthahn und stopfte es dem Kater ins Maul.

„Das war eigentlich gar nicht die Frage, die ich hatte stellen wollen", mußte Dean eingestehen.

„Es war auch ganz sicherlich nicht die richtige Antwort."

Mittlerweile war es fast dunkel, und die Lichter am Armaturenbrett sorgten dafür, daß Deans Gesicht im Schatten lag. Claire wünschte, sie hätte sagen können, was dem jungen Mann durch den Kopf ging. Es gab eine Möglichkeit, es herauszufinden; sie brauchte ihn nur in der richtigen Art und Weise danach zu fragen. Sie brauchte nur zu sagen: „*Bitte* sag mir, was dir gerade durch den Kopf geht, Dean."

Kaum hatte sie diese Worte gedacht, da waren sie ihr auch schon aus dem Mund geschlüpft, ehe sie es hätte verhindern können.

„Die vorderen Scheinwerfer wirken ein wenig matt. Ich werde sie lieber mal saubermachen wenn wir das nächste Mal halten."

„Das war alles?"

„Bitte, Claire, mach das nicht mit mir."

„Das? Ach ja ... stimmt. Tut mir leid, wirklich. Es ist nur ..."

„Du bist einfach daran gewöhnt, daß alles nach deinem Kopf geht – was die Zuschauer betrifft."

„Irgendwie schon."

„Irgendwie schon?"

„Na gut, ja." Claire rutschte tiefer in den Sitz. „Also, was wolltest du mich eigentlich fragen?"

„Wie hat Lena einen Engel erschaffen können? Ich habe gedacht, Engel wären einfach so da."

„Das Licht ist einfach so da, aber was Engel betrifft, so kann man das Betrachtete nicht vom Betrachter trennen. Jeder Engel, von dem man je gehört hat, hatte die Gestalt, die ihm die Person verlieh, die von ihm berichtete, war geprägt von dem, was diese Menschen glauben, was sie brauchen. Braucht man einen heldenhaften, großartigen Engel, dann erscheint einem auch ein solcher. Oder er ist warm und tröstend. Oder irgendeine andere Kombination von Adjektiven: weise und wunderbar; hell und schön; groß und klein ..."

„Alles zur selben Zeit?"

„Wahrscheinlich nicht. Normalerweise ist es allerdings auch so, daß sie einfach nur die Botschaft überbringen, die zu übermitteln sie gesandt wurden, und dann wieder verschwinden."

„Botschaft?"

„Du weißt schon, Dean: Liebet einander. Fürchtet euch nicht, es gibt einen allmächtigen Gott, und er hat euch nicht vergessen. Fahr nicht über diese Brücke. Halte den Zug auf."

„Gib Austin was zu fressen." Austin blickte auf und mußte feststellen, daß seine beiden Mitfahrer indigniert auf ihn hinabstarrten. „Hey, auch das könnte passieren!"

„Wie dem auch sei", fuhr Claire fort, während Dean seine Aufmerksamkeit wieder der Straße zuwandte, „sobald die Botschaft überbracht ist, kehrt der Engel wieder heim. Dieser jedoch scheint sich länger hier aufhalten zu wollen."

„Warum nur?"

„Keine Botschaft", erklärte Austin, während er Claire auf den Schoß kletterte. „Ihr habt die Möglichkeiten sperrangelweit geöffnet, Diana hat dafür gesorgt, daß aus Möglichkeiten Wahrscheinlichkeiten wurden und ihre kleine Freundin hat dann eine Wahrscheinlichkeit ganz konkret definiert – aber die Wahrscheinlichkeit selbst hat eigentlich gar keinen Grund dafür, überhaupt hier zu sein. Also sucht sie jetzt nach einem." Austin knetete so lange die Muskeln auf Claires Oberschenkeln, bis er eine bequemere Position gefunden hatte. „Sehen wir es doch einmal von der positiven Seite: Zumindest ist sie keine Jüdin, und wir haben nicht Chanukah. Die Engel im Alten Testament waren nämlich mit Flammenschwertern ausgerüstet."

„Ich hätte gern einen mit Flammenschwert", seufzte Claire. „Der wäre leichter zu finden. Wenn ich mir den Kram durch den Kopf gehen lasse, den Lena in ihrem Zimmer stehen hatte, dann haben wir es wahrscheinlich mit einem New-Age-Engel zu tun. Er sieht aus wie ein Mensch, ist ganz fürchterlich stark und mächtig, und unter dem Strich ist er ein selbstgefälliger, zuckersüßer Wichtigtuer."

„Hört sich an wie ein Jed..."

Claires Hand schob sich hastig vor das Maul des Katers. „Haben wir nicht schon genug Probleme?" wollte sie erbost wissen. „Willst du jetzt auch noch gegen das Urheberrecht verstoßen?"

„Was ich nicht verstehe", mischte Dean sich ein, ehe unter Umständen ein Finger dran glauben mußte, „ist folgendes: Wie kann denn ein Engel etwas Schlechtes sein?"

„Diese Art Engel ist nicht schlecht – nicht per se und aus sich selbst heraus. Das heißt, wenn man außer acht läßt, daß solche Engel immer denken, sie wüßten, was gut für andere ist, und das selbst bei völlig Fremden." Claire legte eine Pause ein und fuhr erst fort, als klar war, daß Austin nicht vorhatte, einen Kommentar abzugeben. „Aber ich kann mir nicht helfen, ich habe das Gefühl, so viel Gutes zusammengeballt zu einem einzigen Klumpen: Das kann nur schlecht sein."

„Gut ist schlecht?"

„Metaphorisch gesehen ja."

„Was für eine bemerkenswert ungeeignete Metapher", maunzte Austin.

Ein paar Minuten lang fuhren sie dahin, ohne daß irgend jemand etwas sagte. Dann fragte Dean: „Was machen wir nun?"

„Wir hoffen, daß Pater Harris Diana hat sagen können, wohin sich der Engel gewandt hat und daß er in einem festen Vorsatz gegangen ist, denn das würde bedeuten, daß er wieder heimgeht, sobald dieser Vorsatz erfüllt ist. Wenn dies nicht der Fall ist, dann hoffen wir, daß ihn jemand überreden kann, nach Hause zu gehen, ehe ..."

„Ehe was?"

„Ich weiß nicht." Claire streichelte Austins Rücken und starrte aus dem Fenster auf zwei Lichter, die ihnen auf der anderen Seite des Mittelstreifens entgegenkamen. „Aber ich werde einfach das Gefühl nicht los, daß in Kürze irgend etwas ganz, ganz schief laufen wird."

Die Dunkelheit, die Heiligabend kurz vor Mitternacht aus dem winzigen Loch hinter der Autoreparaturwerkstatt von J. Henry und Söhne zu sickern begonnen hatte, gab sich alle Mühe, zusammenzubleiben. Normalerweise reichte es ihr ja, die Welt mit einem konstanten Strom an niederschwelligem Bösen zu versorgen. Diesmal aber hatte sie einen Plan. Geduld kannte die Dunkelheit nicht – immerhin ist Geduld ja eine Tugend –, aber sie wußte durchaus, daß es nur Unglück bringen konnte, wenn sie die Dinge jetzt unnötig übers Knie brach. Nicht, daß sie gegen Unglück etwas einzuwenden gehabt hätte, solange sie es war, die das Unglück anrichtete, und nicht derjenige, dem es widerfuhr. Hätte jemand Anspielungen gemacht, die Dunkelheit würde sich richtig raffiniert verhalten, wäre sie entsetzt gewesen. Hinterhältig – ja: Damit konnte sie sich schon eher anfreunden.

Sie hatte es jetzt bereits eine ganze Weile geschafft, das winzige, isoliert liegende Loch offenzuhalten, vorsichtig darauf bedach, nur ja nichts zu verändern. Gebrauch konnte sie von der kleinen Unfallstelle nicht machen. Sie hielt sie lediglich weiter offen, nur für den Fall der Fälle, auch wenn das Loch sich durchaus von ganz allein hätte schließen können. Das Loch war zu klein – seinetwegen würde kein Hüter gerufen werden. Zudem lag es mitten im Wald hinter einer Autowerkstatt, die geschlossen war, außerhalb einer kleinen Stadt, in die nie jemand kam, an einer schmalen Straße, die nirgendwohin führte. Unwahrscheinlich also, daß ein Hüter oder Vetter zufällig eines Tages hier vorbeikam und über das Loch stolperte.

Als sich das andere Ende der Möglichkeiten geöffnet hatte, wodurch das Gleichgewicht der Dinge drastisch aus dem Lot geraten war, hatte die Dunkelheit ihre große Chance kommen sehen. Der Druck war anders geworden. Die Dunkelheit hatte sich durch das winzige Loch nach oben und draußen befördern lassen, und dann hatte die Konzentration des Lichtes geholfen, sie zusammenzuhalten.

Auf jede Aktion folgte nun einmal – gleichwertig und mit entgegengesetzter Wirkung – eine Reaktion.

Physik als Metaphysik.

Die Dunkelheit nahm stetig zu. Sie ruhte in dem Wissen, daß der nächste Hüter viel zu weit weg war, um sie aufhalten zu können.

Aber die Hüter wären mißtrauisch geworden, wenn sich gar nichts ereignet hätte. Also erlaubte die Dunkelheit sich den einen oder anderen Scherz, rein zur Ablenkung.

In den Teilen der Welt, in denen gerade Weihnachten gefeiert wurde, weiteten sich die Löcher, die innerhalb der Familien aufgrund überspannter Erwartungen entstanden waren. Immer offener trat zutage, über welche Kapazitäten für den Erstschlag Eltern ihren unverheirateten erwachsenen Kindern gegenüber verfügen.

In anderen Teilen der Welt wuchs der Zorn über das immer mehr vorherrschende reine Kosumdenken etwas rascher als sonst und entlud sich in einigen Orten durch öffentliches Verbrennen von Bildern des Weihnachtsmanns. In dem kleinen niedersächsischen Städtchen Himmelspforten machten die Menschen vorsichtshalber einen Tag lang blau.

Ganz woanders griff ein Mann zum Füller, starrte diesen einen Moment lang an, ohne wirklich etwas wahrzunehmen, schüttelte sich dann leicht und unterschrieb den vor ihm liegenden Vertrag. Eine weitere Staffel „Barney" war gesichert. Aber es ist gut möglich, daß dieser Vorfall mit unserer Geschichte gar nichts zu tun hat.

Sieben

Samuel hatte es eilig, was auch immer er hier zu erledigen hatte, schnell hinter sich zu bringen, weswegen er sich auch vor Morgengrauen aus dem Pfarrhaus geschlichen hatte.

Morgengrauen; das erste Licht des Tages. Sonnenaufgang; die Sonne, ein relativ stabiler Ball, bestehend aus brennendem Wasserstoff, runde hundertfünfzig Millionen Kilometer von der Erde entfernt – darüber, wie früh am Tag dieser Ball am Himmel aufging, hatte sich das höhere Wissen allerdings ausgeschwiegen.

Samuel gähnte, reckte sich, ging hinunter zur Straße, kletterte über einen Schneewall und blickte hinaus in die Welt. Besser gesagt: hinaus auf das, was er vom Bürgersteig vor St. Patrick aus sehen konnte. Was er sah, war nicht so, wie er es erwartet hatte. Zum einen war es hier viel ruhiger, als er gedacht hatte. Von dem fortwährenden Kampf zwischen Gut und Böse, der angeblich in allen menschlichen Herzen toben soll, war weit und breit nichts zu spüren. Samuel war auf Tumulte gefaßt gewesen, auf Menschen, die verzweifelt um Hilfe schrien, und genau diese Hilfe wollte er ihnen dann auch zuteil werden lassen. Darauf, daß die kleinen Härchen in seiner Nase steifgefroren zusammenklebten, war er nicht gefaßt gewesen.

Um ganz ehrlich zu sein: Bis zu dem Augenblick, an dem es ihm gelungen war, das merkwürdige, eisige, enge Gefühl in seiner Nase bis zu seinem Ursprung zurückzuverfolgen, hatte der junge Mann gar nicht gewußt, daß in seinem Riechorgan überhaupt Haare wuchsen.

Erstaunt fragte er sich, was wohl Menschen bewegen mochte, freiwillig in Gegenden zu leben, in denen derart ungemütliche Temperaturen auftraten. Dann machte er sich auf den Weg die Straße entlang.

Lena hatte ihn gerufen, weil sie einen Engel sehen wollte. Sie hatte ihn gesehen. Das war also erledigt. Toll. Frank Giorno hatte von ihm verlangt, daß er das Zimmer seiner Tochter verließ und sich Kleidung überwarf. Auch dies war erledigt. Allerdings war es dabei zu Gewaltanwendung gekommen – völlig unnötig, wie Samuel fand, aber ihn hatte man nicht befragt. Pater Harris, wie Samuel ein Diener des Lichts, brauchte ihn nicht und hatte ihn, obwohl er es nicht expressis verbis gesagt hatte, praktisch angeschrien, sein Haus zu verlassen.

Also war er gegangen – nicht weit, aber immerhin.

Was also jetzt? Es mußte einfach einen Grund für sein Hiersein geben, eine Aufgabe, die es zu erledigen galt.

Er hatte eine Nacht lang Zeit gehabt, sich an die Gestalt zu gewöhnen, in der er wandelte, und das war ihm zumindest teilweise auch gelungen. Lenas ursprüngliche Komponenten und Parameter waren allerdings recht vage umrissen gewesen, und diese Tatsache bereitete ihm nach wie vor Probleme. Die ganze Sache mit dem höheren Wissen zum Beispiel schien ihm antiquiert und hatte sich bis jetzt auch noch nicht als nützlich erwiesen. Die Sache mit der Mobilität dagegen hatte er verstanden. Er wußte, daß er sich lediglich an einen bestimmten Ort zu wünschen brauchte, um dort umgehend hinzugelangen. Was er nicht wußte, war, wohin er denn nun gehen sollte. Sein Haar war klasse – dagegen ließ sich wirklich nichts sagen.

Ganz offensichtlich gab es Erwartungen an seine Person, auch das hatte er verstanden. Man ging davon aus, daß er mit einer Botschaft auf die Erde gekommen war. Nun, wenn dem so sein sollte, dann hatte er diese Botschaft verbaselt. Zwar hielt er problemlos und aus dem Stand eine Menge möglicher Botschaften parat (*Liebe deinen Nächsten; achte die Kinder dieser Welt; gelbe Tonne, grüne Tonne, graue Tonne: Schütze die Umwelt, trenne deinen Müll; prüfen Sie regelmäßig Ihren Reifendruck)*, aber die erschienen ihm so allgemein und noch dazu so einleuchtend, daß er sie eigentlich viel zu banal fand, um sie zu verkünden.

Ich weiß nicht, warum ich hier bin.

Ich weiß nicht, wie ich wieder zum Licht zurückkehren kann.

Wenn ich auch weiß, wo ich bin, so weiß ich doch nicht, wohin ich mich eigentlich begeben sollte.

Hätte ihm das höhere Wissen nicht zu verstehen gegeben, er sei ein weiseres, höher entwickeltes Wesen, dann hätte er seine Lage jetzt schlicht als beschissen empfunden. Reichlich beschissen.

Ich bin jemand, der Botschaften überbringt. Klar. Ich bin ein nicht gewerkschaftlich organisierter spiritueller Postbote. Samuel sah sich um und erblickte nichts als eine Kleinstadt mit leeren Straßen und dunklen Häusern. *Alles ist cool, sobald ich irgendwem irgendwas verkünden kann.*

Warum man sich allerdings wünschen sollte, daß es noch kühler werde als ohnehin, hätte er nicht sagen können, und es gab noch ein paar andere Dinge, über die er lieber nicht allzu genau nachdenken wollte.

Leider verhielt es sich so, daß an diesem frühen Morgen hinter den Barrikaden aus fest verschlossenen Vorhängen lediglich sehr kleine Kinder sowie die Eltern sehr kleiner Kinder bereits wach waren. Die Kinderchen waren allesamt – Samuel zog verschiedene Adjektive in Erwägung und kam zu dem Schluß, daß ‚hysterisch' der Sache in Ansätzen gerecht wurde. Was die Eltern der zarten Wesen betraf, so mangelte es ihnen weniger an spirituellen Botschaften als an etwa drei Stunden Schlaf und den Batterien, die nicht mitgeliefert worden waren, als sie die Weihnachtsgeschenke für die lieben Kleinen erwarben.

Samuel erwog gerade ernsthaft, noch einmal Lena aufzusuchen und sie zu bitten, ein paar Details nachzuliefern, da hörte er, wie sich ein Fahrzeug näherte. Er wandte sich um und sah dem allradangetriebenen Kleinbus mit 5,2-Liter-Motor und zweihundertdreißig Pferdestärken zu, der sich langsam die Straße hinaufquälte. Samuel hätte nicht sagen können, warum ihn die technischen Daten motorbetriebener Fahrzeuge mit einem Mal so stark faszinierten. Er dachte gerade über das Fahrverhalten des Wagens in vereisten Kurven nach, als ihm die Wolke aus reiner Verzweiflung bewußt wurde, die das Auto umgab. Irgend jemand in diesem Fahrzeug stand kurz vor dem absoluten Nervenzusammenbruch.

War es denn seine Aufgabe, Brüche zu heilen?

Bin ich hier der spirituelle Feldscher? Der Spruch war leider gar nicht so witzig, wie er gehofft hatte – Samuel holte tief Luft und wischte sich die Handflächen, die plötzlich feucht geworden waren, an den Hosenbeinen ab. Wie konnte es eigentlich angehen, daß er leckte? *Egal, irgendwo muß ich mal anfangen,* befand er dann streng.

Etwas anderes, wollte ihm scheinen, wurde in dieser Stadt für ihn ja auch nicht gespielt.

Das Fahrzeug befand sich exakt sieben Meter und 14,7 Zentimeter von Samuel entfernt, als dieser sich ihm in den Weg stellte. Als es zum Stehen kam, trennten noch sieben Millimeter den Engel von der Stoßstange des Wagens. Auf den Vordersitzen des Kleinbusses saßen, die Münder weit aufgerissen, zwei Menschen: ein völlig erschöpft wirkender Mann und eine nicht weniger erschöpft wirkende Frau. Brian und Linda Pearson. Samuel winkte den beiden zu, den Daumen der rechten Hand aufmunternd nach oben gereckt. Er dachte, das könne auf keinen Fall schaden.

„Bist du völlig durchgeknallt?" Knallrot im Gesicht lehnte sich Brian Pearson aus dem Fenster. „Ich hätte dich glatt überfahren können!"

Merkwürdigerweise schien der Mann leicht verärgert! Samuel nickte ihm beruhigend zu. Man darf die Sterblichen nie spüren lassen, wenn man verunsichert ist. Samuel hätte nicht sagen können, ob es sich bei dieser Maxime um höheres Wissen, gesunden Menschenverstand oder einen grundlegenden Überlebensinstinkt handelte, aber ganz gleich, woher er stammen mochte, er war gern bereit, sich an diesen Grundsatz zu halten. „Ich habe eine Botschaft für euch!"

„Geh mir verdammt noch mal aus dem Weg!"

„Nein."

„Nein?" Die Stimme des Mannes schwoll an, beeindruckend und bedrohlich.

„Nein. Ich muß es euch sagen: Ganz gleich, wie es aussehen mag, eure Kinder haben nicht wirklich absichtlich vor, euch in den Wahnsinn zu treiben. Was ihr braucht, ist etwas mehr Geduld!" Nach diesen Worten verrutschte Samuels friedliches Lächeln ein wenig, und er fügte hastig hinzu: „Und ein Pfefferminzbonbon. Das bringt frischen Atem."

„Du bist ja wirklich komplett durchgedreht!"

„Bin ich nicht." Samuel spürte, wie sich sein Unterkiefer nach vorne schob und er das Gewicht auf die Ballen verlagerte. Wo kam das denn mit einem Mal her? Er senkte die Stimme, die er bereits bedrohlich gehoben hatte, drängte den Wunsch, Brian Pearson zu einem Faustkampf herauszufordern, tapfer beiseite und fügte hinzu, nur noch mit einer winzigen Spur Streitlust in der Stimme: „Ich bin ein Engel."

In Brians Brust rangen verschiedene Gefühle miteinander: totale Erschöpfung, der heftige Wunsch, nichts mehr mitansehen zu müssen ... seine blutunterlaufenen Augen öffneten sich weit, als sein Gegenüber nun seinen Blick auffing und festhielt. „Ach du lieber G..."

Samuel hob die Hand und schnitt dem Mann rasch das Wort ab, wobei er sich verstohlen nach allen Seiten umsah, um sicherzugehen, daß niemand sie belauschte. „Denk nicht einmal daran. Hast du nicht mitbekommen, was mit dem letzten Typen passiert ist, der befördert werden wollte?" Er stieß einen leisen Pfiff aus, eine absteigende Tonleiter, die einen raschen dramatischen Sturz andeuten sollte. Daß er die kleine Showeinlage mit einer Explosion enden ließ, war reine Improvisation; aber er hatte dem einfach nicht widerstehen können.

Linda hatte Samuel keine Sekunde lang aus den Augen gelassen. Nun packte sie ihren Ehemann beim Arm, zog ihn zurück in den Van und flüsterte ihm hektisch etwas ins Ohr.

Brian schüttelte den Kopf und warf einen Blick auf den Engel. „Das können wir nicht machen."

Linda flüsterte weiter.

Leider schien es nicht Bestandteil höheren Wissens zu ein, Privatunterhaltungen belauschen zu können.

Nun lehnte sich Brian erneut aus dem Fenster, wobei er sich an einem Lächeln versuchte, das dann zugegebenermaßen leicht verkniffen ausfiel. „Willst du vielleicht mit uns nach London fahren?"

Wollte er? Die Hauptstadt von England schien etwas weit weg, und Samuel war sich ziemlich sicher, daß man, um dorthin zu gelangen, den Atlantik überqueren mußte. Also meinten die beiden wahrscheinlich London in der Provinz Ontario, etwa eine Stunde Fahrt auf dem Highway 4 entfernt.

„Klar doch."

„Prima. Steig ein."

Kaum war Samuel um das Auto herum zur Beifahrertür gegangen, da hatte Linda auch bereits von innen die hintere Wagentür geöffnet. Sie schaute ihn mit einem merkwürdigen Gesichtsausdruck – halb Hoffnung, halb Schuldgefühl –, an, wünschte ihm frohe Weihnachten und forderte ihn mit einer Handbewegung auf, in den Wagen zu steigen. Im hinteren Teil des Fahrzeugs hatte man die zweite Sitzbank entfernt. Auf der dritten, ganz hinten im Wagen, saßen festgeschnallt auf dem ganz rechten und dem ganzen linken Sitz die beiden eineiigen Zwillinge Celeste und Selinka. Der Sitz zwischen den beiden war frei. Zwischen den Kindern und ihren Eltern hätte nur dann noch mehr Abstand herrschen können, wenn die Mädchen sich nicht mehr im Wagen selbst befunden hätten.

„Hallo ihr zwei", sagte Samuel fröhlich, während er sich auf den mittleren Sitz zwischen den Kindern fallen ließ und sich auf die Suche nach dem Sicherheitsgurt machte. „Ich heiße Samuel, und ich bin ein Engel. Ich bin hier, weil ..."

„Weil Mami zu Papi gesagt hat, du könntest uns doch vielleicht unterhalten und ablenken", verkündete Selinka.

„Damit Papi sicherer Auto fährt", ergänzte Celeste.

„Mami glaubt auch nicht, daß du ein Engel bist. Sie ist nur einfach verzweifelt."

„Sie sagt, sie ist so fertig, sie würde sich auch vom Teufel persönlich helfen lassen."

„Wirklich?"

Vorn auf dem Beifahrersitz versteiften sich Lindas Schultern, was den Aussagen ihrer Töchter durchaus Glaubwürdigkeit verlieh.

Samuel konnte nicht umhin zu bemerken, daß sich daraufhin auch seine Schultern spürbar versteiften. „So was solltet ihr aber nicht wiederholen, wißt ihr?"

„Warum?" wollte Celeste wissen und kniff die Augen zusammen.

„Na ja, wenn ein Engel hier sein kann, dann gilt das doch ebenfalls für einen Teufel."

„Du bist dumm", schniefte Selinka, „und dein Haar sieht doof aus. Warum riechst du nach Zuckerwatte?"

„Er riecht wie Erdbeereis."

„Tut er nicht!"

„Tut er doch!"

„Warum kann ich nicht nach beidem riechen?"

Celeste beugte sich vor, um ihrer Schwester an Samuel vorbei einen vernichtenden Blick zuwerfen zu können. „Du hattest recht", sagte sie. „Er ist dumm."

Dann fingen die beiden an zu singen.

„Ein Mops kam in die Küche ..."

Anfangs war es ja noch ganz niedlich.

„Laßt uns doch alle singen!" schlug Samuel vor, wobei er sich soweit vorbeugte, wie sein Sicherheitsgurt irgend gestatten wollte. Singen war gut. Er hatte eine vage Vorstellung davon, daß Engel ziemlich viel sangen. „Eine Familie, die zusammen singt ..." Was tat solch eine Familie? Swingte sie auch? Pingte sie ... dann aber mußte er feststellen, daß ihn ohnehin niemand hören würde, denn die beiden hohen Stimmchen schafften es mühelos, das ganze Auto mit ihrem Lärm auszufüllen.

„Worauf geschrieben stand ..."

Das ging weiter so und weiter und weiter – gerade so eben unterhalb der Schmerzgrenze.

„Sie sollen aufhören", stöhnte der Vater der beiden Kinder und schlug mit der Stirn gegen das Lenkrad, während der Wagen gleichzeitig immer schneller fuhr.

Samuel hätte die beiden natürlich knebeln können. Abgesehen von dieser drastischen Maßnahme jedoch sah er keine Möglichkeit, sie zum Schweigen zu bringen. Ganz egal, was er sagte, ob er nun ein wohlformuliertes Argument vorbrachte oder sich auf kindisches Flehen verlegte, nichts machte auch nur den geringsten Eindruck auf die Mädchen. Als die beiden den Kanon auf einen vierten Durchgang schickten, schien würgen eine vertretbare Option. Schließlich herrschte Stille – so abrupt, daß es in Samuels Ohren noch eine Weile klingelte. Rasch riß der Engel die Mundwinkel in die Höhe und bedachte beide Mädchen mit einem gütigen Lächeln. „Ich habe eine prima Idee! Warum spielen wir nicht etwas, was gar keinen Lärm macht?"

Celeste und Selinka wechselten mißtrauische Blicke.

„Was denn zum Beispiel?" wollte Selinka wissen.

„Wehe, das macht keinen Spaß", fügte Celeste hinzu.

Samuel hatte den Mund bereits geöffnet, schloß ihn nun aber rasch wieder. Er konnte haargenau sagen, wie viele Haare sich auf den Köpfen der beiden Mädchen befanden (drei Milliarden zweihundertzwölf bzw. drei Milliarden zweihundertvierzehn), aber das war wohl, wenn man es genau betrachtete, noch nicht einmal in Ansätzen eine Lösung für sein Problem. Es sei denn ... „Ihr habt wohl keine Lust dazu, die Haare auf euren Köpfen zu zählen?"

Hier nun geschah es, daß er feststellen mußte, daß ein gewaltfrei konzipiertes elektronisches Spielzeug, das genau auf die speziellen Bedürfnisse einer bestimmten Altersgruppe ausgerichtet ist und helfen soll, soziales Verhalten zu fördern, eine höllenmäßige Beule hinterläßt, wird es einem aus geringer Entfernung an den Kopf geworfen.

„Ich habe Gewissensbisse", raunte Brian seiner Frau zu. „Bist du sicher, daß er wieder in Ordnung kommt?"

„Er hat schließlich gesagt, er will helfen."

„Aber eigentlich, Liebling, hat er nur gesagt, er hätte eine Botschaft für uns."

„Das ist doch dasselbe."

„Nicht ganz."

„Wie dem auch sei", stellte Linda ganz pragmatisch fest, während sie an dem letzten ihr noch verbliebenen Fingernagel kaute. „Jetzt sitzt er jedenfalls in einem fahrenden Auto. Raus kann er nicht."

„Wir fahren in London unsere Oma besuchen", platzte Selinka wenig später heraus.

„Hast du auch eine Oma?" wollte Celeste wissen.

Gute Frage. Er ging in Gedanken rasch alle Engel durch, die über ihm standen: Erzengel, Fürstentümer, Gewalten, Mächte, Herrschaften, Throne, Cherubim, Seraphim ... „Nein, eine Oma habe ich nicht."

„Warum nicht?"

„Ich glaube, weil ich ein Engel bin."

Der Zwilling zu seiner Rechten kniff die Augen zusammen und starrte ihn an. „Zeig mal deine Flügel."

„Was?"

„Wenn du ein Engel sein willst, dann laß mich deine Flügel sehen!"

Samuel spreizte die Hände und versuchte es mit einem beschwichtigenden Lächeln. „Flügel habe ich nicht."

„Warum nicht?"

„Ich bin kein Engel mit Flügeln."

„Warum?"

„Weil ich ein Engel ohne Flügel bin."

„Warum?"

„Wenn du ein Engel bist, mußt du auch Flügel haben!" Der andere Zwilling schraubte die Stimme hoch, sowohl was die Tonlage als auch was die Lautstärke betraf. „Dann hast du große, weiße, flauschige Flügel!"

Das Lächeln entglitt Samuel. „Ich habe aber nun einmal keine Flügel."

„Warum?"

Warum? Diese Frage konnte er nicht beantworten. Aber die Idee, sich auf den Weg zurück zu Lena zu begeben und sich ganz, ganz lange mit dem jungen Mädchen zu unterhalten, schien ihm mehr und mehr ein vernünftiger Plan zu sein. „Ich habe Turnschuhe!" verkündete er verzweifelt, denn sonst fiel ihm nichts mehr ein, was er den Mädchen hätte bieten können.

Zwei kritische kleine Köpfe beugten sich vor, um diese Schuhe zu inspizieren.

„Das sind keine Markenschuhe", sagte der Zwilling, der für diesen Teil des Verhörs zuständig zu sein schien, verächtlich. „Keine Streifen, nichts."

„Ist das schlimm?" Trug er etwa die falschen Sachen? „Was sollen das denn für Streifen sein?"

Sie verschränkte die Arme vor der Brust. „Du bist doch wirklich bescheuert."

„Wollt ihr Mädel vielleicht einen kleinen Mittagsschlaf halten?" Trotz des lauten Gelächters, mit dem dieser Vorschlag aufgenommen wurde, meinte Samuel, die Mutter der beiden Mädchen wimmern zu hören. „Wißt ihr eigentlich, wie glücklich eure Eltern wären, wenn ihr mal ein wenig ruhig wärt?"

„Wären sie?"

„Ja."

„Warum?"

Der Zwilling, der links von Samuel saß, wollte nun auch einmal drankommen. Gebieterisch bohrte sie ihm den Ellbogen in die Seite. „Los, schalt das Licht über deinem Kopf an."

„Was?"

„Mach das Licht über deinem Kopf an! Wie im Fernsehen!"

„Ich kann nicht ..."

„Dann bist du kein Engel."

„Bin ich doch."

„Bist du nicht."

„Bin ich wohl!" Samuel konnte dem heftigen Wunsch kaum noch widerstehen, die liebe Kleine bei den Schultern zu packen und kräftig durchzuschütteln. Statt dessen ließ er es zu, daß sich in seinem Gesicht ein ganz klein wenig vom Licht zeigte.

„Ha, ha, das soll ein Licht sein?"

Eine multikulturelle, anatomisch korrekte Babypuppe kam von der anderen Seite herbeigesaust, an einem Fuß gehalten. Sie beschrieb einen hohen Bogen und beendete ihren Fall dann genau dort, wo Samuel es überhaupt nicht vertragen konnte.

Woraufhin das Licht ausging.

Samuels Augen tränten immer noch heftig, als der Minibus Ecke York Street/Talbot Street hielt und der junge Mann hinaus in eine

Schneewehe stolperte. Vielleicht war es ja wirklich zwingend erforderlich gewesen, Brian Pearson zu verkünden, daß seine Kinder ihn nicht absichtlich in den Wahnsinn trieben. Angesichts der Tatsache jedoch, daß es die Zwillinge nunmehr seit bereits mehr als sieben Jahren fertigbrachten, am Leben zu bleiben, mußte Samuel eigentlich davon ausgehen, daß beide Eltern bereits über die Geduld von Heiligen verfügten. Über die Geduld eines Heiligen pro Elternteil! Er selbst war gerade mal eine Stunde mit den Zwillingen zusammengewesen und verspürte bereits das dringende Bedürfnis, die beiden zu erwürgen, auch wenn ihm eine solche Tat von seinem eigentlichen Wesen her gar nicht möglich sein sollte. Sieben Jahre – das mochte er sich wirklich nicht ausmalen, und er war sich auch nicht mehr so sicher, ob Brian Pearson mit seinem Verdacht, die Kinder könnten es darauf angelegt haben, ihn in den Wahnsinn zu treiben, nicht vielleicht doch recht gehabt hatte.

Von dem Geschrei, das er gemacht hatte, als die Puppe ihn traf, in keiner Weise beeindruckt, drängten sich die beiden Mädchen nun am Autofenster und warfen Samuel Kußhände zu. „Sind sie nicht die reinsten Engelchen?" seufzte ihre Mutter, ohne jedoch wirklich überzeugt zu klingen.

„Nicht ganz", teilte Samuel ihr mit, der sich an der Tür festklammern mußte, bis es ihm gelungen war, das Gleichgewicht wiederzufinden. „Aber falls es Ihnen eine Hilfe sein sollte: Ich glaube auch nicht, daß die beiden Teufelchen sind."

Linda verdrehte den Kopf so, daß sie Samuel direkt in die Augen schauen konnte. „Sind Sie da ganz sicher?"

„Na ja." Samuel warf einen letzten prüfenden Blick auf die beiden und erinnerte sich an seine eigenen Worte, die er vor noch nicht allzu langer Zeit erst gesprochen hatte: *denn wenn ein Engel hier sein kann, dann kann es auch ein Teufel.* Oder eben zwei. „Nein", mußte er zugeben. „Tut mir leid."

„Na, Sie waren uns wirklich eine große Hilfe."

Samuel hätte sich besser gefühlt, hätte die geplagte Mutter nicht ganz so sarkastisch geklungen. So schob er lediglich beide Hände in die Hosentaschen, als das Auto nun wieder anfuhr, seufzte tief und murmelte: „Das hätte wirklich besser laufen können."

Er schob sich durch einen schmalen Spalt in den hohen Schneeverwehungen, die die Straße an beiden Seiten zierten, landete leicht stolpernd auf dem Bürgersteig und mußte dann erst einmal kurz innehalten, um sich mit den Fingern den Schnee aus den Schuhen zu pulen. Anscheinend war es eine feststehende und altbekannte Tatsache, daß Engel keine Fußspuren hinterließen. Samuel verdrehte den Oberkörper, um nachzusehen, ob das immer noch der Fall war, und siehe da: Auch er hatte im Schnee keinerlei Spuren hinterlassen. Bestimmt gab es dafür einen guten Grund; der junge Mann hätte aber in diesem Moment trotzdem freudig seine nassen Füße für Fußspuren hingegeben. War es denn eigentlich überhaupt vorgesehen, daß Engel nasse Füße bekamen? Zumindest fror er nicht! Wenigstens *das* funktionierte.

Alles andere schien nämlich überhaupt nicht zu klappen.

Vielleicht fehlte ihm auch einfach nur die Übung.

Samuel richtete sich auf und blickte um sich. Das nun also war London. ‚Fotown'. Die Stadt der Wälder. Dschungelstadt. Hinter den sieben Bergen. Die dreihundertvierzigtausend Einwohner dieser Stadt besaßen pro Kopf mehr Autos als jeder andere kanadische Bürger – und? Wo waren die alle? Samuel konnte rings um sich her nichts anderes entdecken als schneebedeckte, menschenleere Straßen.

Sobald er den Kopf nach Osten wandte, traf sein Blick auf das riesige Schild vor dem verwaisten Kongreßzentrum, das jedermann frohe Weihnachten wünschte. Ein Windstoß kam die Schienen entlanggepfiffen und fegte die Spitze von einer Schneewehe, hinter der der Bahnhof der Stadt kaum noch zu sehen war.

Hinter Samuel schlug eine Autotür zu.

Er wandte sich gerade noch so rechtzeitig um, daß er zusehen konnte, wie ein Taxi wegfuhr. Dann bemerkte er die ältere Dame, die sich schwer abmühen mußte, um ihren uralten braunen Plastikkoffer in Richtung Busbahnhof gezogen zu bekommen. Edna Grey hieß die Dame; sie hatte ein schwaches Herz und war auf dem Weg nach Windsor, um den ersten Weihnachtstag bei ihrer Tochter zu verbringen. Vielleicht, dachte Samuel, hatte er nur deswegen keine Botschaft, weil er selbst die Botschaft *war*? Vielleicht sollte er gar nichts verkünden, vielleicht sollte er Dinge ganz praktisch demonstrieren. Rasch eilte er hinüber zu Edna nahm ihr, ohne sich auch nur im geringsten anstrengen zu müssen, den schweren Koffer aus der Hand.

„He! Haltet ihn! Ein Dieb! Haltet ihn!"

„Moment. Aua Ich will Ihnen doch nur helfen."

Edna Grey funkelte den jungen Mann, der sich ihres Koffers bemächtigt hatte, unter dem Rand ihrer roten Strickmütze hervor wütend an und umklammerte unverwandt mit beiden behandschuhten Händen die Tragriemen ihrer Handtasche, bereit, jederzeit erneut zuzuschlagen. „Wollten sich wohl zu meinen Sachen verhelfen?"

„Nein, Ihnen mit ihren Sachen helfen!" Als die ältere Dame Anstalten machte, erneut zu einem Schlag mit der Handtasche auszuholen, ließ Samuel den Koffer fallen und entfernte sich rückwärts aus ihrer Reichweite. Dabei rieb er sich den Ellbogen, an dem die Handtasche ihn getroffen hatte und der seitdem empfindlich schmerzte. „Was haben Sie denn in dem Ding da?" wollte er wissen. „Ziegelsteine?"

Ednas Augen wurden zu schmalen Schlitzen. „Vielleicht."

„Kommen Sie mal wieder runter, Mrs. Grey. Ich versuche doch nur, nett zu sein." Samuel wußte, daß sich sein Geplapper verdächtig nach Verteidigung anhörte, schien sich aber nicht bremsen zu können. Ebensowenig hätte er sagen können, warum er wollte, daß die alte Dame die Etage wechselte.

„Woher wissen Sie meinen Namen? Sie haben mich bespitzelt! Sind hinter mir hergeschlichen!"

Bespitzeln. Das Beobachten und Verfolgen anderer. Geschieht in der Regel, um der Zielperson Schaden zuzufügen.

„Nein!" Samuel trat einen Schritt vor, wich aber hastig wieder zurück, als die Handtasche erneut in Aktion zu treten drohte. „Ich kann niemandem Schaden zufügen. Ich bin ein Engel."

„Sie sehen aus wie ein Punk." Ein vehementes Schnauben durch die Nase überzog ihre unmittelbare Umgebung mit einer feinen Feuchtigkeitsschicht.

„Echt?"

„Wie ein Engel sehen Sie jedenfalls nicht aus."

Er sah nicht aus wie ein Engel? „Ich sehe nicht wie ein Engel aus?"

„Sie sehen", wiederholte die Dame wütend, „aus wie ein Punk!"

Auch Pater Harris hatte ihn schließlich einen Punk genannt. Das konnte er nicht recht verstehen; Punk war doch tot, oder? Seit den Achtzigern? Rasch prüfte er sein Erscheinungsbild und fand Ohren und Nasenlöcher frei von Sicherheitsnadeln. „Ich könnte meinen Kopf leuchten lassen." Offenbar gehörte das ja zu den Dingen, die Engel so taten und die von ihnen erwartet wurden. „Meinetwegen können Sie sich die Unterhose in Flammen setzen. Mir ist das völlig egal, solange Sie mir aus dem Weg gehen. Ich muß meinen Bus kriegen."

„Aber ..."

„Weg da!"

Samuels Füße setzten sich in Bewegung, noch ehe der harsch gebellte Befehl ganz sein Hirn erreicht hatte. Da stand er nun da und sah zu, wie Edna Grey ihren Koffer die verbleibenden zehn Meter sechsundzwanzig bis zur Eingangstür des Busbahnhofs schleppte. Soweit er sehen konnte, bewegte sich nichts in der ganzen Umgebung, außer dieser alten Frau. Das einzige Geräusch weit und breit war das Scharren von billigem Vinyl auf Beton.

An der Tür dann blieb die Dame stehen und blickte sich um. „Nun?" wollte sie wissen.

Das höhere Wissen schien ihm in dieser Frage nicht weiterhelfen zu können.

„Nun kommen Sie gefälligst her und machen Sie mir die Tür auf."

„Aber ich habe ... ich dachte ..."

„Wo Sie schon mal beim Denken waren, haben Sie auch gleich noch herausgefunden, wie eine alte Frau mit einem großen Koffer und einer schweren Tür gleichzeitig fertig werden kann?"

„Nun ..."

„Nein, haben Sie nämlich nicht! Die Welt ist ganz einfach mächtig vor die Hunde gegangen, seit *Bowling for Dollars* abgesetzt wurde."

Angestachelt durch ihren wütenden Blick rannte Samuel rasch zur Bahnhofstür und riß diese auf. Dann folgte er der alten Frau in das Gebäude, weil er nicht recht wußte, was er sonst tun sollte.

Sie klammerte sich erneut wachsam an ihre Handtasche. „Wo wollen Sie denn hin?"

Das hätte er ihr beim besten Willen nicht sagen können. „Ich möchte mit Ihnen fahren."

„Nee, da müssen Sie sich schon etwas anderes einfallen lassen." Mit zusammengekniffenen Augen studierte sie die Anzeigentafel für die Abfahrtszeiten. „Der einzige andere Bus, der heute morgen noch von hier abfährt, ist der nach Toronto."

„Ich soll also nach Toronto reisen?"

„Was schert es mich denn, wohin Sie fahren?" Edna Grey schnappte sich ihren Koffer und ging rückwärts in Richtung der Bussteige, wobei sie den merkwürdigen jungen Mann wachsam im Auge behielt.

„Na gut." Edna Grey brauchte seine Hilfe vielleicht nicht, aber in einer Stadt mit mehr als drei Millionen Einwohnern würde sich bestimmt jemand finden lassen, der sie benötigte. Also würde er sich dorthin begeben, und dort würde er Menschen helfen und endlich herausfinden, weswegen genau er auf Erden war. Sobald er das herausgefunden hatte, konnte er endlich wieder zum Licht zurückkehren und verlangen, daß die Deppen dort ihm erklärten, was zum Teufel sie sich dabei gedacht hatten, ihn einfach so ohne klare Anweisungen auf die Erde zu schicken. Nun, vielleicht nicht verlangen. Bitten.

Höflich bitten ...

Aber bis dahin ...

Der Busbahnhof flackerte zweimal kurz auf, stand dann aber wieder fest und unverwechselbar vor Samuels Augen.

Warum war er nicht in Toronto? Sein Verlangen, dort zu sein, hätte ihn eigentlich nahtlos dorthin befördern müssen, aber irgend etwas schien ihn hier festzunageln. Es fühlte sich fast so an, als schleppe er ein Zentnergewicht ...

Bald darauf wußte er, was es war.

„Ach kommen Sie, das sind doch höchstens ein paar Gramm!" Peinlich berührt von der Art, wie seine verzweifelte Stimme von sechs verschiedenen Kachelsorten abprallte, blickte Samuel auf und direkt Edna Grey in die Augen, die ihn mit panisch geweiteten Pupillen anstarrte und die behandschuhte Faust gegen die Brust drückte. Fassungslos sah er zu, wie die Frau langsam zu Boden glitt.

„Mrs. Grey?" Erschrocken sank er neben ihr auf die Knie. „Mrs. Grey? Was ist?"

„Herz ..." Ihre Stimme klang wie knisterndes Seidenpapier.

„He, tun Sie mir das nicht an, es ist nicht vorgesehen, daß Sie jetzt sterben!" Samuel streckte die Hand aus, spreizte die Finger seiner rechten Hand etwa zwei Zentimeter über dem höchsten Punkt ihres Busens, verlor ein paar kostbare Sekunden, weil er seinen Kopf bitten mußte, doch bitte nicht ständig ohne jeglichen ersichtlichen Grund das Wort ‚Busen' zu wiederholen, und fragte sich dann etwas erschrokken, was er da eigentlich machte.

Ich helfe. Es ist das Herz.

War es vorgesehen, daß ein Herz sich anhörte wie eine Benzinpumpe, die sich mit einem leeren Tank abmüht?

Prüfend legte er die linke Hand an seine eigene Brust.

Anscheinend ja nicht.

Was nun?

War das die Botschaft, die zu überbringen er hier war?

Ein Stromstoß fuhr aus seiner Hand hinunter in Mrs. Greys Herz, und Samuel verspürte den unerklärlichen Drang, ‚Zurück!' zu rufen. Irgendwie schaffte er es, dem Drang zu widerstehen. Das Herz der alten Dame hörte auf zu flattern, hielt einmal kurz inne, fand einen neuen Rhythmus und schlug wieder stark und gleichmäßig.

„Mrs. Grey?" Samuel fühlte sich etwas schwindelig. Er beugte sich vor und spähte der alten Frau ins Gesicht. „Hören Sie mich?"

„Was soll die Frage? Bin ich etwa so alt, daß alle denken, ich müsse taub sein?"

„Oh nein." Vielleicht sollte er ihr die Kleidung lockern?

Sie schlug ihm auf die Hand. „Was ist passiert?"

„Sie hatten einen Herzinfarkt."

Mrs. Grey legte beide Handflächen flach auf den Boden und stemmte sich hoch, bis sie saß. „Na und, wundert Sie das? Erst waren Sie da, dann waren Sie nicht mehr da, und dann waren Sie wieder da!"

„Das haben Sie gesehen?"

„Was? Ich bin alt, also muß ich auch blind sein?"

„Oh nein."

„Warum riecht das ganze Gebäude hier nach Kiefern?"

„Ich glaube, das ist das Zeug, mit dem sie den Fußboden saubermachen."

„Oder irgendeine Katze hat in die Ecke gepinkelt." Als die alte Dame das erstaunte Gesicht der Beamtin sah, die hinter dem Fahrkartenschalter saß, kniff sie erbost die Augen zusammen. „Was gibt es da zu starren, Fräuleinchen? Gut, daß ich nicht darauf warten mußte, bis Sie Hilfe geholt haben!" zischte sie dann. „Dann hätte ich bis Silvester hier rumgelegen."

„Mrs. Grey? Möchten Sie aufstehen?"

„Nein. Ich sitze gern in einem Haufen Schneematsch."

Samuel, der schon die Hand ausgestreckt hatte, weil er ihr aufhelfen wollte, ließ sich wieder auf die Hacken sinken. „Schon gut, in Ordnung."

Mrs. Grey fluchte, packte den jungen Mann bei den Schultern und rappelte sich mühsam auch ohne seine Hilfe wieder auf. „Wie haben

Sie das also gemacht?" wollte sie wissen, „und warum? Einmal hier, dann wieder weg – ich habe ein schwaches Herz, müssen Sie wissen."

„Hatten!" verbesserte er sie hilfsbereit. „Das mit dem Herzen habe ich geregelt."

„Das haben Sie wirklich ziemlich gut geregelt. Nun beantworten Sie aber meine Frage: Was sollte das, was haben Sie da gemacht?"

„Ich habe versucht, nach Toronto zu kommen. Aber es hat nicht geklappt. Nichts ist passiert."

„Sie sind wirklich ein Engel?"

„Ja, gnädige Frau."

„Wie lautet die Botschaft?"

„Wissen Sie, ich ..."

Eine Fußspitze hämmerte ungeduldig auf den Boden. „Engel sind Boten Gottes. Wie lautet die Botschaft? Armageddon?"

Samuel durchwühlte verzweifelt seine Taschen. Nach wie vor keine Botschaft! „Ich bin ziemlich sicher, Armageddon ist es nicht."

„Ziemlich sicher?" Mrs. Grey schien etwas enttäuscht.

„Wissen Sie, ich habe den Eindruck, so eine Art Engel bin ich gar nicht."

„Aha, und was für ein Engel sind Sie dann?"

„Na, einer, der, der ..."

„So einer, der auftaucht und wieder verschwindet, ganz wie es ihm beliebt, und armen hilflosen Großmüttern Herzinfarkte verpaßt?"

„Das habe ich nicht mit Absicht getan."

„Schlagen Sie mir gegenüber bloß nicht diesen Ton an. Sie könnten meinem Alter ruhig ein wenig Respekt zollen."

„Was? Ich soll Respekt vor Ihnen haben, weil Sie alt sind?" Das war Samuel einfach so herausgerutscht, ehe er es hatte verhindern können. Aus irgendeinem unerfindlichen Grund schien sein Mund ein Eigenleben zu führen und Dinge von sich zu geben, an denen sein Kopf gar nicht beteiligt war.

Edna Grey jedoch rückte vergleichsweise gelassen ihre Mütze zurecht. „Ja", sagte sie. „Das sollten Sie. Was war denn vorhin? Warum konnten Sie nicht losdüsen nach Toronto?"

„Das liegt an der Gestalt, in der ich hier bin. Sie hat ..." Samuel hatte bereits den Mund geöffnet, um die Sache mit den Genitalien zu erklären, da traf sein Blick auf nachdenkliche, leicht trübe alte Augen und versank darin. Nein, entschied der junge Mann, es ging nicht an, hier in die Details zu gehen. Nicht einmal mehr in die Nähe der Details traute er sich. „Es ist nicht …", fuhr er stotternd fort, „… ich meine … es macht nicht … irgendwie definiert mich diese Gestalt anders. Sie hält mich davon ab, bestimmte Dinge zu tun, und ich kann sie einfach nicht loswerden."

„Was Sie nicht sagen! Mir erzählen Sie damit nichts Neues."

Samuel verspürte bereits seit geraumer Zeit eine leise, anhaltende Verwirrtheit, die sich nun stärker bemerkbar machte. „Womit erzähle ich Ihnen nichts Neues?"

„Wenn Sie wissen wollen, wie es ist, vom eigenen Körper definiert zu werden, dann müssen Sie nur so alt werden wie ich, mein Junge." Edna seufzte, ein kurzes, scharfes, zorniges Geräusch. „Alte Knochen, altes Blut, alter Körper – das hält einen von den meisten Dingen ab, die man gern tut, und glauben Sie mir: Diesen alten Körper kann man nicht loswerden. Aber wissen Sie, was noch schlimmer ist?" Ein anklagender behandschuhter Finger bohrte sich in Samuels Brust. „Daß andere Leute denken, man könnte all die Dinge nicht mehr tun, die man immer gemacht hat, nur weil man alt ist, und daß es keine Rolle zu spielen scheint, was man denn nun wirklich noch tun kann und was nicht." Edna ließ die Hand wieder fallen. „Werden Sie bloß nie alt, mein Junge, und lassen Sie um Himmels Willen niemals zu, daß andere Leute Ihnen sagen, was Sie noch tun können und was nicht."

„Ich kann nicht alt werden", teilte Samuel ihr mit. „Aber ebensowenig scheine ich nach Toronto gelangen zu können."

„Ach ja, er kann nicht alt werden, und nach Toronto kann er auch nicht, und das ist wohl so ziemlich dasselbe, was?" Edna schnaubte, bückte sich und klaubte ihre Handtasche vom Boden auf. „Wie die Sache mit den Äpfeln und den Birnen, was? Die kann man nämlich nicht vergleichen, wie meine Mutter immer zu sagen pflegte, und die war eine Heilige."

„War sie nicht."

Edna Grey warf ihm einen irritierten Blick zu, während sie sich aufrichtete. „War was nicht?"

„Eine Heilige."

„Das möchte ich auch wahrlich nicht hoffen!"

„Aber Sie haben gesagt …"

„Es ist egal, was ich gesagt habe, und wenn Sie wirklich so dringend nach Toronto wollen, dann kaufen Sie sich doch eine Busfahrkarte."

„Ich brauche eine Busfahrkarte, um nach Toronto zu gelangen?"

„Wenn Sie mit dem Bus fahren wollen auf jeden Fall."

Samuel wühlte in seinen Hosentaschen, wonach er ein rechteckiges Stück Pappe zutage förderte. „So etwas hier?"

Edna Grey zog die Brauen zusammen. „Woher haben Sie die denn?"

Samuel zuckte die Achseln: „Wer braucht, dem wird gegeben."

„Weil Sie ein Engel sind?"

„Das nehme ich jedenfalls an."

In diesem Moment erwachte die Lautsprecheranlage zum Leben, um unverständlichen Wortsalat in das Bahnhofsgebäude hinauszuspucken.

„Auf Bussteig drei steht Ihr Bus zur Abfahrt bereit!" Samuel schob der alten Dame ihren Koffer zu, wobei er peinlich genau darauf achtete, keine allzu abrupten Bewegungen zu machen. Sein Ellbogen hatte die Auswirkungen des Handtaschenangriffs immer noch nicht überwunden.

„Sie haben die Ansage verstanden?"

Samuel nickte.

„Dann glaube ich jetzt aber wirklich, daß Sie ein Engel sind, auch wenn ich bisher da noch so meine Zweifel hatte! Wer das Kauderwelsch versteht, das aus diesen Lautsprechern kommt, der schafft das unmöglich ohne direkte Intervention Gottes. Oh! Ich kann es kaum erwarten, Elsie zu erzählen, daß ich einen echten Engel kennengelernt habe! Wo die immer so ein Aufhebens macht, weil sie mal Don Ho begegnet ist!"

„Mrs. Grey. Ihr Bus!"

„Ach richtig!" Mühelos schnappte sich die alte Dame ihren Koffer und stapfte leise vor sich hinmurmelnd in Richtung Bussteig davon. „Ha, warte nur, bis ich meiner Tochter erzähle, daß ich einen Engel kennengelernt habe. Einen richtigen Engel. Wo sie doch Don Ho nur von weitem gesehen hat."

Samuel wartete, bis er sah, wie sich Edna die steile Bustreppe hinaufquälte und sich dabei stur weigerte, den Koffer aus der Hand zu geben. Dann seufzte er. „Gern geschehen!"

„Hör mal, Kleiner, mir ist es schnurzegal, für wen du dich hältst, daß du findest, ich hätte zu wenig geschlafen und daß du der Meinung bist, es sei der Sicherheit abträglich, wenn ich fahre. Ich sage dir: Wenn du dich nicht hinsetzt und die Klappe hältst, schmeiße ich dich aus dem Bus."

„Aber ich habe doch eine Fahrkarte."

Seufzend massierte sich Barry Brian mit den Knöcheln der rechten Hand die Schläfe. „Das ist mir auch schnuppe. Die Megäre am Fahrkartenschalter hat mir schon einen Vortrag gehalten, wie höllenmäßig beschissen ich aussehe, da brauche ich mir deinen Senf nicht auch noch reinzuziehen."

Samuel beugte sich vor. „So sehen Sie wirklich nicht aus, das brauchen Sie nicht zu glauben."

„Wie sehe ich nicht aus?"

„Sie sehen nicht aus wie die Hölle."

„Setz dich. Hinsetzen."

Ein Soldat des Lichtes weiß, wann er einen direkten Befehl auch zu befolgen hat. Samuel setzte sich neben den einzigen anderen Fahrgast. „Hallo Nedra", begrüßte er seine Mitreisende.

„Kenne ich dich denn?"

„Ich bin ein Engel. Ich bin hier, um zu helfen."

Nedra starrte in haselnußbraune Augen, beobachtete, wie dort goldene Punkte anfingen zu leuchten und mehr und mehr die braunen Punkte verblassen ließen, wobei sie die ganze unmittelbare Umgebung in sanftes Licht tauchten und sagte: „Verpiß dich."

„Verpiß dich?"

„Ja." Nedra hatte eigentlich einen annehmbaren Heiligen Abend mit ihren Eltern hinter sich. Heute morgen jedoch hatten die beiden es zustande gebracht, sie von heftigen Schuldgefühlen geplagt auf den Heimweg zu schicken: Warum nur war es ihr bislang noch nicht gelungen, ihren Eltern Enkel zu schenken? Vor der jungen Frau lag eine zwölfstündige Schicht in einem Krankenhaus, in dem Millionenbeträge für ein einziges Stück hochwertiger Technik zur Verfügung standen, das sich aber keine neuen Bettpfannen leisten konnte. Sie war wahrlich nicht in der Stimmung, sich mit einem Mann zu befassen, der nach Ravioli aus der Dose roch – ein Gericht, das sie sich wegen ihres leicht erhöhten Cholesterinspiegels nicht mehr zu essen gestattete. „Verpiß dich."

„Das kann ich nicht", gestand der junge Mann, nachdem er den Blick verzweifelt durch den engen Raum hatte irren lassen, in dem sich die beiden befanden.

„Versuch's."

„Aber ..."

„Sofort."

Er hatte gerade so weit von Nedra entfernt Platz genommen, wie irgend möglich war, als der Busfahrer an Bord geklettert kam und ihm einen wütenden Blick zuwarf. „Is' was?" wollte der Mann erbost wissen.

Dann ließ er sich mit geschürzten Lippen auf den Fahrersitz fallen. Er war erst gegen drei Uhr morgens ins Bett gekommen und bereits um sechs Uhr wieder aufgestanden. Er wußte verdammt genau, daß er an diesem Tag nicht hinter das Steuer gehörte, und das letzte, was er heute auf dieser Tour London-Toronto-London, auf dieser schneeverkrusteten Autobahn, gebrauchen konnte, war ein klugscheißender Teenager, der ihm seinen schlechten Zustand auch noch unbedingt aufs Butterbrot schmieren mußte! Natürlich war es nicht gut, daß er fuhr. Natürlich war es gefährlich. Das wußte er selbst nun wirklich am besten. Hielt der Typ ihn für einen Trottel? Sah er etwa so aus? Was hätte Barry denn tun sollen? Die Tour absagen? Einen der anderen Fahrer anrufen? Am ersten Weihnachtsfeiertag? Das konnte man doch gleich knicken! Er mußte die Tour fahren, also würde er sie auch fahren, mehr war dazu nicht zu sagen. Punkt. Außerdem gab es Überstundengeld und Feiertagszulage, und das schöne Geld würde er sich auf jeden Fall nicht entgehen lassen.

Mit pochenden Schläfen schaltete Barry seinen Bus krachend in den ersten Gang. „Genau, und Gewissensbisse habe ich deswegen auch keine!" knurrte er wütend.

„Haben Sie doch."

Barry fuhr herum. Wie hatte er diese Worte hören können? Wie wiederum hatte jemand, der so weit hinten im Bus saß, ihn verstehen können? *Stimmen höre ich jedenfalls noch nicht!* Fest entschlossen zog der Busfahrer die Schultern hoch, nahm den Fuß von der Bremse und rollte in Richtung Straße. *Mir geht es wunderbar.*

Das einzige andere Auto, das zur Zeit auf dem Parkplatz stand, gehörte der Kuh am Fahrkartenschalter. Die würde nun wahrscheinlich Bericht über ihn erstatten, dachte Barry, und dann würde man ihn vom Dienst suspendieren, und schon war das ganz schöne Geld wieder futsch, das er sich heute erarbeitete. Warum zum Teufel machte er sich da eigentlich überhaupt die Mühe?

Er holte ein ganz klein wenig zu weit aus, als er in die Kurve bog. Der Bus streifte den Wagen der Beamtin, die am Fahrkartenschalter hockte, und rieb sich an dessen Kotflügel wie ein Elefant an einer Wand aus Papier.

Sie bogen in die York Street ein. Samuel drehte sich auf seinem Sitz um, blickte zurück auf den zerbeulten Wagen und fragte sich, ob es irgend etwas gab, was er tun sollte. *Der Mann wußte, daß er das nicht hätte tun dürfen, und tat es trotzdem.* Warum? Was brachte es ihm? Dieses Verhalten war ganz anders als alles, was Samuel bisher erlebt hatte. Das war doch glatt ...

Das also ist Willensfreiheit! Samuels Augen wurden ganz weit, und er reckte sich, um den Hinterkopf des Fahrers anzustarren. Wenn man den Menschen die Wahl zwischen Gut und Böse ließ, dann konnten sie sich ganz frei auch für das Böse entscheiden, und manchmal taten sie es auch. Gut, es gab graduelle Unterschiede. Dachte man sich eine Skala, bei der die Nummer eins für das absichtliche Rammen eines geparkten Fahrzeugs stand, und die Nummer zehn bedeutete, jemand beging Völkermord, dann war das, was da eben passiert war ... nun, auf jeden Fall lag es näher bei der eins als bei der zehn, aber freier Wille war es deswegen trotzdem. Der freie Wille in Aktion!

Die Fahrt nach Toronto verlief danach ohne weitere Zwischenfälle.

Es sah allerdings so aus, als würden eine ganze Reihe Geländewagen plötzlich von der Straße abkommen und sich urplötzlich wirklich im Gelände wiederfinden.

Samuel hätte die Fahrt womöglich auch genossen, hätte nicht der unbequeme Winkel, den die Sitze im Bus aufgrund ihres Alters und ihrer Begegnung mit unzähligen Fahrgästen inzwischen angenommen hatten, ihn nicht immer wieder so tief im Sitz herunterrutschen lassen, daß er die Innennaht seiner Jeans unangenehm zu spüren bekam, und zwar an einer recht empfindlichen Körperstelle. Samuel verstand wahrlich nicht, wie man Kleidungsstücke so konstruieren konnte, daß ein derartiges Folterinstrument sich direkt über soviel weichem Gewebe befand. Als der Bus dann aber endlich Hamilton erreicht hatte, hätte er schwören können, der Fürst der Finsternis höchstpersönlich habe geholfen, diese Hosen zu entwerfen.

In Toronto herrschte die Geschäftigkeit, auf die er den ganzen Tag über vorbereitet gewesen war. Am Busbahnhof in der Elizabeth Street trat er aus dem Bus, blieb stehen und starrte. Hier schien alles irgendwie übertrieben: zu viele Gebäude, zu viel Beton, zu viel Dreck – aber angesichts der Tatsache, daß es fast schon Mittag und erster Weihnachtstag war, bestimmt nicht allzu viele Menschen.

„Hey Mann, du siehst aus, als wüßtest du nicht, wo du bist."

Samuel blickte hinunter auf seine Füße – er hatte nicht gewußt, daß es Schnee auch in dieser Farbe gab. Dann sah er wieder hoch und dem Mann Mitte zwanzig, der vor ihm stand – blondgefärbte Haare, Haaransatz schwarz – direkt in die Augen. „Ich weiß, wo ich bin. Ich bin hier."

„Hey, das war witzig!" Das Lächeln und das Lachen, von dem diese Worte begleitet waren, waren nicht echt. Der Mann trug einen schwarzen Trenchcoat über schwarzen Jeans, dazu schwarze Stiefel und einen schwarzen Rollkragenpulli. Er wollte gern cool sein, vielleicht auch megacool, wobei Samuel den Eindruck hatte, megacool sei bereits weitergezogen, dieser Typ aber nicht. „Bist du grade in der Stadt angekommen?" wollte der Fremde wissen.

„Ja."

„Hast du was zum Bleiben?"

„Muß ich was zum Bleiben haben?" Würde er denn bleiben?

„Willst du versuchen, auf der Straße durchzukommen?"

„Ich wollte eigentlich versuchen, auf dem Bürgersteig zu bleiben."

„Ein Witzbold, wie gesagt!" Die ausgestreckte Hand endete in schwarzen Fingernägeln. Auf jeden Fall ein Überbleibsel von megacool. „Ich bin Deter."

„Deter?" Endlich hatte das höhere Wissen eine Auskunft parat, die sich nicht auf Modefragen bezog. „Heißt du nicht eigentlich Leslie?"

Haselnußbraune Augen weiteten sich erschrocken, die Hand mit den schwarzen Nägeln wurde fallengelassen, und Leslie/Deter warf einen ängstlichen Blick über die Schulter auf zwei kichernde Männer, die hinter ihm standen und etwa im gleichen Alter waren. „Ne, Mann, da irrst du dich. Ich heiße Deter."

„Hör mal, das macht doch nichts. Ich verstehe, warum du deinen Namen geändert hast."

„Ich habe meinen Namen nicht geändert."

„Hast du doch."

„Nein."

„Doch. Früher warst du Leslie Frances Calhoon. Jetzt bist du Deter Calhoon."

„Leslie Frances?" johlte einer der kichernden Männer.

„Halts Maul!" Deter wirbelte herum, um Samuel einen anklagenden Finger unter die Nase zu halten. „Du auch!"

„Schon gut."

„Kenne ich dich?"

In seiner bisherigen Existenz hatte Samuel acht Menschen kennengelernt. Nedra, fand er, konnte man nicht mitzählen, denn sie hatte ganz eindeutig klargestellt, daß sie ihn nicht kennenlernen wollte. „Nein."

„Also hör auf, Leslie zu mir zu sagen."

„Schon gut."

„Du hast also keinen Platz zum Bleiben?"

Würde er denn bleiben? „Nein"

„Gut, dann kommst du mit uns."

„Nein."

„Dann wirst du auf der Straße oder auf dem Bürgersteig oder sonst wo bleiben. Gut. Hier." Leslie/Deter atmete schwer durch die Nase und drückte Samuel ein Flugblatt in die Hand. „Greenstreet Mission. Wir veranstalten ein Weihnachtsessen. Du kannst etwas essen und das Wort Gottes hören."

Samuel lächelte erleichtert. Endlich etwas, das er verstand. „Welches Wort?"

„Was?"

„Gott hat eine Menge Worte gesprochen, und ein Wort wie *es* oder *das* würde ich nicht unbedingt noch einmal hören wollen, das wäre nicht besonders interessant für mich. Aber es ist immer witzig, wenn er versucht ‚Aluminium' zu sagen."

„Was redest du denn da?"

„Was redest *du* denn da?"

Leslie/Deter starrte Samuel an. „Ich sprach vom Wort Gottes."

„Ja, und ich fragte: welches Wort?"

Er riß Samuel das Flugblatt aus der Hand. „Vergiß es!"

„Aber ..."

„Nein. Bleib bloß weg!" Der schwarze Trenchcoat blähte sich beeindruckend, als der junge Mann zu seinen kichernden Freunden rannte und die beiden mit einem kräftigen Stoß in die Rippen auf Trab brachte.

Verwundert fragte sich Samuel, was er wohl gesagt haben mochte, um eine solche Reaktion zu provozieren. Dann hob er die Hand, um den dreien zum Abschied zuzuwinken. Wahrscheinlich war jetzt nicht der richtige Zeitpunkt, beim Flugblattverteilen zu helfen. „Tschüs, Leslie!"

Was Leslie/Deter darauf hatte antworten wollen, ging im erneuten vergnügten Kreischen seiner Freunde unter und das war wohl auch besser so.

Da das Loch so klein war, hatte es über zwölf Stunden gedauert, um genügend Materie hindurchzuquetschen. Gegen Ende des Vorgangs, als Licht und Dunkelheit auf der Welt sich fast schon wieder im Gleichgewicht befanden, hätte das Prozedere eigentlich noch langsamer vonstatten gehen sollen. Aber da hatte sich unten bereits ein solch enthusiastischer Haufen Dunkel gesammelt und drängelte nach oben, daß man schon Vorsicht walten lassen mußte. Jetzt die Waagschale sich nach der anderen Seite hin senken zu lassen, wäre überhaupt nicht gut gewesen. Da rein technisch gesehen die gesamte *Raison d'être* der Dunkelheit darin bestand, nicht gut zu sein, stellte diese Situation für sie einen Widerspruch dar, der sie ziemlich nervös machte.

Dann war da das Problem, wie man all die Materie, die bereits aus dem Loch gedrungen war, zusammenfassen sollte, ohne daß sie unter Umständen zu früh Gestalt und Bewußtsein annahm. Damit mochte sie sich gar nicht befassen. Sie fühlte sich desorientiert und erschöpft, so ohne stofflichen Leib. Einen solch schlechten Tag hatte sie eigentlich noch nie gehabt – was ja irgendwie auch etwas Gutes war. Nur waren ja die guten Dinge schlecht ... hätte sie über einen Kopf verfügt, dann hätten den nämlich jetzt bestimmt höllische Kopfschmerzen geplagt.

Im wahrsten Sinne des Wortes.

Sie spürte, wie Gut und Böse sich die Waage hielten, das Gleichgewicht hergestellt wurde. Da riß sie sich zusammen und der Schatten, der seit Mitternacht über dem halb zugefrorenen Loch gelegen hatte nahm Gestalt an.

Dann, als alle Dinge wieder ausgeglichen waren – oder zumindest doch die Dinge, mit denen sie befaßt war –, schloß sie das Loch und sah sich um.

„ICH BIN WIEDER Da."

Dann räusperte sie sich und versuchte es noch einmal.

„ICH bin da. Ich bin da." Es wurde immer schlimmer. „Was zur Hölle geht hier vor?"

In ihrem angestrengten Bemühen, die perfekte Balance herzustellen, hatte sie es dem Gewicht auf der anderen Waagschale, der Gegenseite, erlaubt, die Gestalt zu definieren, die sie annehmen würde. So war sie das vollkommene Gegenstück geworden. Unmöglich, daß einer von ihnen beiden gefunden wurde, solange der andere noch existierte. Frohen Mutes würde sie so das Licht nutzen können, um ihre eigenen Belange voranzutreiben. Na, vielleicht nicht frohen Mutes! Vielleicht eher – zynisch.

Sie schien jetzt eine Frau zu sein. Noch keine zwanzig, langes, dunkles Haar, reichlich große Brüste. Sie ließ einen prüfenden Blick an sich hinuntergleiten. Es schien alles dran zu sein.

Danach wurden ihr umgehend drei Dinge klar.

Erstens: Allem Anschein nach war sie von Natur aus blond, was den einheitlichen Farbton ihrer langen Haare erklärte. Schlecht gefärbt, das ganze.

Zweitens: Dämonen hatten, wie auch Engel, kein Geschlecht. Die Aktivitäten von Inkuben und Sukkuben beschränkten sich eher auf Tumulte im Hirn; Schweißtreibendes fand im allgemeinen nicht statt. Aber ...

... da sie einen Komplettsatz hatte, hieß das wohl, er hatte auch einen.

Drittens: Die Tatsache, daß sie ein Geschlecht hatte – und diese Tatsache ließ sich wahrlich nicht übersehen –, deutete darauf hin, daß irgendwo irgend etwas reichlich schief gelaufen war.

Darüber hätte sie sich bestimmt auch schrecklich gefreut, wäre da nicht dieser plötzliche Ansturm an Gefühlen gewesen. Ein Ansturm, der alle überhaupt nur denkbaren Emotionen auf einmal beinhaltete.

Sie war himmelhoch jauchzend, sie war zu Tode betrübt, sie war glücklich, sie war verzweifelt, sie war höllisch sauer ...

Letzteres war dann das Gefühl, für das sie sich entschied, mit dem sie in die Welt hinausziehen wollte.

Acht

Vom Busbahnhof aus wanderte Samuel hinüber zur Yonge Street und dann ein paar Straßenzüge weiter hoch bis zur Gerrard Street, wobei sein Blick unbeeindruckt über das immensen Warenangebot glitt, das sich in den Schaufenstern der nunmehr geschlossenen Geschäfte den Vorübergehenden präsentierte. Erst die Stereoanlage, die die Auslage eines winzigen Elektrolädchens beherrschte, ließ ihn dicht an die entsprechende Schaufensterscheibe herantreten: ein CD-Wechsler für fünf CDs, ein digitaler Tuner mit vierzig möglichen Speicherplätzen; ein Equalizer mit sechs verschiedenen Einstellungsmöglichkeiten, ein Doppelkassettendeck, Subwoofer ... er ertappte sich bei dem heftigen Verlangen nach zusätzlichen Tieftönern und erhöhter Wattleistung. Tief aus seinem Inneren kam ihm die Erkenntnis, daß er sich diese Anlage kaufen würde, ehe er Geld für Lebensmittel ausgab.

Als nächstes entdeckte er nur ein Haus weiter einen Laden mit Lederwaren. Sofort war die Stereoanlage vergessen; Samuel trat zwei Schritte darauf zu und starrte mit offenem Mund und weit geöffneten Augen auf eine Schaufensterpuppe, die ein rotes Lederkorsett, schwarze Lederhöschen und enge Stiefel mit Pfennigabsätzen trug und wahrlich nicht als vollständig bekleidet gelten konnte.

Hier nun geschah ihm etwas Unerwartetes.

Samuel schrak zusammen und prallte zurück, wobei er mit einem Blechkasten kollidierte, in dem Zeitungen zum Verkauf angeboten wurden.

Seine Genitalien funktionierten ganz ohne sein Zutun!

Das war ja beinahe so, als hätten sie ... als hätten sie einen eigenen Kopf!

Sie im Plural ja eigentlich nicht ...

Samuel fing an, in Panik zu geraten. Verzweifelt starrte er das Zelt an, zu dem ein Teil seiner Hose geworden war und fragte sich, was um Himmels willen er denn nun tun sollte.

Zum Glück jedoch schien seine Panik dafür Sorge zu tragen, daß sich die Frage erübrigte und sich das Problem von ganz allein löste.

Wenige Minuten später setzte sich der junge Mann wieder in Bewegung. Sein Herz klopfte heftig, die Augen hielt er unverwandt auf den Bürgersteig gerichtet. Das eben Erlebte hatte seinen Glauben an die eigene körperliche Integrität aufs Schwerste erschüttert. Was wäre passiert, wenn nicht Feiertag und der Laden geschlossen gewesen wäre? Was, wenn er einfach dort hätte hineingehen ...

Sich dies auszumalen, konnte er nicht ertragen.

Bremsen quietschten. Eine Autotür streifte Samuels Knie. Ein dunkelroter Horizon, Baujahr 1986, hielt an, setzte zurück, hielt neben ihm. Das Fenster ging auf.

„Du hast doch rot, du Arschloch!" schrie der Fahrer, ließ den Motor aufheulen und jagte davon.

Samuel hatte nicht geahnt, daß die Dinger auch in anderen Farben zu haben waren. Was das betraf: Er wußte ja gar nicht, welche Farbe sie überhaupt gewöhnlich hatten – und woher mochte der Fahrer wissen, welche Farbe er hatte? Würden auch andere Teile seines Körpers es in nächster Zeit fertig bringen, ihn durch ihr Verhalten derart zu verwirren?

Elf Sekunden später ließ sich die erste Taube auf seinem Haupt nieder, indem sie die Krallen in seinem Haar vergrub und versuchte, sich an seiner Kopfhaut festzukrallen. Nach einer Weile mußte das Tier einsehen, daß es so nicht ging. Es gab den Kampf auf, glitt Samuel vom Kopf und landete mit einem Plumps auf seiner Schulter. Sie war überwiegend weiß, diese Taube, mit kleinen grauen Schattierungen und der siegesgewissen Haltung von jemandem, der genau dort angelangt ist, wo er sein will und wo er hingehört.

Die zweite Taube ließ sich gleich auf seiner anderen Schulter nieder.

Der Rest balgte sich ein bißchen um die weniger günstigen Sitzplätze und mußte sich größtenteils damit zufriedengeben, sich um seine Füße zu scharen.

Samuel beherrschte die Taubensprache perfekt. Das ist keine große Sache – das Vokabular dieser Vögel besteht im wesentlichen aus den Worten ‚Futter', ‚Gefahr' und ‚Wetten, ich treffe den Typ im Armani-Anzug?' Aber der junge Mann konnte sagen, was er wollte, die Lage blieb, wie sie war. Die Tauben waren, wo sie ihrer Meinung nach hingehörten. Für sie war der Fall klar. Wenn er sich anschickte weiterzugehen, erhoben sie sich mit ärgerlichem Flügelschlag. Wenn er anhielt, landeten sie auf und dicht neben ihm. Also ging er lieber weiter.

An der College Street angekommen, warf er im Geiste eine Münze und wandte sich nach rechts.

Ein südwärts fahrender Kombi verfehlte ihn um sieben Zentimeter. Der Pick-up, der nach Norden unterwegs war, verfehlte ihn um drei. Vom Fahrer des Pick-up lernte Samuel eine Menge neuer Wörter, die den Tauben allesamt bereits bekannt waren.

Der östliche Teil der Yonge Street – dort, wo die College Street zur Carlton Street wird – führte allem Anschein nach eher in eine Wohngegend hinein. Das war gut so. Menschen – das bedeutete doch unweigerlich auch Probleme, und früher oder später würde er schließlich auf ein Problem stoßen, das er lösen konnte, und das würde dazu führen, daß er nach Hause durfte. Das heißt – so mochte es laufen, wenn er recht hatte und wirklich ein Bote war, nicht nur ein Medium.

Als Samuel sich langsam dem Park gegenüber der Homewood Avenue näherte, reiste er bereits in einer ganzen Wolke aus fetten Leibern und Federn. Die Sicht war schlecht, seine Füße fanden oft nicht den rechten Halt, und die Luft, die er atmete, roch immer mehr nach Motoröl und alten Fritten. Eins war klar: Er mußte seine Eskorte dringend loswerden.

Samuel wedelte hektisch mit den Armen.

Er warf mit all den neuen Wörtern um sich, die er gerade gelernt hatte, bedacht darauf, diese immer wieder neu zu kombinieren.

Nichts funktionierte.

Daraufhin erklomm er einen Schneeberg, kletterte auf der anderen Seite wieder herunter, fegte das eine Ende einer Parkbank sauber und ließ sich seufzend darauf nieder.

Vergnügt machten es sich die Tauben bequem; auf ihm und um ihn herum.

Ein Fächer aus Schwanzfedern nahm Samuel teilweise die Sicht, während er zusah, wie ein Polizeiwagen auf der Carlton Street eine recht enge Wende absolvierte und dann mehr der weniger direkt vor seiner Parkbank zum Stehen kam. Der Mann, der das Fahrzeug fuhr, war Wachtmeister Jack Brook; bei seiner Partnerin handelte es sich um Wachtmeisterin Marri Margaret Patton. Beide saßen da und starrten den Mann mit den Tauben eine geschlagene Minute lang sprachlos an. Samuel spürte, wie sich die Laune der zwei Beamten bei seinem

Anblick deutlich hob und wußte, daß er eigentlich hätte froh sein müssen, etwas Freude in ihren Tag bringen zu können. Leider jedoch, mußte er feststellen, scherte ihn die Stimmung der beiden herzlich wenig. Viel mehr beschäftigte ihn das Warme, Klebrige, das ihm da gerade am linken Ohr vorbei in den Nacken tropfte.

Endlich stiegen die Polizisten aus ihrem Wagen und wateten durch den Schnee hindurch zu Samuels Bank, tapfer, leider jedoch wenig erfolgreich darum bemüht, ihr Kichern zu unterdrücken.

„Wie geht es Ihnen denn so da in dem Haufen? Alles in Ordnung?"

Samuel seufzte und spuckte eine Feder aus. „Klar doch", erwiderte er kurz angebunden.

„Haben Sie es mit Aufstehen versucht?"

Resigniert erhob er sich. Flügel schlugen; er konnte sehen, wie sich die Lippen von Wachtmeisterin Patton bewegten, aber es war so laut um ihn herum, daß er beim besten Willen nicht verstehen konnte, was die Frau sagte. Daraufhin setzte er sich wieder. Umgehend machten es sich die Tauben gemütlich.

Nachdem sie sich einen Moment lang hemmungslosem, hysterischem Kichern hingegeben hatten, machten es sich die beiden Polizisten ebenfalls gemütlich.

Wachtmeister Brooks, der lange um Atem ringen mußte, so sehr hatte das Gelächter ihn mitgenommen, schaffte es endlich, keuchend eine Frage zu stellen: „Füttern Sie diese Tiere?"

„Als würde ich so etwas Bescheuertes tun!" Was für eine dumme Frage. Wenn er die Tauben gefüttert hätte, dann hätte er das jederzeit auch wieder einstellen können, und die Vögel wären verschwunden. „Sie wollen bei mir sein, weil ich ein Engel bin."

„Ein Engel?"

„Ja. Ich glaube, es liegt an diesem Ding mit der Friedenstaube."

„Das hier sind aber ganz gewöhnliche Tauben."

„Egal."

Während sich drei Tauben eine kleine Auseinandersetzung um die besten Plätze lieferten, erhaschte Wachtmeister Brooks den ersten unverstellten Blick auf das Gesicht des Mannes auf der Parkbank und strich im Geist fünf Jahre von seiner ursprünglichen Schätzung das Alter des Mannes betreffend. „Wie heißt du, mein Sohn?"

„Samuel."

„Samuel? Wie weiter?"

„Nur Samuel."

„Du bist also ein Engel?"

„Ja."

„Wenn du ein Engel bist, wo sind denn dann deine Flügel?" Er hörte deutlich, wie die Kollegin neben ihm ein vergnügtes Schnauben unterdrückte.

Samuel seufzte und spie eine weitere Feder aus. „So ein Engel bin ich nicht." Ohne viel Enthusiasmus fügte er hinzu: „Aber ich *kann* meinen Kopf leuchten lassen."

„Vielleicht ein andermal." Wachtmeister Brook runzelte leicht die Stirn, sah genauer hin, fand seinen Blick erwidert und gehalten und ertappte sich dabei, wie er zusah, wie goldene Punkte in den braunen Augen umherwirbelten und zu einem schwachen Lichtschein wurden. Er zwinkerte und zwang sich, den Blick abzuwenden. „Wo bist du drauf, Samuel?"

„Auf Beton und Fiberglas."

„Aha. Hör mal, Junge, heute ist der erste Weihnachtstag. Warum gehst du nicht nach Hause?"

„Ich kann nicht!"

Die Tauben flatterten erschrocken auf, umkreisten ihn einmal und ließen sich wieder nieder.

Wachtmeisterin Patton packte ihren Partner beim Ärmel und zog ihn ein paar Schritte von der Bank fort. „Es verstößt nicht gegen das Gesetz, von oben bis unten voll Tauben zu sein", erinnerte sie ihn, das Gesicht zu einem breiten Grinsen verzogen.

„Das ist mir schon klar."

„Ebensowenig verstößt es gegen das Gesetz, einen Engel verkörpern zu wollen." Sie warf einen prüfenden Blick über die Schulter auf den Mann auf der Parkbank. „Ganz egal, wo der drauf ist ..."

„Beton und Fiberglas, du hast es doch gehört."

„... er stellt weder für sich noch für die Gesellschaft eine Gefahr dar, und ihm ist höchstwahrscheinlich wohl auch warm genug unter all dem Viehzeug."

„Aber es ist Weihnachten!"

Weihnachten war es allerdings. Patton seufzte, sah zu, wie ihr Atem in der eiskalten Luft zu Blüten gefror und wandte sich wieder der Bank zu. „Warum steigst du nicht einfach in unser Auto, und wir fahren dich an einen Ort, wo man dir ein Weihnachtsessen vorsetzt?"

„Dürfen die Tauben mitkommen?"

„Nein."

Das war die schönste Auskunft, die Samuel seit langem bekommen hatte.

Die Tauben, die in den Polizisten ‚perfekte dunkle Zielscheiben' erkannt hatten, verweigerten die Kooperation.

Letztlich entfernte sich Samuel etwa zwanzig Schritt weit rückwärts gehend, rannte dann, so schnell er konnte, wieder vor und warf sich auf den Rücksitz des Streifenwagens, wobei er Wachtmeisterin Patton ganze sechs Sekunden Zeit ließ, die Tür hinter ihm zuzuschlagen, ehe die Vögel ihn eingeholt hatten. Als die erste Taube indigniert gegen die Windschutzscheibe prallte, hätte sich die Wachtmeisterin vor Lachen fast in die Hose gemacht.

Nicht ohne Grund war die Dunkelheit ausgerechnet in den Außenbezirken des Städtchens Waverton ausgetreten: Nicht nur lag die winzige Stadt weit außerhalb aller ausgetretenen Pfade und bot von daher Gewähr, daß kaum ein Hüter zufällig hier vorbeikam und über das Loch stolperte; nicht allzuweit entfernt befand sich zudem noch der bevölkerungsreiche Streifen entlang der Grenze zwischen den USA und Kanada, was perfekt war. Das Ausmaß an Problemen, das man ohne aktive menschliche Beteiligung verursachen kann, ist begrenzt, und die Dunkelheit wollte um keinen Preis unnötig Zeit verlieren. Teile Mittelrußlands sowie Afrika und Nevada hätten dieselben geographischen Voraussetzungen geboten, aber an einem dieser Orte aufzutauchen wäre bestenfalls überflüssig gewesen.

In dem, was einstmals das Büro der Autowerkstatt von J. Henry und Söhne gewesen war, fand sie einen Overall, schwarze Leinenturnschuhe und eine Nylonjacke. Sie wußte durchaus, welches Chaos sie hätte heraufbeschwören können, wäre sie unbekleidet unter Menschen gegangen, hielt es aber für klüger und geschickter, erst einmal eher verdeckt vorzugehen. Die Kleidung, die sie gefunden hatte, mochte zwar modisch gesehen nicht der letzte Schrei sein, erfüllte aber durchaus ihren Zweck.

Allerdings fürchtete sie, im Overall fett zu wirken – diese Befürchtung irritierte sie nicht unbeträchtlich.

Schon bald jedoch mußte sie feststellen, daß sie weitaus schwerwiegendere Probleme hatte.

Sie hätte eigentlich, sobald sie sich erst einmal auf der Welt befand, problemlos in der Lage sein müssen, in Sekundenschnelle von einem Ort zum nächsten zu gelangen. Aber irgend etwas schien sie daran zu hindern. Sie brauchte nicht lange, um festzustellen, was es war. Während sie die viereinhalb Kilometer in die Stadt zu Fuß zurücklegte, entschied sie, daß es nicht länger angesagt war, so weit vom Licht wie irgend möglich zu agieren. Im Gegenteil: Ihr neuer Plan sah vor, diesen Lichtboten so schnell wie möglich aufzustöbern und ihn mit ein paar kräftigen Tritten in seinen scheinheiligen Arsch ein paar Mal um den nächsten Häuserblock zu jagen. *Was hat er sich denn nur dabei gedacht?*

Wenn sie allerdings bedachte, mit was für einem Satz Genitalien der Engel ausgestattet war, dann konnte sie sich durchaus vorstellen, was er sich gedacht hatte!

„Männer", zischte sie einen Strommast an, während sie den linken Arm unter ihre Brüste gedrückt hielt, um diese daran zu hindern, schmerzhaft auf und ab zu hüpfen. „Die sind doch alle gleich!"

In der Hälfte des Landes fiel daraufhin der Strom aus.

Auch danach fühlte sie sich nicht merklich besser.

Sobald sie Waverton erreicht hatte, würde sie sich eine Mitfahrgelegenheit nach Süden besorgen. Dazu galt es lediglich, den schwachen und bemitleidenswerten Willen irgendeines Sterblichen zu brechen. Leider ließ sich weit und breit kein Sterblicher blicken! Das einzige, was sich in der Main Street von Waverton überhaupt bewegte, war das leicht irre Blinken der Lichter in der Weihnachtsdekoration im Schaufenster eines bereits geschlossenen Ladens. Sie hätte in jede Himmelsrichtung eine Kanonenkugel abfeuern können, ohne in der Stadt auch nur eine einzige Seele zu treffen, und wenn sie eine Kanone dabeigehabt hätte, dann hätte sie diese fraglos auch abgefeuert!

Da sie keine dabeihatte ...

Aus dem Bankgebäude an der Ecke loderten schwarzgeränderte Flammen.

Sie durchwühlte ihre Hosentasche und fand ein Stück Hamburger-Speck.

Wer braucht, dem wird gegeben.

Zwanzig Minuten später wimmelte es in der Stadt nur so von Menschen – die Freiwilligen der örtlichen Feuerwehr, die beiden Beamten des örtlichen Reviers der Staatspolizei von Ontario sowie ein Großteil der restlichen Bevölkerung.

Na, das sieht doch schon wesentlich besser aus! Es brachte zudem noch unerwartete Pluspunkte, denn die Brandstiftung würde irgendeinen Hüter veranlassen, hier an den Arsch der Welt zu eilen, um das Loch zu flicken, das durch dies Vergehen entstanden war. Dadurch würden dicht bevölkerte Gegenden ohne den Schutz eines Hüters auskommen müssen ... phantastisch! Sie wurde von der Menge hin und her geschubst, zischte wütend und trat mit dem Absatz so kräftig sie konnte auf den nächstbesten Zeh.

„Aua. Entschuldigen Sie bitte."

Verwirrt wandte sie sich um und sah in sanfte braune Augen, die oben von einer dunkelrosa Wollmütze, unten von einem zartrosa Schal eingerahmt wurden. „Warum entschuldigen Sie sich? Sie waren doch schließlich das Opfer!"

„Niemand muß Opfer sein, Schatz." Die ältere Frau runzelte leicht die Stirn, während ihr Blick vom gefärbten Haar ihres Gegenübers bis hinunter zu den Turnschuhen und wieder zurück glitt. „Sie sind nicht aus dieser Gegend, oder?"

Wenn irgend etwas schief lief, dann verdächtigte man immer und überall als erstes die Fremden. Sie verlagerte das Gewicht auf die rechte Hüfte und verschränkte herausfordernd die Arme. „Nein, bin ich nicht."

„Sind Sie ganz allein unterwegs?"

Sie warf einen Blick über die Schulter zurück auf die winzige Ranke aus Dunkelheit, die aus dem Loch sickerte, sah befriedigt zu wie einer der Feuerwehrleute ‚versehentlich' den Schlauch auf einen Kollegen richtete und lächelte. „So ziemlich." Beschuldigte man sie erst einmal, das Feuer in der Bank gelegt zu haben, dann wäre sie rasch in der Lage, alles erdenkliche Unheil zu stiften, alles mögliche Chaos zu verursachen. Sobald die Menge ihr Beachtung schenkte, konnte sie den Zorn der Leute von sich auf andere lenken, dafür sorgen, daß andere Umstehende beschuldigt wurden, und vielleicht würden die guten Bürger dieser Stadt auch gern ein paar Neuigkeiten über Mr. Tannison, den Bankdirektor, erfahren.

„Eine Fremde", wiederholte die Frau nachdenklich, wobei sich die Flammen im oberen sowie im unteren Teil ihrer bifokalen Brille spiegelten, „und ganz allein."

Nun geht es los, dachte sie zufrieden.

„Wie sind Sie denn hergekommen? Wir liegen ja nicht gerade an der Hauptstraße!" Die Augen der älteren Dame weiteten sich. „Sie sind fortgelaufen, habe ich recht?"

„Nein, ich ..."

„Ganz allein! In einer fremden Stadt, und noch dazu an Weihnachten." Rosabehandschuhte Hände preßten sich an einen recht imposanten Busen. „Wohin wollten Sie denn fortlaufen?"

„In die Stadt ..."

„Natürlich!" Ein silbergrauer Seufzer entschlüpfte dem Mund der Dame. „Aber gerade jetzt, in diesem Moment, haben Sie keinen Ort, an dem Sie Ihr Weihnachtsessen verzehren könnten, habe ich recht?"

„Ich esse nicht."

„Das habe ich mir schon gedacht."

Das Merkwürdige war, daß die alte Dame das *wirklich* gedacht hatte – was ja nun völlig unerklärlich war.

„Ich heiße Eva Porter, und Sie werden meinem Mann und mir beim Truthahn Gesellschaft leisten. Mit allem Drum und Dran! Ein Nein lasse ich nicht gelten." Eine rosa Geste wies auf das brennende Haus. „Das ist mein Mann, der da beim Löschwagen."

„Sie wollen, daß ich mit Ihnen zu Abend esse?"

„Richtig."

„Sie kennen mich doch gar nicht."

„Sie kennen mich ebenfalls nicht."

Darauf wußte sie nichts zu erwidern. Eva Porter lag außerhalb ihres Erfahrungsrahmens. „Wollen Sie mich foltern?" Das würde zumindest die Einladung erklären.

„Du meine Güte: nein!"

„Sie wollen mir nur etwas zu essen geben?"

„So ist es."

„Es macht Ihnen gar nichts aus, daß ich ein Dämon bin? Das Dunkel in Menschengestalt?"

Eva Porters Lächeln verrutschte.

Ehe sie sich an der Reaktion erfreuen konnte, mit der sie fest gerechnet hatte, fühlte sie ihr Kinn sanft von behandschuhten Fingern gepackt, und zwei gütige braune Augen blickten ihr fest ins Gesicht.

„Ich weiß nicht, wer Ihnen so etwas erzählt hat, mein Kind ..."

„Das brauchte mir niemand zu erzählen!"

„... aber Sie dürfen das nicht glauben. Sie sind eine wunderschöne junge Frau."

„Ja?" Sie ertappte sich dabei, daß es sie glücklich machte, diese Worte zu hören, ein Gefühl, das sie ganz schnell wieder unterdrückte.

„Ja, das sind Sie. Wie heißen Sie?"

„Ich ..." Sie fischte sich ganz zufällig einen Namen aus den Möglichkeiten. „Byleth."

„Das ist ein hübscher Name."

„Wirklich?" Es sollte aber kein hübscher Name sein. Jetzt reichte es. „Hören Sie mal, meine Dame, ich weiß nicht, wofür Sie mich halten, aber das bin ich nicht."

„Was sind Sie nicht?"

„Das. Was Sie denken." Das Hellgrau ihrer Augen wurden dunkel wie angelaufenes Silber. „Ich habe den Brand gelegt! Ich wollte Flammen – und da waren sie auch schon."

Eva Porter runzelte die Stirn. „Wo sind Sie drauf, Byleth, mein Kind?"

Vollständig verwirrt blickte die Dämonin zu Boden. „Auf festgetrampeltem Schnee und Beton."

„Diese Schuhe sind nur aus Leinen, was? Ihre armen Zehen sind bestimmt schon erfroren."

Waren sie bisher nicht gewesen. Aber nun ...

„Eine Nylonjacke reicht auch nicht bei diesem Wetter. Hier draußen ist es weit unter zehn Grad Minus. Sehen Sie doch nur, wie sich an den Schläuchen Eis bildet."

Sie sah hin. Ihre Zähne begannen zu klappern. „Gut. Aber ich komme nur mit Ihnen mit, weil ich mich aufwärmen muß."

„Das ist in Ordnung. Sie müssen nichts tun, was Sie nicht tun wollen."

„Stimmt. Muß ich nicht." Tapfer schlang Byleth die Arme fest um ihren Oberkörper, um zu verhindern, daß sämtliche Körperwärme sich verflüchtigte. Dann folgte sie der Sterblichen, die sie so verwirrt hatte, die Main Street hinab. Zünde die Bank an. Öffne ein Loch. Laß die

Dunkelheit ein in die Welt. Bislang war alles strikt nach Plan gelaufen. Aber daß man sie trösten, wärmen, füttern wollte und sich noch dazu bei ihr entschuldigt hatte?

Es war eigentlich nicht vorgesehen, daß sie Leute gern hatte, die nett zu ihr waren. Noch ging es hier ja nur um *einen* Menschen, nicht gleich um *mehrere*, aber ...

Richtig war das nicht!

Oder, um es genauer auszudrücken: Es war nicht falsch ...

„Ehrlich, Mann! Ich bin auch ein Engel!"

Samuel betrachtete Dougs leicht pelziges Grinsen, bei dem deutlich eine breite Zahnlücke sichtbar wurde, sowie die blutunterlaufenen Augen des Mannes und schüttelte den Kopf. „Nein, bist du nicht."

„Doch." Doug legte die Gabel sorgfältig neben den halb leergegessenen Teller, beugte sich vor und senkte die Stimme. „Ich arbeite verdeckt. Deswegen, weißt du, keine Flügel."

„Kannst du deinen Kopf leuchten lassen?"

„Scheiße, ja, Mann." Er sah sich um, besorgt, daß ihnen jemand zuhörte. Als er sich hatte überzeugen können, daß niemand sonst in dem überfüllten Raum ihnen irgendwelche Beachtung schenkte, fuhr er fort: „Um diese Zeit ist der meistens schon ziemlich hellerleuchtet. Nur, hier drin ist so was ja verboten."

„Aber hätte ich nicht wissen müssen, daß du ein Engel bist?"

„Ich habe es bei dir doch auch nicht gewußt, ehe du es mir gesagt hast. Warum solltest du es wissen können, ehe ich es dir sage?"

Das leuchtete Samuel ein. Nicht sehr, aber irgendwie genug, zumindest unter den gegebenen Umständen. Doug log nicht. Samuel bekam es mit, wenn Menschen logen, und Doug glaubte jedes einzelne Wort, das er ein wenig atemlos und mit fermentgeschwängerter Stimme vorbrachte. Samuel fühlte sich, als sei die Last der Welt von seinen Schultern genommen und beugte sich ebenfalls vor. „Haben sich auf dich auch so viele Tauben gesetzt?

„Nein. Schmetterlinge. Hunderte davon, krabbeln mit den kleinen Füßchen über meinen ganzen Körper." Mit weit geöffneten Augen blickte Doug hinunter auf seine Brust und fing dann an, sich erst mit der einen, dann mit der anderen Hand selbst Schläge zu versetzen. „Über. Meinen. Ganzen. Körper."

Samuel packte ihn bei den Handgelenken. „Was machst du denn da?"

„Ich haue die Schmetterlinge tot."

Samuel ignorierte für den Moment die Tatsache, daß es gar keine Schmetterlinge gab, die man hätte totschlagen können, und warf einen strengen Blick über den schmalen Tisch. „Engel dürfen lebenden Kreaturen gegenüber keine Gewaltakte begehen."

„Was zum Teufel soll das denn heißen?"

„Wir schlagen nichts tot."

„Du wolltest diese Tauben nie totschlagen?"

„Na ja ... doch." Das war etwas, was Samuel ungern zugab. Das Bedürfnis, sich einer Horde fliegender Ratten unter Zuhilfenahme von Gewaltanwendung zu erwehren, mochte zwar nachvollziehbar sein, war jedoch ganz und gar nicht das, was einen Engel ausmachte. Er gab Dougs Handgelenk frei und vergrub den Knopf verzweifelt in den Händen. „Ich bin sehr durcheinander."

Doug nickte weise. „Das passiert einem immer wieder."

„Ich weiß nicht, warum ich hier bin!"

„Ich schon."

Das war mehr, als Samuel zu hoffen gewagt hatte. „Du weißt, warum ich hier bin?"

„Du bist hier, um zu essen."

Schon war die Hoffnung wieder erloschen.

Samuel wollte seinen neuen Gefährten gerade darauf hinweisen, daß Engel nicht essen, als er sah, wie dieser sich eine mit Kartoffelbrei und Bratensoße vollgeladene Gabel in den Mund schob. Doug aß also. Das meiste von dem Zeug auf seiner Gabel landete in seinem Mund. Tapfer schlang Samuel daraufhin die Finger um die eigene Gabel und ahmte die Bewegungen des verdeckt arbeitenden Kollegen auf der anderen Seite des Tisches nach. Es dauerte nicht lange, dann hatte er herausgefunden, wie man kaut, ohne sich dabei auf die Zunge zu beißen. Danach schluckte er.

Urplötzlich mußte er feststellen, daß er völlig ausgehungert war.

Als ihm wenig später zerkaute Truthahnfüllung durch die Nase hochkam, verlangsamte er seine Nahrungsaufnahme so weit, daß er wieder atmen konnte. Er kippte Saft in sich hinein, bis der Saft alle war, dann ging er über zu Wasser. Er bat um Nachschlag und dann, als das in den Töpfen verbliebene Essen kaum noch richtig zu identifizieren war, sogar noch um eine dritte Portion.

Das mit dem Essen war das beste, was Samuel in diesem Körper bislang widerfahren war. Er konnte kaum fassen, daß diese Wonnen ihm bisher entgangen sein sollten. Er wollte sich bei Doug für dieses unerwartete Geschenk und für all die Informationen, die der Engel mit der Zahnlücke ihm hatte zukommen lassen, bedanken. Aber wie sollte dieser Dank aussehen? Das einzige, was Samuel einfiel, war, dem anderen im Austausch ebenfalls ein paar Informationen zur Verfügung zu stellen.

„Ich habe hier Genitalien."

„Gänseklein nennt man das, Jungchen."

Sie würde einfach die Bratensoße vergiften. Wenn man bedachte, wer sie war – oder besser: was sie war –, dann war dies das einzig Logische, was sie unter diesen Umständen unternehmen konnte. Die Schachtel mit Rattengift, die fein säuberlich auf einem Regal mit Gartenutensilien deponiert war, hatte sie förmlich von der Seite angequatscht und sich angeboten, als Eva Porter sie über die überdachte Veranda in ihr Haus geführt hatte. Byleth ging zumindest davon aus, daß sich in der entsprechenden Schachtel Rattengift befand; inzwischen klapperten ihre Zähne so laut, daß sie sich da nicht wirklich sicher sein konnte.

„Nun wollen wir doch mal sehen! Zuerst einmal runter mit den nassen Schuhen und Strümpfen!"

„Ich trage keine Strümpfe!"

„Dann werde ich Ihnen welche geben." Eva hatte ihren Mantel abgelegt und präsentierte sich nun in einem taubengrauen Trainingsanzug über weißem Rollkragenpullover, was angesichts ihres Umfangs ...

„Sie sehen aus wie eine Taube", murmelte Byleth mißmutig.

„Nicht wahr?" Evas Augen weiteten sich erschrocken, denn nun hatte auch Byleth die Nylonjacke ausgezogen, und die ältere Dame sah den Overall, den ihre junge Besucherin trug, in ganzer Schönheit vor sich. „Um Himmels Willen, Kind, Sie haben ja kaum etwas an! Na, dem kann ich aber abhelfen, nicht wahr?"

„Können Sie das?" Byleth hatte diese Frage scharf, höhnisch sogar, stellen wollen, aber letztlich klangen die Worte eher recht jämmerlich.

Sie hielt den steifgefrorenen Reißverschluß des Overalls so, daß er mit ihrer nackten Haut möglichst wenig in Berührung kam und folgte Eva Porter in deren Wohnzimmer. Dort sah sie mit erstaunt aufgerissenen Augen zu, wie die ältere Dame unter dem Weihnachtsbaum verschiedene leuchtend bunt eingewickelte Päckchen hervorzog.

„Die sind für meine Enkelin Nancy; sie kommt uns an Silvester besuchen. Zum Glück haben Sie beide ungefähr dieselbe Figur."

„Sie wollen mir die Geschenke geben, die für Nancy bestimmt sind?" Natürlich hätte Byleth diese liebenswürdige Geste strikt zurückweisen müssen! Leider jedoch hatte sie einen kurzen Blick auf ihr Spiegelbild im Wohnzimmerfenster erhaschen können – dieser Overall war das Letzte, und sie sah darin eindeutig fett aus. *Na immerhin: Oma gibt Nancys Geschenke an Fremde weiter. Nancy tobt. Großer Familienzwist.* Damit konnte Byleth leben. Es sei denn, diese Nancy war genauso durchgeknallt wie ihre Oma, dann würde es ihr unter Umständen gar nichts ausmachen. *Nun setz die Sache hier nicht gleich in den Sand!* befahl sich die Dämonin streng, während sie hinter ihrer Gastgeberin die Treppe hochstieg. *Glaub einfach erst mal alles. Hauptsache raus aus diesem Overall!*

Dann duschte sie zunächst einmal lange und schön heiß, wie ihr befohlen worden war, und zwar so lange, bis sich kein warmes Wasser mehr im Boiler befand. Sie ließ die nasse Seife in der Pfütze liegen, die sich in der Seifenschale gebildet hatte und warf ihre Handtücher zusammengeknüllt auf den Fußboden. Viel war das nicht, aber es fühlte sich ungeheuer gut an, wieder einmal aktiv Schlechtes tun zu können.

Schwarze Jeans. Ein schwarzer gerippter Rollkragenpulli, der eng genug saß, ihre Brüste ein wenig zu stützen. Die erwiesen sich nämlich immer mehr als echte Last und Plage. Dazu ein dicker roter Pulli. Rote, weiche Socken.

Byleth drehte und wendete sich vor dem Spiegel, die Zehen genußvoll in das dichte Vlies der Socken vergraben, und konnte feststellen, daß sie hervorragend aussah. Das Schwarz, das Rot, das Haar – das alles haute wirklich hin! Rasch durchwühlte sie Evas Schminkkästchen, das im Badezimmer stand, fischte sich den rötesten Lippenstift heraus, den sie darin fand und bemalte sich großzügig die Lippen. Das Resultat gefiel ihr so ausnehmend gut, daß sie vergaß, den Lippenstift mit einer besonders fiesen Variante des Herpes-Virus zu infizieren, was sie eigentlich vorgehabt hatte.

Als Byleth die Treppe herunterkam, stand Harry Porter im Wohnzimmer. Er strahlte sie an, streckte ihr die Hand hin und stellte sich vor. „Unter uns gesagt", setzte er hinzu, „die Sachen sehen an Ihnen viel besser aus, als sie an Nancy ausgesehen hätten."

Wäre an dieser freundlichen Bemerkung irgend etwas schlüpfrig gewesen, hätte sie auch nur die geringste sexuelle Anspielung enthalten, dann hätte Byleth genau gewußt, wie sie reagieren sollte. Aber das war nicht der Fall.

Warum wurden ihre Ohren nun knallrot?

Egal. Die junge Dämonin versuchte sich trotzdem an einem provozierenden Lächeln.

Harry nahm dem jegliche Spitze, indem er leicht amüsiert und väterlich wohlwollend zurücklächelte.

Byleths Ohren wurden daraufhin womöglich noch heißer. Ihre Wangen auch. Was zum Teufel ging hier ab?

„IchgeheundhelfeinderKüche." Die Worte drangen merkwürdig ineinander verhakt aus ihrem Mund. Sie floh in die Küche, derweil sie sich krampfhaft an den Gedanken mit dem Rattengift und an den brennenden Wunsch, mit dessen Hilfe ihre Welt wieder in Ordnung zu bringen, klammerte.

Als Byleth in der Küche ankam, hatte sie ihren alten Schwung fast wieder. Sie legte noch einen Zahn zu, und so gelang es ihr mühelos, mit Eva zusammenzustoßen und die ältere Dame von oben bis unten mit Preiselbeersoße zu bekleckern.

„Oh weh!" rief diese. „Entschuldigen Sie bitte, meine Liebe!"

Byleth schloß die Augen und zählte bis drei. „Warum?" verlangte sie dann zu wissen, wobei sie die Augen anklagend auf ihre Gastgeberin richtete, „warum entschuldigen *Sie* sich denn? Ich bin doch diejenige, die Sie geschubst hat."

„Das stimmt! Ich habe mit Harry gesprochen, und er sagt, wenn Sie morgen früh immer noch in die Stadt wollen, dann bringt er Sie an die Bushaltestelle in Hunterville."

Der Bus? Sie würde auf keinen Fall mit dem Bus fahren, dazu konnte sie niemand bringen! Leute, die stanken, fuhren Bus! Arme Leute fuhren Bus! Menschen mit einem ausgeprägten Umweltbewußtsein, die ihre Autos in der Garage stehen ließen, fuhren Bus! Dämonen fuhren ganz eindeutig nie Bus. Es sei denn, sie fuhren diesen Bus irgendwohin, wo es wirklich ganz, ganz schrecklich zuging, und ließen ihn dort stehen. Wenn Harry Taxi spielen wollte, dann konnte er sie gleich bis in die Stadt fahren. Es war bestimmt leicht, ihn dazu zu bewegen.

„Byleth? Würde es Ihnen etwas ausmachen, die Soße umzurühren?"

Da sich nun gerade herausgestellt hatte, daß Harry womöglich noch nützlich sein mochte, und da sie Eva nicht vergiften konnte, ohne auch deren Mann umzubringen, gab es auf diese Frage nur eine mögliche Antwort: „Ja."

„Vielen Dank, meine Liebe."

Byleth starrte auf den Löffel in ihrer Hand, dessen unteres Ende im Topf mit der Bratensoße muntere Kreise zog und fragte sich, wie das alles denn nun wieder hatte derart schieflaufen können.

In der Church Street 519 erhielt man zwar etwas zu essen, einen Schlafplatz für die Nacht konnten sie einem dort jedoch nicht zur Verfügung stellen. Unwillig, die Gesellschaft des einzigen anderen Engels, den er je getroffen hatte, so schnell wieder aufzugeben, folgte Samuel Doug aus der Tür und trabte dann an seiner Seite die Straße hinunter.

Eine Weile trotteten die beiden schweigend nebeneinander her. Das höhere Wissen informierte ihn, Tauben zögen sich nach Sonnenuntergang in ihre Nester zurück, und von daher werde sein Leben bis zum Sonnenaufgang wunderbar sein. Oder zumindest hätte es wunderbar sein sollen, wäre da nicht ...

„Was ist los, Junge?"

Samuel schüttelte den Kopf. Diese Frage konnte er nicht beantworten, die Sache war ihm selbst nicht klar. „Ich verspüre so einen Druck ..." Er sah an sich herunter und entdeckte einen kleinen nassen Fleck, der die Vorderseite seiner Hose zierte. „Ich lecke! Schon wieder! Erst meine Hände und nun das. Ist das denn normal, so undicht zu sein?"

„Wird wohl an der Zeit sein, eine Stange Wasser in die Ecke zu stellen." Doug langte sich an den Schritt, querte den Bürgersteig und baute sich an der Wand von Harrys Karosseriewerkstatt auf.

„Wir dürfen nichts einfach so in die Ecke stellen!" In einer Welt voller Ungewißheiten war dies eine Gewißheit, die auf jeden Fall immer noch Bestand hatte.

Während ein starker Strahl warmer Flüssigkeit die Ziegeln der Mauer traf und es sogar schaffte, alte, abblätternde Farbreste hinwegzufegen und sie in einem dampfenden Strudel die Gehsteigplatten entlangfließen zu lassen, verdrehte Doug die Augen: „Urinieren, mein Jungchen!"

Urin absondern also. Urin, eine blaßgelbe Flüssigkeit, wurde von den Nieren als Abfall ausgeschieden, in der Blase gespeichert und durch die Harnröhre abgestoßen.

„Oh." Es erwies sich dann als gar nicht so einfach, den Reißverschluß aufzuziehen. Dabei hatte es so leicht ausgesehen, und als er ihn dann schließen wollte, nachdem er fertig war ...

„Laß dir keine grauen Haare wachsen, Jungchen. Vorhaut trägt heutzutage kaum noch einer."

Es war Samuel noch nicht wieder gelungen, sich aufzurichten; Dougs Worte empfand er von daher als wenig tröstlich. Unbeholfen stolpernd folgte er seinem Gefährten ein paar breite Treppenstufen hinauf und mußte erstaunt feststellen, daß sie offenbar vorhatten, eine Kathedrale zu betreten. Als er stehenblieb, packte Doug ihn am Ärmel und zog ihn ganz einfach mit sich.

„St. Mike hat nur Platz für fünfzig Leute, Junge! Wer zögert, pennt draußen. Frohe Weihnachten, Pater!"

Der Priester nickte, ohne von seinem Klemmbrett aufzusehen. „Namen?"

„Doug. Das bin ich. Der hier ist Samuel. Nicht Sam. Wir sind Engel."

„Ihr kennt die Regeln?"

„Worauf Sie Gift nehmen können."

„Dann geht weiter. Gebt die Tür frei."

„Dies ist meine liebste Pennstelle in der ganzen Stadt", vertraute Doug Samuel an, als er den jungen Mann durch das Kirchenschiff zog und dann durch zwei riesige Flügeltüren schleppte. „Na und? Wie findest du es?"

Der Frieden und die Schönheit des Allerheiligsten schlangen sich um den Engel wie eine warme Wolldecke. Wie Arme aus Licht.

„Wußtest du, daß deine Augen leuchten, Jungchen?"

„Tut mir leid."

„Kein Problem. Sieht hübsch aus." Mit weit ausgebreiteten Armen drehte sich Doug auf der Stelle, wobei sein dünner grauer Pferdeschwanz wie ein Banner hinter seinem Kopf herwehte und der dreckige graue Mantel flatterte wie Flügel. Wie Taubenflügel eigentlich – aber warum sich den Anblick verderben? „Kannst du dir einen besseren Schlafplatz für zwei Engel denken?"

Nein, das konnte Samuel nicht.

Byleth hatte das Essen kaum angerührt, sondern lediglich immer im Kreis auf ihrem Teller herumgeschoben. Sie hatte nicht vergessen können, wie riesig ihr Hintern in dem Overall ausgesehen hatte. Dann jedoch brachte Eva die Zitronenbaisertorte, glitzernde, zitternde sechs Zentimeter hoch, mit einen Guß aus Baiserbergen und Tälern, in dessen Mulden flüssiger Zucker schimmerte. Da erinnerte sich die junge Frau plötzlich daran, daß Völlerei eine der sieben wirklich schrecklichen Sünden ist, und genehmigte sich gierig drei Stück dieser Torte. Eine Stunde später jedoch war die Hochstimmung, in die der Zuckergenuß sie versetzt hatte, wieder verrauscht, und sie fand sich ein wenig dümmlich grinsend vor dem Fernseher wieder, wie sie sich einen alten Schwarzweißfilm reinzog, in dem James Sterwart die Hauptrolle spielte. Der Film war zu grausam kitschig, um es in Worte zu fassen. Danach gestattete sie es ihrer Gastgeberin ohne jeglichen Protest, sie hinauf ins Bett zu bugsieren.

Sie ließ Eva eine eindeutig obszöne Einladung zuteil werden, mehr aus dem Gefühl heraus, irgend etwas tun zu müssen, als aus dem Begehren, die alte Dame wirklich zu korrumpieren. Die aber verstand noch nicht einmal in Ansätzen, was ihr Gast wohl gemeint haben könnte. Byleth hatte nicht mehr die Energie, irgendwelche Erklärungen zu all den Termini abzugeben, die ihre Gastgeberin nicht kannte, und beschränkte sich darauf, das Nachthemd in Empfang zu nehmen, das sie ihr reichte. Dann stolperte sie ins Bett.

Die Bettlaken rochen nach Weichspüler. Die Matratze war bequem. Die Decken waren warm – sie stand auf Behaglichkeit. In der Geschichte waren eine ganze Menge ziemlich schlimmer Dinge passiert, nur weil jemand es behaglich haben wollte.

„Auf jeden Fall ist sie reichlich unhöflich."

„Ja, das ist sie wirklich."

Byleth rollte sich auf den Bauch und starrte über den Bettrand hinunter auf den Heizungsschacht, der in den alten Linoleumfußboden eingelassen war.

„Im Bad hat sie das reinste Schlachtfeld hinterlassen, und dann hat sie sich aus meinem Schminkkasten bedient, ohne mich um Erlaubnis zu bitten."

„Das habe ich bemerkt."

Die Stimmen von Eva und Harry drangen durch den Heizungsschacht aus dem Wohnzimmer, das direkt unter dem Gästezimmer lag, in dem Eva Byleth untergebracht hatte.

„Ja, und ihre Tischmanieren! Einfach grauenhaft. Man hätte ja meinen können, sie hielte zum ersten Mal in ihrem Leben eine Gabel in der Hand."

„Ja, und hinterher der hysterische Anfall im Badezimmer ..."

Woher hätte sie wissen sollen, daß es ganz normal war, was da mit ihr passierte?

Jedenfalls schien sie eine negative Wirkung auf diese Porters zu haben, das war doch wenigstens etwas. Solange die beiden über sie klagten, mußte man den Abend vielleicht doch nicht als totale Zeitverschwendung abschreiben.

„Hast du gesehen, wie sie über die Torte hergefallen ist?"

„Ich weiß! Es ist doch aber irgendwie auch nett, mal wieder einen Teenager im Haus zu haben."

„Ich bin kein Teenager!" Byleths Handflächen schlugen unsanft auf dem Fußboden auf, als die junge Frau vom Bett stürzte, den Stimmen entgegen. „Ich bin eine Dämonin."

Einen Moment lang war es im Haus mucksmäuschenstill.

Dann ...

„Hast du Byleth im Schlafzimmer vorne untergebracht, Schatz?"

„Ja."

Evas Stimme wurde lauter, so als stünde die Frau plötzlich direkt unter dem Heizungsschacht. „Wir bitten herzlich um Entschuldigung. Wir hatten vergessen, daß Sie uns ja hören können."

Teenager!

Na, diesmal würde sie die Entschuldigung annehmen!

Claire schlug mit einem leisen Knall ihren funkelnagelneuen Laptop zu. Das Gerät sowie ein Konto bei einem E-Mail-Provider war ein weiteres Weihnachtsgeschenk ihrer Eltern gewesen. Zwar wußte die Hüterin um die Schwierigkeiten, die der Apotheker bei der Einrichtung des neuen Netzwerks hatte überwinden müssen, und wußte dessen Arbeit durchaus zu schätzen – unter dem Strich jedoch hatte sie das Gefühl, Socken und Unterwäsche wären sinnvollere und nützlichere Präsente gewesen. „Laut Diana hat Pater Harris keinen Schimmer, wohin sich der Engel gewandt haben mag. Der Mann hatte noch nicht einmal wirklich zur Kenntnis genommen, daß es sich tatsächlich um einen Engel handelt."

„Was jetzt?"

„Wir leisten einfach weiterhin jedem Ruf Folge, der mich erreicht. Mehr können wir nicht tun."

Dean wirkte nicht überzeugt, als er sich nun neben Claire auf dem Bett niederließ. „Sollten wir es denn nicht irgendwem weitersagen?"

„Wem denn?"

„Anderen Hütern."

„Die wissen das."

„Sie wissen es?"

„Nicht alle Einzelheiten, nicht die Sache mit dem Engel, aber sie wissen schon, daß wir beide unsere Beziehung – nun ja: vollzogen haben. Offenbar war das Echo unserer Aktivitäten durch sämtliche Möglichkeiten hindurch zu hören." Er wirkte derart erschüttert, daß die Hüterin sich etwas abrang, was, so hoffte sie, als aufmunterndes Lächeln gelten konnte. Allerdings gelang es ihr nicht ganz, denn sie selbst war auch nicht gerade begeistert davon, daß offenbar alle Kollegen über sie Bescheid wußten. „Alle waren sehr beeindruckt. Hüter, die bislang nie etwas komplizierteres als einen Kugelschreiber in die Hand genommen haben, fühlten sich plötzlich bemüßigt, E-Mails zu schicken. Ist Technologie nicht etwas Tolles? Allerdings", und bei diesen Worten verrutschte Claires Lächeln endgültig, „werde ich denen nichts vom Engel erzählen. Immerhin ist die Welt nicht in Gefahr. Wir erzählen das erst, wenn wir müssen. Es hat wenig Sinn, denen noch mehr zum Durchkauen zu geben, oder? Sie erzählen mir sonst womöglich noch alle, wir hätten Vorkehrungen treffen müssen."

„Haben wir doch."

„Metaphysische Vorkehrungen."

„Oh." Dean säuberte seine ohnehin sehr sauberen Brillengläser am Ärmel seines T-Shirts, was ihm Gelegenheit gab, nach den richtigen Worten zu suchen. „Claire? Mir gefällt das wirklich nicht, wenn unser ... wenn das, was wir tun ... wenn das auf dem elektronischen Weg öffentlich diskutiert wird."

„Mir gefällt es auch nicht", mußte die Hüterin zugeben und räumte den Laptop beiseite. „Sie haben lediglich alle mitbekommen, daß die Erde gebebt hat. Einzelheiten wissen sie nicht. Ohne irgendwelche Details zu kennen, werden sie nicht lange über die Sache diskutieren können."

„Die Erde hat gebebt?"

„Na ja, nur in den pazifischen Randgebieten ..." Claire kniete sich hin und packte Deans rechtes Ohrläppchen mit den Zähnen. „Es besteht also wirklich keine Veranlassung, daß du dir groß was drauf einbildest."

Dean drehte sich um, packte Claire um die Taille, und dann fielen sie beide zusammen zurück aufs Bett.

„Hey Mann! Paß doch auf! Mein Schwanz!"

„Entschuldige, Austin!" Während Dean sich hastig aufsetzte, rollte Claire vom Bett und schnappte sich mit der einen Hand ein Kissen, mit der anderen ihren Kater. „Vielen Dank, mein Schatz", sagte sie dabei fröhlich, „daß du mich erinnert hast. Du wolltest doch den ersten Teil der Nacht im Bad verbringen."

„Ach ja, bitte, schaff mich ins Bad. Ich habe wirklich keinerlei Interesse dran, euch beiden zuzusehen – was immer ihr auch treiben mögt."

„Mir geht es weniger ums Zusehen", sagte Claire und packte den Kater ein wenig fester. „Mir geht es mehr um Kommentare und Kritik!"

„Hör mal, wenn du nicht mal ein bißchen Kritik abkannst ..."

„Gute Nacht, Austin."

Als die Hüterin das Kissen direkt hinter der Badezimmertür auf den Fußboden legte und den Kater darauf setzte, funkelte er sie wütend an. „Das ist Katzenmißhandlung! Mein Anwalt wird sich bei euch melden."

„Wenn ich dir ein Lachsküchlein gebe, ließen sich damit gerichtliche Auseinandersetzungen vermeiden?"

„Nein. Höchstens, wenn du mir den ganzen Lachs servierst."

„Da kannst du lange drauf warten." Claire legte dem Kater das Lachsküchlein hin und zog die Tür hinter sich zu. „Wenn wir eingeschlafen sind, kannst du dich gern wieder zu uns gesellen."

„Claire?" Dean wies mit dem Kinn auf die Tür. „Wenn die geschlossen ist, wie kann er sich dann zu uns gesellen?"

„Eine entschlossene Katze hat sich noch nie von einer geschlossenen Tür abhalten lassen."

„Aha!" Dean hatte das T-Shirt schon halb über den Kopf gezogen, hielt aber noch einmal inne. „Willst du damit etwa sagen, daß er da jederzeit rauskommen kann?"

„Nein." Lächelnd griff Claire in die Möglichkeiten und verstärkte den Riegel am Türschloß. „Wenn das abgeklungen ist, dann kann er rauskommen!"

Austins indigniertes „Ihr schummelt ja!" klang gedämpft, war aber immer noch deutlich genug zu hören.

„Es tut mir leid, Claire. Das passiert mir jetzt zum ersten Mal."

„Du hast es doch bisher erst ein einziges Mal getan."

„Da ist es jedenfalls nicht passiert."

Claire richtete sich auf, stützte sich auf den Ellbogen, beugte sich vor und küßte ihren Liebsten sanft auf den Mund. „Entspann dich." Der Kuß wurde etwas weniger sanft. „Alles wird gut." Der Kuß wurde stürmisch – und hörte auf. Claire lehnte sich zurück. „Vielleicht auch nicht – du bist so angespannt, auf dir könnte ich Vierteldollars hüpfen lassen. Nun ja – auf dem entscheidenden Teil gerade nicht. Was ist denn los?"

„Nichts."

„Liegt es an mir?"

„An dir?" Claire hatte sich, als sie diese Frage stellte, keine Gefühle anmerken lassen, und ohne Brille wußte Dean nicht, ob seine Freundin verletzt oder wütend aussah. „An dir liegt es wirklich nicht. Es liegt an gar nichts."

„Ich merke, wenn du lügst – hast du das schon vergessen?"

Dean seufzte und gab auf. „Gut." Er starrte hinauf zum kleinen roten Punkt an der Hotelzimmerdecke – dem Rauchmelder – und dankte allen Göttern, die gerade zuhören mochten, daß Austin sich im Badezimmer befand. „Ich kann einfach nicht anders, ich muß ständig daran denken, was letztes Mal passiert ist. Das hat mich ziemlich durcheinandergebracht, das kann ich dir sagen."

„Wenn du daran denkst, sollten dir da nicht eigentlich glückliche Gedanken durch den Kopf gehen?" Tief burgunderrote Fingernägel trommelten in einer Art und Weise, die eigentlich hätte bewirken müssen, eine befriedigende Reaktion hervorzurufen, sanft auf Deans Brust herum. Das war jedoch nicht der Fall.

Deans Wangen wurden flammend rot. „Diese Gedanken meine ich doch nicht. Ich denke ständig daran, wie wir einen Engel gemacht haben."

„Hast du Angst, das könnte wieder geschehen?"

„Nein ..."

„Du hast Angst, es könnte nicht wieder geschehen?" Daraufhin schwieg Dean, und das war Claire Antwort genug. „Aber wir wollen doch gar nicht, daß es noch mal passiert!"

„Aber du willst doch bestimmt, daß es wieder so schön wird."

„Na ja ..."

„Schön genug, um einen Engel zu machen."

„Na ja ..."

„Das ist schon ziemlich gut, nicht?"

Mit einem Mal verstand Claire alles. „Du hast Angst, du könntest diesmal nicht wieder so gut sein?"

Aus dem Badezimmer erklang ein schwaches: „Das habe ich gehört!"

Dean schloß die Augen. Das hatte ihm gerade noch gefehlt. Nun konnte er den Abend getrost als beendet ansehen.

Claire stützte das Kinn auf Deans Brustbein und überdachte die Lage. Eigentlich konnte sie gut verstehen, daß Dean unter Leistungsdruck stand. Immerhin war gleich bei seinem ersten sexuellen Erlebnis ein Loch im Universum entstanden, das groß genug für einen Engel gewesen war. Was sie jedoch gegen solchen Leistungsdruck unternehmen sollte, das war der Hüterin unklar. „Dean? Du kannst nicht erwarten, daß du jedes Mal einen Engel zustandebringst."

„Das weiß ich doch."

Jetzt war Claire endgültig verwirrt. „Na, dann ..."

„Es geht nicht darum zu wissen, daß es nicht immer so sein kann. Es geht darum, es zu *wissen.*" Er wedelte mit den Armen, um seinen Worten Nachdruck zu verleihen, wobei er verzweifelt hoffte, diese schattenhafte Bewegung im Dunkeln sei angetan, Licht in die Sache zu bringen.

Das war nicht der Fall.

„Es liegt an mir, nicht wahr?" wollte Claire wissen.

Neun

Halb unbewußt wurde Dean gewahr, daß ihn irgend etwas aus dem Schlaf geholt hatte. Er seufzte tief auf, reckte sich und spürte, wie die Bettdecke von seinem Körper glitt, warme Luft ihn umfächelte und ... erschrocken riß er die Augen auf. „Claire! Was tust du denn da?"

Strahlende Augen lächelten ihn von unter her an. „Ich löse unser Engelproblem!" Gleich darauf jedoch mußte Claire den Blick senken und zugeben: „Na, das war wohl nicht die richtige Wortwahl."

„Claire!"

„Was denn? Ich dachte doch nur, wenn du in Gang kommst, ohne dir vorher groß den Kopf zu zerbrechen, dann läuft vielleicht alles wie am Schnürchen, und fast hätte es ja auch geklappt." Die Miene der Hüterin wirkte im blassen Winterlicht, das durch einen Vorhangspalt in das Hotelzimmer drang, eindeutig mißmutig. „Ich hätte das E-Wort einfach nicht in den Mund nehmen dürfen!"

Dean tastete nach seiner Brille. „Claire, es tut mir wirklich leid."

„Nein, mir tut es leid."

„Was seid ihr beide doch für Jammerlappen!"

Mit brennenden Ohren raffte Dean das Bettlaken zusammen, wand es sich um die Hüften und glitt aus dem Bett. „Ich habe ... du weißt schon ... Badezimmer", stotterte er.

„Versuchs mal mit einem Verb", schnaubte Austin, der zusammengerollt auf einem Kleiderhaufen lag, den Claire auf dem unbenutzten Bett im Zimmer aufgetürmt hatte.

Während sich nun die Badezimmertür hinter Dean schloß – und sich gleich darauf wieder öffnete, weil ein Zipfel des Bettlakens im Türspalt steckengeblieben war –, sprang Austin sacht hinüber auf das andere Bett und gesellte sich zu Claire. „Soll ich mal mit ihm reden? So *mano a mano?*"

„Vielen Dank für das Angebot. Aber ich glaube, das lassen wir lieber sein."

„Warum?"

„Na ja, dir hat man das mano ja nun mal abgeschnitten, das ist die eine Sache."

„Glaub mir, meine Idee war das nicht!"

„Trotzdem." Sie streichelte das samtene Fell zwischen seinen Ohren mit dem Daumen. „Ich glaube, diese Sache müssen wir allein miteinander klären."

„Damit meinst du doch, Dean muß die Sache allein mit sich klären. Um dich geht es dabei ja eigentlich nicht."

Traurig schüttelte Claire den Kopf. „Da irrst du dich aber."

„Natürlich!" Austin setzte sich auf und wickelte den Schwanz um die Vorderpfoten. „Mit einem jungen Mann, der sich verzweifelt danach sehnt, dich glücklich zu machen, und der nun, da er völlig unbeabsichtigt einen Engel ins Leben gerufen hat, Angst hat, er schafft es nie wieder, dich glücklich zu machen – damit hat die ganze Sache natürlich überhaupt nichts zu tun, was? Oh nein, hier geht es nur darum, daß du so viel älter bist als er und mehr Erfahrung hast und ihn das einschüchtert. Oder vielleicht ja auch darum, daß du eine Hüterin bist? Er hätte gar keinen Engel schaffen können, wenn du keine Hüterin wärst, was? Oder liegt es am Ende gar daran, daß du Hüterin bist und von daher sowieso verantwortlich für schlichtweg alles, was auf dieser Welt geschieht?"

„Das war aber gerade sarkastisch gemeint, oder?"

Der Kater seufzte. „Ach nee."

„Was sollte ich deiner Meinung nach tun? Nein!" Eine hastig erhobene Hand verbot Austin jede Erwiderung. „Sag es nicht. Ich weiß schon: Ich soll die Katze füttern."

„Nicht schlecht!" Der Kater sprang vom Bett hinüber auf die Ankleidekommode, wo er sich neben seinem Freßnapf niederließ. „Siehst du, wie einfach das Leben sein kann, wenn man sich auf die wirklich wichtigen Dinge konzentriert?"

Das Haar, das Diana im Haus von Pater Harris hatte finden können, war an der Wurzel sehr dunkel und an der Spitze sehr blond. Diese Farbgebung – im Augenblick beim modebewußten Teil ihrer männlichen Schulkollegen schwer angesagt – hätte Diana von sich aus nicht auf dem Haupt eines Engels erwartet. Lena schien das anders zu sehen.

Rein technisch gesehen ging der Engel – Samuel – die junge Hüterin gar nichts an. Rein technisch gesehen fiel er überhaupt nicht in den Aufgabenbereich, der von Hütern abgedeckt wurde.

„Mama? Hast du noch durchsichtiges Paketband?"

Martha, die mit der Zubereitung des Frühstücks beschäftig war, deutete mit dem Bratenwender quer durch die Küche. „Da, in der Kramschublade."

Kram sammelt sich überall an. Selbst wer nur wenige Besitztümer sein eigen nennt, selbst wer durch Kriege oder Naturkatastrophen aus der Heimat vertrieben wurde und nunmehr nichts als eine winzige Hütte, ein dünnes Strohdach über sich hat, wird irgendwann einmal plötzlich feststellen, daß sich bei ihm alle möglichen Dinge angesammelt haben, für die er eigentlich keine unmittelbare Verwendung hat. In den Küchen nordamerikanischer Häuser und Wohnungen befindet sich die Kramschublade in der Regel zwei Schubladen unterhalb der Besteckschublade und direkt über der Schublade mit den sauberen Geschirrhandtüchern.

„Die Schublade klemmt!"

„Das gibt sich, wenn man ein wenig dran rüttelt."

Selbst in Haushalten, die über keine weiteren metaphysischen Inhalte verfügen als die, die man in einer für das Aufwärmen in der Mikrowelle zubereiteten Fertigmahlzeit findet – in der übrigens die metaphysischen Inhaltsstoffe diejenigen mit tatsächlichem Nährwert um einiges übertreffen –, findet man in solchen Kramschubladen immer mehr Gegenstände, als rein physikalisch gesehen eigentlich möglich sein dürfte.

„Pfeil des Abaris, Elfenschrot, Schere, Bindfaden, Stein der Weisen, ein halbes Dutzend Haargummis für Pferdeschwänze ..." Dianas Augen weiteten sich begeistert, als sie die stoffüberzogenen Gummis nun in einen kleinen goldenen Kelch fallen ließ. „Kümmert es dich eigentlich gar nicht, daß wir für ein paar von den Teilen hier über Ebay richtig Schotter kriegen könnten?" fragte sie dann, während sie einen kleinen, reisgefüllten Eisbären aus Leder hochhielt, dessen Brust mit einem winzigen Ahornblatt bestickt war.

Ihre Mutter sah interessiert vom Toaster auf. „I was?"

„Mann, ich faß es nicht! Bin ich denn wirklich die Einzige in dieser Familie, die sich für das aktuelle Jahrhundert interessiert?"

„Ja."

„Das allerdings erklärt einiges", murmelte die junge Hüterin, schob drei Plastikgabeln und einen vergilbten Umschlag voll getrocknetem Beifuß beiseite, um dann endlich auf die gesuchte Kleberolle zu stoßen. „Ich gehe nachher noch in den Schrank. Mach dir also keine Sorgen, wenn du mich nicht findest."

„Diana, wir haben doch wirklich lange genug darüber geredet ..."

Diana seufzte und schnappte sich auf dem Weg zur Küchentür eine Scheibe Toast. „Ich werde auch bestimmt nicht *wissentlich* der jenseitigen Welt meinen Willen aufzwingen!"

„Erneut aufzwingen."

Ohne sich umzuwenden, eilte Diana weiter den Flur hinunter und hob lediglich ein wenig die Stimme: „Das war ein Unfall, Mutter!"

„Es ist immer ein Unfall, Diana, aber niemand ersetzt gern sämtliche Schranktüren."

„Als hätte ich mich dafür nicht längst entschuldigt!" Diana schob den letzten Bissen Toast in den Mund und schnappte sich im Hausflur Mantel und Stiefel. „Daß die Regenbogenpresse da aufgetaucht ist, das hatte nicht ich versiebt! Wenn man nicht will, daß die Leute mitkriegen, welche Leichen man im Schrank hat, dann darf man eben keine Leichen im Schrank haben!" Der englische Hüter hatte ganz einfach Pech gehabt. Die Explosion war so stark gewesen, daß ein Schienbein direkt durchs Fenster bis auf die Straße geflogen war.

Zurück im eigenen Zimmer verschloß Diana die Tür hinter sich und sicherte sie mit Bannsprüchen. Dann riß sie ein Stück von etwa zwanzig Zentimeter Länge von der Kleberolle und befestigte damit das Engelshaar an ihrem Handgelenk. Sie hatte ihre Mutter nicht direkt belogen, denn sie plante ja wirklich, in den Schrank zu gehen. Sie hatte lediglich vergessen zu erwähnen, daß sie das Möbelstück auf der anderen Seite wieder verlassen wollte. Denn das war ein Manöver, das allgemein als zu gefährlich galt, um überhaupt versucht zu werden.

Was Diana betraf, so gab es nur einen Grund, aus dem Hüter Schränke immer auf der Seite auch wieder verließen, auf der sie sie betreten hatten: einen totalen Mangel an Phantasie. Was war schon groß dran an diesem vielbeschworenen Fehlen zusätzlicher geographischer Referenzen zur realen Welt? Das hatte sie alles prima im Griff.

Nun mußte sie lediglich nur noch kurz mal telefonieren.

* * *

„Istdasnichteinwunderbarermorgen? Siehmalwieschönderschneeglitzert!"

Doug saugte sich Muffinkrümel aus den Zahnzwischenräumen. „Deine erste Tasse Kaffee, Junge?"

„Ichkannskaumfassenwirsindjetztschonzweitagehierundichentdeckdasjetzterst." Über beide Backen strahlend rannte Samuel die Treppenstufen von St. Michael hinunter und gleich wieder hoch.

„Vergiß das Atmen nicht, Jungchen!"

„Darf ich das nicht vergessen?" Na, dann dachte er eben daran! Freudig holte Samuel tief Luft, sog sich Eiseskälte in die Lungen und fing prompt an zu husten.

„Falte die Hände, bilde einen Trichter und huste da rein!" empfahl Doug. „Dann atmest du warme Luft ein."

Samuel brauchte eine Minute, ehe er den Bogen heraus hatte. Dann dauerte es ein paar weitere Minuten, ehe seine Lungen verstanden hatten, was Sache war. Endlich konnte er aufblicken, mit tränenden Augen und laufender Nase. „Autsch!" stöhnte er.

Doug nickte verständnisvoll. „Das Leben kann saumäßig sein."

„Das Leben ähnelt einem weiblichen Schwein?" fragte Samuel, während er sich verschiedene Körperflüssigkeiten aus dem Gesicht wischte, ehe sie gefrieren konnten.

„Das kannst du laut sagen."

Da hatte Samuel gerade gemeint, er würde langsam verstehen ... angestrengt bemüht, sich mit dieser wieder völlig neuen Sichtweise der Welt anzufreunden, wandte er sich um, erstarrte dann kurz und stürzte die Treppe hinunter und den Bürgersteig entlang. „Bist du denn verrückt?" erkundigte er sich fassungslos bei dem Mann mit den aufgesprungenen Lippen, riß dem erstaunt Stehengebliebenen die Zigarette aus dem Mund und warf diese wütend zu Boden. „Damit zerstörst du deinen Köper! Du hast nur den einen, vergiß das nicht!"

Craig Russel, der rauchte, seit er zwölf Jahre alt war und der es in Zeiten, in denen er ökonomisch besser dagestanden hatte als jetzt, auf zwei Päckchen am Tag gebracht hatte, starrte Samuel zwischen den zerfetzten Ohrenklappen seiner alten Pelzmütze hindurch an. Dann starrte er auf seine Zigarette, die fast aufrecht aus einem kleinen, dreckigen Schneehäufchen ragte. Er verstand nicht ganz, was gerade passiert war. Er hockte sich hin und streckte lange, vom Nikotin gelbbraun gefärbte Finger nach dem Glimmstengel aus.

„Hast du nicht gehört, was ich gesagt habe?" Samuel holte aus und trat die Zigarette mit dem Absatz in den Schnee, bis eigentlich nichts mehr außer Tabakkrümeln von ihr zu sehen war. „Die Dinger schaden dir!"

Da schoben sich struppige graue Brauen bedrohlich nah zusammen: „Du hast meine Kippe kaputtgemacht."

„Natürlich! Das ist Gift!"

„Du hast meine Kippe kaputtgemacht!" Langsam richtete Craig sich auf, um Samuel erneut ins Gesicht zu starren. „Meine letzte Kippe!"

Sofort fingen Samuels Augen erneut an zu tränen. Entsetzt lehnte der Engel den Oberkörper zurück. „Weißt du eigentlich, wie dein Atem riecht, wenn du diese Dinger ..." Dann öffnete und schloß sich sein Mund noch ein paarmal, aber kein Laut drang mehr heraus. Hoch auf die Zehen gereckt, den Rücken ganz weit zurückgebogen, schnappte er lediglich noch nach Luft, wobei er die steifen Finger verzweifelt in die Luft bohrte.

„Laß ihn los, Craig."

„Er hat meine Kippe zertreten. Meine letzte Kippe."

„Ja, ich weiß, ich weiß, aber wenn du noch länger seine Eier quetschst, dann fangen die Leute noch an zu tratschen."

Craig starrte auf seine rechte Hand hinab, als erkenne er weder sie noch den Stoff, den sie samt dem Fleisch darin umklammert hielt, wirklich. „Er hat meine ..."

„Ohne Witz, ja. Aber ich glaube, das tut ihm sehr, sehr leid." Doug kratzte an einem tief in den Bartstoppeln an seinem Kinn verborgenen Grind und warf dem jüngeren Mann einen blutunterlaufenen Blick zu. „Stimmt doch, Junge, oder?"

Samuel nickte. Heftig. Die Taube, die sich gerade auf seinem Kopf hatte niederlassen wollen, wich nach links aus und landete statt dessen auf seiner linken Schulter. Eine weitere Taube, die der ersten auf den Fersen gefolgt war, landete auf der rechten Schulter.

„Mann oh Mann!" Mit weitaufgerissenen Augen lockerte Craig seinen Griff und wich erschrocken zurück. „Er hat Tauben!"

Drei.

Vier.

Craig drehte sich um und rannte davon.

Leise vor sich hinjammernd und sich zusammenkrümmend stand Samuel da und preßte beide Hände gegen den Schritt. Prompt landeten fünf Tauben auf seinem Rücken, wo sie sich drängten und einander schubsten, um ja auch alle Platz zu finden.

„Du hättest die Kippe von Craig nicht kaputtmachen dürfen, Junge."

„Aber Kippen sind ... so ungesund ... für ihn."

Doug hatte den Grind endlich lockern können und schnipste ihn mit dem Nagel fort. „Für dich aber noch mehr."

Dagegen ließ sich kaum etwas einwenden. „Er ist stärker als er ... aussieht."

„Jawohl, ist er."

Samuel, der langsam, aber sicher wieder zu Atem gekommen war, richtete sich auf. Die fünf Tauben gesellten sich daraufhin hastig zu dem Haufen, der sich bereits um seine Füße gesammelt hatte. „Gibt es irgend etwas Positives an diesen Dingern?" wollte er wissen, während er sich vorsichtig mit spitzen Fingern den Hosenstoff vom Schritt zog. „Seit ich sie habe, haben sie mir nichts als Ärger eingebracht."

„Sie? Oh. Sie. Na ja, da sind die Mädchen."

„Was haben die Dinger mit Mädchen zu tun?"

Nachdenklich verzog Doug das Gesicht. „Das habe ich leider vergessen."

Einen halben Straßenzug weiter läutete das Telefon in einer Telefonzelle. Die Menschengruppe, die gerade Anstalten machte, sich fächerförmig von St. Michael aus in alle Richtungen zu zerstreuen, hielt wie ein Mann inne, um gleich darauf weiterzustreben. Telefone hatten in der Regel nichts mit ihnen zu tun.

„Sekunde, Jungchen! Das ist wahrscheinlich mein Buchmacher!" Wenig später kehrte Doug grinsend zurück. „Nicht mein Buchmachen, Jungchen: deiner!"

„Ich habe keinen Buchmacher."

„Que sera. Sie will trotzdem mit dir sprechen."

Widerstrebend gaben die Tauben den Weg frei und folgten dem Engel dann auf dem Fuße.

Samuel nahm ab – das Telefon war eine Erfindung, auf die ein gewisser Graham Bell im Jahre 1876 ein Patent erhalten hatte. Samuel hätte nicht sagen können, warum um Himmels willen er diese Details kannte, aber dennoch nicht wußte, in welches Ende des Gerätes in seiner Hand er denn nun sprechen sollte. Letztlich jedoch gelang es ihm, auch das herauszufinden. „Hallo?" meldete er sich.

„Samuel? Diana. Ich bin Hüterin. Weißt du, was eine Hüterin ist?"

„Hüter sind Menschen, die die metaphysische Balance in der Welt aufrechterhalten."

„Bravo!"

Samuel fielen eine Menge Dinge ein, die er in den letzten beiden Tagen gesehen und gehört hatte. Vor allem gingen ihm die Geschichten durch den Kopf, die ihm in der vergangenen Nacht im Nachtasyl zu Ohren gekommen waren. „Besonders gut erledigt ihr euren Job aber nicht gerade."

„Nun mach mal halblang, ich gehe noch zur Schule! Ich will mich mit dir treffen, du mußt mir also einen Gefallen tun. Such dir eine geschlossene Tür, öffne sie so weit, daß dein Arm durchgeht und wink dann mit dem Arm."

„Winken?"

„Mit deinem Arm! Wenn ich dann deine Hand packe, ziehst du mich rüber auf deine Seite."

„Du paßt durch eine Lücke, durch die mein Arm hindurchgeht?"

„Bitte?"

„Du hast gesagt ..."

„Ja, ich weiß, was ich gesagt habe. Du kannst die Tür ruhig ein bißchen weiter aufmachen, wenn du mich hindurchziehst."

„Aha." Samuel fragte sich, ob Diana wohl hübsch war. Gleich darauf fragte er sich, warum das eine Rolle spielte. Dann ertappte er sich dabei, wie er über die mögliche Beschaffenheit ihrer Brüste grübelte, obwohl er das deutliche Gefühl hatte, so was eigentlich gar nicht tun zu dürfen. Irgendwie schien er aber nicht anders zu können.

„Samuel?"

Resolut schob der Engel eine Taube aus der Telefonzelle. „Woher weißt du meinen Namen?"

„Von Pater Harris. Ist alles in Ordnung mit dir?"

„Meine Genitalien tun mir weh."

„Was hast du ... egal. Ich will es gar nicht wissen. Meinst du, du kannst eine Schranktür finden?"

Samuel seufzte und zuckte die Achseln, wobei ihm durchaus klar war, daß die Hüterin ihn gar nicht sehen konnte. „Klar."

„Spitze. Ich komme, so schnell ich kann."

St. Patrick hatte recht gehabt. Irgend etwas an diesem Jungen war in der Tat eigenartig. Diana schnürte ihre Stiefel und ließ sich die Unterhaltung mit dem Engel noch einmal durch den Kopf gehen, ohne aber genau benennen zu können, was ihr so merkwürdig vorkam. Eigentlich klang er ziemlich genau wie die Typen, mit denen Diana zur Schule ging – dafür, daß er ein Engel war, zumindest merkwürdig, und dazu gehörte auch dieses wirklich blöde, ärgerliche ‚Klar!' zum Schluß.

Der Spruch über die Genitalien, den hätten die Jungs in der Schule allerdings so nicht gebracht.

Sie hätten zumindest ein anderes Wort gewählt.

Diana schlüpfte in ihre Jacke, stopfte sich Handschuhe und Mütze in die Taschen, prüfte, ob sie ihr Portemonnaie in der Innentasche hatte, und trat in den Schrank, wobei sie die Tür hinter sich zuzog, ohne sie jedoch einschnappen zu lassen. Lieber wäre sie ja mit Rucksack, Computer und Handy gereist, aber die Möglichkeiten reagierten schlecht auf alles Elektronische. Als sie das letzte Mal versucht hatte, ihren Computer mit in die Anderwelt zu nehmen, hatte sie jedes einzelne Fenster dort schließen und wieder öffnen müssen, ehe sich die Dinge stabilisiert hatten.

Im Schrank stolperte sie erst einmal über ein halbes Dutzend Schuhe, was sie schneller ins Schrankinnere katapultierte als gedacht. Wild mit den Armen rudernd, gelang es ihr zwar letztlich, das Gleichgewicht wiederzufinden, aber erst, nachdem sie mit einer ganzen Reihe ziemlich harter Gegenstände zusammengeprallt war, deren genaue Identität sie aufgrund ihrer dicken Winterjacke nicht hatte ermitteln können.

„Diese blöde Daunenjacke! Darin sehe ich glatt aus wie das Michelin-Männchen!"

Blöder Winter.

Beschissene Kälte.

„Hätte es meine Eltern denn umgebracht, sich an der Grenze von Disney World niederzulassen?" fragte Diana anklagend, an die Dunkelheit an sich gerichtet. Die Dunkelheit antwortete mit den Akkorden einer vertraut klingenden Titelmelodie, die aus der Ferne an Dianas Ohr drangen. Die junge Frau zuckte zusammen, richtete ihre Aufmerksamkeit neu aus, während sie sich ganz und gar auf den Engel konzentrierte, und fragte sich, warum in aller Welt man in der Anderwelt mit der unbewußten Kontrolle über die Dinge so ganz anders umgehen mußte als mit der bewußten.

Ziemlich doof auch, daß Samuel nicht in Florida war! Eine kleine Erholung von Ende Dezember in Kanada hätte Diana durchaus gebrauchen können.

Es wurde heller.

Der Boden unter ihren Füßen wurde fester.

Eine Schwarzkiefer schüttelte sich und ließ reichlich Schnee in Dianas offenen Kragen fallen.

„Oh Mann!"

Als sie endlich aufhörte, wild herumzutanzen und sich Schnee vom Mantel zu klopfen, war es endgültig hell geworden. Zumindest so hell, wie es in diesem Teil der Welt werden würde. Schneebedeckte Hügel erstreckten sich rings um Diana bis zum Horizont. Zu ihrer Rechten ragte eine rauhe Felsklippe empor, nur wenig dunkler als der Himmel, von dem der Stein sich kaum abhob. Zu ihrer Linken – und mehr oder weniger direkt über ihr – bogen sich dunkle Nadelbäume unter ihrer Last aus Schnee.

Angewidert stieß Diana Luft aus, die in Form einer zarten Feder eine Weile vor ihrem Mund schwebte. Schließlich durchwühlte die junge Frau ihre Jackentaschen nach Handschuhen und Mütze, wobei sie an Mrs. Green, ihre Lehrerin für kanadische Literatur, denken mußte und daran, wie hingerissen diese Dame angesichts von so viel Landschaft und Einsamkeit gewesen wäre. „Na klar!" schimpfte Diana und zog sich die Mütze tief über beide Ohren. „Als gehörten zu Kanada Ende Dezember nicht auch Kaffeehäuser und Winterschlußverkauf! Aber es geht ja auch nicht an, daß ich am Ende in der Anderwelt in einem Café lande oder bei H&M! Nein, nein, das wäre ja wohl zu einfach!"

Wodurch unterschied sich also die unbewußte Kontrolle über die Anderwelt so sehr von der bewußten? Na, das war doch wohl klar: Mit der bewußten Kontrolle schuf man sich eine Welt, in der man auch wirklich sein wollte!

Der Arm des Engels war nirgendwo zu entdecken.

Was auch nicht weiter erstaunlich war, denn es gab weit und breit keine einzige Tür.

„Da darfst du jetzt nicht wieder rein, Jungchen."

Samuel hatte bereits eine Hand auf der Klinke der Tür zum Eingang von St. Michael. „Warum nicht? Das ist ein Haus Gottes, und ich bin ein Engel."

„Schön und gut, aber die Priester sehen es nicht gern, wenn man tagsüber da drin rumhängt. Die haben auch so genug um die Ohren."

„Ich werde denen schon nicht in die Quere kommen. Ich muß nur meinen Arm in einen Schrank stecken."

„Wieso das denn?"

„Ich tu's für ein Mädchen."

„Na dann!" Doug warf beide Hände in die Luft. „Von der Liebe schweig mir still. Geh ruhig hin und steck deinen Arm in einen Schrank. Ich warte hier draußen und schau zu, wie sie deinen Arsch ganz schnell wieder an die kalte frische Luft setzen."

„Klar." Samuel eilte das Seitenschiff der Kirche entlang, während ihm durch den Kopf ging, wie ausnehmend gut ihm der Ausdruck ‚Klar' gefiel. Ein guter Ausdruck, treffend, passend für manche Lebenslage. „Klar!" beteuerte der Engel sich selbst, und das konnte einfach alles bedeuten. Er eilte an einer Nische vorbei, die eine Marienstatue enthielt. Maria hielt das Jesuskind an die Brust gedrückt. Samuel strahlte beide an. „Klar", versicherte er der Heiligen.

„Was soll das denn heißen?" wollte die Statue wissen und verlagerte das Baby auf die andere Hüfte.

„Du weißt schon ..."

„Wenn ich es wüßte, hätte ich nicht gefragt. Halt dich gerade, Samuel, Brust raus. Was hast du mit deinem Haar angestellt?"

„Na ja ..." Samuel berührte seinen Kopf. Mit seinem Haar hatte er doch eigentlich gar nichts angestellt, oder? „Hör mal, ich Muß los", entschuldigte er sich. „Muß meinen Arm in einen Schrank stecken."

„Na dann geh. Aber vergiß nicht aufzuräumen, wenn du damit durch bist!"

„Klar doch. ´tschuldigung! Okay, wollte ich sagen."

„Teenager!" seufzte die Statue, als er davoneilte.

„Ich weigere mich einfach zu glauben, daß mein Unterbewußtsein irgend etwas hiermit zu tun hatte!" seufzte Diana.

„Wie bitte, Miss?"

„Ach, gar nichts." Die junge Hüterin lehnte sich in die Felle zurück, während sie den linken Arm aus dem Schlitten baumeln ließ. Sie hatte sich den Handschuh der linken Hand abgestreift und den linken Ärmel hochgeschoben. Als sie nun aus dem Waldgebiet herauskamen und sich anschickten, auf eine weite, ebene, schneebedeckte Fläche hinauszufahren, machte das glitzernde Engelshaar, das sie sich ums Handgelenk gebunden hatte, Anstalten zu verblassen. Rasch deutete sie nach rechts, woraufhin sich der Fahrer, ein schneeweißer Schlittenhund aus Alaska, vorbeugte und bellte: „Hü. Hü."

Die sieben Beamten der Reiterstaffel der kanadischen Polizei, die vor dem Schlitten im Geschirr liefen, schlugen einen Bogen nach rechts. Der Schlitten folgte, und das Haar schimmerte wieder stark und glänzend.

Die Mounties waren frisch und trabten munter. Sie kamen gut voran.

Im Keller von St. Michael stand Samuel, den Arm in einem Besenschrank verborgen und fragte sich, warum seine Hand immer kälter wurde.

„Da drüben ist ein Handelsposten, Miss. So wie es riecht, haben wir Ihren Ausgang gefunden."

Diana schnupperte in die eiskalte Luft und rieb sich mit dem Handschuhrücken die Nase. „Ich rieche nur Rasierwasser."

„Ich habe die Mounties heute morgen baden lassen."

„Das will ich gar nicht so genau wissen, ja?"

Da loderte das Haar an Dianas Handgelenk auf, und aus der Tür des Handelspostens winkte als Antwort ein Licht. Kurz darauf verschwand es wieder, tauchte aber erneut auf, als Diana gerade anfangen wollte, sich Sorgen zu machen. Wollte man die Anderwelt betreten, dann brauchte man dazu einen Schrank – Wandschrank, Kleiderschrank, egal, Hauptsache Schrank. Zum Verlassen dieser Welt konnte jede beliebige Tür dienen. Unter normalen Umständen wäre Diana bei Betreten des vor ihr liegenden Handelspostens bei sich daheim im Schlafzimmer gelandet. Besonders dann, wenn sie den Posten in der klaren Absicht betrat, eine Reise anzutreten. Nun aber stand Samuel als metaphysisches Konstrukt sozusagen mit gespreizten Beinen einerseits in der einen, andererseits in der anderen Welt und verkörperte einen weiteren Ausgang. Zumindest hätte das theoretisch so sein müssen. Diana hatte lange genug darüber nachgedacht und sich alles genau zurechtgelegt.

Sie hatte die Theorie anhand von uralten Texten überprüft.

Sie hatte die üblichen mystischen Orakel befragt ...

Sie hatte im öffentlich-rechtlichen Fernsehen einschlägige Sondersendungen des *National Geographic* verfolgt ...

Um ehrlich zu sein: Die Idee hatte sie am Morgen einfach so überkommen. Ganz früh am Morgen, als ein ungewohntes Geräusch ihres Radioweckers sie aus einem Traum gerissen hatte, in dem sie entweder Sharon Stone oder Barney Geröllheimer gewesen war – die ja beide eigentlich mit nichts auch nur annährend etwas zu tun hatten.

Egal, angesichts der Tatsache, daß Diana nun hier war und Samuel dort, konnte man festhalten, daß die Theorie als solche ziemlich fundiert war und Diana sicher auch dann nicht besser gefahren wäre, hätte sie ihre Abende mit dem Überprüfen von Texten, Konsultieren von Orakeln und mit dem Anschauen der Sendungen des öffentlich-rechtlichen Fernsehens verbracht anstatt mit Lara Croft.

Als der Schlitten direkt vor der Tür des Handelspostens hielt, hatte Diana sich bereits aus den Fellen geschält. Sie ließ beide Beine aus dem Schlitten baumeln, versank bis zur Oberkante ihrer Winterstiefel im Schnee, stolperte und wäre bestimmt gestürzt, hätte der Husky nicht die Vorderpfote ausgestreckt, um ihr zu helfen. „Danke!" Sobald Diana das Gleichgewicht wiedergefunden hatte, ließ sie Schlitten und Hund stehen, vermochte jedoch nur mit Mühe ein starkes, aber natürlich völlig unangebrachtes Bedürfnis zu unterdrücken, letzteren am Bauch zu kraulen.

„Es war mir ein Vergnügen, zu Diensten sein zu können, Miss." Der Eskimohund legte die Pfote an das spitze rechte Ohr, pfiff seinen Mounties und glitt davon in einen äußerst angemessenen, praktischerweise örtlich begrenzten Sonnenuntergang.

Diana sah ihm zu, wie er in der Ferne verschwand, und kletterte dann die hohen Holzstufen hoch zum Licht. Das mit einem Mal wieder fort war.

Samuel rieb sich den Arm an der Stelle, gegen die die Tür immer wieder schlug und wünschte, die Hüterin möge sich beeilen.

Das Licht kam wieder. Von irgendwoher hörte Diana eine Stimme sagen: „Warum nur diese verdammte Tür immer aufgeht?"

Schon war das Licht wieder weg.

„Au!"

Das Licht tauchte auf.

„Mit dem verdammten Schloß ist alles in Ordnung."

Weg.

„AU!"

Wieder da.

Diesmal hatte Diana vorsorglich den Handschuh ausgezogen. Sie griff mitten hinein in das Licht, spürte, wie sich eine Hand um ihre Finger schloß, und trat mit dem Fuß die Tür auf.

Daraufhin hörte sie den unmißverständlichen hohlen Klang einer Stirn, die gegen Holz krachte; sie vernahm einen unterdrückten Fluch, und als Nächstes stand sie in einem nur schlecht beleuchteten Keller und starrte in die goldgesprenkelten braunen Augen eines Engels. Diana konnte das Licht sehen, aus dem dieser Engel gemacht war, und das war gut so. Leider jedoch war dies nicht alles, was sie sehen konnte, und das wiederum war schlecht. Hüterin und Engel standen sich so dicht gegenüber, daß sich ihre Nasenspitzen praktisch berührten. Diana konnte feststellen, daß der Engel nicht viel größer war als sie selbst. Noch dazu war er attraktiv; auf eine unbedrohliche Art, die an den harmlosen Charme von Boy Bands erinnerte.

„Danke auch, daß du dich so beeilt hast!" murmelte der Engel, entzog Diana seine Hand und barg den Arm an seiner Brust.

Die junge Hüterin blinzelte ihn erstaunt an. „Dürfen Engel denn überhaupt derart sarkastisch sein?"

„Anscheinend ja, oder?"

„Hallo! Was treibt ihr beiden denn da unten?"

Engel und Hüterin wandten sich synchron um und einer Nonne mittleren Alters zu, die ungehalten auf sie zugestapft kam.

„*Bitte* entschuldigen Sie uns, Schwester. Wir gehen gerade."

Die Nonne hielt im zornigen Sturmschritt inne. „Na denn. Gut! Ab mit euch beiden Hübschen."

„So was kannst du mit einer Dienerin des Lichts doch aber nicht machen!" protestierte Samuel, als er an Dianas Seite die Kellertreppe hinaufeilte.

„Kann ich wohl. Habe ich ja gerade."

„Aber du darfst so was nicht."

„Wolltest du ihr wirklich erklären, was wir beide da unten gemacht haben? Dieser Schwester Mary-ich-unterrichte-schon-länger-Teenager-als-ihr-beide-am-Leben-seid-also-quatscht-mir-bloß-keine-Opern?"

„Sie heißt Mary Francis."

„Na und? Hör mal, Samuel, es gibt Dinge, die kann man Zuschauern erklären, und es gibt Dinge, die kann man ihnen nicht erklären. Wenn man grade eine Hüterin aus einem Schrank gezogen hat, dann gehört das zu den Dingen, die man so richtig gar nicht erklären kann."

Die beiden nahmen den Weg durch das Seitenschiff, den Samuel auch gekommen war. Der Engel vermied es tunlichst, direkten Blickkontakt zur Statue der Jungfrau Maria herzustellen.

Auf den Treppenstufen wartete gemeinsam mit Doug ein gutes halbes Dutzend Tauben. Als Samuel aus der Kirche trat, machten diese Anstalten, sich ihm zu nähern, kamen aber zu einem abrupten Halt, als sie Diana sahen. Federn stoben.

„Sind die fliegenden Ratten etwa mit dir unterwegs?" wollte die Hüterin seufzend wissen.

„Irgendwie schon. Jedenfalls kann ich sie nicht loswerden."

„Kein Problem." Diana ließ einen verächtlichen Blick über die Tiere gleiten und sagte, ohne dabei auch nur die Stimme zu heben: „Verpißt euch."

Einen Moment später hatten sich die Kirchenstufen geleert, und nur eine einsame, in der Panik des überstürzten Aufbruchs verlorene Feder erinnerte überhaupt noch daran, daß die Vögel dagewesen waren.

„Warum hat das nicht funktioniert, als ich es versucht habe?" murmelte Samuel finster, beide Hände in den Hosentaschen vergraben.

„Du hättest ihnen nicht wehgetan, und das wußten sie. Ich dagegen bin durchaus in der Lage, sie mit ein paar Eßkastanien zu füllen und über dem offenen Feuer zu rösten. Das wußten sie ebenfalls."

„Aber du würdest so etwas doch nie wirklich tun, oder?"

„Das weißt du nicht."

Die goldenen Punkte wirbelten umher und vermischten sich mit dem Braun. „Doch, das weiß ich."

„Laß das sein!"

„Kinder, Kinder!" Doug stemmte sich mühsam auf die Beine und trat zu den beiden hinüber. „Hier ist nicht der rechte Ort, einander anzukeifen."

„Ankeifen?" Diana rümpfte die Nase, denn zusammen mit Doug hatte sich auch ein unangenehmer Geruch genähert. „Wer sind Sie?"

„Das ist Doug, er ist auch ein Engel. Er hat mir beigebracht, wie man ißt, wie man uriniert ..."

„Igitt, wie eklig!"

„... wo man schlafen kann. Die letzte Nacht hätte ich ohne ihn nicht überstanden."

„Du hättest das schon geschafft."

Diana schnaubte. „Sie sind ein Engel, was?"

Doug breitete die Arme aus, woraufhin der Gestank intensiver wurde. „Worauf du Gift nehmen kannst. Aber meine Arbeit hier ist getan." Er glitt einen Schritt zur Seite, um Samuel einen liebevollen Rippenstoß zu versetzen. „Junge, du hast jetzt ein Mädchen, das für dich sorgt. Ich dagegen höre eine Flasche ..." Die Brauen des Mannes zogen sich zusammen. „Wenn ich es recht bedenke, spielt es eigentlich gar keine Rolle, was in der Flasche ist!" Eine leicht graue Zunge glitt über trockene Lippen. „Aber irgendwas ruft nach mir, das ist klar. Bis denn mal, Jungchen."

„Bis später, Doug."

Diana sah Doug nach, der zum Bürgersteig hinabstieg und sich dann gen Norden wandte. Sie hatte selten jemanden gesehen, der weniger nach einem Engel ausgesehen hatte. Andererseits konnte man wohl sagen, daß die Selbsttäuschung, der der Alte unterlang, durchaus harmlos war. „Komm schon", wandte sie sich an Samuel. „Ich friere hier total. Laß uns spazierengehen."

Samuel zuckte die Achseln. „Klar."

Vom Bürgersteig aus warf Diana einen Blick zurück zur imposanten Vorderfront der Kathedrale und runzelte die Stirn. Es hatte geschneit, genug, um alle Fußspuren bis auf die allerneuesten zu verwischen. Nur eine einzige Spur führte weg vom breiten Doppelportal der Kirche, eine Fußspur, die haargenau zu Dianas Stiefeln paßte. Diana starrte auf Samuels Füße und dann gen Norden. Wie ein elfenbeinfarbener Teppich breitete sich der Schnee vor ihr aus. Bis zur Straßenecke hin war die Schneedecke völlig ungebrochen.

„Da brat mir doch einer ..."

Ein kleiner Hund, der auf der anderen Straßenseite vorbeitrottete, hielt erwartungsvoll an.

Diana winkte ihn weiter. „Laß mal, schon gut."

„Claire!"

Claire, die direkt neben der Straße auf einem Knie hockte, winkte Dean zu, er möge still sein. Sie hatte das dämliche Loch fast zu und ...

Resolut packte Dean Claire an den Armen und ließ sich gemeinsam mit der Freundin rückwärts gegen den Pick-up fallen. Im selben Moment geriet der Geländewagen auf der Autobahn ins Schleudern, schlingerte im Zickzackkurs von einer Leitplanke zur anderen, glitt direkt über das offene Loch der Unfallstelle und kam unmittelbar am Rande des Straßengrabens zum Stehen.

Claire starrte auf die Bremsspuren, bemerkte, daß das schwere Fahrzeug direkt durch sie hindurchgefahren wäre, wenn Dean nicht gewesen wäre, wandte sich um, bis ihre Lippen die des Liebsten fanden und murmelte: „Danke!" Dann küßten sich die beiden. Wenig später hatte die Hüterin trotz der Winterkleidung, die sie trug, und obwohl die Temperatur weit unter Null lag, das deutliche Gefühl, eigentlich würde sich das Engelproblem problemlos gleich hier und jetzt regeln lassen.

„Ich schau mal lieber nach, ob der Typ in dem Auto was abgekriegt hat!" murmelte Dean, hob seinen Mund aber nur Millimeter von Claires Lippen – gerade so viel, um sprechen zu können.

„Das solltest du wirklich tun." Claire ließ ihre Zunge gegen seine Lippen schnellen und schob ihm die Hand unter den Pullover.

Dean zuckte zurück und stieß sich den Kopf am Pick-up. „Herrgott noch mal, Claire! Deine Finger sind ja kalt wie Eis!"

„Entschuldige!"

Dean streckte die Hand aus, tastete seinen Hinterkopf ab und holte tief Luft. „Laß mal, ist schon okay."

„Nein, es ist nicht okay. Das hat sich angehört, als hätte es richtig wehgetan."

„Hör zu, Florence Nightingale!" Über der Heckklappe tauchte Austins Kopf auf. „Der Mann weiß schon selbst, ob es okay ist oder nicht. Geh gefälligst wieder an die Arbeit. Ich friere mir hier hinten meinen pelzigen kleinen Arsch ab."

„Du hättest ja auch vorne in der Kabine bleiben können." Claire rappelte sich auf, während sie sich fragte, ob es wohl gegen irgendeinen männlichen Ehrenkodex verstieß, wenn sie Dean auf die Beine half.

Austin zuckte mit dem rechten Ohr, um sich einer Schneeflocke zu erwehren. „Ich mußte mal für kleine Katzen. Also, du da ...", hierbei fixierte er Dean mit einem Blick, der dem jungen Mann nichts Gutes verhieß, „... kümmerst dich um den schnieken Schlitten und du ...", das letzte Austin noch verbliebene Auge richtete sich auf das nächste Subjekt, „... du siehst zu, daß du das Loch zukriegst, und was dich betrifft ...", nun hob Austin den Kopf und maunzte den Himmel an, „... du hörst endlich auf, mich vollzuschneien. Ich bin alt."

„Austin, das ist nicht ..."

Ein plötzlicher Windstoß fegte die letzten Schneeflocken, die sich noch in der Luft befanden, zur Seite. Neue fielen keine mehr.

Nur die Vorderräder des Geländewagens waren im Straßengraben gelandet. Gut zwei Drittel des Fahrzeugs befanden sich nach wie vor auf dem sicheren, gut befestigten Seitenstreifen. Der Motor des Jeeps summte sich selbst kaum hörbar, ruhig und gelassen etwas vor, aus dem Auspuff drang nichts, was nicht hätte herausdringen dürfen, und das trotz der Kälte. Der Wagen war in einem dunklen Kastanienbraun lackiert, auf Hochglanz poliert und sah aus, als könne er einen Meteoriteneinschlag problemlos überstehen. Des weiteren hatte es ganz den Anschein, als sei er trotz seines Allradantriebs und trotz der doppelt verstärkten Radaufhängung noch nie in seinem Leben so weit von einer richtigen, asphaltierten Straße entfernt gewesen.

Dean spähte durch das gefärbte Glas der Windschutzscheibe; die winzige Blondine hinter dem Lenkrad war offenbar gerade damit beschäftigt, zu telefonieren. Er klopfte ans Fenster an der Fahrerseite, woraufhin die Blonde es einen Finger breit hinunterließ, ohne dabei jedoch den Blick von dem Laptop zu wenden, der offen auf dem ledernen Beifahrersitz neben ihr thronte. „Sie brauchen keinen Abschleppwagen zu rufen", versicherte Dean. „Sie sind nicht weit von der Straße abgekommen. Sie können einfach zurücksetzen."

Die Blonde schenkte Dean keine Beachtung. Zu sehr war sie mit ihrem Telefongespräch beschäftigt: „... sag ich dir, daß die Bank die sechzig Cent pro Anteil, die ja alle als durchschnittlich geschätzt hatten, noch um neun Cent überboten hat!"

„Madam?"

Eine schmale Hand in einem burgunderroten Lederhandschuh winkte ihm ungeduldig zu. „Aber dann vergißt du, daß gerade der sprunghafte Handel an den Kapitalmärkten dafür gesorgt hat, daß die Honorare um fünfundvierzig Prozent steigen konnten. Den größten Teil des Gewinns kannst du dir damit erklären."

„Ich geh jetzt wieder zurück zu meinem Wagen."

„Hör mal, Frank, die Höhe der Anleihe hat die Zinserträge um neun Prozent steigen lassen. Auf dreihundertsiebenunddreißig Millionen Dollar."

„Madam?"

„Dreihundertsiebenunddreißig Millionen Dollar!"

„Auch gut."

Claire und Austin erwarteten ihn in der Fahrerkabine des Pick-up.

„Ich schätze, der Fahrerin geht es ganz gut", erklärte Dean, während Claire Austin vom Fahrersitz hob und auf den Schoß nahm. „Sie wollte eigentlich gar nicht mit mir reden."

„Sie? Soll ich mit ihr reden?"

„Hast du dreihundertsiebenunddreißig Millionen Dollar?" Claire verneinte, woraufhin Dean grinsen mußte. „Dann redet sie mit dir auch nicht." Er nahm die Brille ab, rieb sie sorgfältig trocken, denn es hatte sich auf ihr Kondenswasser gebildet, und setzte sie wieder auf. Dann runzelte er die Stirn. „Was ist?"

„Noch ein Ruf. Stärker als die Kleinigkeiten, die wir hier hatten." Claire ließ das Kinn auf Austins Kopf sinken. „Dieser Ruf fühlt sich irgendwie merkwürdig an." „Meinst du, es ist der Engel? Macht nichts.

Die Hölle hat es nicht geschafft, mich zu Tode zu erschrecken, da wird mir ein Engel auch nicht viel anhaben können."

„Ich glaube nicht, daß es der Engel ist."

„Na ja, es gibt wohl nur einen Weg, das herauszufinden." Vorsichtig fädelte sich Dean wieder auf der Autobahn ein. „Welche Richtung?"

„Norden."

„Was ich gern wissen möchte, meine Liebe: Wenn Sie sich selbst ‚Dämonin' nennen, geht es da um einen Club?"

„Nein." Byleth rutschte noch tiefer in den Rücksitz. Leider machte der Gurt ein zünftiges Hinlümmeln so gut wie unmöglich. „Auf jeden Fall kein ver..."

„Aber, aber! Wir wollen solche Worte nicht in den Mund nehmen!" Eva wandte sich halb auf dem Beifahrersitz um und hob warnend den Zeigefinger der rechten Hand.

„Um einen Club geht es dabei nicht." Byleth hatte keinen Schimmer, wie die Sterbliche das machte. Irgend etwas an ihrem Tonfall, an ihrer Miene provozierte instinktiven Gehorsam. Wenn die Prinzen der Hölle den Trick mitbekämen, dann wären sie – na ja, da sie ja auch jetzt schon über die Hölle herrschten, würde sich wenig ändern. Außer dem ständigen Herumgeschreie natürlich. Byleths Meinung nach wäre die Hölle ziemlich gut dran, wenn dort nicht mehr ganz soviel herumgeschrien würde.

„Doch hoffentlich auch keine Rockerbande, oder?" Harry Porter sah in den Rückspiegel und versuchte, Byleths Blick einzufangen. „Ich weiß genau, wie verführerisch solche Banden sein können. Schwarzes Leder, Motorräder ..."

„Harry."

Unter den Rändern des karierten Hutes färbten sich Harrys Ohren zartrosa.

Eva drehte sich erneut auf ihrem Sitz um. „Harry hatte einiges hinter sich, als er mich kennenlernte. Nichts wirklich Schlimmes, aber immerhin."

„Das kann ich mir lebhaft vorstellen!" grummelte die Dämonin.

„Was sagten Sie da, meine Liebe?"

„Nein, eine Rockerbande ist es auch nicht!"

„Oh wunderbar! Das ist ja sehr gut."

Der Tag verlief nicht wie geplant. Byleth hatte versucht, den alten Mann dazu zu bewegen, sie nach Toronto zu fahren, und irgendwie war aus der Sache ein munterer Familienausflug geworden, mit Knabberzeug und allem Drum und Dran. Byleth hätte sich nach dem deftigen Frühstück – kein Fertigfraß, alles selbst zubereitet – aus dem Staub machen sollen! Sie hätte sich irgendeinen dummen Jungen schnappen sollen, der gerade erst den Führerschein hatte. Die taten alles für einen, wenn man ihnen mit diesen ansonsten wirklich störenden Brüsten vielversprechend vor der Nase herumwippte. Nicht, daß Byleth vorgehabt hätte, solche Versprechen auch einzulösen. Natürlich nicht! Sie und ihresgleichen waren die Meister der gebrochenen Versprechen.

„Ich habe eine Idee, meine Liebe! Spielen wir doch ‚Ich sehe was, was du nicht siehst!'"

Glücklicherweise beantwortete Harry diese Frage, ehe Byleth es tun konnte.

„Aus dem Alter ist Byleth raus, Eva. Denk doch daran, wie unsere in dem Alter waren."

„Die Jungs", setzte Eva an, aber Harry unterbrach sie. Er nahm kurz die Hand vom Lenkrad und tätschelte liebevoll ein rundliches Knie.

„Die Jungs haben noch mitgespielt, weil sie dir den Spaß nicht verderben wollten. Angela hat sich kategorisch geweigert – ich glaube, das war zu der Zeit, als sie auf die Oberschule kam."

„Ich nehme an, du hast recht." Eva seufzte. Dann aber heiterte sich ihre Miene auch schon wieder auf, und sie drehte sich erneut zu Byleth um. „Wo gehen Sie denn zur Schule, meine Liebe?"

„Gar nicht."

„Aber Sie brauchen doch eine Ausbildung, mein Schatz! Wissen ist Macht, das dürfen Sie nie vergessen."

„Macht ist Macht", zischte Byleth. Eigentlich hätte ihr genügend Macht zur Verfügung stehen müssen. Eigentlich hätte sie in der Lage sein sollen, in das dunkle Herz der Menschheit zu fassen und das, was sie dort vorfand, nach Herzenslust zu verdrehen. Aber da war zum einen dieses Extrastück Anatomie, das ihr Steine in den Weg legte – sie würde diesem Engel gewaltig in den Arsch treten, sobald sie ihn gefunden hatte! Erschwerend kam dann noch hinzu, daß das Kroppzeug an Dienerschaft, mit dem sie es zur Zeit zu tun hatte, ihr herzlich wenig lieferte, womit sich arbeiten ließ.

„He, Mr. Porter, der Typ da in dem importierten Auto hat Ihnen einen Vogel gezeigt, als er uns überholte."

Aber niemand sollte denken, sie sei nicht bereit, ihr Bestes zu tun.

„Harry, das ist noch lange kein Grund, jetzt Gas zu geben", mahnte Eva.

Harry sah seine Frau kurz an. „Natürlich nicht, meine Liebe."

Aber trotzdem kletterte die Tachonadel höher und immer höher.

Schwer war das nicht.

Als dann die unvermeidliche Polizeisirene ertönte, umspielte ein zufriedenes Lächeln Byleths Lippen, denn die junge Frau verspürte so etwas wie freudige Erwartung.

Eva preßte die Lippen zu einem mißbilligenden Lächeln zusammen und schwieg. Harry lenkte den Wagen auf den Seitenstreifen und stellte den Motor ab.

Hinter ihnen schlug eine Wagentür zu. Schwere Schritte näherten sich über den Kies, mit dem der Seitenstreifen der Autobahn bestreut war. Harry kurbelte das Fenster herunter, und Byleth richtete sich erwartungsvoll auf, um besser sehen zu können.

„Führerschein und Wagenpapiere bitte."

Dieser Wachtmeister der Provinzpolizei Ontario war groß und braungebrannt. Golden leuchtete sein Haar im Winterlicht. Die Augen des Mannes waren blau, seine Stimme dunkel, sein Kinn zierte das niedlichste aller Grübchen. Seine Schultern waren so breit, daß sie das ganze Fahrerfenster ausfüllten.

„Wissen Sie eigentlich, wie schnell Sie gefahren sind, Sir?"

Auf dem Rücksitz richtete Byleth sich noch ein wenig gerader auf und zupfte an ihrer Jacke.

„Es tut mir leid, Wachtmeister. Irgend so ein Bübchen in einem ausländischen Sportwagen hat mich überholt, und ich glaube, es hat mich einfach gepackt. Ich wollte mich der Herausforderung gewachsen zeigen."

Rasch fuhr sich die Dämonin mit der Zunge über die Lippen. Befand sich darauf eigentlich noch genügend Lippenstift? Sie hatte es doch geahnt. Sie hätte beim letzten Halt auf einer Raststätte ordentlich nachlegen müssen.

„Sir, Sie dürfen es anderen nicht erlauben, Ihren Wagen zu fahren."

Das war aber schön gesagt. Nicht nur war der Typ das süßeste Dingelchen, das Byleth je gesehen hatte – noch dazu war er schlau!

„Hundertdreizehn Stundenkilometer, wo achtzig erlaubt sind – das würde Sie eigentlich dreihundert Dollar Strafe kosten und sechs Punkte dazu, aber ..."

Warum sah er sie denn bloß nicht an?

„... ich werde es mit einer Verwarnung gut sein lassen. Wenn ich Sie allerdings noch einmal anhalten muß ..." Der Beamte ließ den Satz unvollendet.

Hübsch, klug und dann auch noch großmütig!

Nun reichte der Mann Harry die Papiere zurück und warf endlich auch einen Blick auf den Rücksitz. Aber seine Augen glitten über Byleth hinweg, als sei diese es gar nicht wert, wahrgenommen zu werden.

Die Dämonin verschränkte die Arme vor der Brust, runzelte finster die Stirn und rutschte wieder so tief in den Sitz, wie es irgend ging, womit sie einen neuen Tiefenrekord im Hinlümmeln aufstellte. Was zum Teufel scherte sie ein großmütiger Polizeibeamter?

„Vielen Dank, Wachtmeister!"

„Gute und sichere Reise, Sir. Schönen Tag noch, Madam. Miss."

Byleths Augen wurden zu schmalen Schlitzen. „Sülz, sülz."

Ein erneuter Blick zum Rücksitz, dann warf der Polizist Harry ein verständnisvolles Lächeln zu. „Teenager, was?"

„Teenager, was?" höhnte Byleth, während der Mann zu seinem Streifenwagen zurückging. „Was für ein Dummkopf!"

„Aber ein gutaussehender Mann. Fanden Sie nicht auch, meine Liebe?"

„Ist mir nicht aufgefallen. Was gibt es da zu grinsen?" wollte sie wissen, als die beiden Porters vergnügte Blicke wechselten.

„Ach, nichts."

„Ist auch besser so." Wütend starrte die junge Frau vor sich hin und weigerte sich, den Polizeiwagen auch nur wahrzunehmen, als dieser an ihnen vorbeifuhr. „Dummkopf. Dummkopf. Dummkopf", murmelte sie finster vor sich hin, aber so, daß es außer ihr niemand hören konnte.

„Vorsicht!" Mit einem besorgten Gesichtsausdruck hob Claire den Kater wieder auf den Sitz. „Alles klar? Du hast tief und fest geschlafen, und dann ..."

„Dann war ich wach. Ich weiß." Austin sortierte seine Beine und erklomm Claires rechten Oberschenkel, von wo aus er, wenn er sich hinstellte, aus dem Fenster schauen konnte. „Wir sind an irgend etwas vorbeigekommen, was mich geweckt hat."

„Soll ich auf den Seitenstreifen fahren und anhalten?" wollte Dean wissen.

„Nein." Austin legte eine Pfote an das Fensterglas und starrte nachdenklich auf den Verkehr, der auf der anderen Seite des Mittelstreifens gen Süden donnerte. „Jetzt ist es weg."

Zehn

„Du bist *überhaupt* nicht so, wie ich mir einen Engel vorgestellt habe. Dein Haar, deine Klamotten ...”

„Meine Genitalien”, setzte Samuel betrübt hinzu.

Diana verzog angewidert das Gesicht und schob die Hände in den Wollhandschuhen tiefer in die Jackentaschen. „Mit Genitalien kenne ich mich nicht aus, und mir wäre es auch lieber, du würdest aufhören, das ständig zu erwähnen.”

„Die.”

„Ist doch wohl gleich, oder!”

„Warum?” Plötzlich war Samuel ganz ohne Grund danach zumute, hochzuspringen und mit der Faust gegen ein Parkverbotsschild zu schlagen. Klammheimlich beobachtete er aus den Augenwinkeln, ob diese Tat seine Begleiterin beeindruckte. Das war aber offensichtlich nicht der Fall.

„Weil man darüber einfach nicht redet, so in aller Öffentlichkeit.”

„Sollen wir dann irgendwo hingehen, wo wir alleine sind?”

„Da träumst du doch von.”

„Wovon?”

„Bitte?”

„Wovon träume ich?”

„Na, wenn du das nicht selber weißt, dann werde ich es dir bestimmt nicht erklären!”

„Aber wenn ich es wüßte, dann bräuchtest du es mir doch auch nicht zu erklären,” wandte er durchaus vernünftig ein, während sie um die Ecke bogen und die Yonge Street entlanggingen. Auf der anderen Seite der Straße konnten sie eine Gruppe von Menschen beobachten, die sich in Doppelreihen aufgebaut hatten, von einem Fuß auf den anderen traten, um sich warmzuhalten, und sich immer wieder in die klammen Hände bliesen. „Die Menschen da frieren doch. Warum stehen sie da?”

„Ich würd' mal drauf tippen, daß sie da stehen, weil sie warten, daß der Elektromarkt aufmacht. Heute findet traditionell der Boxing-Day-Schlußverkauf statt, der Ausverkauf am zweiten Weihnachtstag.”

„Warum?”

„Was meinst du mit warum? Es handelt sich um einen Schlußverkauf." Diana verdrehte die Augen. „Ich dachte, du hättest höheres Wissen."

„Habe ich auch. Der 26. 12. heißt Boxing Day, weil im England der viktorianischen Zeit die Reichen an diesem Tag die Reste ihres Weihnachtsessens in Schachteln, Boxes, verpackten und an die Armen verteilten."

„Wirklich?"

„Das ist eine der Theorien. Das da ist damit aber noch lange nicht erklärt." Er wies auf die Menschenmenge, die sich auf der anderen Straßenseite drängte. „Von denen da wirken die meisten völlig gestreßt. Mindestens die Hälfte sieht total unglücklich aus. Mag sein, daß sie Geld sparen, wenn sie heute einkaufen gehen, aber es würde ihnen allen besser gehen, wenn sie überhaupt kein Geld ausgeben würden. Durch eine neue Stereoanlage erhält ein leeres, sinnloses Leben auch keinen Sinn."

Diana schnappte sich den Saum seiner Jacke, als der Engel nun Anstalten machte, von der Bordsteinkante zu treten. „Wo willst du hin?"

„Ihnen das sagen."

„Ich rate nur, aber ich glaube, die wissen das!"

Er drehte sich um, soweit ihr fester Griff dies zuließ. „Meinst du wirklich?"

„Ja. Das ist typisch menschlich. Eine neue Stereoanlage hilft ihnen *vergessen*, wie leer und sinnlos ihr Leben ist."

„So schlecht ist das menschliche Gedächtnis?"

„Worauf du Gift nehmen kannst. Warum sonst konnten Miniröcke und Plateausohlen wieder Einzug in die Mode halten? Weil die Leute vergessen hatten, wie bescheuert sie aussahen, als die Teile das erste Mal angesagt waren." Diana schüttelte sich. „Ich habe die Bilder im Schuljahrbuch meiner Mutter gesehen!" Dann zog sie den Engel wieder zu sich auf den Bürgersteig. „Hast du Hunger?"

„Ich sterbe gleich vor Hunger."

„Das ist ja nun eigentlich auch nicht vorgesehen." Die Lage, in die der Engel geraten war, hatte sich bereits weiter zugespitzt, als Diana für möglich gehalten hatte. „Komm, ich kaufe dir was zum ..." Sie warf einen Blick auf ihre Armbanduhr und fuhr fort: „... Mittagessen. Dann reden wir miteinander."

„... deswegen bist du hier." Diana starrte auf den Stapel Verpackungsmaterial, der sich vor dem Engel türmte. All dies Pergamentpapier, all diese Pappschachteln hatten noch vor kurzem Eßbares enthalten. „Wirst du gerade rot?"

„Du hast gesagt, deine Schwester ... du weißt schon", stotterte der Engel kaum hörbar.

„Ich glaube, du hast jetzt größere Probleme als das Sexualleben meiner Schwester!" Diana stützte den Ellbogen auf den Tisch und zählte die einzelnen Punkte an den Fingern ab. „Erst einmal: Engel sind per Definition Boten des Herrn. Aufgrund deiner Entstehungsgeschichte hast du jedoch keine Botschaft zu übermitteln und von daher statt dessen jetzt eine handfeste Identitätskrise."

„Von daher?"

„Unterbrich mich nicht. Zweitens: Zum Licht zurück kannst du nicht, obgleich du gar keinen Grund hast, hier zu sein, und wohl auch keine Mittel, dich über Wasser zu halten, zumindest nicht, soweit ich sehen kann. Drittens: Soweit ich beurteilen kann, definiert momentan diese Jungssache hier so ziemlich alles an dir."

„Die was?"

Sie seufzte. „Zwing mich nicht, das Wort in den Mund zu nehmen."

„Ach, die meinst du. Nein, tun sie nicht."

„Doch."

„Nein!"

„Doch! Es ist eigentlich nicht vorgesehen, daß einer wie du ständig hungrig ist, und eigentlich solltest du auch gar nicht wissen, was eine Sechs-Liter-Maschine ist." Diana kniff die Augen zusammen. „Außerdem solltest du mir auf keinen Fall ständig auf den Busen glotzen."

Samuels Ohren liefen knallrot an. Hastig richtete er den Blick auf die rechte Braue seines Gegenübers. „Du bist Hüterin. Du könntest mich zurückschicken."

„Nur, wenn du gehen willst." Diana schob mit dem Fingernagel seufzend eine matschige Fritte hin und her. Genau deshalb war sie schließlich nach Toronto gekommen. St. Patrick hatte ihr nur einen klitzekleinen Hinweis geben müssen, und schon hatte sie kapiert, daß ein Engel, der durch die konzertierte Zusammenarbeit eines ganzen Komitees zustande gekommen war, der Hilfe einer Hüterin bedurfte, wollte er nach Hause zurückkehren. „Da ist nur ein Problem", fuhr Diana langsam fort. „Wenn ich dich zurückschicke, bist du nicht mehr du. Dann bist du einfach nur noch Licht."

„Aber das bin ich doch ohnehin."

Diana schüttelte den Kopf. „Nicht ausschließlich. Wenn ich dich zurückschicke, dann wird es das Ich, mit dem ich jetzt rede, das Ich, das die Welt erfahren hat, nicht mehr geben. Es verschwindet. Ich habe diese Person dann umgebracht."

„Mich umgebracht?" Als sie nickte, runzelte er die Stirn. „Das ist scheiße."

„Erzähl mir mehr!"

„Ich brauche dir das nicht zu erzählen, du weißt es doch schon."

„Das war nur eine Redensart! Ich wollte dir damit einfach nur zustimmen." Sie stützte ihr Kinn auf beide Hände. „Ich weiß nicht, was ich tun soll, und das Gefühl gefällt mir ganz und gar nicht."

„Erzähl mir mehr", murmelte Samuel vor sich hin, während er seine vierte Portion einer Speise auswickelte, zu der Hühnereier, ein Stück vom Schwein in Nitrat und etwas Orangefarbenes, Geschmolzenes gehörten. Letzteres sollte wohl ein Milchprodukt sein. Die ersten drei Portionen hatte Samuel so schnell heruntergeschlungen, daß er gar nicht richtig mitbekommen hatte, wie und ob es ihm schmeckte. Nun stellte er fest, daß das, zog man alle Umstände in Betracht, wahrscheinlich ziemlich schlau gewesen war. „Wie findet du denn meine Idee, ich selbst könnte die Botschaft sein? Daß ich hier bin, um den Menschen zu helfen?"

„Wie denn? Du brauchst mich gar nicht so finster anzugucken", schob Diana warnend ein. „Ich bin nicht gemein, ich sehe die Sache nur realistisch. Du kannst dir doch noch nicht einmal selbst helfen."

„Bisher habe ich alles ganz gut geregelt gekriegt!"

„Hast du nicht! Wie soll ich es dir erklären? Laß mal nachdenken ..." Sie beugte sich vor. „Wenn ich nicht wäre, säßest du jetzt von oben bis unten voller Tauben! Kapiert?"

„Na ja, aber ..."

„Und Taubenscheiße."

Seine Brauen zogen sich ganz ohne sein Mitwirken zusammen. Samuel verstand nicht, wie sie das schafften, aber es war ein interessantes Gefühl. „Trotzdem bin ich ein höheres Wesen. Ich kann Dinge herausfinden." „Woher weißt du, daß du ein höheres Wesen bist?"

„Ich ... das weiß ich einfach."

„Das geht allen anderen männlichen Wesen zwischen zwölf und zwanzig auch so", schnaubte Diana verächtlich, wobei sie die Arme vor der Brust verschränkte. „Aber das hilft denen auch kein Stück, ihre Probleme zu lösen."

Samuel starrte die junge Frau eine Weile unverwandt an, um dann leise zu lächeln. „Ich könnte ja jetzt beleidigt sein, aber ich weiß, du sagst das nur, weil du selbst sexuell zwiegespalten bist." Daraufhin schob er sich einen riesigen Bissen in den Mund und kaute langsam. „Ich meine, du nennst dich Lesbe, aber du hast es eigentlich noch nie wirklich mit einer Frau getan. Mit einem Typen aber schon, und daß das ein solches Desaster war, daran hat nicht er alleine Schuld."

Diana verzog wütend das Gesicht. „Ich warne dich, wenn du dich jetzt verschluckst, dann lasse ich dich einfach ersticken!"

Kurz hinter Huntsville, im Norden dieses Städtchens, bogen sie von der Autobahn ab und fuhren auf der Landstraße 518 gen Südwesten.

„Wir sind nah dran", erwiderte Claire auf Austins Hinweis, um sie herum sei nunmehr gar nichts mehr, außer kanadischer Landschaft.

„Nah wo dran?" schnaubte der Kater. „Am Ende der Welt?"

„Wir müssen jetzt gleich nach rechts – hier!" Claire wies aus dem Fenster. „Ist das da eine Straße?"

Es war in der Tat eine. Noch weitere dreizehn Kilometer Sumpf, Fichten und Schnee, dann sahen sie das erste Haus. Dann das zweite. Dann kamen sie an einem Laden vorbei, dessen Fenster mit Brettern vernagelt waren, und urplötzlich befanden sie sich auch schon im Stadtzentrum von Waverton, das sich sage und schreibe über fünf Straßenzüge erstreckte.

„Park direkt vor der Bank."

Dean trat vorsichtig auf die Bremse und spähte aufmerksam hinaus auf die dicken, milchweißen Flecken, mit denen die Straße bedeckt war. „Ich weiß nicht, Claire, das sieht ziemlich vereist aus."

„Uns passiert schon nichts."

„Wenn du jetzt denkst, du kannst mein Katzenstreu nehmen, damit euch schon nichts passiert, dann hast du dich aber geschnitten!" brummte Austin, während er oben auf die Rückenlehne des Fahrersitzes kletterte.

„Ach ja? Du denkst, wenn ich dafür sorgen will, daß ein Pick-up auf der Straße bleibt, dann fällt mir nichts Besseres ein als ein Beutel Tonklümpchen, mit denen man eigentlich Katzenpisse aufsaugt? Mir, einer Hüterin mit Zugang zu einer unendlich großen Zahl von Möglichkeiten?"

Austin putzte sich ungerührt die Schulter. „Im großen und ganzen kann ich deine Frage mit Ja beantworten."

Claire biß die Zähne zusammen, bis ihre Lippen lediglich noch einen dünnen Strich bildeten. Dann griff sie in die Möglichkeiten und schob den Pick-up seitwärts ganz sacht über die spiegelglatte Eisfläche, bis er mit einem leisen Ruck an der Kurve, wo die Eisschicht ein wenig dicker war, zum Stehen kam.

Dean stieß den Atem aus, den er angehalten hatte, und lockerte er mühsam die rechte Hand, die mit schneeweißen Knöcheln das Lenkrad umklammert hielt, und zwang sich, das Steuer eine Sekunde lang loszulassen, um den Motor abzustellen. „Ehe du so was machst, mußt du mich aber warnen!" stöhnte er daraufhin, wobei er immer noch angestrengt und unverwandt geradeaus starrte, als könne er so, nur mit reiner Willenskraft und visuellen Anschauungsmitteln, verhindern, daß sein Fahrzeug direkt vor dem Schalter für Kontoeröffnungen vorfuhr. „Seitwärts ist irgendwie nicht gut."

„Tut mir leid."

Er wandte sich um, um Claire prüfend ins Gesicht zu sehen. „Wirklich?"

„Nein."

„Austin!"

„Ich will doch nur, daß er von meinen Erfahrungen profitieren kann. Wenn du solche Sachen mit mir anstellst, dann hat es dir noch nie leid getan."

„Wann habe ich je ..."

„Plevna. 12. 12. 1997."

„Woher hätte ich denn wissen sollen, daß man sich mit Klauen auf Eis nicht festhalten kann? Das war ein ehrlicher Fehler."

„Na ja."

Claire zog sich die Mütze tief über beide Ohren und kletterte aus der Fahrerkabine. „Er hat das entscheidende Tor geschossen", erklärte sie Dean, während sie die Tür schloß.

„Wie hast du den Schläger halten können?" fragte Dean interessiert, während er sich die Handschuhe überstreifte.

Austin wandte ihm ganz langsam den Kopf zu. „Gar nicht." „Oh." Eine leise Stimme in Deans Hinterkopf warnte ihn, sich nun lieber zurückzuhalten und keine überraschenden Bewegungen zu machen. Er holte Claire ein, als diese bereits die Ecke des Bankgebäudes erreicht hatte.

„Den Brand hier hat jemand gelegt", erklärte die Hüterin mit einem Blick auf den Schaden, der im Gebäude entstanden war. „Dadurch hat sich die Unfallstelle aufgetan." Sie hielt mit den Händen die Ellbogen umklammert und schüttelte den Kopf. „Das Loch ist eigentlich gar nicht so groß, aber das, was herauskommt, ist übel. Es kann sein, daß ich eine Weile brauche, um diese Unfallstelle schließen zu können. Kannst du dafür sorgen, daß ich nicht gestört werde?"

„Aber sicher, Boß!"

„So hast du mich schon lange nicht mehr genannt."

Ihre Blicke trafen sich.

„Du hast mir schon eine ganze Weile nicht mehr gesagt, was ich tun soll."

„Vielleicht sollte ich ja wieder damit anfangen."

„Vielleicht solltest du das tun."

Aus dem Innern des Pick-up erklang ein gedämpftes: „Nehmt euch doch gleich ein Zimmer!", was die Aufmerksamkeit der beiden Liebenden wieder auf die Dinge lenkte, die es dringend als Nächstes zu erledigen galt.

„Entschuldigen Sie, Miss!" Mr. Tannison, der Bankdirektor, eilte aus seinem provisorischen Büro auf der anderen Straßenseite über der kleinen Ladenzeile, die sich der Präparator Martin Eisner und der Zahnarzt Dr. Chow miteinander teilten, zu der Stelle, wo sein zerstörtes Bankgebäude stand. „Da können Sie nicht stehenbleiben! Da fallen Ihnen womöglich Ziegel auf den Kopf!" In seiner Eile vergaß der Mann die Sache mit dem Eis, bis der Fuß, mit dem er gerade einen großen Schritt nach vorn getan hatte, die Bodenhaftung verlor und er ins Rutschen geriet. Ehe er sich an den Pick-up klammern konnte, der direkt vor der Bank parkte, packte ihn eine große, starke Hand beim Arm und stellte ihn wieder sicher auf die Beine.

„Da kann nichts passieren, Sir, sie ist da vollkommen sicher."

„Wirklich?" Etwas an diesem jungen Mann ließ Mr. Tannison sich ja fast wie einen Narren fühlen, diese Frage überhaupt gestellt zu haben. Der Bankdirektor hielt sich für einen guten Menschenkenner – das mußte er doch auch sein, in seiner Stellung, nicht wahr? – und sowohl Stimme als auch Gesichtsausdruck und Haltung dieses Fremden sagten *Ich gehe erst zur Kasse, wenn ich den Auszahlungsschein richtig und vollstän-*

dig ausgefüllt habe, ich trete nie zu nah an den Geldautomaten heran, und Ihre Kugelschreiber sind mir sämtlich heilig.

„Ja, Sir."

„Oh." Die blauen Augen hinter den nickelumrahmten Brillengläsern ließen den Bankdirektor an Zahlungen zum Rentenplan denken, die regelmäßig monatlich vorgenommen und nie bis zur letzten Sekunde hinausgeschoben wurden. „Hier aus der Gegend sind Sie aber nicht, junger Mann, oder?"

„Nein, Sir. Ich stamme aus St. John. Neufundland."

„Die Welt ist doch ein Dorf! Eine meiner Kassiererinnen kommt aus St. John. Rose Mooran."

„Kann es sein, daß sie einen Bruder hat, der Conrad heißt? Ich habe mit einem Conrad Mooran in der F-Jugend Eishockey gespielt."

„Nein, ihr Bruder wird das nicht sein. Das ist wohl eher ihr Mann!"

„Ihr Mann! Also wirklich, welch ein Zufall!"

Die beiden plauderten noch ein Weilchen über Eishockey und darüber, wie klein die Welt ist. Dann klopfte Mr. Tannison wohlwollend auf einen muskulösen Arm, warf dem jungen Mann ein strahlendes, erleichtertes Lächeln zu und eilte zurück auf die andere Straßenseite.

Eine Bande von achtjährigen Gören ließ sich nicht so leicht beeindrucken.

Als Dean zum Pick-up zurückgehumpelt kam, stand Claire neben der Beifahrertür und wirkte ein wenig benommen.

„Ist das Loch dicht?"

Die Hüterin nickte.

„Was stimmt denn dann nicht?"

Claire hielt die Hand hoch: Auf ihren Fingerspitzen glitzerte es schwarz.

„Kohle?"

„Restablagerungen von einem Dämon."

„Wohin wollen Sie denn, wenn Sie erst einmal in der Stadt sind, meine Liebe?"

Byleth starrte über die Köpfe der Porters hinweg auf die Silhouette Torontos, die in den grauen Himmel ragte wie ein nicht besonders attraktiver Goldtopf am Fuße eines Regenbogens. „So weit von euch beiden weg wie möglich", murmelte sie.

Zu ihrer Überraschung zeigte Harry Porter ihrem Spiegelbild im Rückspiegel einen tadelnden Finger. „Das ist nun aber wirklich genug, junge Dame! Es besteht kein Grund, so unhöflich zu werden. Sie werden sich sofort bei Mrs. Porter entschuldigen."

„Da können Sie lange drauf warten."

„Na gut." Bei der ersten Lücke, die sich im Verkehr auftat, wechselte Harry auf die ganz rechte Fahrspur und drosselte sein Fahrtempo.

„Harry ..."

„Nein, Eva! Entweder sie entschuldigt sich, oder sie geht den Rest des Weges zu Fuß."

Dämonen wissen, wann geblufft wird. Byleth verschränkte die Arme vor der Brust und wartete.

Nachdem der Wagen endlich ganz zum Stehen gekommen war, stellte Harry die Automatik auf „P". Dann drehte er sich um. „Letzte Chance", verkündete er drohend. „Sie entschuldigen sich, oder hier, an dieser Stelle, trennen sich unsere Wege."

Byleth vergrub das Kinn im Kragen ihrer Jacke und funkelte den Mann wütend an.

„Wie Sie wollen!" Harry löste seinen Sicherheitsgurt, stieg aus und öffnete Byleths Tür.

Ein eiskalter Windstoß fuhr der Dämonin ins Gesicht. Sie blickte auf und mußte erkennen, daß der Mann da vor ihr nunmehr nicht mehr bluffte. „Sie wollen wirklich, daß ich laufe? Wir sind noch meilenweit von der Stadt entfernt!"

„Wir sind noch kilometerweit von der Stadt entfernt", korrigierte Harry, „und ich will lediglich, daß Sie sich entschuldigen. Sie können es sich selbst aussuchen, ob Sie laufen oder nicht."

Draußen war es kalt. Drinnen im Auto war es warm.

„Setzen Sie sich wieder ans Steuer und fahren Sie los!"

Er stand einfach nur da. Sie hätte genausogut versuchen können, einem Felsbrocken Befehle zu erteilen.

„Dann trampe ich eben, und ein Massenmörder nimmt mich mit, und wie fühlen Sie sich dann, wenn man einen blutüberströmten, zerstückelten Leichnam neben der Straße findet?" Ihr blutüberströmter, zerstückelter Leichnam würde das nicht sein, aber das brauchte er ja nicht zu wissen.

Harry Porter schüttelte den Kopf. „Nicht einmal Massenmörder würden anhalten, um Sie mitzunehmen. Nicht bei diesen Geschwindigkeiten. Sie werden die ganze Strecke zu Fuß gehen müssen."

„Ich will aber nicht zu Fuß gehen!"

„Dann entschuldigen Sie sich."

Der Wagen geriet ins Schaukeln, als vier Großlaster, dicke Dieselschwaden ausspuckend, dicht an ihnen vorbeifuhren. Sie zog in Erwägung, Harry Porter einen Tritt zu versetzen und ihn unter die Räder des fließenden Verkehrs zu befördern. Aber Eva wäre dann höchstwahrscheinlich total zusammengebrochen und völlig unbrauchbar gewesen. Byleth wußte zwar, wie man die Welt mit Pest und Cholera überzieht, Auto fahren konnte sie jedoch nicht.

„Entscheiden Sie sich, Byleth."

„Na gut." Sie würde alles tun, um in die Stadt zu gelangen und diese beiden Nervbolzen endlich abzuhängen! „Es tu mir l..." Ihr ganzes Wesen hatte schwer damit zu schaffen! Leicht fiel es ihr nicht, das Wort auszusprechen. „Tut mir lei..." Fast schien es so, als müsse sie jeden Buchstaben einzeln über die widerstrebenden Lippen bringen. „Es tut mir leid. Alles klar?"

„Eva?"

„Ich nehme die Entschuldigung an, meine Liebe."

„Na, war das denn wirklich so schlimm?" fragte Harry und lächelte Byleths Spiegelbild zu, während er wieder hinter das Steuerrad glitt.

„Ja, war es."

„Seien Sie unbesorgt! Es wird mit der Zeit immer leichter."

Gerade davor hatte sie ja Angst!

„Entschuldigen Sie bitte." Samuel verlagerte sein Gewicht so, daß ihn die Bewegung der Rolltreppe nicht aus dem Gleichgewicht bringen konnte, streckte die Hand aus und tippte der vor ihm stehenden untersetzten Matrone auf die mit reiner Lammschurwolle bekleidete Schulter. „Auf dem Schild dort steht, man möge bitte rechts stehen, damit Leute, die es eilig haben, links vorbeigehen können."

„Rechts ist kein Platz", erklärte die Matrone leicht verschnupft.

„Dann hätten Sie warten sollen."

„Sie sollten sich vielleicht um Ihren eigenen Kram kümmern!"

„Sie brauchen wirklich nicht in einer unglücklichen Ehe zu verharren, nur weil Sie Angst vor dem Alleinsein haben! Ihr Mann ist herrschsüchtig und manipuliert gern alle, und nur, weil er Sie nicht mehr liebt, heißt das noch lange nicht, daß Sie sich selbst auch nicht mehr lieben dürfen ..."

Der Krach der Ohrfeige, mit der die Dame Samuels Wange bedachte, ging in dem generellen Lärm, der hier überall herrschte unter. In der noblen Tradition von Kaufhausbesuchern überall auf der Welt starrten diejenigen, die so nah dabeigestanden hatten, daß ihnen der kleine Disput unmöglich entgangen sein konnte, stur vor sich hin oder versteckten sich vor dem Zwischenfall, indem sie ihre jeweiligen Begleiter in laute und sinnlose Unterhaltungen verwickelten. Als sie den ersten Stock erreichten, enteilte die stämmige Frau geschäftig nach links; Diana strich rasch über das winzige Loch, das entstanden war, wodurch sie es wieder schloß, schnappte sich Samuels Arm und zog den Engel hinter sich her nach rechts.

„Was hatte das nun wieder zu bedeuten?"

Samuel betastete die Stelle, an der die Hand ihn getroffen hatte. Er war verwirrt. „Ich habe doch nur versucht zu helfen! Die Sache mit der Nachricht und dem Boten – du weißt schon."

„Was sollte das denn für eine Hilfe sein? Die Botschaft, daß der Mann dieser Frau ein Ekelpaket ist und sie noch dazu nicht mehr liebt?"

„Sie weiß das doch. Sie muß zusehen, daß sie sich selbst weiter entwickeln kann."

„Wie kann es angehen, daß du das weißt?"

Er schob die Hände in die Seitentaschen und zuckte die Achseln. „Ich verfüge über höheres Wissen."

„Das dir zu persönlichen Informationen über Leute verhilft, die dir völlig fremd sind, dir aber nicht sagt, was eine Ampel ist?"

„Ja."

Diana hatte noch nie in ihrem Leben einen solchen Haufen scheinheiliger Scheiße gehört. „Mach das einfach nicht noch mal, klar?"

„Klar."

„Wissen Sie, daß Sie mit dem, was Sie für diese Stiefel bezahlen, ein Kind in der dritten Welt ein Jahr lang ernähren könnten?"

Irgend etwas in den goldbraunen Augen zwang den Mann zu einer ehrlichen Antwort. „Ja, das weiß ich."

Samuel wartete, ein aufmunterndes Lächeln auf den Lippen.

„Warum kümmerst du dich nicht um deinen eigenen Scheiß, Typ?"

„Aus Ihnen spricht das reine schlechte Gewissen."

„Ach ja?" Eine sehr große Hand fand ihren Weg zu Samuels Revers. „In knapp einer Minute kannst du mitkriegen, was meine Faust zu sagen hat."

Diana übergab den Schuhkarton an eine Verkäuferin und griff gerade noch rechtzeitig in die Möglichkeiten, um zu verhindern, daß ein unschuldiger Zuschauer Körperverletzung an einem Engel beging – ganz gleich, wie gerechtfertigt diese Körperverletzung gewesen wäre. Sie befreite Samuels Jacke aus den Fängen eben dieses Zuschauers, schob den jungen Mann aus dem Laden und setzte die Dinge wieder in Gang.

„Ich wollte doch ..."

„Nun, laß es einfach."

„Aber ..."

„Nein. Die Leute mögen es nicht, wenn sie auf ihre moralischen Verfehlungen hingewiesen werden. Das mißfällt ihnen. Genauso, wie es ihnen mißfällt, wenn ihre privaten Angelegenheiten in der Öffentlichkeit und vor Fremden erörtert werden." Diana packte Samuel noch fester am Arm und zog ihn rasch an einem Liebespaar vorbei, das so aussah, als würde es am Stanley-Cup-Finale im Mandellutschhockey teilnehmen. Als sie endlich wagte, ihren Schritt zu verlangsamen, schien Samuel merkwürdig zurückhaltend. „Was ist denn?" wollte die Hüterin wissen.

„Diese beiden Leute ..."

Im Einkaufszentrum befanden sich Tausende, aber Diana hatte eine ziemlich genaue Vorstellung davon, welche Menschen er meinte. „Ja? Was soll denn mit denen sein?"

„Die hatten sich gegenseitig die Zunge in den Mund gesteckt."

„War mir nicht aufgefallen."

Er schnaubte, ein nicht gerade engelsgleicher Ton. „Es sah so aus, als hätten sie Wüstenrennmäuse in den Wangen!"

„Okay." Sie mußte sich eingestehen, daß ihr das Bild Vergnügen bereitete. „Na und?"

„Ist das nicht unhygienisch?"

„Wüstenrennmäuse?"

„Zungen."

„Nein, nicht wirklich, und komm bloß nicht auf dumme Gedanken. Unsere Beziehung ist und bleibt strikt eine zwischen Engel und Hüterin."

„Ich habe doch gar nicht ..."

„Hast du doch."

„Ich konnte nichts dafür."

Das klang so verzweifelt, daß Diana sich dabei ertappte, wie sie dem jungen Mann mitleidig über die Schulter strich. „Komm schon, wir schlüpfen einfach zur nächsten Tür wieder raus. Ein wenig kalte Luft, und unser Kopf ist wieder klar."

„Mein Kopf ist nicht das Problem."

„Holla! Habe ich mich etwa unklar ausgedrückt? Über andere Körperteile reden wir nicht!" Eine weitere Berührung an der Schulter, etwas forscher diesmal, und Samuel kippte leicht zur Seite. Na ja, das Leben war hart!

Draußen vor dem Einkaufszentrum lag der Bürgersteig so gut wie verlassen da. Ein wenig weiter, an der Ecke Yonge Street, hatte sich eine kleine Menschengruppe gebildet, die auf die nächste Bahn wartete, und dann gab es da noch eine einsame Gestalt, die in einer Art, die man wirklich nur als zielstrebig bezeichnen konnte, von der anderen Seite her auf die beiden jungen Leute zugestrebt kam.

Diana spürte, wie sich ihr die Nackenhaare hochstellten, und starrte auf die Gestalt, die immer näher kam, dann starrte sie auf die beiden absolut identischen Schneeflocken, die gerade auf ihrem Handrücken schmolzen. „Scheiße!"

„Was ist das für ein Geruch?" wollte Samuel wissen. Prüfend hob er erst den einen, dann den anderen Fuß, um nachzusehen, was eventuell unter seinen Schuhsohlen kleben mochte.

„Vergiß das mit dem Gestank. Los!"

Diana packte den Engel wieder einmal beim Jackenärmel und zerrte ihn in nördliche Richtung, wobei sie hoffte, daß Nalo sie noch nicht entdeckt hatte. Die ältere Hüterin hatte gewiß nicht mehr Verfügungsgewalt über Samuel als Diana selbst, aber *irgend etwas* – vielleicht die völlig identischen Schneeflocken, die immer noch zur Erde fielen oder die Tatsache, daß mit einem Mal nur noch schwarze Buicks auf der Straße unterwegs waren, oder der Straßenmusiker, der den ‚Hummelflug' spielte, obwohl seine Unterlippe an der Mundharmonika festgefroren war – schien Diana sagen zu wollen, Nalo und Samuel sollte man lieber nicht aufeinandertreffen lassen.

An der Ecke Yonge Street/Dundas, spürte Diana, wie sich die Möglichkeiten öffneten.

„Junge Frau? Bleiben Sie auf der Stelle stehen!"

Sie knirschte mit den Zähnen, zückte die unverzichtbare Münze für die Straßenbahn und schmuggelte Samuel in die Schlange der Leute, die sich gerade anschickten, in die Dundas-Bahn zu steigen, die in östliche Richtung fuhr. Hastig flüsterte sie dem jungen Mann zu, sie würde ihn später dann schon wiederfinden.

„Aber ... "

„Bitte vertrau mir, tu einfach, was ich dir sage." Mühsam löste sie die verkrampften Finger des Jungen aus ihrem weichen Jackenstoff und schob ihn die Stufen hinauf in die Straßenbahn, eine Hand auf seinem bewundernswert festen Po. „Versuch, niemanden bis aufs Blut zu reizen!" fügte sie hinzu, als sich die Tür wieder schloß. Durch das dreckige Glas erwiderte Samuel ihren Blick. Er wirkte jämmerlich und ziemlich verloren, aber Diana konnte das Gefühl nicht abschütteln, daß der Junge möglichst weit entfernt von der anderen Hüterin einfach sicherer war.

Diana streifte die Tarnkappe ‚schmollender Teenager' über, drehte sich um, trat wieder auf den Bürgersteig und sah, die Arme vor der Brust verschränkt zu, wie Nalo immer näher kam. „Nenn mich bloß nicht junge Dame", maulte sie die Ältere an. „Das geht mir so was von auf den Keks, ehrlich!"

„Ist das so? Das Leben ist hart und ungerecht, was? Willst du mir nun verraten, warum du dich bei meinem Anblick so schnell verpißt hast, oder darf ich spekulieren?"

Die beiden Hüterinnen standen mittlerweile ganz allein an der Straßenecke. Von neugierigen Zuschauern konnte Diana also keine Hilfe erwarten. Sie schnaubte und verdrehte wortlos die Augen. Eine Antwort war das zwar nicht, aber es war als Reaktion immer ganz brauchbar, wenn man Zeit schinden wollte.

„Deine Eltern wissen nicht, daß du hier bist, oder? Versuch gar nicht erst, das zu leugnen, Mädelchen ..." Ein keinen Widerspruch duldender Finger schnitt den aufkeimenden Prostest ab. „Du bist doch das reine schlechte Gewissen!"

Na wunderbar! Die Anschuldigung traf zu, wenn sie auch ein wenig arg banal war. Diana hätte die ältere Frau knutschen können. Sie machte ganz erschrockene weite Augen: „Du tratschst das doch nicht weiter, oder?"

„Geht mich nichts an. Mir ist es egal, ob du hier bist, um unnötig Geld auf den Kopf zu hauen, oder ob du hier bist, um dich mit dem Jüngling zu treffen, den du gerade in die Straßenbahn gestopft hast. Den habe ich sehr wohl gesehen, du brauchst mich gar nicht so anzusehen. Mir ist allerdings keineswegs egal, was du hier angestellt hast, seit du in der Stadt bist."

„Aber ich habe doch gar nichts gemacht!"

„Du hast die Zeit angehalten, Diana!"

Aua!

„Ich habe versucht, eine Schlägerei zu vermeiden."

Nalo seufzte. „Mädchen, mir ist es gleich, ob du versucht hast zu verhindern, daß Abba wieder zusammenkommt ..."

„Wer?"

„Egal. Die Sache ist die, daß du mit der metaphysischen Hintergrundmusik hier rummachst, seit du hier bist. Es summt ja förmlich in der ganzen Stadt."

„Das war ich nicht!"

„Nein? Wer denn dann?"

Ein schwarzer Buick fuhr langsam vorbei, und Diana biß sich auf die Zunge.

„Hör mal, ich habe eine geschlagene halbe Stunde am Telefon hängen müssen, um eine 102 Jahre alte Hüterin zu beruhigen, die eine Unfallstelle in Scarborough überwacht und sicher ist, daß uns eine Schlacht zwischen Gut und Böse unmittelbar bevorsteht. Ich habe wahrlich anderes zu tun, als eine senile alte Schachtel davon zu überzeugen, daß wir keineswegs stracks auf den Weltuntergang zusegeln. Entweder du drehst deine Musik leiser, oder du nimmst sie mit nach Hause. Jedenfalls hörst du auf der Stelle auf, mir hier meinen ... was hast du denn da am Arm?"

Diana wischte sich ein paar Schneeflocken und damit auch gleichzeitig die Engel-Rückstände, die dort haften geblieben waren, vom Ärmel und starrte unschuldig auf ihren Arm. „Wo?"

Nalo schüttelte den Kopf. „Waren wohl nur Eiskristalle." Dann stopfte sie sich den Kaschmirschal tiefer in den Kragen. „Inzwischen glaube ich allerdings, ich sollte dich doch lieber noch etwas im Auge behalten. Leiste mir ruhig ein wenig Gesellschaft."

Diana schien nichts anderes übrigzubleiben, als klein beizugeben. Trotzdem versuchte sie sich rein pro forma an einem Protest. „Ich kann mir die Freßschuppen, die du bevorzugst, aber nicht leisten."

„Schätzchen, wir sind Hüterinnen! Wir sind anpassungsfähig – das ist doch das mindeste, oder? Wenn wir schon nichts anderes zu Wege bringen?"

„Heißt das, du zahlst?"

„Könnte gut sein."

„Na, dann werde ich mich mal als anpassungsfähig erweisen."

An Panik grenzende Verzweiflung zerrte Samuel aus der Straßenbahn. Dieselbe Verzweiflung führte ihn über eine Straße und hinein in ein Labyrinth aus vierstöckigen Wohnblocks und völlig identischen zweistöckigen Reihenhäusern. Die Quelle der Verzweiflung, die ihn geleitet hatte, fand er letztlich auf einem Kinderspielplatz; sie kauerte an einer verrosteten Rutsche. Samuel ging neben ihr in die Hocke.

Sanft wischte er ihr den Schnee vom Kopf.

Sie wandte sich ihm zu, sah auf in seine Augen und warf sich gegen seine Brust: „Verirrt, verirrt, verirrt, verirrt ..."

„Ruhig, Daisy, ruhig, es wird alles wieder gut ..." Samuel mußte sich sehr anstrengen, unter dem Ansturm solch leidenschaftlicher Gefühle nicht die Balance zu verlieren. „Keine Sorge, ich helfe dir. Wohnst du in einem von diesen Häusern?"

Zitternd drückte sie sich noch näher an ihn. „Verirrt ..."

Samuel konnte noch erkennen, wo sie den Spielplatz betreten hatte, die Spuren füllten sich aber zusehends mit Schnee. „Komm." Der Engel richtete sich auf und schob Daisy zwei Finger unter das schicke rote Lederhalsband. „Wir müssen uns beeilen."

Aber die beiden waren nicht schnell genug. Als sie die River Street erreicht hatten, waren die Spuren von Daisys Pfoten bereits im frischgefallenen Schnee verschwunden.

„Was nun? Wohin?"

Die Dalmatinerhündin blickte ihn an, so unermeßliches, unerschütterliches Vertrauen im Blick, daß Samuel einen Kloß im Hals verspürte. Mitten auf dem Bürgersteig ließ er sich auf ein Knie sinken, streckte die Hand aus und befahl: „Gib Pfötchen."

Sie blickte ihm ganz lange tief in die Augen, sah sich dann seine Hand an, hob langsam die rechte Vorderpfote und legte sie vertrauensvoll in seine Handfläche.

Das Licht besorgte er sich dann aus sich selbst heraus.

„Was war denn das?"

Diana konzentrierte sich weiterhin ganz auf ihren Döner. „Ich habe nichts gemacht."

„Habe ich das denn behauptet?" Nalo drehte sich halb erhoben auf ihrem Stuhl um und fuhr mit der Hand suchend durch die Luft. „Irgend etwas hat sich verschoben."

„Ein Loch ist es nicht."

„Nein." Sie setzte sich wieder, die Augen unverwandt auf Diana gerichtet. „Also nehme ich an, es geht uns nichts an."

Die leuchtenden Pfotenspuren führten zu einem Reihenhaus der Oak Street-Genossenschaftssiedlung. Als sie auf den Weg zum Hauseingang einbogen, riß Daisy sich los und raste auf die Tür zu.

„Zu Hause, zu Hause, zu Hause!"

Die Tür ging auf, noch ehe die Hündin sie erreicht hatte. Eine schlanke junge Frau kam herausgerannt, ließ sich auf die Knie sinken und schlang die Arme um Daisy. „Du dummes, dummes Ding du! Wie konntest du mir das antun? Wie ich gelitten habe! Wo warst du bloß, hm?" Dann wischte sie sich die Tränen aus den Augen und streckte Samuel die Hand hin. „Vielen, vielen Dank dafür, daß Sie sie nach Hause gebracht haben. Wir sind gerade erst nach Toronto gezogen – wir kommen aus New Brunswick –, und ich glaube, sie ist einfach losgezogen und wollte die alte Nachbarschaft wiederfinden. Sie trägt noch keinen neuen Anhänger mit Adresse und Telefonnummer am Halsband!" Dann wurde der Frau bewußt, was sie da gerade gesagt hatte, und sie runzelte nachdenklich die Stirn. „Aber wie haben Sie uns ohne Adreßanhänger denn finden können?"

Samuel grinste, denn es war unmöglich, sich der Freude des Hundes zu entziehen. „Wir sind ihren Spuren gefolgt."

„Ihren Pfotenabdrücken, natürlich!" Ein Windstoß fegte um die Ecke. Die junge Frau lächelte zu Samuel auf, wobei ihr das Haar wie ein Vorhang um den Kopf wehte. „Sie müssen ja halb erfroren sein. Möchten

Sie nicht hereinkommen und sich aufwärmen? Vielleicht eine heiße Schokolade trinken oder so?"

Schlagartig fühlte sich Samuel ausgekühlt bis in die Knochen. „Ja, bitte."

„Rein. Rein. Rein." Daisy wollte unbedingt zwischen den zwei Beinpaaren herumwuseln, die sie umstanden, aber Samuel und seine Gastgeberin schafften es letztlich doch, unbeschadet ins Haus zu gelangen und die Tür hinter sich zu schließen.

Die Gastgeberin hieß Patricia, ihr Ehemann Bill. Während Daisy letzteren enthusiastisch begrüßte, nahm Patricia Samuel die Jacke ab und führte ihn ins Wohnzimmer. Dort blieb er eine Weile sich selbst überlassen. Recht bald schon spürte er einen hitzigen Blick hinten im Rücken und drehte sich um.

„Was ist das denn?" Der langhaarige, orangeweiße Kater drehte seinen Kopf zur Seite und betrachtete Samuel aus blauen Augen. „Es ist ziemlich hell."

„Es ist ein Engel", schnaubte die Siamkatze neben dem orangeweißen Kater und warf Samuel über die aristokratisch gebogene Nase hinweg einen abschätzenden Blick zu. „Oder jedenfalls eine Art Engel. Irgendwer scheint das Design versiebt zu haben."

„Was ist ein Engel?"

„Ein Engel ist wie eine Katze mit zwei Beinen, wenig Haar und ohne Schwanz."

„Oh." Verwirrt, aber eindeutig daran gewöhnt, die Worte der Siamkatze für bare Münze zu nehmen, wickelte der Kater den lohfarbenen Schwanz um die Vorderpfoten. „Es sieht fast aus, als würde es uns verstehen."

„Es versteht uns auch. Stimmt doch, oder?"

„Ja", erwiderte Samuel.

„Ja?" wiederholte Patricia, die gerade mit einem Tablett in der Hand zurück ins Zimmer kam, fragend. Auf dem Tablett befanden sich drei dampfende Becher. „Ach! Pixel und Ilea haben Sie schon kennengelernt, wie ich sehe." Mit diesen Worten stellte die junge Frau das Tablett auf dem Sofatisch ab, um die Siamkatze in die Arme zu nehmen. „Eigentlich gehört dieses Haus ja Ilea. Sie läßt uns hier nur wohnen, weil wir wissen, wie der Dosenöffner funktioniert."

Die Bemerkung reichte, um Samuel vom Geruch der heißen Schokolade abzulenken, der ihm verführerisch in die Nase gestiegen war. „Wirklich?"

Ilea rieb den Kopf an Patricias Kinn und schwieg. Manche Fragen sind aber auch zu dumm. Es ist nicht der Mühe wert, sie zu beantworten.

„Bieg hier ab."

Dean blickte auf die mit Brettern vernagelte Autowerkstatt J. Henry und Söhne und dann wieder auf Claire. „Ein großer Schneehaufen blockiert die Einfahrt."

„Dann park am Straßenrand, und wir gehen das letzte Stück zu Fuß."

Als Austin keine Anstalten machte, dagegen etwas einzuwenden, holte Dean vorsichtig tief Luft – sehr kalte Luft – und lenkte seinen Wagen, so weit es irgend ging, an den Straßenrand. Er hatte sich von Claire genau erklären lassen, was Dämonenrückstände sind – das war eine Sache. Etwas ganz anderes war es, daß der Kater die Aussicht auf einen Spaziergang im Schnee ohne Widerspruch hinnahm. Noch dazu einen Spaziergang im Schnee bei Temperaturen unter Null. Wie es aussah, standen die Dinge wohl wahrlich nicht zum Besten.

Er schaltete den Motor aus und griff nach seiner Mütze. „Ist es wieder einmal die Hölle?"

„Ich würde gern glauben, daß wir das mitbekommen hätten", antwortete Claire, die nervös am Daumen ihres Wollhandschuhs kaute.

„Na, ich würde gern mitbekommen, daß hier irgendwo ein Dutzend Krabben in Knoblauch rumliegen", äußerte sich Austin säuerlich. „Das heißt aber noch lange nicht, daß dem so ist und daß ich die auch kriege. Laß uns doch lieber mal den Tatsachen ins Auge blicken: In Kingston hat es ein Loch zur Hölle gegeben, das habt ihr Hüter vierzig Jahre lang nicht mitbekommen."

„Du hast auch nichts davon gewußt!"

„Hey, ich bin hier der Kater. Ich tröste, wenn's nötig ist, und ich kommentiere die Farbgebung. Ich kümmere mich nicht um metaphysische Risse im Gewebe des Universums und apportiere nicht. Leb damit." Austin kniff das eine ihm verbliebene Auge zu. „Nun aber! Sehen wir zu, daß wir hiermit zu Rande kommen, ehe es noch kälter wird."

Die Schneewehe, die die Auffahrt blockierte, war ungefähr anderthalb Meter hoch, jedoch sehr dicht gepackt und von daher problemlos zu überwinden. Der Schnee auf dem Parkplatz dahinter war mindestens ebenso tief, aber wesentlich weicher.

„Ich trample erst mal einen Pfad", erbot sich Dean. „Du kannst gleich hinter mir gehen und Austin hinter dir. Wo soll ich langgehen?"

Claire deutete mit dem Finger auf Fußspuren, die sich, merkwürdigerweise unberührt vom ständig fallenden Schnee, bis zur Rückseite der Autowerkstatt verfolgen ließen. „Engel treten leicht auf in dieser Welt; sie hinterlassen keine Fußspuren. Dämonen schon. Dämonen wollen, daß die Menschen es mitbekommen, wenn sie vorbeigegangen sind. Du kannst niemanden in Versuchung führen, der dich gar nicht beachtet."

Eine Seitentür, die in ein kleines Büro führte, stand offen. Über dem aufgebrochenen Türschloß sah man kreuzweise und in Streifen angeordnet Dämonenrückstände.

„Es war hier drin", sagte Claire leise, wobei sie sich im Büro einmal um die eigene Achse drehte. „Was du nicht sagst." Austin schüttelte sich den Schnee erst von der einen, dann von der anderen Hinterpfote. „Wo doch die Spuren bis zur Tür führen! Clever!"

Die Hüterin schenkte dem Kater keine Beachtung. „Es hat etwas von dem Haken genommen, dann noch etwas von der Rückenlehne dieses Stuhls und etwas, was unter dem Tisch stand. All diese Dinge müssen hier schon eine Weile gelegen haben, wenn man bedenkt, wie dicht überall der Staub liegt." Claire griff in die Möglichkeiten und füllte die leeren, staubfreien Flächen mit räumlicher Erinnerung. Danach hing durchsichtig das Abbild eines Overalls am Haken, eine Jacke über der Stuhllehne, und ein paar verdreckte Turnschuhe lagen übereinander unter dem Tisch. „Kleidung?" bemerkte die Hüterin fassungslos.

„Dämonen tragen also keine Kleidung?" erkundigte sich Dean, der der Versuchung nicht widerstehen konnte und rasch einmal einen Finger in den durchsichtigen Overall bohrte. Das Kleidungsstück war daraufhin umgehend verschwunden.

„Schon, aber ich habe noch nie von einem Dämonen gehört, der von der Stange kauft, geschweige denn ..." Claire deutete mit einer Handbewegung auf die Einrichtung des kleinen Zimmers und erschauderte. „Gut – man könnte den Dämon eine Vorliebe für Schulterpolster vorhalten. Aber die Sachen hier – nein, so was ziehen die gewöhnlich einfach nicht an."

„Die Fußspuren führen wieder zurück in den Wald", diagnostizierte Austin.

„Dann ist das Loch wahrscheinlich dort, und wenn du noch mal ‚Was du nicht sagst' zu mir sagst", warnte sie den Kater, ehe der überhaupt etwas sagen konnte, „... dann wird dir das sehr leid tun."

Austin starrte sie an, wobei seine Barthaare zitterten, so sehr hatte sie ihn, den Unschuldigen, beleidigt. „Ich habe ja nur fragen wollen, ob auch der Ruf vom Wald her kommt, aber wenn du mich gleich so anfauchst ..."

„Entschuldigung." Claire zog sich den rechten Handschuh aus und massierte die steile Falte, die zwischen ihren Augen entstanden war. „Die Vorstellung, daß da draußen ein Dämon herumläuft, ohne daß die Guten dies überhaupt mitbekommen haben, macht mich ziemlich nervös. Von jetzt an gehe ich lieber vor", fügte sie hinzu, bereits wieder an der Tür des kleinen Büros. „Wenn da draußen im Wald Gefahr lauert, dann sollte sich dem lieber eine Hüterin stellen und nicht ein unbeteiligter Zuschauer."

Dean konnte der Freundin in diesem Fall schlecht widersprechen. Also trat er beiseite, auch wenn ihm das gar nicht behagte.

„Eigentlich hast du es doch aber wirklich sagen wollen, oder?" erkundigte er sich dann leise bei Austin, als Claire schon ein paar Schritte vorausgegangen war. „'Was du nicht sagst'?"

Der Kater schnaubte verächtlich. „Na und?"

Claire setzte vorsichtig einen Fuß vor den anderen, mied die am schlimmsten verdreckten Schneeflächen und gelangte so langsam, aber sicher bis zur Mitte einer kleinen Lichtung. Dort hockte sie sich hin, nahm die Zähne zur Hilfe, um sich den Handschuh von der Rechten zu streifen und streckte diese dann mit gespreizten Fingern vor sich aus.

„Was ist das da für Zeug, überall auf dem Schnee?" raunte Dean dem Kater ins Ohr, den er gegen die Brust gedrückt hielt.

Austin drehte sich mühsam um, um einen besseren Blick auf die fraglichen Stellen werfen zu können. „Finsternis. Als sie Gestalt annahm, ist ein wenig von ihr abgeblättert."

Die beiden sahen zu, wie Claire eine ganze Weile lang die Luft zwischen ihren Fingern durchgleiten ließ und dann aufstand, die Stirn in tiefe Falten gelegt.

„Das Loch selbst ist winzig und alt. Es hätte eigentlich von allein zugehen sollen, und was die Sache betrifft, daß dort ein Dämon herausgekommen ist ... das Loch ist so klein, das muß genauso schwierig gewesen sein, wie einen Nierenstein auszuscheiden." Sie schüttelte den

Kopf. „Ich werde vielleicht Tage brauchen, um die Sache hier so gut zu definieren, daß ich sie schließen kann."

„Wunderbar! Tage im Busch!" seufzte Austin und legte den Kopf in die Beuge von Deans Ellenbogen. „Mein Entzücken läßt sich gar nicht in Worte fassen."

„Gerate mal nicht zu sehr in Verzückung", sagte Claire, während sie sich den Handschuh wieder überstreifte. „Allzu gemütlich solltest du es dir auch nicht machen. Ich brauche dich hier."

„Wofür?"

„Du mußt den bösen Bullen spielen. Dean, vielleicht solltest du lieber wieder zurück zum Pick-up gehen."

Dean holte tief Luft und atmete ganz langsam wieder aus, wodurch er sein Haupt in Dampf hüllte. Claire hatte den Ton angeschlagen, den Diana als ihren ‚Ich bin eine bessere Hüterin als du'-Ton bezeichnete, und Dean wußte aus Erfahrung, daß dies selten etwas Gutes bedeutete. „Warum soll ich lieber wieder zurück zum Pick-up gehen?"

„Weil wir Antworten brauchen, und zwar rasch. Ich werde die Finsternis, die um das Loch herumwabert, bündeln, damit Austin sie dann befragen kann."

„Die Finsternis?"

„Sie *hat* schon Masse; eigentlich müßten wir uns mit ihr verständigen können. Aber das ist eine von den Sachen, bei denen der Zweck ganz einfach die Mittel heiligt. Da kann es für die Guten immer brenzlig werden." Claire streckte die Hand aus und brach einen verdorrten Ast von einer nahestehenden Eiche. „Wir werden noch zusätzliche Finsternis aus dem Loch ziehen. Ich kann dafür sorgen, daß sie einen bestimmten Kreis nicht verläßt, aber sie wird auf jeden Fall da raus wollen, und du bist dann das Einzige, dessen sie sich bedienen kann, um freizukommen."

„Du bist innerhalb des Kreises?"

„Ich bin Hüterin. Ich kann damit umgehen."

„Was ist mit Austin?"

„Es ist schlichtweg unmöglich, eine Katze dazu zu bringen, etwas zu tun, was sie nicht tun möchte."

„Darüber bewahren wir, so gut es geht, Stillschweigen!" ergänzte Austin, während er sich aus Deans Armen löste und in die Claires überwechselte. „Es gibt da nämlich eine Sache, die wir vor langer Zeit gelernt haben: Solange die Menschen immer noch der absurden Hoffnung nachhängen, sie könnten uns irgendwann einmal so gut erzogen haben, daß wir ihnen nicht mehr die Möbel zerkratzen, schieben sie die leckeren kleinen Lachsküchlein rüber."

Dean straffte die Schultern. „Ich werde dich nicht verlassen, wenn dir hier Gefahr droht."

„Mir droht größere Gefahr, wenn du bleibst. Außerdem droht dir Gefahr. Wenn du gehst ..."

„Dann kann ich dir nicht beistehen, wenn du Hilfe brauchst!"

„Du kämpfst gegen männliche Hormone", flüsterte Austin Claire ins Ohr. „Seit Jahrmillionen flüstert die Evolution ihm ein, er soll sein Weibchen beschützen. In dieser Frage ziehst du den Kürzeren."

„Sein Weibchen?"

„Weibchen, Freundin, alte Dame – alles gängige evolutionäre Begriffe."

„Was?"

Als der Kater seufzte, drang sein Atem schmerzhaft laut unter den Rand von Claires Wollmütze der jungen Hüterin direkt ins Ohr. „Mann! Wenn du dir öfter mal *National Geographic* reinziehen würdest und nicht immer nur diese Sondersendungen nach Schulschluß ..."

„Du guckst dir *National Geographic* an, weil du sehen willst, wie Löwen sich paaren!"

„Ja und?"

Da ihr die Zeit fehlte, bis zehn zu zählen, zählte Claire bis drei, sah Dean in die Augen und mußte sich dann eingestehen, daß Austin wohl recht hatte. In dieser Frage würde sie sich nicht durchsetzen können. Gelang es ihr, Dean zum Gehen zu überreden, dann machte ihn das in seinen Augen kleiner. Wie die Dinge lagen, war es nicht sinnvoll, Dean noch stärker schrumpfen zu lassen.

„Gut, du kannst bleiben." Das strahlende Lächeln, mit dem Dean diese Ankündigung entgegennahm, war es fast schon wert, dafür auch ein potentielles Desaster in Kauf zu nehmen. Claire ahnte, wie dumm ein solcher Gedanke war. Trotzdem konnte sie nicht verhindern, daß sich in ihrem Innern ein unglaublich warmes Gefühl ausbreitete. „Was immer auch geschehen mag ...", murmelte sie wenig später und löste widerstrebend die Lippen von Deans Mund, „... laß den Kreis intakt und geschlossen."

Zu Deans großer Verwunderung nahm die Finsternis dann eine vertraute Gestalt an, als sie sich zusammenballte: Beine wie die eines Frosches, die in drei Zehen endeten; Arme, die fast ebenso lang waren wie die Beine und die in drei Fingern nebst Daumen endeten. Kleine, schwarze Augen, keine Zähne. Das Fell und/oder die Schuppen des Wesens änderten ununterbrochen die Farbe.

Teufelchen.

Das letzte Teufelchen, das Dean gesehen hatte, war ihm als klumpige Masse begegnet, als pulverisierte Leiche, die er unter einer Tapetenbahn hatte herauskratzen müssen. Das letzte lebende Teufelchen, das Dean gesehen hatte, hatte Austin baumelnd aus dem Mund gehangen.

Das winzige Stück körpergewordener Finsternis setzte sich auf, blickte sich um, quietschte irgend etwas, das sich verdächtig nach ‚Oh Scheiße' anhörte und verschwand unter Austins Vorderpfoten.

Claire hockte sich neben Austin. „Erzähl uns alles, was hier vorgefallen ist, und ich stopf dich wieder zurück ins Loch, ehe ich es zumache."

Ein schwaches, trotziges Quietschen.

„Das war die falsche Antwort."

Austins Schwanz zuckte, und das Quietschen wurde lauter.

„Du lügst", sagte Claire.

Indigniertes Quietschen.

„Ich weiß, es ist sehr schwer für dich, die Wahrheit zu sagen. Aber für Austin ist es auch schwer, die Krallen nicht auszufahren. Du glaubst doch nicht ernsthaft, *die* würden lügen, um dich zu schützen?"

Widerstrebende Zustimmung. Aus der Intensität des in den höchsten Tönen vorgebrachten Redeflusses, der nun folgte, schloß Dean, daß das Teufelchen mehr preisgab als lediglich Namen, Dienstrang und Seriennummer.

Dean trat von einem Fuß auf den anderen und versuchte, nicht daran zu denken, wie kalt ihm war. Vielleicht hätte er ja wirklich zum Pick-up zurückgehen sollen. Vielleicht sollte er ja jetzt einfach zum Auto zurückgehen! Er würde schlicht in den Kreis reingehen und Claire mitteilen, da er beschlossen hatte zu gehen.

In den Kreis gehen?

Die Spitze von Deans rechtem Schuh befand sich nicht einmal zwei Zentimeter entfernt vom Kreis, den Claire mit dem Eichenzweig in den Schnee gezogen hatte. Erschrocken trat Dean ein paar Schritte zurück, nur, um dann gleich darauf hastig, aber vergeblich zu versuchen, erneut vorzutreten. „...aber sie wird auf jeden Fall da raus wollen, und du bist dann das Einzige, dessen sie sich bedienen kann, um freizukommen."

Sollte die Finsternis es jedoch unter Umständen schaffen, den von Claire gezogenen Kreis zu verlassen, dann hieß dies doch, daß im Kreis selbst eine sehr hohe Konzentration des Dunklen vorhanden war, oder? Claire war also in Gefahr, und wenn er, Dean, sie liebte, dann mußte er sie retten, oder?

Wenn er sie liebte?

Kein Wenn! In einer Welt, die sich als wesentlich merkwürdiger entpuppt hatte, als Dean es je für möglich gehalten hätte, war die Liebe zu Claire das Einzige, was Dean eindeutig klar war. Sobald er sich auf diese Gewißheit besonnen hatte, wurde ihm gleichzeitig bewußt, daß er sich bereits wieder gefährlich nah am Rande des Kreises befand. So ging das nicht! Er mußte irgend etwas tun, mußte sich ablenken.

„Mein Gott", sagte Claire, während sie Austin von einer Armbeuge in die andere schob und sich bewundernd umsah. „Wie hübsch und ordentlich es hier geworden ist."

Dean, der gerade ein Häuflein frischgeschlagener Zedernzweige gerade gerückt hatte, richtete sich auf. „Ist alles in Ordnung?"

„Austin und mir geht es prima." Die Hüterin verwischte mit der Stiefelspitze einen Teil der von ihr gezogenen Linien und trat aus dem Kreis. „Ich habe genug Informationen, um das Loch zu schließen. Ich weiß, warum es sich nicht von sich aus allein geschlossen hat. Ich weiß, wie der Dämon es geschafft hat durchzukommen. Die Geschichte wird dir aber sicher nicht gefallen."

Mit dieser Einschätzung lag Claire dann auch völlig richtig.

„Wir waren das? Indem wir einen Engel schufen, haben wir gleichzeitig auch das Erscheinen eines Dämons möglich gemacht? Habe ich dich richtig verstanden?" Als Claire auf diese Frage hin widerstrebend nickte, spürte Dean, wie ihm alles Blut aus dem Gesicht wich – ein durch und durch unangenehmes Gefühl.

Austin beäugte den jungen Mann eine Weile prüfend und aufmerksam. Dann wandte er sich an Claire. „Na ja, ich hoffe, du hattest nicht vor, in nächster Zeit mit dem zu schlafen!"

Trotz des kalten Wetters und der rasch nahenden Dunkelheit waren im Lichtermeer auf der Bloor und Yonge Street immer noch hunderte von Menschen unterwegs, die meisten von ihnen schwer beladen mit Konsumgütern, die sie eigentlich gar nicht benötigten. All diese Menschen waren müde, mißgelaunt und verzweifelt auf der Suche nach einem letzten Schnäppchen. So etwas Schönes hatte Byleth noch nie gesehen.

Eva dagegen hielt sich ängstlich mit einer Hand am Armaturenbrett des Wagens fest, als wolle sie sich irgendwie im Vertrauten verankern. Besorgt schüttelte sie den Kopf. „Es gefällt mir gar nicht, Sie einfach hier allein zu lassen."

„Mir passiert schon nichts!" Byleth wäre ja einfach an der letzten roten Ampel mit einem Satz aus dem Auto gehüpft, um sich davonzumachen; leider jedoch klemmte der Gurt. Wofür er verdammt werden würde, dafür würde sie persönlich sorgen. „Halten Sie einfach irgendwo an."

„Wir sind doch aber gern bereit, Sie zu der Adresse zu fahren, zu der Sie wollen." Harry fuhr in eine Parklücke auf dem südlichen Ende der Bloor Street kurz hinter der Ecke Bloor und Yonge Street. „Eva hat recht. Ich lasse Sie nur ungern alleine hier."

„Mir passiert schon nichts!" Es lag an diesem blöden, dicken Mantel! Der war im Weg ... Byleth drehte und wandte sich verzweifelt und endlich riß ... na prima! Die Autotür flog auf, und die junge Frau warf sich entschlossen in die Welt. Gerade so eben schaffte sie es noch mitzubekommen, wie Eva ihr nachrief: „Mir wäre wohler, wenn Sie das Geld nehmen würden! Viel ist es nicht, aber ..."

Byleth war schon halb aus dem Auto. Ohne groß anzuhalten langte sie nach hinten, riß den Umschlag an sich, den Eva ihr entgegenstreckte und stürmte weiter.

„Ich habe Ihnen auch unsere Telefonnummer aufgeschrieben. Rufen Sie auf jeden Fall an, wenn Sie irgendwie Hilfe brauchen!" rief Eva ihr noch nach.

Na, da konnte die Alte lange drauf warten! Ehe sie bei denen anrief, da mußte es schon sehr kalt sein in der Hölle! Außer im zwölften Kreis natürlich, der war ja immer kalt. Zufrieden stopfte sich Byleth den Umschlag mit dem Geld in die hintere Jeanstasche.

„Das ist ein ganz reizendes Angebot. Aber ich fürchte, du bist damit an den falschen Typen geraten." Der Mann zwinkerte Byleth zu und tätschelte ihr rasch noch die Schulter, ehe er sich abwandte und weiterging. „Tut mir wirklich sehr leid."

Byleth nahm sich vor, nicht zu vergessen, daß man dieses spezielle Angebot Männern mit Lidstrich wohl nicht zu unterbreiten brauchte. Ihr war inzwischen ziemlich kalt geworden, also ging sie in das nächste Kaufhaus, wo sie sich suchend durch die engen Gänge schlängelte, bis sie an einem der Warenregale einen jungen Mann entdeckte, der gerade einen CD-Player begutachtete. „Klau den doch einfach, Steven!" raunte sie ihm ins Ohr.

„Hab heute morgen schon einen geklaut", teilte ihr der junge Mann geistesabwesend mit, womit er unbewußt auf die dunkle Aura reagierte, die Byleth umgab. „Außerdem habe ich jetzt und hier so viele CDs in der Hose, daß ich kaum noch laufen kann."

„Das erklärt wohl auch, warum deine Hose so aussieht, als würde sie dir gleich vom dürren Arsch rutschen."

„He, was ist denn mit dir los, tickst du nicht richtig?" Steven wollte so gern als harter Bursche dastehen – also verschränkte er drohend die Arme vor der Brust, runzelte die blassen Brauen und warf Byleth einen finsteren Blick zu. „Hat dir der Weihnachtsmann keine Schätze gebracht?"

Der Weihnachtsmann hatte Byleth noch nie Geschenke gebracht – in ihrem Teil der Wirklichkeit hatte der Geist der Freigiebigkeit nie hoch im Kurs gestanden, und das stank doch offen gesagt zum Himmel. In ihrem ganzen verdammten Leben hatte ihr der Weihnachtsmann kein einziges Mal etwas gebracht! Da machte es nichts, daß ihr ganzes Leben aus eben gerade achtundvierzig Stunden bestand und die Porters ihr allerhand geschenkt hatten. Darum ging es jetzt nicht!

Mit einem Schlag war von dem harten Burschen, der sich vor Byleth aufgebaut hatte, nichts mehr übrig. „Mensch, du, das tut mir aber wirklich leid! Ich wollte doch nicht ... ich meinte doch nur ... das ist doch nur so ..." Steve wühlte in seinen Taschen und kramte einen Weihnachtsmann aus Plastik hervor, in dessen Bauch sich eine Rolle Pez befand. „Hier! Nimm den!"

„Was ist das?"

Steven bog den Kopf des Weihnachtsmannes zurück. Ein winziges rosa Rechteck kam zum Vorschein. „Das sind Bonbons!" erklärte er dann, als Byleth immer noch zögerte.

Brich dem Weihnachtsmann den Hals, hol dir Zucker und damit einen Kick! knirschte Byleth unwillkürlich. *Das krieg ich geregelt.*

„Nimm schon."

„Was ist der Haken dabei?" Die junge Frau riß die Pez an sich, verlagerte das Gewicht herausfordernd auf die linke Hüfte und schaute dem jungen Mann lauernd in die Augen. „Wolltest du Sex mit mir oder so was?"

Er errötete, seine Ohren färbten sich weinrot. Wahrlich keine attraktive Kombination. Er murmelte irgend etwas Unverständliches und eilte so rasch von dannen, wie es die CDs in seiner Hose sowie das Gedränge im Laden zuließen.

Byleth war verwirrt. Ein Mensch, der sie gar nicht kannte, hatte ihr gerade etwas geschenkt und sich dann geweigert, etwas von ihr anzunehmen, was er eindeutig gern gehabt hätte. Bonbonkauend machte sich die Dämonin auf die Suche nach dem Wachdienst. Wenn sie Steve jetzt verpetzte, würde das ihre Welt garantiert wieder in Ordnung bringen.

„Hallo? Dahinten ist ein ..."

„Ich bin beschäftigt, ich habe eine Kundin!" Die müde und leicht gequält wirkende junge Frau schob sich an Byleth vorbei, ohne sie wirklich zu sehen. „Sie müssen sich an jemand anderen wenden."

„... spezielle Modell hat eine größere Reichweite, und Sie werden feststellen, ..."

„Der Typ da drüben klaut!"

„... daß der Akku vielleicht häufiger neu geladen werden muß."

Byleth schob sich zwischen die beiden Männer. „Haben Sie mich nicht gehört?"

„Einen Moment bitte. Natürlich sind unsere Ersatzakkus auch im Sonderangebot, so können Sie das Problem leicht lösen." Ohne sich irgendwie beeindrucken zu lassen, reichte der Verkäufer das Handy, das er gerade angepriesen hatte, über Byleths Kopf hinweg an seinen Kunden weiter.

„Was ist mit diesen Ladegeräten, die in den Zigarettenanzünder passen?"

„He? Hallo?"

„Die führen wir. Ich weiß aber nicht, ob noch welche da sind."

❦ ❦ ❦

„Warum hört denn niemand auf MICH?" Die ignorierten sie alle. Es war, als würde sie gar nicht existieren, fast so, als sei sie wirklich ein Teenager! „Mann! ICH WERDE HIER LANGSAM WÜTEND!"

„Aber hallo! Jetzt reicht's aber!" Die untersetzte Wachfrau verschränkte die Arme über dem Pullover, der so aussehen sollte, als sei er Teil einer Polizeiuniform, und betrachtete die Dämonin mißbilligend von oben herab. „Sie werden jetzt mal schön den Laden verlassen, Miss."

Byleth verschränkte ebenfalls die Arme. „Nur, wenn Sie mich dazu zwingen."

Das konnte die Wachfrau eigentlich nicht schaffen.

„Prima!" kreischte Byleth, als sie sich auf dem Bürgersteig vor dem Kaufhaus wiederfand. „Als ob mir das etwas ausmachen würde!"

Sie griff in die dunklen Möglichkeiten und aktivierte die Sprinkleranlage des Geschäfts. Danach ging es ihr ein ganz klein wenig besser.

❦ ❦ ❦

„Ein Ruf?" fragte Diana, als Nalo sich mitten im Satz unterbrach, den Kopf zur Seite legte und auf irgend etwas zu lauschen schien.

Die ältere Hüterin schwieg noch einen Moment, um dann zu nicken. „Ganz in der Nähe", erklärte sie, kletterte die letzten Stufen hoch und trat an der Ecke Yonge Street und Dundas Street wieder ans Tageslicht. „Wahrscheinlich muß ich bloß runter bis zur Bloor Street. Willst du mitkommen?"

„Gern, aber ..." Diana wurde plötzlich bewußt, daß es schon fast dunkel war, woraufhin ihr die sarkastische Bemerkung, die ihr rausrutschen wollte, glatt in der Kehle stecken blieb. „Heilige Schei..." Nalo hob warnend die rechte Braue, weshalb Diana sich den Fluch verkniff. „Ich muß nach Hause!"

Das stimmt auch, ich muß wirklich heim! Die junge Hüterin eilte die Treppe, die sie gerade hochgekommen war, wieder hinunter und stürzte auf eine Anzahl Telefonzellen zu, die im Eingang der U-Bahnstation aufgereiht waren. Aber erst mußte sie einen Engel finden.

❦ ❦ ❦

Ein wenig verwirrt hielt Patricia ihm den Telefonhörer hin. „Der Anruf ist für Sie."

Samuel ahmte die Bewegung nach, die er Patricia gerade hatte machen sehen. „Hallo? In der Oak-Street-Genossenschaftssiedlung. Nördlich der Dundas Street, aber nicht weit nördlich. Haus Nummer vier."

„Woher weiß er das?" erkundigte sich Pixel erstaunt.

„Er verfügt über höheres Wissen", teilte Ilea dem jüngeren Kater mit, ohne die Augen zu öffnen. „Er weiß Dinge."

„Uns hat er nicht gekannt."

„Na und? Selbst das höhere Wissen hat Grenzen."

Die Unterhaltung der beiden Katzen hatte Samuel abgelenkt, weswegen er Diana zweimal bitten mußte zu wiederholen, was sie gerade gesagt hatte. Dann jedoch nickte er und reichte das Telefon seiner Gastgeberin zurück. „Meine Hüterin kommt und holt mich hier ab."

„Wenn es Ihnen recht ist", raunte Ilea drängend.

„Was?"

„Frag meine weiche, lächelnde Dosenöffnerin, ob es ihr recht ist, du Trottel."

„Natürlich ist es mir recht", erwiderte Patricia, nachdem er die Nachricht der Katze weitergeleitet hatte.

„Sie sind erleichtert, daß ich eine Hüterin habe?"

Eine höflichere Antwort ging im Gold verloren, das auf den braunen Augen schwamm. „Ja. Sehr."

Diana stieg in den Straßenbahnwagen und bekam mit, wie ihr Blick nach Norden gelenkt wurde. Etwas war ... war ... irgend etwas hangelte sich am Rande ihres Bewußtseins entlang ...

„Hey! Fahrgeld abgezählt bereithalten!" ... und stürzte in einen Abgrund.

Unehrbarer Zorn hielt Byleth ein paar Straßenzüge weit warm, aber leider waren mit dem Sonnenuntergang auch die Temperaturen in den Keller gestürzt. Als die Dämonin endlich an der Ecke Yonge Street und Dundas Street anlangte, klapperten ihre Zähne so laut, daß sie fast schon nicht mehr hören konnte, wie der Wachmann sie aus dem Eaton's Center warf. Als der Rüpel sich dann entfernte, kratzte er sich heftig die von funkelnagelneuen Kopfläusen befallene trockene Kopfhaut – aber das nutzte nicht viel. Byleth selbst stand immer noch bibbernd draußen in der Kälte.

„Besonders glücklich sehen Sie ja nicht gerade aus! Kann ich Ihnen irgendwie helfen?"

Byleth drehte sich um. Hinter ihr stand ein Mann mittleren Alters; unter dem Rand seines Hutes aus Lammfell blitzten leicht ergraute Schläfen hervor; das Lächeln des Fremden war warm und charmant, kleine, wohlwollende Lachfältchen umstanden die gütigen Augen, und sein Herz war noch schwärzer als Byleths eigenes.

„Gut, lassen Sie uns doch gleich Klartext reden!" zischte die Dämonin, wobei sie jegliche Maske fallen ließ und sich gar nicht erst an Subtilitäten versuchte. „Sie denken, ich bin hier so ganz allein und verloren in der großen Stadt, und da geben Sie sich mal ganz väterlich und bieten mir einen Pennplatz an, und dann, so langsam, aber sicher, gleich in den nächsten Tagen, sehen Sie zu, daß ich auf Heroin komme, und dann schicken Sie mich los auf die Straße, anschaffen, denn – und nun zitiere ich wörtlich: ‚da sind Schulden zu begleichen.' Sie eignen sich jeden Cent an, den ich verdiene, und um mich gefügig zu machen und bei der Stange zu halten, wenden Sie körperliche Gewalt an." Er trat zurück. Sie blieb ihm auf den Fersen. „Habe ich was vergessen?"

„Ich bin kein ..."

„Oh, und wie Sie einer sind! Aber darum geht es nicht. Es geht darum, daß Sie doch glatt versucht haben, Ihre Scheiße bei mir abzuziehen." Die Augen der Dämonin wurden zu schmalen Schlitzen, aus denen es schwarz funkelte. „Ich hatte einen wirklich üblen Tag, und damit meine ich: wirklich grauenhaft. Es ist doch eigentlich nicht mal vorgesehen, daß ich Genitalien *habe*!"

„Ich ..."

„Du? Du kannst mal im Verkehr spazieren gehen, du Arschloch, du!"

Die Rettungsmannschaften schabten die Reste des Mannes bereits von den Straßenbahnschienen, als Byleth sich eingestehen mußte, daß sie die ganze Sache im Grunde viel schlauer hätte anstellen können. Mittlerweile konnte sie nämlich ihre Füße nicht mehr spüren. Jeder einzelne Muskel in ihrem Körper war total verspannt, und sie schien ihre Schultern nicht mehr dazu bewegen zu können, ihre Stellung direkt neben den Ohren zu räumen, und ihr Magen, schien es, lag direkt an die Wirbelsäule gedrückt. *Bescheuert, bescheuert, bescheuert. Nächstes*

Mal wartest du, bis er dich in seiner Wohnung hat! Ein rascher, prüfender Blick in die Menge, die sich versammelt hatte, ergab, daß es ein nächstes Mal so rasch nicht wieder geben würde. „Immer dasselbe!" grummelte die Dämonin mißmutig. „Nie ist ein Lude in der Nähe, wenn man mal einen braucht."

Byleth fühlte sich nun, da sie die finsteren Kräfte heraufbeschworen und gegen den Mann eingesetzt hatte, ausgelaugt und schwach. Auch das hätte so nicht sein sollen, aber die junge Frau hatte einfach nicht mehr die Energie, darüber nachzudenken.

„Hallo! Du siehst so aus, als könntest du ein Plätzchen zum Aufwärmen und Schlafen gebrauchen."

„Was du nicht sagst!" Sie drehte sich um, und direkt vor ihr stand ... „Auch das noch! Einer von Gottes Luden."

Leslie/Deter verzog verächtlich die Lippen. Ihm war ein Großteil seiner Bereitschaft, Geduld aufzubringen und Verständnis walten zu lassen, an diesem Tag abhanden gekommen, und zwar schon einige Stunden zuvor, als er nämlich seinen sogenannten Freunden gegenüber hatte körperliche Gewalt anwenden müssen. „Gut. Dann bleib doch hier und frier dir den Arsch ab."

Da es so aussah, als würde genau das ziemlich bald schon geschehen, packte Byleth den Jungen am Arm, als dieser Anstalten machte sich zu entfernen. „Du sollst doch eigentlich nett sein! Ich nicht, aber du bist einer der Guten." Leslie/Deter machte jedoch nach wie vor einen ziemlich finsteren, verärgerten Einruck. „Also gut, ich hätte dich nicht so nennen dürfen. Das tut mir auch ... leid."

Harry Porter hatte recht gehabt. Es wurde wirklich leichter. Was das implizierte – Byleth schlackerten die Knie. Sie wankte.

Leslie/Deter fing die junge Frau auf, entschuldigte sich nun seinerseits in aller Ausführlichkeit und machte sich dann mit der Dämonin im Schlepptau auf in Richtung Mission. Nach dem Essen, erklärte er dabei wohlwollend, würden sie alle dem Wort Gottes lauschen können.

„Welchem Wort?"

„Was?"

„Da, wo ich herkomme, lachen wir uns immer alle halb tot, wenn der alte Herr versucht, ‚Aluminium' zu sagen."

Elf

Das Telefon klingelte, als Nalo in ihre Wohnung zurückkam. Es klingelte in einem recht nachdrücklichen, überheblichen Ton, als wolle es ihr nahelegen, lieber gleich dranzugehen, da es andernfalls nämlich den nächsten Anruf auf einen noch ungünstigeren Zeitpunkt legen würde. Was wieder einmal typisch war! Einige der älteren Hüter vertraten sogar felsenfest die Theorie, das gesamte Telefonsystem sei von der Finsternis berührt worden, und zwar kurz vor Einführung der Warteschleife. Nach Meinung dieser Hüter hatte sich die Technologie nie wieder von dieser Berührung erholt und sei im Gegenteil immer noch stärker korrumpiert worden.

Nalo schüttelte sich die Stiefel von den Füßen, ehe sie auf ihren Wohnzimmerteppich trat. Dann nahm sie ab und zischte wütend: „Ich will zu keinem anderen Anbieter wechseln! Aber Ihnen verhelfe ich gern zu einem Wechsel – Sie mach' ich zu was richtig Unhübschem, wenn Sie mich nicht in Ruhe lassen."

„Nalo?"

„Ach, du bist es, Claire!" Die Hüterin schaltete die Lampe auf ihrem Couchtisch ein und ließ sich auf ihr Sofa fallen. „Na, da habe ich ja einen prima Wutanfall sinnlos verpulvert. Was gibt's?"

Am anderen Ende der Leitung holte Claire tief Luft. „Wir haben ein Problem, Nalo."

„Draußen in River City."

Nun herrschte am anderen Ende der Leitung verwirrtes Schweigen. „Was?" fragte Claire dann zaghaft nach.

Nalo legte die Füße auf den Couchtisch und seufzte. „Ach nichts, vergiß es. Glaub mir, ich fühle mit dir und deinen Problemen, aber die können unmöglich das übertreffen, was im Moment hier bei uns los ist."

„Ein Dämon ist los."

„Andererseits ..." Die ältere Hüterin betrachtete nachdenklich ihre schwarz glitzernden Fingerspitzen. „Ich habe heute ein paar Löcher zumachen müssen, die dieser Dämon verursacht hat."

„Ja und? Wie hast du es überstanden?"

„Gut. Der Dämon scheint harmlos vorzugehen. Ein bißchen Vandalismus, ein wenig Stadterneuerung, mehr eigentlich bisher nicht."

„Stadterneuerung?"

„Er konnte einen Luden dazu bewegen, sich vor eine fahrende Straßenbahn zu werfen. Das hat den Fahrer der Straßenbahn hart getroffen, aber für die Stadt war es kein Verlust. Ein paar der Zeugen laufen noch als Kaskaden herum, weswegen wir sie aufspüren müssen. Aber im großen und ganzen handelt es sich um eine recht gedämpfte Verkörperung der Finsternis."

„Es beruhigt mich, das zu hören."

„Aber ein wenig überraschend ist es schon, oder?"

„Na ja, der Dämon ist ja auch noch nicht alles."

„Meinst du damit die Tatsache, daß wir den Dämon nicht aufspüren können, weil außerdem noch ein Engel unterwegs ist? In voller Lebensgröße und doppelt so glänzend?"

„Woher ..."

„Woher ich das weiß? Nun ja, die Tatsache allein, daß hier ein Stück Finsternis herumlaufen konnte, ohne daß einer von uns das mitbekommen hat, war ein erster Hinweis. Aber dann traf ich noch dazu deine Schwester."

„Was für einen Grund mag Diana haben, den Engel vor anderen Hüterinnen verstecken zu wollen?"

„Was für einen Grund mag Diana gehabt haben, als sie den Staubsaugerschlauch in Kudzu verwandelte?" schnaufte Austin, der gerade damit beschäftigt war, dem Kopfkissen mit ein paar gezielten Pfotentritten die richtige Form zu verleihen. „Aus welchem Grund tut Diana überhaupt die Dinge, die sie tut?"

„Weil sie ganz einfach eine Nervensäge ist?" tippte Dean.

„Ich jedenfalls würde das so sehen", gab der Kater zu.

„Vielleicht ist ihr die Rolle peinlich, die sie bei seiner Erschaffung gespielt hat", gab Dean zu bedenken.

„Ich glaube nicht, daß Diana überhaupt etwas peinlich sein kann."

„Vielleicht macht sie ja eine Probefahrt mit ihm." Als sich sowohl Dean als auch Claire bei diesen Worten erstaunt zu ihm umwandten, zuckte Austin die Achseln. „Verzeiht den Euphemismus! Aber hat

Nalo nicht selbst gesagt, aus der Entfernung sah der Typ aus wie ein ganz normaler Junge?"

„Aber Diana würde doch nicht ..." Claire fehlten die Worte. „Gut, möglich wäre es", mußte sie dann zugeben, nachdem sie eine Weile angestrengt nachgedacht hatte. „Andererseits hat sie gesagt, sie sei Lesbe."

„Das ist schon ein Weilchen her. Letzten November hat sie gesagt, sie sei Lesbe. Mittlerweile könnte sie auch ein Hämocyanin sein."

„Ich glaube nicht, daß das ..."

„Ich will damit sagen", unterbrach Austin die Hüterin, „daß Diana siebzehn ist, was heißt, sie ist in der Lage, sich pausenlos zu ändern, ohne dies jemandem mitzuteilen, und nun hat sie einen jungen Mann kennengelernt, mit dem zusammen sie einfach sie selbst sein kann, sich nicht zu verstellen braucht. Oder hast du etwa schon vergessen, wie verführerisch das ist?"

Claire sah auf zu Dean, durch ihr Spiegelbild in seinen Brillengläsern hindurch, und versank im Blau seiner Augen. „Nein. Das habe ich nicht vergessen."

Dean streckte die Hand aus und streichelte ihr mit dem Handrükken sanft übers Gesicht. „Es tut mir so leid, daß ich dich in diese ganze Sache reingezogen habe!"

„Laß mal, das haben wir doch zusammen getan."

„Aber eigentlich ..."

„Aber eigentlich müssen wir dringend feststellen, wo Diana steckt!" rief Austin dem Liebespaar mit leicht säuerlichem Ton ins Gedächtnis.

Woraufhin Claire sich widerstrebend aufrecht hinsetzte und nach ihrem Handy griff.

„Ja, okay, wirklich! Ja, ich *hätte* mir vorher überlegen sollen, wie ich heimkomme. Ehe ich in den Schrank ging." Diana hielt den Hörer etwas vom Ohr entfernt, zählte langsam bis sechs und versuchte es dann erneut. „Mama? Mama! Nein, ich versuche nicht, mich über dich lustig zu machen. Ich bin deiner Meinung! Aber das Geld war für ein Hotelzimmer, nicht für eine Busfahrkarte. Deswegen ist es doch offenbar so, daß ich hier auch sein soll. Da läuft kein krummes Ding, und mir ist auch nichts passiert. Bist du nicht diejenige, die immer sagt, per Zufall geschieht nichts im Leben einer Hüterin?" Dann stöhnte sie leise. „Natürlich höre ich dir zu! Ja, du hast recht, da hatte ich nicht zugehört. Da auch nicht. Mama? Mutter! Ich muß jetzt Schluß machen. Ich melde mich bald wieder. Tschüs. Nein! Tschüs."

Sie legte den Hörer auf die Gabel, schloß die Augen und fing an, rhythmisch mit dem Kopf gegen die Wand zu schlagen.

„Du hast deiner Mutter nicht gesagt, daß ich bei dir bin", sagte Samuel, der auf dem anderen Bett im Zimmer saß.

„Nein, habe ich nicht."

„Wenn man lügt, indem man etwas unerwähnt läßt, dann ist das trotzdem eine Lüge, und mit Lügen zerstört man Vertrauen."

„Überlaß das mir, ja? Misch dich da bitte nicht ein."

„Aber wenn du deinen Kopf gegen die Wand haust, ärgerst du damit nur die Person im Zimmer nebenan. Ansonsten erreichst du damit gar nichts."

Diana öffnete die Augen und fixierte den Engel. „Es gibt keine Person im Zimmer nebenan, das Zimmer ist unbewohnt."

„Trotzdem ..."

„Halt die Klappe."

„Das Telefon klingelt."

„Langsam glaube ich, daß Claire recht hatte, was die Sache mit dem zwanzigsten Jahrhundert betrifft!" Diana schnappte sich den Telefonhörer und schloß gequält die Augen. „'tschuldigung, Mama, aber in den letzten dreißig Sekunden hat sich nichts getan!"

„Ich bin's, nicht Mama."

„Oh, welche Wonne!" Diana richtete sich auf, flüsterte Samuel lautlos zu, Claire sei am Apparat, weswegen er ganz still sein müsse, damit die keine Hintergrundgeräusche mitbekam, und sprach dann wieder in den Hörer: „Woher hast du denn meine Telefonnummer?"

„Das ist doch deine Handynummer!"

Diana wollte der Schwester schon mitteilen, daß sie ihr Handy gar nicht dabeihatte. Aber dann beschied sie, es sei vielleicht besser, diese Tatsache nicht zu erwähnen. „Ach ja, natürlich!"

„Diana, der Engel, den du da versteckst? Der blockiert mich ... nein, er blockiert uns bei der Suche nach dem Dämon, der es zur selben Zeit geschafft hat, auf die Welt durchzukommen. Hör auf, Spielchen zu spielen und schick ihn zurück."

„Der Engel ist ein Junge, Claire, und ..." Dann erst hatte Diana richtig verstanden, was ihre Schwester ihr da gerade mitgeteilt hatte. „Dämon?"

„Dämon?" Mit weit aufgerissenen Augen rutschte Samuel ganz nah an die Bettkante.

Diana wies ihn streng, aber lautlos an, weiterhin den Mund zu halten, damit sie Claires Antwort verstehen konnte.

„Ja, ein Dämon."

„Das ist ja nicht so gut."

„Fettarmer Käse – da kannst du sagen, das sei ja nicht so gut! *Das hier* ist wirklich übel! Ich weiß nicht, was du mit dem Engel im Schilde führst, und ich will es auch gar nicht wissen ..."

„Moment mal. Woher weißt du überhaupt, wo ich bin und was ich mache?"

„Nalo hat euch zusammen gesehen. Wir haben miteinander telefoniert, da erwähnte sie die Begegnung. Aber das ist jetzt unwichtig. Der Engel muß sofort zurück!"

„Nein." Diana schüttelte den Kopf, was Claire zwar nicht sehen konnte, der jungen Frau aber trotzdem wichtig war. „Ihn zurückzuschicken wäre dasselbe, wie ihn zu töten."

„Du kannst ihn nicht töten. Da gibt es nichts, was sich töten ließe! Er ist ein Lichtwesen."

„Er ist mehr als ein Lichtwesen."

„Wie kann das sein? Ein höheres Wesen ist er doch bereits?"

„Na gut, dann eben weniger. Er ist eine Person." Und zwar eine, die gerade versuchte, beide Enden dieses Gesprächs mitzubekommen. Diana setzte ihren Ellbogen ein, womit dieses nicht gerade engelsgleiche Problem behoben war und sie dem heftig nach Luft schnappenden Samuel, der sich mit schmerzverzerrtem Gesicht auf seinem Bett wälzte, ein triumphierendes Lächeln zuwerfen konnte. Dann gestand sie ihrer Schwester: „Na, vielleicht kann man ihn nicht als vollständige Person bezeichnen, aber zumindest verbirgt sich in ihm eine Person."

„Nein."

„Was soll das heißen: nein?"

„Das soll heißen: Nein, du kannst mir nicht weismachen, daß ein Penis und zwei Hoden jemanden zum Mann machen." In Claires Ton schwang noch irgend etwas mit, was Diana nicht interpretieren konnte.

Die jüngere Hüterin wünschte, sie hätte die Zeit, den Tonfall ihrer Schwester in Worte zu übersetzen, und seufzte ungeduldig. „Das wollte ich doch gar nicht sagen. Aber durch diese Dinger hat er Zugang zu Emotionen und Erfahrungen, über die Engel ohne Geschlecht nun einmal nicht verfügen."

„Das freut mich für ihn, aber da draußen läuft ein Dämon frei herum, den wir nicht finden können, wenn der Engel nicht verschwindet – also muß der Engel verschwinden. Wenn er wüßte, was auf dem Spiel steht, würde er mir bestimmt recht geben. Ist er da? Laß mich mal mit ihm reden."

„Nein."

Samuel stupste Diana ans Bein. „Deine Schwester will mit mir reden?"

Sie war nicht in der Lage, ihn anzulügen: „Ja."

„Dann gib mir das Telefon."

„Bestimmt nicht!" Diana duckte sich unter dem ausgestreckten Arm des Engels hindurch, schoß quer durch das Zimmer und baute sich mit zornig funkelnden Augen neben der Badezimmertür auf, das Telefon hoch erhoben, dessen Schnur zum Zerreißen gespannt. „Ein Schritt auf mich zu, und ich schließe mich im Bad ein!"

„Diana!"

„Claire!" Mit einem Ruck wandte Diana ihre Aufmerksamkeit wieder der Schwester zu. „Du mußt nicht schreien. Es ist egal, ob er deiner Meinung ist oder nicht! Ich bin diejenige, die ihn töten müßte, und ich werde es nicht tun."

„Ich sage es dir noch ein einziges Mal: Du bringst ihn nicht um, wenn du ihn zurückschickst."

„Doch."

„Hör auf, dich so kindisch aufzuführen! Hör mal, ich kann heute nicht mehr zu dir kommen. Ab Barrie ist die Autobahn gesperrt, wegen Schneesturm. Aber wir reisen hier gleich morgen früh ab. Die Sache ist nämlich wirklich ernst. Schick den Engel zurück. Denk daran, daß du die Verantwortung trägst ..."

Diana schlug heftig auf die Ausschalttaste des Telefons und schleuderte den Apparat danach einmal quer durchs Zimmer. „Die braucht mir nicht zu sagen, daß ich an die Verantwortung denken soll", grollte sie, während sich Samuel das Ohr rieb, das das Telefon im Vorbeiflug gestreift hatte. „Wenn sie dich kennen würde, könnte sie dich auch nicht töten!"

„Ich will nicht sterben."

„Gut."

Samuel seufzte und spreizte beide Hände. „Aber es treibt sich ein Dämon in der Welt herum, und wenn meine Rückkehr zum Licht diesen Dämon ..."

„Du kannst gar nicht anders: Du mußt das so sehen", unterbrach ihn Diana rüde. „Schenk dir die Opferhaltung, ich kauf' sie dir nicht ab." Mit diesen Worten ließ sie sich mit Schwung auf das leerstehende Bett fallen.

„Wenn du so auf der Matratze herumhüpfst, verkürzt du deren Lebensdauer und beschädigst noch dazu die Sprungfedern des Bettes."

„Von wem kriegst du eigentlich dein höheres Wissen? Von Martha Stewart?"

„Hast du gewußt, daß man aus einem Stückchen Filz und französischer Spitze einen wunderschönen Briefkastenwärmer basteln kann, und er kostet einen nicht mehr als sechshundert Dollar?"

„Was?" Diana hob den Kopf und starrte Samuel an.

Der grinste.

Dianas Mundwinkel zuckten. Sie schnappte sich ein Kissen und warf es Samuel an den Kopf. „Dummkopf!"

Er war nicht sicher, warum sich das anhörte wie ein Kompliment, aber es schien auf jeden Fall eins zu sein, und als solches nahm er es dann auch auf. „Diana, du mußt mich zurückschicken!" sagte er. „Ich will nicht gehen, aber ich verstehe, warum ich gehen muß."

Diana blinzelte, denn plötzlich war es im Zimmer ziemlich hell geworden. Dann seufzte sie. Es geht doch nichts über Selbstaufopferung – nur so kommt der Engel im Mann richtig zur Geltung! Wenn Claire oder ein anderer Hüter den Jungen in diesem Zustand antraf, dann würden die ihn zurückschicken, ohne auch nur einen halben Gedanken an die Sache zu verschwenden. Die Antwort auf dieses Problem war simpel: Sie durfte nicht zulassen, daß Claire oder ein anderer Hüter ihn zu Gesicht bekamen.

Das sollte eigentlich so schwer nicht sein, oder? Zu ihr führte kein Ruf, also wußte niemand, wo man nach ihr suchen sollte – folglich gab es auch keine Möglichkeit, sie zu finden.

„Mama? Claire. Als du vor ein paar Minuten mit Diana telefoniert hast, hat sie da gesagt, in welchem Hotel sie abgestiegen ist? Carlton, Zimmer 312? Danke!"

„Das sieht aus wie Zimmer 81Z", nörgelte Austin, als Claire aufgelegt hatte.

„Versuchs doch besser zu machen! Schreib du mal mit einem Kajal auf der Hülle von einem Kondom!"

„Nun, schön, daß ihr einen Nutzen für sie gefunden habt."

Dean langte über die Katze hinweg und griff sich die Adresse. „Das mißfällt mir."

„Wir haben keine anderen."

„Was? Das meine ich doch nicht!" Ganz aufgeregt ließ Dean das kleine Päckchen fallen. Es prallte am hämisch kichernden Kater ab und landete unter dem Bett. „Mir gefällt es nicht, daß wir deine Mutter da mit reinziehen", erklärte er, ließ sich auf die Knie sinken und fuhr mit der Hand über den Fußboden direkt unter der Bettspreitenkante. „Das ist doch irgendwie hinterhältig. Wie petzen."

„Wir haben keine Wahl." Claire hob die Beine, um Dean nicht im Wege zu sein. „Erst einmal müssen wir festhalten, daß Diana in dieser Frage verwirrt ist. Zweitens muß man sagen, daß ich mich, seit die ganze Sache passiert ist, mit nichts anderem befassen mußte als mit Unfallstellen, die vom Engel oder vom Dämonen verursacht wurden. Das zeigt mir ziemlich deutlich, daß ich die Schuld an den Vorkommnissen trage. Drittens ..." Mit diesen Worten streckte sie die Hand aus, um Dean liebevoll durch das Haar zu fahren, „... ein Mann, der auf den Knien liegt, hat so etwas ..."

„Claire!"

„Was?"

„Ich hab's!" Dean richtete sich auf und wollte der Freundin das Päckchen in den Schoß werfen. Dann runzelte er erschrocken die Stirn. „Das ist gar nicht unseres!"

„Igitt!"

Samuel leuchtete immer noch, auch wenn er langsam mehr und mehr verblaßte. Er ließ sich rückwärts aufs Bett fallen, verschränkte die Arme vor der Brust und starrte an die Decke. „Weißt du, was ich gern noch erleben würde, ehe ich ... zurückgehe?"

„Du gehst nicht zurück", erklärte Diana ein wenig geistesabwesend. Sie durchquerte gerade zum zweiten oder dritten Mal das Hotelzimmer, während sie im Kopf ein gutes halbes Dutzend nicht besonders gescheiter Ideen Revue passieren ließ, sie jedoch allesamt gleich wieder ad acta legte. Der beste Plan, den sie bisher hatte aushecken können, bedurfte einer gigantischen Menge durchsichtiger Packkleberollen – mehr, als sie sich ihrer Meinung nach würde beschaffen können.

„Trotzdem ..."

„Nein."

„Pizza."

„Was?" Entweder wurden Engel mit einem Repertoire an Euphemismen geliefert, die sie einem an einer öffentlichen Oberschule nicht beibrachten – was Diana sich nicht vorstellen konnte –, oder Samuel meinte mit der Sache, die er gern noch erfahren wollte, nicht das, was Diana ihm im Geiste unterstellt hatte.

„Dazu richtig laute Musik."

„Warum?" wollte die junge Hüterin wissen.

Samuel zuckte die Achseln, soweit ihm das in der Haltung, die er gerade einnahm, möglich war. „Weiß nicht."

Na ja. Diana mußte sich eingestehen, daß sie selbst auch keine bessere Idee hatte, was sie als nächstes tun sollten. „Mit der Pizza werde ich wohl fertig."

„Ach – ich glaube, ich will meine nur essen!"

„Schick mich zurück!" Stöhnend ließ sich Samuel wieder aufs Bett zurückfallen. Er rieb sich den Magen, dem man deutlich ansah, wie prall er gefüllt war. „Warum habe ich mir das nur angetan?"

Diana war verpflichtet, ihm die Wahrheit mitzuteilen; sie schnaubte. „Ich glaube, du hast angeben wollen."

„Was wollte ich denn angeben?"

„Frag mich was Leichteres."

„Mir ist so schlecht!"

Diana ließ sich auf das freie Bett fallen. „Was hast du denn erwartet? Erst verschlingst du eine Riesenpizza mit allem drauf und dann auch noch die Hälfte von meiner Pizza Hawaii?"

„Ich hatte gar nichts erwartet!" Samuel war mit seinem Protest noch nicht am Ende, mußte sich aber erst einmal unterbrechen, denn ein Rülpser von beträchtlichen Dimensionen wollte hinaus. Überrascht, aber auch ziemlich beeindruckt wartete der Junge, bis das letzte Echo verklungen war. Dann fuhr er fort: „Ich hatte doch nur gedacht ..."

„Gedacht? Schön wär's. Du hast dich benommen wie ein Typ!" Diana rutschte auf dem Bett hoch, wobei sie die Kissen so vor sich herschob, daß diese sich an der Wand stapelten und sie sich bequem anlehnen konnte. „Wo wir schon mal beim Thema sind: Du fängst auch schon an zu müffeln."

„Mein Geruchssinn scheint zu funktionieren, seit ich hier bin, vielen Dank!"

„Schön. Dann sag ich es noch mal anderes: Du stinkst."

„Ich stinke?"

Diana verdrehte die Augen und schnappte sich die Fernbedienung des Fernsehers. „Du mußt mir nicht glauben. Riech doch selbst – unter den Achseln."

Samuel hob den Arm. „Es ist nicht vorgesehen, daß ich so rieche?"

„Nein."

„Wie gut."

„Morgen früh zeige ich dir, wie die Dusche funktioniert. Nach dem Vorfall vorhin möchte ich wirklich nicht, daß du deine Erfahrungen mit Flüssigkeiten allein machst."

„Ich habe gedacht, es ist vorgesehen, daß ich gegen die Wand uriniere!"

„Igitt." Einmal Zappen durch alle Kanäle, und Diana wußte, was sie bereits geahnt hatte: Es lief überhaupt nichts Anständiges.

„Was war das denn eben?" Interessiert richtete Samuel sich auf den Ellbogen auf. „Nein, zurück. Zurück. Ja! Da!"

Diana runzelte die Stirn. „Das ist ein Dokumentarfilm über Löwen."

„Was machen die da?"

Diana stellte die Kontraste neu ein, aber die Löwen trieben es immer noch. „Die haben Sex."

„Megacool."

„Du bist widerlich."

Irgendwie stolz auf sich, auch wenn er beileibe nicht hätte sagen können warum, stieß Samuel einen erneuten Rülpser aus.

Byleth hatte nicht erwartet, daß es derart nett werden würde. Irgendwie schienen Hüter in der Nähe, so nah, daß sie sich nicht richtig entspannen konnte. Also nahm sie sich vor, sich etwas zurückzuhalten und erst am nächsten Tag die Sau rauszulassen. Sie hatte sich das Beten angehört, sie hatte gegessen, aber als es dann ans Predigen gegangen war, hatte sie ein amüsiertes Kichern nicht unterdrücken können.

Da war sie gefragt worden, ob sie vielleicht Fragen hätte.

Um sie herum war alles voller Teenager, die man von der Straße geholt hatte. Byleth stand auf, schob die Hände tief in die Seitentaschen ihrer schwarzen Jeans, verlagerte das Gewicht herausfordernd auf die rechte Hüfte, zog einen Flunsch und fragte: „Wenn Lloyd um achtzehn Uhr London verläßt und zwar mit einem Zug, der neunzig Kilometer in der Stunde zurücklegt und nach Osten fährt, und Tom steigt um achtzehn Uhr fünfzehn in Toronto in einen Zug, der hundertzehn Kilometer in der Stunde fährt und zwar nach Westen: Wann verrecken die beiden dann in einer tierischen Explosion?"

Der Prediger am Rednerpult wurde von pechschwarzen Augen fixiert, die ihm nichts anderes übrigließen, als die Wahrheit zu sagen.

„Das weiß ich nicht."

„Warum nicht?" Byleth warf ihm das Worte hin, kaum hatte sein Satz geendet – so hielt sie den Ball am Rollen.

„Ich habe in Mathe nie aufgepaßt."

„Warum nicht?"

„Weil ich völlig auf den Busen von Miss Miller fixiert war."

„Warum?"

„Der war irgendwie so munter. Was hat das mit unserem Bibeltext zu tun?" verlangte Leslie/Deter zu wissen, der mit schneeweißen Fingern das Rednerpult umklammert hielt.

„Gar nichts." Den Glauben des Mannes wollte sie nicht auf die Probe stellen, das war so ungefähr das Letzte, was sie wollte. Mit solchen Sachen gaben sich die Guten ab. „Trägst du kurze Unterhosen oder Boxershorts?"

„Tanga. Ägyptisches Leder."

Von da an war das mit der Predigt zügig den Bach herabgegangen.

Claire starrte auf das schwache Nachtlicht über der Zimmertür, hörte zu, wie Dean atmete, und wartete auf den Morgen. Diesmal war Diana zu weit gegangen. Ein Ruf, sich um den Engel zu kümmern, konnte unmöglich an sie ergangen sein – das hätte sie bestimmt erwähnt. Denn die letzte Entscheidung in allen Fragen obliegt der Hüterin, an die der jeweilige Ruf ergangen war. Diana hatte keinen Ruf, und das besagte, daß sie eigentlich hätte zu Hause sein sollen, um dort zu lernen oder zu tun, was Teenager heutzutage sonst so trieben. Sich irgendwo am Körper Löcher bohren lassen und Ringe durchstecken oder so.

Claire war auch nicht berufen worden, aber Claire war *aktive* Hüterin. Das bedeutete, daß sie genau das tat, was sie auch tun sollte. Die Tatsache, daß der Engel als menschlicher Körper Gestalt angenommen hatte, machte jegliche Bemühung zunichte, den Dämon zu finden. Von daher mußte Claire dafür sorgen, daß dieser Engel zum Licht zurückkehrte. QED – das war Latein und bedeutet unter dem Strich Ende der Debatte.

Dianas persönliche Meinung zu diesem Thema war irrelevant. Noch mehr als sonst ohnehin schon.

Wenn funktionierende Genitalien einen Menschen definieren, dann war Dean ...

Claire fing den Gedanken ein, ehe er sich ganz herausgewagt hatte. Funktionierende Genitalien definierten keine Liebe; sie liebte Dean. Er war für ihr Leben in vergleichsweise kurzer Zeit so notwendig geworden wie Atmen. Claire liebte das Zusammensein mit ihm, liebte es, mit Dean zu reden, zu lachen, zu reisen, zu kuscheln, ihn zu liebkosen ... sie drehte den Kopf, bis sie ihr Gesicht gegen die warme Haut an seiner Schulter drücken konnte. Er roch so gut! Claire hätte gern ...

Okay, das war's! Auf, auf, Claire! Wobei die Sache mit den ‚auf' vielleicht unter den gegebenen Umständen ... Claire glitt unter der Bettdecke hervor und schnappte sich ihren Bademantel, der auf dem zweiten Bett im Zimmer lag.

„Hey! Da hab' ich drauf geschlafen!"

„Tut mit leid."

„Das will ich doch hoffen." Austin, der den Sprung lieber nicht riskieren mochte, kletterte über den Nachttisch, der zwischen den beiden Betten stand, hinweg zu Dean hinüber, um sich zwischen dessen

Beinen zusammenzukringeln. „Dämonen, Engel, Impotenz", murmelte er ungehalten. „Ich sehe nicht ein, warum die Katze darunter leiden sollte."

Um fünf weckte Claire Dean. Um halb sieben waren die beiden bereits unterwegs. Eigentlich hätten sie schon eine Stunde früher losfahren können, aber leider war beim Bezahlen des Hotelzimmers herausgekommen, daß die etwas verschlafene Frau mittleren Alters, die an der Rezeption saß, früher in St. John Tür an Tür mit einem Typen gewohnt hatte, mit dem Dean irgendwann einmal zusammen Eishockey gespielt hatte. Der begeisterte Austausch der beiden über dieses glückliche Zusammentreffen hatte erhebliche Zeit in Anspruch genommen.

Auf der Autobahn waren die ganze Nacht über Schneepflüge im Einsatz gewesen. Aber es schneite immer noch; das gestaltete das Autofahren gefährlich. Nachdem Claire klargeworden war, daß Dean sich ganz und gar auf die Straße konzentrieren mußte ...

„Wenn du erst mal da bist, kriegst du schon raus, was Diana vorhat.

Warten wir doch, bis der Engel weg ist. Dann befassen wir uns mit dem, was passiert, wenn der Engel weg ist!

Bitte, Claire, halt die Klappe."

... beschäftigte sie sich damit, zwei kleinen Frostfeen zuzuschauen, die auf dem Mittelstreifen Eiskunstlauf betrieben. Doppelaxel, Drehung, Dreifachpirouette ... seufzend legte Claire eine Kassette ein, und die ‚Nußknackersuite' ertönte.

„Das ist ja mal ganz was anderes!" Austin, der im Korb hinter dem Sitz gesessen hatte, kletterte über die Rücklehne und machte es sich auf Claires Schoß bequem. „Normalerweise kannst du klassische Musik nicht leiden."

„Ich weiß, aber jetzt schien sie mir irgendwie passend."

In Huntsville hielten sie, um zu frühstücken.

„Ich muß noch tanken und den Druck prüfen", erklärte Dean danach, als er den Pick-up vom Parkplatz des Restaurants der Autobahnraststätte lenkte.

„Ich *hab'* genug Druck!" stöhnte Austin, der platt auf dem Vordersitz lag, derweil er den Kopf und beide Vorderpfoten über den Rand der Sitzbank hängen ließ. „Ich hätte die Würstchen nicht essen dürfen."

Claire verschränkte die Arme vor der Brust. „Welche Würstchen?"

„Habe ich Würstchen gesagt? Da habe ich mich falsch ausgedrückt. Nein ..." Die Fensterscheiben zitterten, als Austins Magen ein Geräusch von sich gab, das halb wie ein Gurgeln, halb wie eine Gasexplosion klang. „Schon gut, ich gebe es zu: Würstchen. Drei saftige Würstchen. Einen Tick zu durchgebraten, und noch dazu enthielten sie Einzelteile von zwei Gegenständen, die ich nicht identifizieren konnte. Der Kleine in der Nische neben uns hat sie fallen lassen. Ich habe sie dann aufgegessen."

„Wann?"

„Als Dean der Kellnerin erklärte, wie man verhindert, daß das Besteck anläuft, indem man die Geschirrspülmaschine immer nur auf vollen Touren laufen läßt."

„Stimmt. Da kann's passiert sein."

„Genau da ist es passiert. Weil du die Augen nicht von der Speisekarte lösen konntest – die muß ja ungeheuer spannend gewesen sein."

Dean lenkte den Wagen zu den Zapfsäulen, während er Claire einen Seitenblick zuwarf. „War ich dir peinlich?" wollte er wissen. Als sie nickte, grinste er. „Warum? Der Kellnerin hat es nichts ausgemacht."

Der Kellnerin hatte es nichts ausgemacht, weil Dean sie während seines Vortrags angestrahlt hatte. Deans Lächeln sorgte im Verbund mit seinem Akzent und den breiten Schultern dafür, daß in seiner Gegenwart die meisten Frauen und auch noch ein Gutteil der Männer zwischen dreizehn und scheintot vorübergehend ihre kognitiven Fähigkeiten einbüßten. Dean hätte die Kellnerin auch darüber belehren können, wie man schwarze Absatzspuren vom Linoleumfußboden entfernt, Tomatensoßenflecken aus der Schürze und fettige Fingerabdrücke vom Behältnis für Papierservietten – all diese Dinge hatte er anderen Ortes bereits anderen Kellnerinnen erklärt –, und der Frau hätte es nichts ausgemacht. Früher war Dean nie aufgefallen, welche Reaktionen seine Vorträge hervorriefen. Nun jedoch grinste er, während er aus der Fahrerkabine des Pick-up kletterte, in einer Art, die Claire irgendwie ahnen ließ, daß sich dies geändert hatte.

„Also kriegt er mit, daß Leute ihn mitkriegen." Austin drehte seinen Kopf so weit, daß er Claire mit einem durchdringenden, blaßgrünen Blick aufspießen konnte. „Was heißt das?"

Sie sah zu, wie Dean die Windschutzscheibe säuberte, während er erst den einen Scheibenwischer und dann den anderen sorgfältig anhob und wieder absetzte. „Ich bin nicht sicher, was ich davon halte."

„Was du davon halten sollst, daß er mitbekommt, daß die Kellnerin ihn mitbekommt?" Als Claire nickte, schnaufte Austin verächtlich. „Mach dir darüber mal nicht allzu viele Gedanken. Sie hat ihm French Toast gemacht. Du hast einen Mann aus ihm gemacht."

„Aber die armen Ritter mochte er. Wirklich!"

„Wenn du erst mal die Sache mit dem Engel geklärt hast ..."

„Ja, und die mit dem Dämonen!"

„Genau, und die mit dem Dämonen – dann macht es ihm auch wieder Spaß, mich im Badezimmer einzusperren – wirklich."

„Glaubst du?"

„Nein. Ich höre mich nur gern reden." Mühsam, mit durchhängendem Bauch, rappelte Austin sich auf. „Mach mal schnell die Tür auf. Ein Würstchentrio wartet darauf, mit einer Schneewehe bekannt gemacht zu werden."

„Ich hätte gedacht, Engel lebten nach der Maxime ‚Früh in die Federn, früh aus dem Bett'."

Samuel schaffte es, sich soweit aufzurappeln, daß er eine halbwegs sitzende Position einnehmen konnte, blinzelte eine Weile das Zimmer als solches an und schwang dann die Beine aus dem Bett. „Wieso das denn?" wollte er wissen.

„Weiß ich auch nicht. Diese ‚Früh in die Federn, früh aus dem Bett'-Chose ist derart scheinheilig, daß ich dachte, das muß einfach aus eurer ... Manno!" Diana schlug sich die Hand vor die Augen und ließ sich rückwärts in den Sessel fallen. „Als müßte ich *das* da unbedingt so früh am morgen schon sehen! Ich dachte, du wolltest in Unterbekleidung schlafen!"

„So wie ich jetzt bin, war ich unter meiner Bekleidung. Du hast gefragt, ich habe die Wahrheit gesagt."

„Entschuldige, daß ich einfach angenommen hatte, Engel würden vollständig bekleidet auf die Reise geschickt!" Ein rascher Blick, und Diana stieß einen anerkennenden Pfiff aus. „Eigentlich solltest du Mr. Giorno einen feinen, kleinen Dankesbrief schreiben."

Samuels Augen weiteten sich erschrocken. „Nun macht es das schon wieder!"

„Na dann hör auf, damit direkt vor meiner Nase herumzuwedeln!"

Samuel brannten die Ohren. Er schnappte sich ein Kopfkissen vom Bett, das er schützend vor sich hielt. „Ich mache doch gar nichts! Es ..." Er setzte zu einer erklärenden Geste an, überlegte es sich aber anders und sicherte lieber das Kissen vor seinem Schoß. „Es macht das von ganz allein", bekannte er unglücklich. „Ich hasse diesen Körper."

„Dürfen Engel denn überhaupt hassen?"

„Dürfen wir denn mit einem von diesen Teilen rumlaufen?"

„Da ist was dran."

Samuel sank auf die Bettkante, wobei er weiterhin das Kissen auf dem Schoß hielt. „Das brauchst du mir nicht zu sagen, das hab ich schon allein spitzgekriegt."

Diana spürte, wie eine Lachsalve in ihr aufstieg. Sie versuchte, es zurückzuhalten und hinter die Zähne zu sperren, aber das Lachen entwischte ihr durch die Nase. Die letzte, winzige Chance, die sie möglicherweise noch gehabt hätte, es zu stoppen, entschwand, als sie Samuels beleidigten Blick auf sich gerichtet sah. Nun half nichts mehr, nun mußte sie dem Gelächter freien Lauf lassen. Ein paar Minuten später gelang es ihr, sich die Augen trockenzureiben, zitternd tief Luft zu holen und ein fast schon verständliches „'tschuldigung" zustande zu bringen.

„Klar. Schon gut." Er warf einen Blick unter das Kissen. „Du hast sie sowieso geklärt, die Sache mit dem ... könntest du mal aufhören?"

Diesmal kam die Entschuldigung in Einzelsilben, während Diana hilflos vom Stuhl glitt.

Samuel saß da und sah zu, wie sich die Hüterin kreischend auf dem Boden wälzte. Verletzter Stolz umgab den Engel wie ein Mantel. Schließlich stand er auf und schritt ins Badezimmer, jeder Zentimeter gekränkte Würde. „Ich finde schon allein heraus, wie die Dusche funktioniert", teilte er Diana vorwurfsvoll mit, während er die Badezimmertür hinter sich schloß.

Diana winkte ihm mit einer hilflosen Geste hinterher und fragte sich, an wen der Junge sie nur erinnerte. Als die Tür dann zufiel und ihr anatomisch korrekter Engel sich sicher im Badezimmer befand, rappelte Diana sich auf, um sich gleich darauf erneut in den Sessel fallen zu lassen. Ihr Bauch tat weh. So lange und laut hatte sie das letzte Mal gelacht, als Claire ein halber Käsetoast in die Nase hochgekommen war, während die beiden Schwestern den alten George-Carlin-Platten ihres Vaters lauschten.

Claire.

Mit einem Schlag war Diana gar nicht mehr zum Lachen zumute.

Claire war auf dem Wag nach Toronto und glaubte fest daran, es sei ihre Pflicht, einen Engel auf den Weg zurück zum Licht zu befördern. Im Interesse des Guten. Aber rein logisch betrachtet – mal abgesehen von den emotionalen, rationalen und allen anderen Gesichtspunkten, die Diana sich als Alliierte denken konnte – ging es doch gar nicht an, daß es dem Guten nutzte, wenn man ein Leben zerstörte!

Es mußte doch einen anderen Weg geben, den Dämon zu finden.

„Gut ..." Diana stand auf und trat entschlossen vor den riesigen Wandspiegel. Sie legte beide Hände flach auf die Ankleidekommode, beugte sich vor und faßte ihr Spiegelbild ins Auge. „Versuchen wir's doch mal mit einem wirklich radikalen Vorgehen. Versuchen wir doch mal, über die Situation nachzudenken, statt einfach nur auf sie zu reagieren."

Das Spiegelbild wirkte recht skeptisch.

„Unser Problem: Ein Dämon läuft in der Welt herum, ein großes, schlimmes Stückchen Finsternis. Das ist schlecht. Wir können den Dämon nicht finden, weil außerdem ein Engel unterwegs ist. Was gut wäre, wenn es nicht schlecht wäre. Des Engels wegen können wir den Dämon nicht finden. Weil das große Stückchen Licht, das Samuel ist, die Finsternis des Dämons austariert." Diana warf einen nachdenklichen Blick auf die Badezimmertür, um sich gleich darauf wieder dem Spiegel zuzuwenden. „Nur, daß die Finsternis sich bisher gar nicht so schrecklich finster benommen hat, oder?"

Das Spiegelbild runzelte die Stirn und nickte ihr dann zustimmend zu.

„Man sollte doch annehmen, daß so ein Dämon mehr Schaden anrichtet, oder? Wenn ein Dämon unterwegs ist und Schaden anrichtet, dann sollten eigentlich alle aktiven Hüter unterwegs sein und alle Hände voll zu tun haben, den wieder zu richten, und eigentlich hätte ich einen Ruf erhalten müssen, ihnen zu Hilfe zu eilen. Das ist aber nicht geschehen. Warum? Warum hat der Dämon keine größeren Verwüstungen angerichtet?" Sie war nah dran. Das spürte sie. „Der Dämon und Samuel – das perfekte Gleichgewicht. Daß er keinen größeren Schaden angerichtet hat, bedeutet, daß er das genaue Gegenstück zu Samuel ist!"

Begeistert stöberte sie die Telefonschnur auf, folgte ihr bis unter das Bett und riß den Hörer an sich.

Im Spiegel vollführte ihr Spiegelbild eine verkürzte Version des Freudentanzes, den Deion Sanders als Footballer bei jedem Touchdown zu tanzen pflegte.

„Der Dämon ist also ein voll funktionsfähiger weiblicher Teenager. Wir können ihn trotzdem nicht finden, solange dein Engel in der Welt umherirrt. Natürlich schränkt das unsere Suche ein, aber nicht genug. Diana? Es tut mir ..." Claire ließ den Kopf gegen die Nackenstütze sinken, während sie den Ausschaltknopf des Handys betätigte. „Sie hat aufgelegt."

„Sie scheint wild entschlossen, diesen Engel zu retten", stellte Dean fest, der gerade den Pick-up vorsichtig um eine schlecht einsehbare Kurve manövrierte.

„Ich weiß."

„Besteht die geringste Möglichkeit, daß sie recht haben könnte?"

„Nein."

„Bist du sicher?"

Claire seufzte. „Ich bin Hüterin. Es ist mein Job, sicher zu sein."

Austin streckte die rechte Vorderpfote aus und versenkte seine Krallen in den Jeansstoff, der Claires Knie bedeckte. „Es sei mir fern, dich darauf hinzuweisen, aber offenbar vergißt du da gerade was."

„Ich habe dich gefüttert! Obwohl ich wirklich nicht recht einsehe, warum ich das tue, wo du doch ständig versuchst, dich mit Würstchen um die Ecke zu bringen."

Die Krallen sanken noch ein wenig tiefer ein. „Du vergißt, daß auch Diana eine Hüterin ist."

„Ja und?"

„Also ist die Sache mit dem Rechthaben ebenso ihr Job wie deiner."

„Schön. Claire kann die Dämonin nicht finden, was ist schon groß dabei? Das heißt ja noch lange nicht, daß ich es nicht kann." Dianas

Euphorie war jedoch ein wenig gedämpft. Nachdenklich saß sie im Schneidersitz am Fußende ihres Bettes, griff dann in die Möglichkeiten und tippte sieben Zahlen in das Telefon ein. „Ortsgespräch", murmelte sie zufrieden, nachdem das erste Klingeln ertönt war. „Ich habe das mit dem Dämon geregelt, noch ehe Claire an Barrie vorbei ist, und dann kann sie ..."

„Greenstreet Mission. Komm doch vorbei und hör dir das Wort Gottes an."

Diana öffnete den Mund und schloß ihn dann wieder. Endlich gelang es ihr, ein halb erwürgtes „Was?" hervorzubringen.

„Das Wort Gottes." Der junge Mann am anderen Ende der Leitung stieß einen tiefen Seufzer aus. „Ich kann dir gleich sagen: Aluminium ist es nicht."

„Schön."

„Können wir dir helfen?"

„Nein. Das heißt, es tut mir leid – ich habe die falsche Nummer erwischt." Diana legte den Hörer um einiges sanfter auf als beim letzten Mal und starrte quer durchs Zimmer ihr Spiegelbild an. Ihr Spiegelbild starrte zurück: Es war ebenso entsetzt wie sie.

Höheres Wissen hatte ihm mitgeteilt, daß mit dem Wort Duschen sowohl die Kabinen oder die Wannen gemeint waren, in die man sich begab, um sich unter den Wasserstrahl zu stellen, als auch der Vorgang selbst. In bezug auf die Einstellung der richtigen Temperatur lieferte das höhere Wissen keine Informationen, aber nach ein paar Fehlstarts – er würde Diana nicht die Genugtuung zuteil werden lassen, ihn laut schreien zu hören – hatte er auch das herausgefunden.

Er seifte sich ein, wobei er zum ersten Mal die Gelegenheit erhielt, den Körper, in dem er sich befand, genauer unter die Lupe zu nehmen. War es denn wirklich vorgesehen, daß er an so vielen verschiedenen, merkwürdigen Stellen Haare hatte? Warum waren seine Füße so groß? Wenn er nicht per Geburt zur Welt gekommen war – und das war ja nun bei ihm ganz eindeutig nicht der Fall –, warum hatte er dann einen Bauchnabel und Brustwarzen? Gewiß, sie verliehen dem männlichen Oberkörper zusätzliche visuelle Anreize, aber wozu waren sie bloß da?

„Diese Körper sollten sie einem wirklich mit Gebrauchsanweisung liefern!" seufzte er, streckte die Hand aus und drehte das Wasser ab.

Das winzige Zimmerchen erschien ihm danach nicht merklich trokkener.

Er schüttelte sich Wassertropfen aus den Haarspitzen, stieg aus der Wanne, rutschte auf den nassen Kacheln aus und fand sich plötzlich frei in der Luft schwebend wieder.

Achtundsiebzig Prozent aller Unfälle passieren im Badezimmer, informierte ihn das höhere Wissen, kurz bevor er wieder landete.

„Samuel? Samuel, wie viele Finger halte ich hoch?"

„Warum?"

„Ich habe nicht den blassen Schimmer, aber das machen sie im Film immer so, wenn jemand zu Boden geht und weg ist."

„Ich bin nicht weg." Er blinzelte und versuchte, sich auf etwas zu konzentrieren, was vor seinen Augen herumfuhrwerkte. Es schienen drei fette rosa Würstchen zu sein. „Ich bin im Badezimmer."

„Nein. Ich habe dich da rausgeschafft und auf eins der Betten im Zimmer gelegt."

„Du hast mich getragen?"

„Wie denn? Ich habe ... du weißt schon: puff."

„Ach, puff! Das war also der helle, kurze Lichtstrahl?"

Die Würstchen verschwanden, und das Ende des Bettes senkte sich, als Diana sich setzte. „Nein. Ich glaube, den Blitz hast du gesehen, als du mit dem Kopf auf den Badewannenrand aufgeschlagen bist."

„Mein Kopf ..." Als Samuel sich bewegte, zuckte ein weiterer Blitz durch seinen Kopf, begleitet von heftigem Schmerz. Schmerz kannte er bereits. Das da oben fühlte sich nicht ganz so schlimm an wie das, was er hatte erleiden müssen, als er im Reißverschluß hängengeblieben war.

„Du hast eine Beule, aber im großen und ganzen scheinen Engel ziemlich zäh zu sein."

„Na ja. Wir sind ja auch Soldaten, himmlische Heerscharen und so." Er konnte Dianas Besorgnis spüren – ihren Schmerz angesichts seines Schmerzes – und fand, er müsse etwas dagegen unternehmen. Nur wollte es ihm einfach nicht gelingen, den dafür notwendigen Enthusiasmus aufzubringen.

„Samuel? Ich will ja keinen Druck machen oder so, aber könntest du dich etwas schneller erholen? Wir müssen bis zwölf das Zimmer geräumt haben. Geld für eine weitere Übernachtung habe ich nicht, und das heißt deutlich, daß es nicht vorgesehen ist, daß wir hier bleiben."

Wir. Er spürte eine vage, nostalgische Sehnsucht nach der Zeit, als er noch allein gewesen war. „Vielleicht heißt das ja auch, daß du mich zurück zum Licht schicken sollst."

„Vielleicht kannst du dich da einfach mal raushalten."

„Klar doch."

Diana kniff die Augen zusammen. „Was soll das denn heißen?"

„Das heißt: Mein Kopf tut weh."

„Oh. Entschuldige."

Diesmal wackelte das Bett, als Diana sich herunterrollen ließ. Samuel stöhnte. „Willst du den komischen Gedanken hören, Diana, der mir durch den Kopf ging, als ich mit dem Duschen fertig war?"

„Ich denke schon, mach nur."

„Das macht mich irgendwie menschlicher."

„Was macht dich menschlicher?"

„Die Dusche, nehme ich an. Das war der Gedanke, den ich hatte: Das macht mich menschlicher, und dann ..." Er deutete vage auf seinen Kopf. „... dann das. Der Schmerz."

Diana schnaubte. „Da habe ich Neuigkeiten für dich. Schmerz, das ist die conditio humana per se!"

„Dann schick mich zurück. Ich glaube nicht, daß ich noch immer Mensch sein will."

„Na, das ist hart, aber ..." Dianas Stimme wurde leiser, dann verstummte die junge Frau gänzlich. Sie mußte nachdenken. Den Dämon – die Dämonin – konnten sie nicht finden, weil sie das genaue Gegenstück zu Samuel war. Das genaue Gegenstück. Aufgeregt beugte sie sich über das Bett und packte den Engel so heftig bei den Schultern, daß dessen bloße Haut Grübchen bekam. „Was bin ich doch für eine komplette Idiotin!"

„Hör mal, ich weiß, das hört sich nicht sehr engelsgleich an – aber ich fühle mich im Moment nicht in der Lage, auf deinen Mangel an Selbstbewußtsein einzugehen."

„Was?"

„Hör auf, mich zu schütteln!"

„Entschuldige!" Diana zog ihre Hände zurück, blieb aber weiter über das Bett gebeugt. „Ich habe das Problem gelöst! Wenn du nicht im Körper eines Menschen sein willst, dann *mußt* du es auch nicht."

„Nein?" Er rutschte so weit zurück, wie es irgend ging, und lag tief in die Kissen gedrückt auf dem Bett, was nicht viel brachte, aber er konnte nicht anders. Es gefiel ihm ganz und gar nicht, wie Dianas Augen funkelten.

„Nein! Wirklich nicht! Ich habe geholfen, dich zu machen. Meine – mir fällt im Augenblick kein besserer Ausdruck ein – meine ganz persönliche Macht ist sozusagen Teil von dir. Deswegen kann ich dich auch wieder entfernen. Aber genausogut müßte ich dich eigentlich auch transformieren können."

„Müßte? Genau weißt du das nicht?"

Diana schenkte Samuels Bedenken keine Beachtung. Sie sprang auf, um mit weit ausgebreiteten Armen durchs Zimmer zu wirbeln. „Du könntest immer noch du sein, aber anders. Die Dämonin hat diesen Körper kopiert. Ohne ihn, den Körper, meine ich, sollten wir in der Lage sein, sie zu finden. Es ist alles ganz einfach!"

„Ich wäre nicht mehr Mensch?"

Diana hörte auf, sich zu drehen. „Nein."

„Aber ich wäre immer noch ich?"

„Ja."

„Was wäre ich denn dann, wenn nicht Mensch?"

„Das weiß ich nicht. Ich trenne die Naht auf, die dich als Menschen zusammenhält, und das Licht sucht sich dann eine andere Form. Ohne Lena und ihren Vater, die sich einmischen, wirst du dich selbst definieren." Plötzlich ernst geworden setzte Diana sich und strich sich das Haar aus der Stirn. „Ich will dich nicht dazu drängen, Samuel, aber es würde all unsere Probleme lösen."

Es dauerte einen Moment, ehe Samuel den Ausdruck in Dianas Gesicht entziffert hatte. Aber dann war ihm klar, was er da sah: Hoffnung. Er lächelte. Hoffung war eine der wichtigsten Botschaften des Lichts! Vielleicht war er deswegen hier. „Was ist mit meinem Kopf? Wird der auch hinterher noch schmerzen?"

„Bei einem anderen Körper? Ich wüßte nicht, warum er das tun sollte."

„Dann los, laß es uns tun."

❦ ❦ ❦

Claire und Dean hatten den Weg für das Licht geöffnet, aber ihre Schneeflocke aus Kreppapier an der Decke der Turnhalle hatte es zusammengehalten. Diana stand am Fußende des Bettes, schloß die Augen und griff in die Möglichkeiten, bis sie Samuel vor sich liegen sehen konnte. Langsam und vorsichtig löste sie die Parameter, die Lena und ihr Vater um den Jungen errichtet hatten. Sie nahm ihn mit zurück zu dem, was er in der Turnhalle gewesen war, dann hüllte sie den Teil, der Samuel gewesen war, in die Möglichkeiten und beförderte ihn mit einem kleinen Schubs nach vorn.

❦ ❦ ❦

Nachdem Diana ihn in die Turnhalle geführt hatte, aber noch vor dem kleinen Schubs nach vorn, war Samuel so, als würde er Stimmen hören.

„Also steht er gar nicht mehr auf dem Dienstplan?"

„Sagen wir mal: Er ist für längere Zeit beurlaubt."

„Sagen wir mal?" grollte die erste Stimme. „Du hast gut reden, Gabriel. Du bist nicht derjenige, der seinen Posten an vorderster Front in der Schlacht gegen die Verdammnis übernehmen muß!"

„Nörgeln, immer nur nörgeln!"

„Hör mal, wir haben Krieg. Aber vielleicht habt ihr Typen im Blasorchester das ja vergessen."

Dann waren da nur noch Licht und eine Frage.

Wenn er kein Engel war und auch kein Mensch: Was war er dann?

❦ ❦ ❦

Diana zwinkerte, um sich der Nachbilder zu entledigen, und starrte auf das Handtuch, das sie über Samuels Schoß geworfen hatte. Was immer der Engel geworden war, es fand Platz unter diesem Handtuch, und dann war noch Platz übrig. Sie hielt im Geiste beide Daumen fest gedrückt, beugte sich vor und zog das Tuch zur Seite.

Die orangefarbene Tigerkatze setzte sich auf und sah sich um.

„Ein Kater bist du?"

„Na und? Hat dir nie jemand erzählt, daß Engel wie Katzen sind, nur...", er neigte den Kopf und versuchte, sich Ileas Worte genau ins Gedächtnis zu rufen, „... du weißt schon – ganz anders."

Entgeistert stolperte Diana ein paar Schritte zurück. Sie hatte sich wieder auf ihren Stuhl setzen wollen, aber der hatte sich irgendwann im Laufe des ganzen Verfahrens selbst als Blumenständer neu definiert. So landete die junge Hüterin statt dessen auf dem Fußboden. Schlagartig und schmerzhaft wurde ihr bewußt, an wen Samuel sie erinnert hatte, als er so vorwurfsvoll in Richtung Badezimmer gestakst war.

An Austin.

Zwölf

Da Dean höflich, aber entschieden ihr Angebot abgelehnt hatte, den Pick-up per Willenskraft zu beschleunigen, ließ Claire den Kopf gegen die Nackenstütze sinken und schloß die Augen. Sie dehnte ihren Willen aus, bis er nach Toronto reichte, glitt an den permanent überwachten Unfallstellen vorbei und stellte fest, daß ihre Durchreise lediglich von der älteren Hüterin bemerkt wurde, die die Unfallstelle in Scarborough betreute.

„Aber klar doch, da segelst du nun vorbei wie ein Schiff in der Nacht, aber nie rufst du an, nie schreibst du mal. Würde eine lausige Geburtstagskarte dich denn umbringen? Ich schenke dir die besten zweiundvierzig Jahre meines Lebens, und du erinnerst dich noch nicht einmal an meinen Geburtstag. Du hast ein Gedächtnis wie ein Sieb."

„Entschuldige bitte?"

„Warum? Was hast du denn getan?"

Claire glitt ein wenig schneller in den Möglichkeiten dahin. Hüter, die im wesentlichen nur noch das Siegel verkörperten, das verhinderte, das die Finsternis aus einem nicht zu schließenden Loch dringen konnte, wurden zu Karikaturen ihres einstigen Ichs. Sie selbst war haarscharf an dem Schicksal vorbeigerauscht, die jüngste Hüterin zu werden, die je eine solche Position innegehabt hatte, und erschauderte plötzlich angesichts einer Vision ihrer selbst mit zweiundneunzig Jahren in einer Caprihose aus Stretch, scharlachroten Lippen und karmesinroten Fingernägeln, schlecht gefärbten Haaren, hochtoupiert über viel zuviel lila Lidschatten – eine Mischung aus Nancy Reagan und Miss Piggy …

Ist doch gar nicht passiert, rief sie sich ins Gedächtnis, *ist doch …*

Moment mal.

Irgend etwas passierte da aber wirklich.

Sie hörte Stimmen …

„Ich warne dich, Michael, faß das Horn nicht an."

„Sonst was? Was willst du machen, wenn ich's doch tu? Mir einen blasen?"

… dann warf ein plötzlicher Lichtblitz sie zurück in ihren Körper. Sie versteifte sich und stöhnte. Einen Herzschlag später traf sie der Ruf.

„Auch wenn es mich freut, daß ihr beiden es noch mal versuchen wollt", murmelte Austin, ohne sein Auge zu öffnen, „... meinst du nicht, Dean sollte angesichts der Tatsache, daß wir in ziemlichem Tempo eine verschneite Autobahn entlangrasen, zusammen mit einem Haufen Vollidioten, die jedesmal neu fahren lernen müssen, wenn dieses weiße Zeug vom Himmel fällt, beide Hände am Steuer lassen?"

„Ich kann den Dämon fühlen."

„Ich dachte, du nennst ihn Floyd. Au!" Er wandte den Kopf und funkelte Claire wütend an. „Nicht den Kater hauen! Ich bin alt."

„Also hat Diana sich doch noch besonnen, oder?" fragte Dean, nachdem er sich fest vorgenommen hatte, Claire nach diesem Floyd zu fragen, sobald sie mal ohne Kater waren.

„Ich wußte, das würde sie tun."

Austin schnaubte. „Du hast gedacht, sie würde die Welt, wie wir sie kennen, zerstören und das Jüngste Gericht und Rollschuhdiskos über uns bringen. Nicht, daß da ein großer Unterschied bestünde!" fügte er hinzu.

Was er Deans Meinung nach gern hätte sein lassen können. „Fahren wir also weiterhin Richtung Toronto?" fragte der junge Mann weiter.

Claire prüfte dies nach. „Bis jetzt ja."

Ein paar Minuten lang fuhren sie schweigend dahin.

„Dann ist der Engel also fort?"

Deans Tonfall ließ Claire sich überrascht zu ihm umdrehen. „Ja."

„Nun kannst du den Dämon finden?"

„Ja."

„Wenn du den Dämon gefunden hast, dann kannst du ihn wieder loswerden?"

„Ich bin Hüterin. Natürlich kann ich ihn wieder loswerden."

Er warf ihr einen raschen Seitenblick zu, wobei er anzüglich grinste. „Kein Engel, kein Dä..."

„Kein Problem!" Sie merkte, worauf er hinauswollte, erwiderte sein Lächeln und fuhr ihm mit dem Zeigefinger am Oberschenkel entlang.

„Kommt mir das nur so vor", fragte Austin, während er sich beunruhigt aufsetzte, „oder fahren wir auf einmal viel schneller?"

Der Engel hatte sich verändert.

Byleth fühlte sich unvermittelt bloßgestellt. Sie rannte in den einzigen Raum der Mission, in dem man sie allein lassen würde – und traf dort unerwarteterweise drei andere Mädchen an, die sich gerade eine Zigarette teilten.

Das dominierende Mitglied des Trios ließ sich vom Waschbecken gleiten und drehte sich zu Byleth um. „Na? Willste was, Neue?"

Der Teil ihres Ichs, der ein siebzehn Jahre altes Mädchen war, wollte protestieren, daß sie doch nur gekommen sei, um auf die Toilette zu gehen, und daß sie keinen Ärger haben wolle. Dann unterdrückte der Rest ihres Wesens diesen Teil und klaute ihm die Groschen für die Schulmilch. „Ich will, daß ihr abhaut."

„Was?"

„Verpißt euch." Byleth atmete heftig durch die Nase, schaffte es kaum noch, all ihre Teile zusammenzuhalten und griff in die Finsternis. „Ich will, daß ihr abhaut."

„Ach ja? Nun, was du willst, das interessiert mich nicht mal soviel wie der halbgegessene Hintern einer Ratte. Ich ... was ist das denn?" Mit Ringen geschmückte Brauen zogen sich zusammen und richteten sich wütend auf das tropfende Stück Fleisch, das von dem Schwanz baumelte, den Byleth in der Hand hielt.

„Das ist der halbgegessene Hintern einer Ratte. Nimm ihn hin und verschwinde!"

Die beiden anderen Mädchen schoben sich seitwärts an Byleth vorbei zur Tür hinaus, die Augen unverwandt auf das Nagetierteil geheftet. In der komplexen Hierarchie der Heranwachsenden zählte das Parathalten eines halbgegessenen Rattenarschs eindeutig mehr als eine Schachtel Zigaretten und ein forsches Mundwerk.

„Aus was für einem zurückgebliebenen Scheißhaus kommst du denn?" wollte die nun im Stich gelassene Anführerin wissen und zog völlig unbeeindruckt an ihrer Zigarette. „Das war ja nun gar nicht, was ich meinte. Was mich betrifft, ich rauche jetzt hier in Frieden meine Kippe auf und ..." Ihr Blick blieb an Byleths Nase hängen. „Ich habe nicht gesehen, wie du dir eine angezündet hast."

„Hab ich auch nicht."

„Aber da ist doch Rauch ..."

„Verpiß dich. Raus."

„He, du bist hier nicht der Chef!" Tapferkeit, die inzwischen aber nur noch gespielt war, siegte über gesunden Menschenverstand. Die junge Frau wollte ihre Zigarette am Waschbecken abstreifen ...

„SOFORT!"

... und hatte dann das Klo verlassen, noch ehe die Kippe wirklich mit dem Porzellan in Berührung gekommen war.

Byleth warf den Rattenarsch in den Müll und starrte ihr Spiegelbild an. „Warum ist es hier so verdammt neblig ... ach ja." Wie Tausende vor ihr fand sie es wesentlich schwerer, das Qualmen einzustellen, als damit anzufangen. Nach zähem Ringen gelang es ihr. Nicht, daß der Qualm irgend etwas ausgemacht hätte. Ihre Tarnung war ohnehin futsch. Jetzt hätte sie ebensogut mit ein paar Hörnern auf dem Kopf und mit einer Mistgabel bewaffnet herumlaufen können – wenn dieser spezielle Look nur nicht so hoffnungslos den Dämon von vorgestern verkörpern würde. Ohne gleichwertigen Gegenpart und die damit verbundene Tarnung durch das Licht würde jeder Hüter sie problemlos aufspüren können, und höchstwahrscheinlich auch ein Großteil der Vettern. Überall würden metaphysische Alarmglocken losgehen, zudem ein großes Geschrei: „Dämon! Dämon in der Welt!" Jeder kleine Frömmler hier in der Gegend, der nicht gerade damit befaßt war, kleinen alten Damen über die Straße zu helfen, würde sich auf sie einschießen.

Eigentlich aber hätte Byleth sich zusammen mit dem Engel wandeln müssen. Der war doch genauso gefesselt durch den blöden Leib, den er trug, wie sie es war. Von daher konnte es unmöglich angehen, daß er sich ohne fremde Hilfe gewandelt hatte. Der Typ *mogelte*!

„Ja, der hat sich einen Hüter besorgt, der ihn wandelt, damit sie mich finden können. Ihr könnt mich mal! Wenn du mich finden willst, Hüter, dann such doch!" Ein Rauchwölkchen schoß Byleth aus beiden Nasenlöchern. Das fühlte sich toll an. „Wenn ich draufgehe, dann mit einem großem Knall! Jetzt hänge ich nicht mehr bloß rum und nerve die Leute ein bißchen." Sie breitete die Arme aus. „Ich reiße ein Loch für die Finsternis, das wird so groß, daß der Kanal fürs Teleshopping dagegen aussieht wie ein Kabelsender!"

Ihr Spiegelbild verzog die Miene. „Das ist ein Kabelsender!"

„Halt doch das Maul!"

„Du kannst auch kein Loch für die Finsternis aufreißen, das groß genug wäre, wirklichen Ärger zu machen! Die Körperlichkeit der

Gestalt, in der du daherkommst, verbietet dir den Zugang zu dieser Art von Kraft."

„Ich *bin* diese Art Kraft!"

„Dann wirst du den Körper zerstören müssen. Du wirst aufhören zu existieren, wirst weg sein. Nicht realer als die Leute in dieser doofen Fernsehshow auf dieser bescheuerten Insel."

„Was meinst du denn damit?"

„Lies es dir doch selbst von den Lippen ab! Du wirst wieder von der Finsternis absorbiert werden. Du wirst nicht mehr sein."

„Als wär's die reine Freude, Teeny zu sein!" Aber es war besser, als nichts zu sein, besser, als der kleinere Teil eines größeren Ganzen zu sein. Obwohl: Eigentlich kam das Dasein als Teenager der Existenz als Teil eines größeren Ganzen erstaunlich nahe. Byleth kaute gedankenverloren an einem Fingernagel und spie kleine dunkelblaue Teilchen in das Waschbecken. Wenn sie ein ausreichend großes Loch öffnen, genügend Chaos und Zerstörung verursachen könnte, dann wäre sie in der Lage, ihre Identität selbst in der Finsternis zu wahren. Dort, wo Individualität davon abhing, daß man ein noch größeres Arschloch war als der Typ neben einem – und das war nicht immer metaphorisch gemeint.

Sie würde das Loch allerdings ziemlich schnell öffnen müssen, ehe die Hüter sie fanden. Es galt also einen Ort zu entdecken, wo zumindest ein Teil der Arbeit bereits getan worden war ...

„Ich weiß auch schon genau, wo das ist!"

Leider fiel ihr böses, frohlockendes Lachen ein wenig mau aus, da ihr Spiegelbild sie einfach nicht beachtete. Es konzentrierte sich statt dessen auf eine Haarsträhne rechts auf ihrem Kopf, die dort die ganze Frisur ruinierte.

„Eins, zwei, drei, *vier.* Eins, zwei, *drei,* vier."

„Alles in Ordnung bei dir da unten?"

Samuel hörte auf zu zählen und funkelte Diana von unten herauf an, wobei seine cremefarbenen Schnurrhaare empört zitterten. „Warum?"

„Ach, nur so."

„Mir geht es gut."

„Schön."

„Hör mal, die Sache mit dem Vierfüßlergang ist schwieriger, als es aussieht!"

Diana unterdrückte mit Mühe ein hämisches Kichern und wies auf den Knopf, der den Lift herbeirufen sollte. „Schwieriger, als es aussieht? Unmöglich. Ich werde dich tragen." Der Fahrstuhl war inzwischen da. „Ich habe es so arrangiert, daß der Blick der Leute einfach über dich weggleitet. In einem geschlossenen Raum wie einer Fahrstuhlkabine kann es aber gut passieren, daß jemand auf dich tritt."

„Irgend etwas sagt mir, daß ich diese ganze Transformationssache vorher nicht richtig durchdacht hatte!" murmelte Samuel besorgt, während Diana ihn hochhob. Dann aber war es erstaunlich angenehm, getragen zu werden. Er hatte gerade seinen Schwanz in die optimale, bequemste Lage gebracht, als sich die Fahrstuhltür öffnete.

Ein kleines Kind starrte Diana und Samuel mit weit aufgerissenen Augen an. „Kätzchen, Mama!"

„Ja", stimmte die Mutter zu, als Diana sich an ihr vorbeischob. „Ein Stoffkätzchen."

„Wen nennt die Stoffkätzchen?"

„Kätzchen spricht, Mama!"

„Stofftiere können nicht sprechen, Schatz."

Eine kleine Hand legte sich um Samuels Schwanz und zog kräftig. „Klingeling!"

„Autsch!"

„Spielzeugkätzchen sagen auch nicht Klingeling!" Die Frau bat Diana mit einem flüchtigen Lächeln um Entschuldigung, packte mit der einen Hand das Handgelenk ihres Sohnes und löste mit der anderen dessen Finger, die nach wie vor Samuels Schwanz umklammerten. Zusammen mit den Fingern löste sich ein Stück Fell. „Außerdem ist es unhöflich, Sachen anzufassen, die einem nicht gehören."

„Das gilt ganz besonders für Schwänze!" Samuel verhakte die Krallen in Dianas Jacke und wand sich so lange in ihren Armen, bis er auf das Kind hinabschauen konnte, die goldenen Augen zu funkelnden Schlitzen zusammengekniffen. „Hör auf das, was deine Mutter sagt, Ramji! Eines Tages wird sie tot sein, und du wirst wünschen, du hättest auf sie gehört."

Ramji klammerte sich mit beiden Armen an die Beine seiner Mutter. „Kätzchen weiß, wie ich heiße, Mama!"

Der Junge hielt die Beine seiner Mama immer noch fest umschlungen, als der Fahrstuhl in der Hotelhalle ankam. Resigniert seufzend schickte sich die Frau an, den Weg durch die Lobby bis zur Drehtür nach draußen schlurfend zurückzulegen.

„Da geht ein Kind, das unter Garantie irgendwann in seinem Leben ziemlich viel Therapie wird beanspruchen müssen!" Diana verlagerte Samuels Gewicht in ihren Armen. „Welcher Engel schmeißt einem Kind denn auch solche Sachen an den Kopf!"

„Einer, den man gerade am Schwanz gezogen hat! Außerdem", fuhr Samuel dann fort, nachdem er sich rasch ein paar Mal mit der Zunge über die rechte Schulter gefahren war, „war das nichts als die reine Wahrheit, und eines Tages wird er mir dafür dankbar sein."

„Eines Tages wird er Tausende von Dollar ausgeben, um sich überzeugen zu lassen, daß du eine Metapher für Sauberkeitserziehung gewesen bist."

„Er hat meinen Schwanz angegrabscht!"

„Ich weiß. Ich war dabei."

„Du hast gesagt, die Menschen könnten mich nicht richtig sehen."

„Der Kleine war ein Protomensch." Diana setzte Samuel auf einem der überpolsterten Sessel in der Hotelhalle ab und trat einen Schritt zurück. „Ich gehe bezahlen. Warte hier auf mich."

„Ach ja? Was, wenn ich nicht warte? Was passiert dann?"

„Ich hab jetzt keine Zeit, darauf genauer einzugehen. Aber warum befragst du nicht dein höheres Wissen über den Zusammenhang zwischen einem Dosenöffner und dem Primatendaumen?" Während Diana zur Rezeption ging, dachte sie voller Sehnsucht an die Dinge, zu denen der Engel hätte werden können. Mehr, um sich Trost zu holen, als auf der Suche nach wirklicher Aufklärung, fragte sie die Welt als solche seufzend: „Warum ausgerechnet eine Katze?"

Die Welt als solche konnte diese Frage nicht beantworten.

Allein gelassen sah Samuel sich gezwungen, sich eine Beschäftigung zu suchen. Erst einmal knetete er. Rhythmisch und inbrünstig versenkte er die Krallen im Kordstoff des Hotelsessels und zog sie wieder heraus, rein, raus. Schultern hoch, Kopf runter ... genußvoll, mit halb geschlossenen Augen, zog Samuel seine kleinen Kreise. Er hätte selbst nicht sagen können, warum, aber irgend etwas in der Art, wie die Fläche unter seinen Vorderpfoten nachgab, wenn er sie knetete, erweckte in ihm ein unglaublich angenehmes Gefühl. Er setzte immer mehr

Kraft ein, brachte sämtliche Rückenmuskeln ins Spiel – und erstarrte erschrocken, als plötzlich ein lautes Geräusch an sein Ohr drang.

Zweitaktermotor, nur eine Zündkerze, Gasölgemisch ... oh, warte, das bin ich ja selbst!

Just in diesem Augenblick entdeckte er die andere Katze.

Eine orangefarbene Tigerkatze mit einem weißen Lätzchen und einer Maske um Mund und Augen. Am Schwanz und unten an den Beinen ringelten sich jeweils dunklere Streifen im Fell, weswegen das Tier so aussah, als trage es einen Pyjama mit Füßen. Dieser Effekt wurde noch dadurch verstärkt, daß die Beine der Katze im Verhältnis zum Körper ein wenig zu lang waren.

Samuel starrte sie an.

Sie starrte zurück.

Samuel legte den Kopf zur Seite und trat ganz vorsichtig einen Schritt vor.

Sie trat ebenfalls vorsichtig einen Schritt vor.

Samuel, der hoffte, nicht allzu rasch und aufdringlich zu wirken, beugte sich vor, um die andere ausführlich zu beschnuppern, und drückte sich das zimtfarbene Dreieck seiner Nase an einem Spiegel platt.

Hastig tat er einen Satz zurück. Seine Hinterbeine verloren den Halt und ruderten verzweifelt in der Luft. Bestimmt wäre er vom Sessel gefallen, wären hinter ihm jetzt nicht Dianas Beine aufgetaucht, die eine Barrikade schufen und so verhinderten, daß Samuel einen höchst peinlichen Sturz erlebte. Hektisch blinzelnd lehnte sich der Kater gegen die Knie der jungen Hüterin, sah zu ihr auf und sagte in einem Tonfall, von dem er nur hoffen konnte, er möge sich überzeugend anhören: „Ich wollte das so."

„Wunderbar."

„Ich wußte, daß das ein Spiegel war."

„Ich glaub's dir gerne."

„Dann ist es ja gut." Der Kater fuhr sich hastig ein paar Mal mit der Zunge über einen orangefarbenen Streifen im Fell. „Wohin gehen wir jetzt?"

Diana seufzte. „Nach Hause."

„Aber was ist mit dem Dämon?" wollte Samuel wissen. „Ich blokkiere ihn doch jetzt nicht mehr. Also sollten wir uns doch auf die Jagd machen, oder?"

„Das sollten wir. Aber wir können nicht." Diana ließ sich auf die Armlehne des Sessels fallen, funkelte ihr Spiegelbild wütend an und streichelte den Kater sacht hinter dem Ohr. „Ich spüre ganz deutlich, daß sich die Dämonin da draußen herumtreibt, aber ich weiß nicht, wo sie ist. Was bedeutet, daß eine andere Hüterin diese Information sozusagen unter Verschluß hält, und ich glaube fast, ich weiß auch, welche Hüterin!"

„Claire?"

„Prima geraten."

Samuel sah deutlich, daß Diana verärgert war – weswegen, das konnte er allerdings nicht sagen. „Aber genau weißt du es nicht!" versuchte er, die junge Frau zu beruhigen.

Diana schnaubte. „Wir beide waren für dein Erscheinen verantwortlich. Also tragen wir auch die Verantwortung für die Dämonin. Wir beide! Eigentlich hätte an uns beide ein Ruf ergehen müssen. Aber ich habe keinen erhalten, also gehe ich davon aus, daß sie ihn hat."

Samuel runzelte die Stirn, wodurch sich seine Ohren zusammenschoben. „Das sieht doch so aus, als sei sie allein in der Lage, mit der Dämonin fertig zu werden."

„Was du nicht sagst. Was ist?" fauchte Diana einen Zuschauer an, der sie ganz eindeutig belauscht hatte. Sie bedachte den Mann mit dem Blick, der sie zum Schrecken der Feldhockey-Mannschaft ihrer Schule gemacht hatte – das war, ehe die Schulleitung entschieden hatte, es sei vielleicht doch keine so gute Idee, hormongesteuerten Heranwachsenden Waffen an die Hand zu geben und damit praktisch freie Hand, einander schwere Wunden zuzufügen. „Haben Sie noch nie wen gesehen, der mit einem Plüschtier spricht?"

„Nein, eigentlich nicht."

Diana hielt den Blick des Mannes fest, griff in die Möglichkeiten und befahl ihm: „Das soll dann auch so bleiben." Dann hob sie Samuel hoch, erhob sich von der Armlehne und hastete auf die Drehtür zu. Draußen dann, auf der Carlton Street, setzte sie den Kater auf einem Fleckchen Bürgersteig ab, das bereits vom Schnee geräumt war.

„He! Ich steh hier barfuß rum!"

„Du bist ein Kater, deine Füße gibt es nur in barfuß."

„Richtig. Das wußte ich, aber ..."

Eine Taube flatterte aufgeregt herbei und setzte zur Landung an. Samuel wirbelte herum, sprang los, und wenn er schon länger in diesem neuen Körper zu Hause gewesen wäre, hätte er sich jetzt mit einem kleinen ethischen Problem auseinandersetzen müssen – war es Engeln gestattet, die Tauben, die sie ermorden, auch zu essen? – und mit dem deutlich schwerwiegenderen gesundheitlichen Dilemma, ob überhaupt jemand eine Taube essen sollte, die auf den Straßen Torontos geboren und aufgewachsen war. Wie die Dinge lagen, erwischte Samuel lediglich eine Schwanzfeder. Der Rest des Vogels entkam, hinterließ im Auffliegen aber noch rasch einen großen, weißen, hysterischen Fleck auf Dianas Schulter, womit er ganz deutlich zum Ausdruck brachte, was er von der Wandlung des Engels hielt.

„Los, los, Hühnchen, ab mit dir, flieg schon! Das war längst nicht alles, was ich kann!" Samuel boxte mit den Vorderpfoten auf die Feder ein, bis diese platt am Boden lag, ließ sie dann wieder aufwirbeln und boxte sie erneut zu Boden.

„Bist du bald soweit?" wollte Diana wissen.

„Einmal noch!" Nun hielt Samuel endlich die Feder zwischen den Vorderpfoten und strahlte Diana an. „Toll! Jetzt bin ich fertig. Was machen wir als nächstes?"

„Du hörst erst einmal auf, so niedlich zu sein."

„Ich glaube, das kann ich nicht", gestand Samuel ein, nachdem er eine Weile über die Bitte seiner Begleiterin nachgedacht hatte.

Diana seufzte. „Na toll! Dann tu mir wenigstens einen Gefallen. Wenn ich je anfange, Babysprache mit dir zu reden, dann hakst du mir die Krallen in die Zunge und reißt mir die aus dem Mund, ja?"

„Ich glaube, das kann ich auch nicht!"

„Das erstaunt mich wenig." Diana bückte sich, hob Samuel hoch und legte ihn sich in der linken Armbeuge zurecht. „Los! Für uns gibt es jetzt einmal eine U-Bahnfahrt zum Bahnhof und dann den ersten Zug nach London."

„Das war's dann?" Als Diana nickte, blickte Samuel nachdenklich drein. „Wenn man es recht betrachtet, bin ich also ein Kater geworden, damit ich mit dir heimfahren kann. Dort führe ich fortan ein geruhsames Leben und werde verwöhnt, trage für nichts mehr die Verantwortung und überlasse es den anderen, alle Risiken auf sich zu nehmen und allen Ruhm zu ernten?"

„So sieht es jedenfalls aus."

„Megacool!"

Der Zuschauer, dessen Erinnerung Diana in der Hotellobby den Erfordernissen angepaßt hatte, sah in seinem Leben nie wieder jemanden mit einem Stofftier reden. Seine Frau glaubte nicht an diese Behinderung. Seine Kinder dagegen lernten frühzeitig, sich ihrer zu bedienen und murmelten ständig etwas in die Ohren ihrer Plüschtiere. Besonders dann, wenn sie das plötzliche Bedürfnis überkam, schlimme Dinge zu tun: eine tiefgefrorene Scheibe Hackfleisch in den DVD-Player zu schieben zum Beispiel.

„Ja, ich habe ein Auto." In die sprichwörtliche Ecke getrieben, mit schlotternden Knien, um sich herum die reine Panik, die ihn umwaberte wie Rauch, sah Leslie/Deter keinen Ausweg. „Warum?"

Byleth lächelte süß und trat einen Schritt näher. „Weil ich eine Mitfahrgelegenheit brauche."

„Nein!"

„Wenn du mich fährst, dann schlafe ich mit dir." Das würde sie höchstwahrscheinlich nicht tun, aber Sex schien die beste Währung, die dieser Körper zu bieten hatte.

Er schluckte und preßte die Schulterblätter an die Wand, während seine Füße hilf- und sinnlos auf den schmutziggrauen Fußbodenkacheln hin und her schabten. „Nein! Ich habe ein Keusch... das Keuschheitsgelübde abgelegt."

„Ein Keusch... das Keuschheitsgelübde?" Byleth drückte die Brüste an Leslie/Deter platt, wo sie einen Großteil des Brustkorbs für sich beanspruchten. „Also gut: Wenn du mich fährst, dann schlafe ich *nicht* mit dir."

„Einverstanden."

Nalo fuhr fast nie nach Scarborough. Dort wachte nicht nur die alte Tante Jen, es gab auch noch einen anderen Hüter, der sich um die alltäglich anfallenden metaphysischen Aufgaben kümmerte. Leider hatte es dieser Mann irgendwie geschafft, das Mißfallen der Tante zu erregen, weswegen Nalo nun die unangenehme Aufgabe zugefallen war, die alte Dame bei Bedarf zu trösten und ihre Vertraute zu sein.

So hocke ich dann also wieder einmal in einem Bus. Nalo griff in die Möglichkeiten und regelte die Hitze, die aus dem Gitter unter dem Busfenster drang. Das war zwar technisch gesehen eine unnötige Einmischung, aber immer noch besser, als im Trockenofen geröstet zu werden. *Ich weiß, was Jen im Kopf hat, wenn sie mich immer wieder da hinausruft. Sie will mir die Unfallstelle hinterlassen, wenn sie stirbt. Das kann sie sich aber aus dem Kopf schlagen. Ich schere mich einen feuchten Kehricht darum, wie man Sachen vorschriftsmäßig handhabt! Ich jedenfalls pflanze meinen Hintern nicht die nächsten fünfzig Jahre auf ein Loch in Scarborough. Sobald Jen das Zeitliche gesegnet hat, schleppe ich Diana hier raus, und dann darf sie gern mal ihre unglaublichen Kräfte zum Einsatz bringen und das Teil zuknallen. Da schere ich mich keinen Deut darum, ob sie was Besseres zu tun hat! Denn es gibt nichts Wichtigeres, als zu verhindern, daß ich nach Scar...*

Hölle und Verdammnis!

Nalos Finger schnappten nach der Schnur, mit der die Fahrgäste die Klingel des Busses betätigen und diesen zum Halten bringen können. Sie war schon aus dem Sitz geschossen, ehe noch der Klang der Glocke das Ohr des Busfahrers erreicht hatte.

„Das ist dein Auto?" Byleth zog einen Handschuh aus und fuhr mit dem Zeigefinger über den glänzenden schwarzen Kotflügel des Firebird, Baujahr 1973. „Wer hätte das gedacht? Ein Gotteslude in einem megacoolen Gefährt! Vielleicht schlafe ich doch mit dir!"

Leslie/Deter fuhr mit weit aufgerissenen Augen zurück. „Nein! Du hast es mir versprochen!"

Byleth holte tief Luft, beugte sich vor und rieb sich genüßlich an der Beifahrertür. „Das weiß ich. Aber das war, ehe ich diesen dämonisch geilen Wagen zu Gesicht bekommen hatte."

„Soll ich dich jetzt fahren oder nicht?"

„Jaaaaa", stöhnte die Dämonin.

„Dann hör auf, mit meinem Auto rumzumachen und steig ein."

Ein Stadtbus fuhr vorbei, wurde langsamer und bog dann am Ende des Häuserblocks in eine Haltestelle ein. Byleths Nackenhaare stellten sich auf.

„Byleth?"

„Gib mir noch eine Minute. Ich muß mich erst noch um was kümmern."

Die hinteren Türen des Busses öffneten sich.

Sie mußte die Hüterin ablenken, sonst würden sie hier nie wegkommen. Sie schnappte sich das erste Zipfelchen Finsternis, das ihr in die Hände kam, warf es in eine kleine Gruppe von Jugendlichen, die das Teenageralter noch nicht ganz erreicht hatten, und dort wurde aus dem Stück Finsternis ein Schneeball von epischen Ausmaßen. Byleth sah noch, wie der große Ball aus dreckigem Schnee und ganz viel Eis geworfen wurde. Sie wollte nicht abwarten, bis er sein Ziel traf.

„Komm schon, Leslie!" Sie ließ sich ins Auto fallen, knallte die Tür zu und griff nach dem Gurt. „Hab ich dir eigentlich schon gesagt, daß ich eine Dämonin bin?" fragte sie dann, als der Firebird sich in den Verkehr einfädelte.

In Leslie/Deters Lachen schwang ein Gutteil Hysterie mit. „Das würde ich dir glatt abnehmen."

„Wirklich?"

„Du bist nicht wie andere Mädchen. Du bist noch nicht einmal wie die anderen Mädchen, denen wir helfen, von der Straße wegzukommen. Du bist anders als alle Mädchen, die ich je getroffen habe. Du bist nicht ..."

„Ich hab's kapiert! Mann! Vielen Dank auch." Genau das hatte sie hören wollen, hören müssen – ganz gleich, wie bescheuert der Typ sich ausgedrückt hatte.

Irgendwie wurde es nämlich immer schwieriger, die Finsternis zu fassen zu kriegen.

Als Nalo ausstieg, verlangsamte sich die Zeit. Die Hüterin sah, wie der Schneeball geflogen kam, sah die Eisstückchen und den Kies darin mit erschreckender Klarheit, sah auch das bißchen Schnee, von dem der Klumpen zusammengehalten wurde. Am Schneeball vorbei erkannte Nalo das erschrockene Gesicht des Jungen, der den Ball geworfen hatte und nun kreidebleich wurde, als er sah, was gleich geschehen würde. Sie sah an dem Kind vorbei auf den 1973er Firebird, der sich gerade von der Bordsteinkante löste, um sich in den Verkehr einzufädeln.

Dann legte die Zeit wieder ihr normales Tempo vor, und ein paar Minuten lang sah Nalo erst einmal gar nichts.

Sie stolperte, versuchte, sich den Schneeball aus dem Gesicht zu wischen, und griff in die Möglichkeiten, vorbei am Schmerz und an der Wut, vorbei an der sicheren Erkenntnis, daß sie ihren Mantel schon wieder würde in die Reinigung tragen müssen. Nalo war lange genug Hüterin. Wer sie ablenken wollte, mußte mit mehr aufwarten als mit einem Mund voll Schnee und der Aussicht auf eine Rechnung über zweiundzwanzig Dollar von der Reinigung.

Aber als Nalo wieder sehen konnte, war das Auto bereits verschwunden.

Der junge Mann, der hinter ihr aus dem Bus gestiegen war, berührte die Hüterin leicht an der Schulter. „Alles in Ordnung?"

„Nein. Ich habe eine schlimme Vorahnung, was nur heißen kann, daß die Finsternis einen Weg gefunden hat, die Welt zu korrumpieren. Das bedeutet eine Zukunft voller Schmerzen, Seuchen, Pestilenz und Übel, und noch dazu scheint mir ein Stück Schotter in der Nase zu stecken."

„Wie unangenehm!"

„In der Tat.

Die U-Bahn war halb leer. Diana setzte sich, tat aber nichts, um zu verhindern, daß die anderen Fahrgäste die Anwesenheit des Katers mitbekamen. In Toronto pflegten die Fahrgäste der U-Bahn unsichtbare Wände um sich zu errichten. So wollten sie jegliche Interaktion mit potentiellen Irren, religiösen Fanatikern und verirrten amerikanischen Touristen umgehen. Von daher hätte Diana ein Schnabeltier auf dem Schoß halten können, und niemand hätte etwas gesagt, und wenn sie es recht bedachte, hielt die ältere Dame da im hinteren Teil des Wagens in der Tat ein ...

„Hallo! Da ist ja Doug."

Ein sprechender Kater jedoch erregt schon ein wenig Aufmerksamkeit.

„Gewölle!" verkündete Diana, während sie die Realität ganz sorgfältig ein wenig zurechtbog. Als alle Anwesenden diese Erklärung zu akzeptieren schienen und niemand Dianas Ausruf als Befehl auffaßte, stieß die junge Hüterin einen tiefen Seufzer der Erleichterung aus.

„Rede gefälligst leiser!" flüsterte sie in das weiche orangefarbene Fell zwischen Samuels Ohren. „Es sei denn, du willst nachts im Fernsehen auftreten und Reklame für Katzenfutter machen. Im Anschluß an irgendeinen Hellseher und ehe sie die Nummern der Mädels bekannt geben, die man gleich live in der Show anrufen kann."

„1-8000 und ruf mich an!" wußte Doug zu ergänzen. Er ließ sich neben Samuel und Diana nieder, nachdem er erst einmal auf seinem Weg quer durch den Wagen sämtliche Anwesenden mit den Ausdünstungen billigen Fusels beglückt hatte. „Wie läuft es denn so, Samuel?"

„Gut. Die Sache mit dem Schwanz habe ich aber noch immer nicht ganz raus."

„Das kommt schon noch. Wie ich sehe, bist du jetzt aber runter auf partielle Genitalien."

Diana verkniff sich den Kommentar, den sie gerade hatte abgeben wollen, und sah sich die Sache genauer an.

„He!" Blitzartig drehte Samuel sich um, um sie empört anzublitzen. „Entschuldige mal!"

„Tut mir leid." *Ein Kater, der sich selbst sterilisiert – genau, was die Welt braucht.* „Dämpf gefälligst deine Stimme."

„Dazu besteht kein Grund. Uns umgibt mein Kegel des Schweigens." Doug rührte mit ausufernder Geste in den giftigen Ausdünstungen, die die kleine Gruppe umgab. Die Jackenaufschläge zweier Anzüge wurden sichtbar, dazu mindestens drei Pullis. Darunter dünne graue Handgelenke.

Ganz flach durch den Mund atmend griff Diana in die Möglichkeiten. Ein Kegel des Schweigens ließ sich dort nicht finden, aber andererseits wurden Obdachlose vom restlichen Teil der Bewohner einer Stadt in der Regel so gründlich ignoriert, daß das wohl auf dasselbe hinauslief.

„Gibt's irgendeinen Grund, warum du die Welt jetzt lieber von der behaarten Warte aus angehst, Jungchen?"

„Wir mußten dafür sorgen, daß eine Dämonin sich zeigt und gefunden werden kann."

„Eine Dämonin? In der Welt?"

Während Diana die Augen verdrehte und sich verzweifelt fragte, warum es so lange dauerte, von der College Street zur Union Station zu gelangen, wo sie Samuels streng riechenden Kumpel würde abhängen können, erklärte der Kater die ganze Sache.

„Ein Dämon in der Welt", wiederholte Doug mit nachdenklichem Stirnrunzeln. „Das erklärt ja durchaus einiges – und ich wollte schon der Flasche Rasierwasser die Schuld geben, die ich mir heute morgen hinter die Binde gekippt habe. Also, ihr habt eine Dämonin enttarnt, und nun seid ihr hinter ihr her?"

„Nein", erklärte Diana dem Mann – oder besser gesagt, dem Platz direkt neben dem Mann. Es fiel ihr schwer, sich auf sein Gesicht zu konzentrieren, aber das mochte an der blaßgrünen Faser liegen, die ihm aus der Nase hing und vor dem Gesicht herumbaumelte. „Wir sind auf dem Heimweg. Jemand anders ist hinter dem Dämon her."

„Ihre ältere Schwester", setzte Samuel hinzu.

„Mit dieser Schwester haben Sie ein paar Jüngere-Geschwister-Probleme, nicht wahr? Kein Grund, es zu leugnen – es steht Ihnen ganz dick im Gesicht geschrieben. Wissen Sie, was meine Meinung dazu ist?" Verschwörerisch beugte sich Doug vor. „Zu Tiefkühlkost, meine liebe junge Dame, da paßt am besten ein netter Chardonnay."

„Was?"

Er blinzelte. „Was habe ich gerade gesagt?" Diana wiederholte seine Worte, und der Mann seufzte. „Mann, da ist ein Gedankengang ganz schön auf Abwege geraten. Giftwolke! Evakuieren Sie Frauen und Kinder!" Doug holte tief Luft und atmete dann langsam wieder aus. Samuel legte sich platt auf Dianas Schoß zurecht, weswegen die Wolke über seinen Kopf hinwegstrich, ohne Schaden anzurichten. „Schön, versuchen wir es also noch einmal. Ich glaube, Sie sollten sich selbst auf die Suche nach dieser Dämonin machen. Sie müssen sie retten."

„Ich muß was?"

„Sie retten. Vor Ihrer Schwester."

„So läuft das nicht. Zum einen: Wir mischen uns nicht ein. Zweitens: Sie scheinen das mit den Guten und den Bösen nicht ganz im Griff zu haben. Drittens: Ich weiß ja noch nicht einmal, warum ich mich überhaupt mit Ihnen über die ganze Sache unterhalte!"

„Weil er ein Engel ist", erklärte Samuel.

„Ja, klar, und ich arbeite als Unterwäschemodel!"

Dougs Augen weiteten sich. Er hob die Hände und täuschte Körbchen vor. „Hubba, hubba."

„Gut, das war's dann wirklich!" Diana packte sich die Katze und stand auf, als der Zug in den King-Street-Bahnhof einfuhr. „Ich hau ab. Von hier aus gehen wir zu Fuß."

„Wenn der Dämon der exakte Gegenpart zu dem jungen Mann Samuel darstellte, ist sie da nicht genau so ein Mensch, wie er einer war?"

Dougs ruhige Frage ließ Diana an der offenen Tür innehalten. Sie seufzte, woraufhin sich die Tür direkt vor ihrer Nase wieder schloß. Dann kehrte sie zu ihrem Sitz zurück, auf den sich, was sie nicht überraschte, niemand gesetzt hatte. „Ja."

„Kann man davon ausgehen, daß Ihre Schwester das berücksichtigt?"

„Nein." Wenn Claire nicht bereit gewesen war, dies bei einem Engel zu berücksichtigen, dann würde sie es bei einer Dämonin ganz gewiß nicht tun. „Ich glaube, sie nimmt die ganze Sache sehr persönlich. Aber es ist Claire, die zur Dämonin geleitet wird. Ich weiß nicht, wo sie sich befindet."

„Weiß sie denn, daß sie gejagt wird?"

„Davon ist auszugehen."

„Was tut eine Dämonin, die im Körper eines weiblichen Teenagers steckt und weiß, daß sie verfolgt wird?" Doug beugte sich vor und kniff die Augen zusammen. „Sie sind selbst ein weiblicher Teenager; denken Sie wie eine Dämonin."

Meine Tarnung ist zum Teufel, ich weiß, sie sind hinter mit her, ich weiß, ich hab kaum noch eine Chance und ich stehe mit dem Rücken zur Wand ...

Doug nickte, als sei er in der Lage, Dianas Gedanken zu lesen. Die grüne Faser wippte enthusiastisch auf und ab. „Lebend kriegt ihr mich nicht, Bullen!"

„Wenn sie schon gehen muß", sagte Diana langsam, „dann zeigt sie Claire auf dem Weg nach draußen den Stinkefinger und hinterläßt so viel Schweinerei wie möglich, die Claire dann wegmachen kann."

Das konstante Dröhnen des Rufes wechselte Ton und Klangtiefe. Claire rutschte unter ihrem Gurt hin und her und rieb sich mit beiden Händen die Schläfen. Hüterin zu sein fühlte sich manchmal so an, als sitze man bei einem Moby-Konzert direkt neben dem Schlagzeug. „Jetzt bewegt sie sich nach Osten."

Dean warf ihr durch die Fahrerkabine hindurch einen Blick zu, wonach er zu einem logischen Schluß kam: „Die Dämonin?"

Claire nickte.

„Dann geht es für uns doch nicht nach Toronto?"

„Es fühlt sich jedenfalls nicht so an."

„Schön. Das sind gute Neuigkeiten." Dean wandte seine Aufmerksamkeit wieder der Autobahn zu. „Einfach nur *durch* Toronto durchzufahren, das ist schon Wahnsinn genug."

„Mir kam es nicht wahnsinnig vor."

„Du fährst auch nicht." Nach seiner ersten Fahrt durch Toronto war Dean zu der Erkenntnis gelangt, daß Montreal zu Unrecht der Ruf anhaftete, die schlechtesten Autofahrer Kanadas zu beheimaten. Es stimmte zwar, daß die Autofahrer in Montreal sich allesamt aufführten wie Wahnsinnige, aber zumindest fuhren sie wie Wahnsinnige, die wissen, was sie tun. Soweit er das beurteilen konnte, hatten die Fahrer in Toronto allesamt so ein Riesenbrett vor dem Kopf, daß ihnen jegliche Sicht aus der Windschutzscheibe versperrt war.

„Die größtmögliche Schweinerei", wiederholte Diana, als die U-Bahn in die Union Station einfuhr. „Du lieber Himmel! Sie fährt nach Kingston!" Die Hüterin klemmte sich Samuel unter den Arm, rannte auf die Tür zu, hielt dann aber noch einmal an, um sich umzuwenden und zu fragen: „Sind Sie wirklich ein Engel?"

Doug lächelte. „Können Sie das denn nicht feststellen?"

„Nein."

Der erste Pfiff ertönte, und Diana trat hinaus auf den Bahnsteig. Eigentlich hätte sie durchaus in der Lage sein müssen, festzustellen, ob Doug ein Engel war oder nicht! Hinter den Türen, die sich gerade geschlossen hatten, breitete der Mann beide Arme aus und verbeugte sich. Diana sah, daß sich seine Lippen bewegten, aber das Dröhnen der Old Red Rocket übertönte die Worte.

Er wandte sich um und winkte ihr zu, während die U-Bahn auf der University Line gen Norden raste.

„Ich frage mich, was er da wohl gesagt haben mag", murmelte sie und eilte auf die Rolltreppe zu.

„*Lex clavatoris designati rescindenda est.*"

„Prima Gehör!"

„Ich bin ein Kater."

„Noch nicht lange, die überheblichen Sprüche kannst du dir also sparen." Diana klemmte sich Samuel unter den anderen Arm, drängelte sich an einem älteren, asiatischstämmigen Herrn vorbei und rannte die enge Treppe hinauf, indes die Absätze ihrer Stiefel laut auf den Metallstufen dröhnten. „Ich finde auch, daß die Regel mit dem Schlagmann, der für den Werfer einspringt, beim Baseball abgeschafft gehört, aber was hat das mit der Frage zu tun, ob er ein Engel ist oder nicht?"

Samuel schlug seine Krallen in Dianas Jacke. „Spielen Engel denn nicht Baseball?"

„Es gibt die Anaheim Angels. Das ist aber nur der Name einer Mannschaft. Ich möchte wirklich bezweifeln, daß sich in der Truppe echte metaphysische Spieler befinden."

„Bist du sicher?"

„Nein, und weißt du was? Es ist mir egal."

„*Qui tacet consentit*", murmelte Samuel, als Diana von der Treppe auf die Kacheln des Bahnhofs trat und in raschem Trab zum Fernbahnhof hinübereilte.

„*Fac ut vivas!* Hör auf, so anzugeben. Ich kann mir kaum was Ärgerlicheres vorstellen als eine Katze, die mich auf Latein kritisiert!"

„Was ist mit einer Katze, die Gewölle in ein paar Turnschuhe kotzt, die hundertvierzig Dollar gekostet haben?"

„*Très* eklig! Du hast gewonnen."

Samuel lehnte sich gemütlich zurück, während Diana in die Kurve einbog, die zu einer vielbenutzten Sandsteintreppe führte. Er lächelte. „Natürlich."

„Meinst du, so wirkst du weniger angeberisch?"

„Was meinst du mit angeberisch?"

Diana rannte die Treppe hinauf, nahm immer zwei Stufen auf einmal. Endlich war ihr klar, warum so viele Unterhaltungen zwischen Claire und Austin mit unbeantworteten Fragen endeten.

„Also, warum fährt die Dämonin nach Kingston?" fragte Samuel, als sie oben angekommen waren und über den blankpolierten Marmorfußboden hin auf die Reihe von Schaltern zueilten, an denen Bahnfahrkarten verkauft wurden.

„Sie will ein Loch wieder aufmachen, das zur Hölle führt. Aua!"

„'tschuldigung." Samuel mühte sich ab, seine Krallen aus Jacke, Pullover, Hemd und Haut zu ziehen. „Ist das dein Ernst?"

„Ich blute!"

„Mann! Ich hab doch gesagt, es tut mir leid. Aber du kannst nicht so einfach Hölle sagen, wenn ein Engel zuhört, und dann erwarten, daß nichts passiert."

„Da magst du recht haben." Diana glitt zwischen die Absperrseile der Warteschlange und machte sich bereit, auf den ersten verfügbaren Fahrkartenverkäufer zu warten, der bereit wäre, sie zu bedienen. Gerade allerdings schienen sie alle Pause zu haben. „Mann, das ist mal eine mächtige Gewerkschaft!" murmelte sie ungehalten, nachdem sie in die Möglichkeiten gegriffen hatte, ohne jedoch greifbare Resultate erzielen zu können.

„Die Hölle?" drängte der Kater.

„Na gut, du kriegst die Kurzfassung einer langen Geschichte. Meine Schwester und ich, wir haben dieses wirklich alte Loch zugemacht, das zur Hölle führte. Im Keller einer Art Hotel in Kingston, vor Weihnachten. Unfallstelle versiegelt, Welt gerettet – schubidubidu. Aber der Ort erinnert sich immer noch an das Loch. Wenn die Dämonin es also wieder öffnet, dann kriegt sie für ganz wenig Geld den lautesten Knall. Wenn sie schnell genug an dem Vetter vorbeikommt, der die Unfallstelle überwacht – und nach dem, was mir Claire über diesen dreckigen alten Mann erzählt hat, sollte sie damit keine weiteren Probleme haben, insofern sie als Frau genug vorzuweisen hat, du verstehst schon –, dann hat sie genug Zeit, das Loch wieder aufzumachen, ehe Claire sie einholen kann. Dann brauchen wir uns wahrscheinlich auch nicht mehr den Kopf darüber zu zerbrechen, ob es richtig ist, daß Claire die Persönlichkeit der Dämonin auslöschen will. Denn dann steigt eine Finsternis auf, die diese Persönlichkeit sowieso übermannen wird."

„Nicht zu vergessen die Welt! Die Finsternis wird die Welt mit reinem, unverfälschtem Bösen überziehen und sicherstellen, daß einem jeden Wesen auf Erden ein kurzes, jämmerliches, schmerzerfülltes Leben in tiefster Verzweiflung beschert wird."

„Na ja – das auch!"

Dreizehn

„Zur Abfahrt bereit steht jetzt auf Hieb hüben VIA Gleis Zug Nummer ben fief nach Nootewall. Halt in Gaplerg, Corbillslag, Pevilg und Binkstain."

„Unser Zug!" gab Diana bekannt und hob den Kater von der Bank, während die Lautsprecher die Ansage auf Französisch wiederholten.

„Hey, paß auf, meine Schnurrhaare!" protestierte Samuel, als Diana ihn in den Rucksack stopfte, den sie kurz zuvor im Laden am Bahnhof gekauft hatte. Dann hängte sich die Hüterin den Rucksack über die Schulter und eilte Richtung Bahnsteige. Samuel blinzelte durch den offenstehenden Reißverschluß seines Transportmittels auf die Rückseite von Dianas Ohr. „Ich dachte, wir fahren nach Kingston! Mit dem Zug, der dann weiter nach Montreal fährt."

„Hab ich doch gesagt: Binkstain, auf der Strecke nach Nootewall."

„Du spinnst doch, oder?"

„Versuch einfach auszusehen wie ein Gepäckstück, ja!"

Das plötzliche Aufheulen einer Polizeisirene riß Austin aus dem Tiefschlaf. Gerade hatte er noch, die rechte Vorderpfote über die Augen gelegt, friedlich zwischen Dean und Claire geschlummert – da hechtete er auch schon über die Rückenlehne der Sitzbank und verschwand düster murmelnd in den Tiefen seines Katzenkorbes: „Beweisen kannst du nicht, daß ich es war. Die Milz hätte jeder auf dem Teppich liegen lassen können."

„Eins mußt du ihm lassen: Seine Reflexe sind einwandfrei", bemerkte Claire, die heftig mit der Hand wedeln mußte, um zu verhindern, daß sich eine Wolke aus Katzenhaaren auf ihrem Gesicht niederließ.

„So, muß ich?" fragte Dean, während er den Wagen herunterschaltete und den Pick-up vorsichtig auf das schmale Stück Seitenstreifen lenkte, den der Winter dem Highway 7 auf beiden Seiten gelassen hatte. „Klar doch, muß ich wohl. Wirst schon recht haben."

Claire warf ihm einen fragenden Blick zu. An Deans Mundwinkel zuckte hektisch ein Muskel; der ganze Mann verkörperte – soweit sie das beurteilen konnte, denn eigentlich sah sie ja nur sein Profil

– eindeutig das Bild eines Verurteilten, der gewahr ist, in wenigen Sekunden schon den Gewehrläufen des Erschießungskommandos gegenüberzustehen. „Du bist noch nie von der Polizei angehalten worden, was?" fragte sie mitfühlend.

„Nein." Seufzend ließ Dean den Kopf auf das Lenkrad sinken.

Dieses Nein klang leicht beschämt. Ob es Dean nun aber peinlich war, angehalten zu werden, oder ob er sich vielmehr schämte, weil ihm so etwas bislang noch nie passiert war, hätte Claire nicht sagen können. Es gab bestimmt einige Männer, denen es etwas ausmachen würde, einundzwanzig Jahre alt zu werden, ohne ein einziges Strafmandat für zu schnelles Fahren vorweisen zu können. Besser gesagt: ohne mit der Geschichte aufwarten zu können, wie es zu dem Strafmandat gekommen war. Aber waren das dieselben Männer wie die, denen es ernsthafte Kopfschmerzen bereitete, wenn sie sich nicht in der Lage sahen, ihre Unterwäsche zu bügeln? „Mach dir keine Sorgen", tröstete Claire. „Ich kümmere mich darum." Sie drehte sich soweit auf ihrem Sitz um, wie es ihr Gurt gestattete. „Hier treibt sich ein Dämon herum. Wir haben jetzt keine Zeit, für die Jungs von der Polizeitruppe Ontario Männchen zu machen."

„Nein."

Das allerdings war ein eindeutiges Nein; ein Nein, das sich jedes weitere Gegenargument verbat. Claire sah zu, wie Dean das Kinn reckte, während er das Fenster herunterkurbelte. Sie seufzte. Der junge Mann war fest entschlossen, die Verantwortung für sein Tun zu übernehmen. Das ließ sich ganz eindeutig aus seiner Miene ablesen.

„Wenn du's nicht gewesen bist", verkündete er, „dann fährst du auch nicht ein."

„Was?"

„Das war der Titelsong einer Polizeiserie aus den siebziger Jahren."

„Du warst in den Siebzigern doch noch gar nicht vorhanden."

„Die Serie habe ich bei meinem Vetter in Halifax gesehen. Sie lief auf dem Krimikanal. Mein Vetter hat eine Satellitenschüssel!" fügte er erklärend hinzu, denn nunmehr hatte Claire die Augenbrauen soweit gesenkt, daß sie über ihrer Nasenwurzel zusammenstießen. „Hör mal", fuhr er fort, „das ist doch jetzt nicht wichtig. Ich möchte nicht, daß du im Kopf von diesem Polizisten rummachst. Ich habe das Gesetz gebrochen, ich werde auch die Folgen tragen."

„Du bist hundertzehn gefahren, wo du hättest achtzig fahren dürfen! Das ist ja nun nicht so, als wärst du professioneller Bankräuber oder als würdest du den Zugang zu irgendeinem Ich-hab-mehr-Mäuse-als-Hirnschmalz.com blockieren." Claire hatte im Laufe der Jahre schon einige Strafzettel geregelt, während sie mit Zuschauern unterwegs war. Einmal hatte sie versucht, einen Michigan State Trooper davon zu überzeugen, es sei völlig in Ordnung, mit hundertfünfundfünfzig Stundenkilometern auf der Interstate 90 durch Detroit zu fahren. Bei ihrer vorsichtigen Suche im Kopf des Mannes hatte sie jedoch feststellen müssen, daß sie nicht die erste war, die ihm dies hatte weismachen wollen, und auch beileibe nicht die mit den überzeugendsten Argumenten. „Dean, es tut mir wirklich leid. Aber ich als Hüterin muß einfach sagen, daß wir jetzt erst einmal diesen Dämon loswerden müssen. Das steht an oberster Stelle auf unserer Liste." „Soll es ja auch und tut es ja auch."

„Prima."

„Gleich nach der Sache hier."

„Aber ..."

„Hüter sind die Polizeikräfte, was metaphysische Verbrechen angeht, oder?" Dean nahm Claires Hand und sah der jungen Frau über deren Fingerspitzen hinweg ganz ernsthaft in die Augen.

„Im Prinzip ja, aber ..."

„Wie kann ich dir helfen, deine Arbeit zu tun, und total darauf pfeifen, diesem Mann hier bei der seinen zu helfen?"

Claires Augen weiteten sich.

„Pfeifen habe ich gesagt! Nicht blasen, und so habe ich es auch gemeint!" Deans Brillengläser beschlugen, so sehr war ihm die Hitze zu Kopf gestiegen. „Wirklich! Total! Hör mal, laß mich die Sache regeln, ja? Hinterher kannst du machen, was du willst, um den Zeitverlust aufzuholen." Das Geräusch schwerer Schritte kam immer näher. „Claire?"

„Na gut", murmelte die Hüterin widerstrebend. „Aber sieh' zu, daß du schnell ..."

„Fertig bist", kicherte Austin aus den Tiefen des Katzenkorbs heraus.

Dean drehte dem Wachtmeister der Landespolizei von Ontario langsam den Kopf zu, konnte es jedoch nicht lassen, zuvor mit einem raschen Seitenblick hinter die Sitze dem Kater für die nicht allzu ferne Zukunft eine Diskussion anzukündigen. Claire war völlig unklar, warum der junge Mann sich die Mühe machte, denn Austin schlief unweigerlich ein, sobald Dean auf den Respekt zu sprechen kam, den man einander schuldete. Aber sie bewunderte ihn für seine Hartnäkkigkeit, mochte sie auch noch so sinnlos sein. In dem, was eine Katze unter ‚einander Respekt zollen' verstand, war nichts enthalten, was irgendeine andere Spezies auf der Welt unter Gegenseitigkeit verstand.

„Führerschein und Wagenpapiere, Sir."

Der Akzent des Wachtmeisters wies ihn als waschechten Sohn der Provinz Ontario aus. Claire spürte, wie die Spannung aus ihren Schultern wich. Vielleicht schafften sie es ja wirklich, wieder ins Rollen zu kommen, ehe allzu viel Zeit verloren war.

Dean hatte zu kämpfen: Er wollte die Brieftasche hinten aus der Hose ziehen, stellte fest, daß er angeschnallt war, versuchte, den Sicherheitsgurt zu lösen, brachte es aber statt dessen lediglich fertig, diesen zu verklemmen. Wieder und wieder schlug der junge Mann verzweifelt mit der einen Hand auf den Knopf, der den Gurt freigeben sollte, während er mit der anderen Hand an dem Gurt zerrte, der über seinen Schoß gespannt war. Er schlug und zerrte, schlug und zerrte, machte aber letztlich alles nur noch schlimmer, und die ganze Zeit ging ihm die Titelmelodie der Polizeiserie C*O*P*S nicht aus dem Kopf. Mühsam versuchte er, sich halbwegs zu beherrschen und nicht zu hyperventilieren. Er hatte oft und lange genug ferngesehen, um zu wissen, daß es für die bösen Jungs unangenehm wird, wenn die Bullen denken, da will jemand ihre Zeit verschwenden.

„Dean, wenn du dich entspannen würdest ..."

„Doch jetzt nicht, Claire!" Entspann dich, und es geht von ganz allein, entspann dich, überlaß den Rest Mütterchen Natur, entspann dich doch, denk nicht soviel ... zwei Nächte nun schon hatte Claire ihm befohlen, sich zu entspannen. Inzwischen brauchte er diesen Rat nur mit ihrer Stimme gesprochen zu hören, und schon verkrampfte sich ihm jeder Muskel, und er wollte die Freundin am liebsten anschreien, sie solle doch bitte den Mund halten.

„Ich glaube, Ihre Dame wollte Ihnen damit zu verstehen geben, daß Sie den Gurt zu sehr anspannen, was wohl das Problem ist."

„Ach." Dean sackte im Sitz zusammen, drückte sacht mit dem Daumen auf den Knopf des Gurtes und war frei. Er war sich der spitzen Blicke durchaus bewußt, die Claire ihm von der Seite zuwarf, während er Führerschein und Zulassungspapiere aus der Brieftasche zog und dem Wachtmeister reichte.

„Sie kommen also aus Neufundland?"

„Ich wollte den Wagen ja ummelden – und auch meinen Führerschein", erklärte Dean hastig, in der Hoffnung, dies würde sich nicht allzusehr nach lahmer Entschuldigung anhören. „Aber ich war mir nicht sicher, ob ich auf dem Festland bleiben würde."

Der Beamte bückte sich und sah Claire an. „Verstehe", sagte er und richtete sich dann wieder auf. „Kennen Sie einen Hugh McIsaac?"

„Oh, nein ..."

Er bückte sich erneut. „Ma'am?"

Claire griff in die Möglichkeiten.

Fünf Minuten später fuhren sie gen Osten, und zwar im gemäßigten, vorsichtigen Tempo von achtzig Stundenkilometern. Zuvor hatten sie eine strenge, fast schon niederschmetternde Verwarnung hinnehmen müssen, in der kein einziges Mal auf Eishockey Bezug genommen worden war.

„Ist es hier drin so warm oder liegt das an mir?" fragte Austin, der sich nun wieder auf die Sitzbank fallen ließ.

Claire hob ihn auf ihren Schoß. Gleichzeitig warf sie Dean einen besorgten Blick zu. Der junge Mann sah aus wie aus fleischfarbenem Marmor gehauen. Lediglich der eine Nasenflügel, den Claire von ihrer Position aus sehen konnte, war leicht gebläht und gab Aufschluß über die Stimmung des Neufundländers. *Wenn wir bei der Kiefer da sind und er immer noch nichts gesagt hat, dann rede ich als erste.*

Die Kiefer zog vorüber.

Gut. Wenn er bis zu den Schwarzdornsträuchern da vorn an der Straße immer noch nichts gesagt hat, dann erkläre ich ihm die Sache.

Eine Lunantishee lugte aus einem der Sträucher und streckte Claire spöttisch die lange Zunge heraus.

Gut, wenn er bis zur nächsten Kreuzung immer noch nicht redet, dann kann er da einfach hocken bleiben. Für mich gibt es keinen Grund, etwas zu sagen. Ich hatte doch schließlich recht. Wir sind unterwegs, um einen Dämon zu fangen, und das hat doch wohl einen ebensolchen Stellenwert wie fünfundvierzig Minuten Geplauder über ein Spiel, das weiland 1979 in der F-Jugend ausgetragen worden ist!

Die Kreuzung lag hinter ihnen.

Austin seufzte. „Also", fragte er dann, sich umwendend, um Dean besser sehen zu können. „Wer war Hugh McIssac?"

„Ein Typ." Dean hatte die Lippen so fest aufeinandergepreßt, daß die Worte Mühe hatten hindurchzukriechen. Angeborene Höflichkeit zwang ihn jedoch, eine direkt an ihn gerichtete Frage auf jeden Fall zu beantworten.

„Ein Typ, den du früher mal gekannt hast? In St. John?"

„Ja."

„Mit dem du Eishockey gespielt hast?"

„Nein."

Claire spürte, wie ihr bei diesem Nein das Blut in die Wangen schoß. Das würde sie unmöglich wieder gutmachen können. Ein Geräusch, das irgendwo zwischen einer Entschuldigung und einem leisen Wimmern anzusiedeln war, bahnte sich mühsam zwischen ihren Zähnen einen Weg an die Luft.

Dean warf ihr einen Seitenblick zu und seufzte.

„*Gegen* ihn habe ich gespielt", gab er widerstrebend zu.

„Aha!"

„Das nenn ich eine nette Art, die Wogen zu glätten!" murmelte Austin resigniert.

„Wenn ich mich also nicht eingemischt hätte, dann *hätten* wir wirklich die nächste halbe Stunde noch da rumgestanden!"

Dean schüttelte den Kopf. „Das weißt du doch nicht."

„Weil du es zum ersten Mal geschafft hättest, eine Unterhaltung einfach abzubrechen?"

„Ja!"

Claire verschränkte die Arme.

„Na ja, vielleicht."

Sie schnaubte verächtlich.

„Schön, wahrscheinlich ja nicht. Aber darum geht es doch gar nicht", teilte er ihr indigniert mit, während er sein Fahrtempo leicht drosselte, um einen Kleinbus überholen zu lassen. „Du hast gesagt, du läßt mich die Sache regeln."

„Ich habe mich in die Polizeidinge nicht eingemischt. Er hatte ohnehin nicht vor, dir einen Strafzettel zu verpassen."

„Aber ganz genau werde ich das nun nie wissen, oder?"

„Es gibt nichts Schlimmeres, als die Lenden zu einem Kampf zu gürten, den man dann gar nicht zu bestehen braucht", warf Austin ein, während er von Claires Schoß kletterte und sich zwischen ihr und Dean auf dem Sitz ausstreckte.

„Du hattest deine Lenden gegürtet?" Über den Kater hinweg warf Claire Dean einen fragenden Blick zu.

„Nein."

„Nein?"

„Ich weiß ja noch nicht einmal, was das bedeutet!" Der junge Mann seufzte so tief und laut, daß die Innenseite der Windschutzscheibe beschlug. „Ich wollte die Sache nur selbst regeln."

„Du vertraust mir nicht?"

„Natürlich vertraue ich dir! Aber du bist manchmal ganz schön anmaßend."

„Ich bin Hüterin, und ich gebe zu bedenken, daß ich lediglich so anmaßend bin, wie es mein Job von mir verlangt! Wenn du lieber Hockey spielst, als Liebe zu machen ..."

„Was?"

„Wir finden den Dämon, ich banne den Dämon, wir suchen uns ein stilles Eckchen; war das nicht der Plan? Es sei denn, du willst gar nicht ... warum fährst du rechts ran, Dean?"

Dean schaltete den Pick-up in den Leerlauf und zog die Handbremse an. Dann drehte er sich zu Claire um, so daß er sie direkt vor sich hatte, wobei er sich mit der einen Hand auf ihrer Kopfstütze, mit der anderen auf dem Armaturenbrett abstützte. „Natürlich will ich mit dir schlafen. Ich will das so sehr, daß ich schon an nichts anderes mehr denken kann. Wenn ich esse, wenn ich am Steuer sitze, wenn ich dich anschaue, wenn ich dich nicht anschaue, wenn ich über Dämonen rede, wenn ich über Hockey rede ... immer denke ich daran, daß ich mit dir schlafen will."

„Daran also denkst du, wenn du mit mir redest!" Empört richtete sich Austin auf. Als Dean das bejahte, ließ sich der Kater seufzend wieder fallen. „Na, das verpaßt allen zukünftigen Unterhaltungen einen ziemlichen Dämpfer, das laß dir gesagt sein!"

Dean streckte die Hand aus und streichelte mit dem Handrücken Claires Wange. „Aber ich denke ja nur daran, wie es ist, mit dir zu schlafen, weil ich nicht mit dir schlafen kann. Wenn ich es könnte, dann würde ich ganz sicherlich nicht über Eishockey reden, dann würde ich ..."

„Schon gut, das reicht. Die Katze will die Details gar nicht wissen."

Ohne den Blick von Dean zu wenden, angelte Claire nach Austin und ließ den Kater hinter den Sitz fallen. Dann löste sie ihren Gurt und glitt vor. Wenig später hatte sie Dean die Unterlippen von den Zähnen gesogen, und als sie endlich wieder etwas sagen konnte, flüsterte sie: „Wollen wir dann mal los, den Dämon finden?"

Deans Antwort war im großen und ganzen unverständlich.

Austin zog es vor, sich aus dieser Unterhaltung ganz und gar herauszuhalten.

„Würdest du bitte damit aufhören?"

„Womit?"

„Meinen Wagen zu streicheln. Das ..."

„Macht dich an?"

„... lenkt mich ab. Ich sehe aus dem Augenwinkel ständig eine Bewegung, ich denke ständig, da will einer die Fahrspur wechseln, und immer bist du das. Es ist nicht einfach, dieses Auto bei diesem Wetter durch diese Art von Verkehr zu steuern, und ich wäre sehr, dankbar, wenn du ein wenig ... HEY! VIELLEICHT HÖRST DU MAL AUF, DIR DEN WELTFRIEDEN VORZUSTELLEN, UND STELLST DIR STATT DESSEN VOR, DEIN BLINKLICHT BLINKT AUCH WIRKLICH!"

Byleth blinzelte leicht, schielte an Leslie/Deter vorbei auf den Geländewagen, der gerade über drei dicht befahrene Spuren gewechselt war, und sah dann wieder Leslie/Deter an. „Der hat dich doch gar nicht gehört."

„Weiß ich. Aber ich fühle mich besser. Das hilft mir beim Fahren."

„Ach."

„Das ist nur eine Art, Spannung abzu... MIETE DIR NÄCHSTES MAL EINE KARRE, DIE DU FAHREN KANNST, DU SCHWACHKOPF!"

Der fragliche Wagen bremste ab, brach seitlich nach links aus, schleuderte nach rechts, geriet auf Eis, drehte sich einmal voll um dreihundertsechzig Grad und kam dann sicher auf dem Seitenstreifen zum Stehen. Einen halben Kilometer weit quietschten Bremsen. Plötzlich austretende Flüssigkeit verursachte bei zwei Sitzheizungen einen Kurzschluß, und dann war alles vorbei.

Byleth lächelte. „Der hat es diesmal nämlich doch gehört."

Die Finger, mit denen Leslie/Deter das Steuer umklammert hielt, waren schneeweiß. Mit weit aufgerissenen Augen starrte der junge Mann auf den Verkehr, der wundersamerweise immer noch gen Osten floß und langsam auch wieder schneller wurde. „Gott hat uns alle errettet."

„Glaubst du?"

„Er hat seine Hand ausgestreckt, um seine Kinder in Sicherheit zu bringen."

„Nein." Byleth runzelte die Stirn und schüttelte den Kopf. „Das wäre mir aufgefallen."

„Du kannst doch nicht leugnen, daß sich da gerade ein Wunder zugetragen hat."

„Aber hallo! Ich kann alles leugnen, was ich leugnen will!" zischte die Dämonin, verschränkte die Arme vor der Brust und ließ sich ganz tief in den Sitz rutschen.

Ein paar Minuten lang fuhren die beiden schweigend dahin, dann seufzte Leslie/Deter und straffte die Schultern. „Weißt du was? Du bist gar nicht so zäh, wie du selbst immer denkst."

Byleth starrte ihn durch die Haarsträhne hindurch an, die ihr Gesicht in zwei Hälften zerschnitt, und in ihrer Miene spiegelten sich Unglauben und Wut. „Du hast doch keinen blassen Schimmer, wie zäh ich bin."

„Du hältst dich wohl für reichlich fies."

„Ich *bin* reichlich fies."

„Du denkst, es ist cool, ganz düster und gefährlich zu sein."

„Hallo? Hölle an Leslie?" Ein marineblauer Fingernagel bohrte sich Leslie schmerzhaft in die Schulter. „Ich *bin* dunkel und gefährlich."

„Ich weiß auch, warum du das tust."

„Oh bitte ..."

„Dein Verhalten verhindert, daß andere Menschen dir zu nahe kommen. Verhindert, daß du verletzt wirst."

„*Ich* werde nicht verletzt. Ich verletze."

„Das ist unter dem Strich im wesentlichen dasselbe."

„Wenn du denkst, rotglühende Schüreisen in den Arsch geschoben zu bekommen wäre dasselbe, wie anderen rotglühende Schüreisen in den Arsch zu schieben, dann bist du noch bescheuerter, als ich dachte, und das ist ja fast schon besorgniserregend." Byleth fragte sich allmählich, warum sie nicht vorher bedacht hatte, was es bedeutete, drei Stunden lang mit einem Luden Gottes im Auto eingesperrt zu sitzen. Sie löste ihren Gurt und rutsche so weit auf dem Sitz herum, bis sie den Fahrer direkt ansehen konnte. Ihre Augen waren das reine Onyx, kein Fünkchen Weiß zu entdecken. „Leslie? Sieh mich an!"

„Jetzt nicht. Ich versuche, dafür zu sorgen, daß der Wagen auf der Straße bleibt."

„Ich sagte, *sieh mich an*."

„Ja, und ich sagte: jetzt nicht!" Ein Blick in den Rückspiegel zeigte den Kühler eines LKW und viel mehr sonst auch nicht. „Es sei denn, du hast wirklich vor, diese kleine Ausfahrt im Graben enden zu lassen, und zwar auf dem Wagendach!"

Darüber dachte sie einen Moment lang nach, und ihre Augen wurden heller. „Nein. Habe ich nicht."

„Gut." Er lehnte sich zurück, schaltete herunter, bog auf die Überholspur ein und schaltete dann mit röhrendem Motor wieder hoch. Mit quietschenden Reifen zischten sie an allen anderen Autos vorbei, und er drosselte das Tempo erst dann wieder, als sie den zähfließenden Verkehr hinter sich gelassen hatten und wieder auf die rechte Fahrspur eingebogen waren.

Byleth klappte laut hörbar den Mund zu. „Das war *mega*cool."

Auf den bleichen Wangen ihres Fahrers tauchten rote Flecken auf. „Danke."

„Mach das noch mal."

„Sicher, wenn ich wieder was zu überholen habe."

„Was denn zu überholen? Deinen Motor? Machs jetzt noch mal!"

„Nein." Er sah zu ihr hinüber, und seine Augen weiteten sich. „Byleth! Schnall dich an!"

„Weil du sonst sechsundneunzig Dollar Strafe zahlen mußt und drei Punkte kriegst, wenn die Bullen uns anhalten?" Sie grinste hämisch und streckte die Hände vor, so weit vom Sicherheitsgurt entfernt wie irgend möglich.

„Weil du dich verletzt, wenn uns irgend etwas passiert."

„Dein Gott würde mich nicht beschützen?"

„So funktioniert das nicht."

„Erzähl mir mehr!" schnaubte sie.

Er seufzte und schüttelte den Kopf. „Das habe ich ja versucht."

„Ich möchte, daß du weißt, daß ich das Teil hier nur anlege, weil ich ganz dringend heil in einem Stück in Kingston ankommen muß", erklärte ihm Byleth, während sie sich den Schultergurt über die Jacke zerrte und den Verschluß mit einem lauten Knall in der dafür vorgesehenen Halterung verschwinden ließ. „Ich mache es auf gar keinen Fall, weil du mich darum gebeten hast, und ich nehme es dir auch nicht ab, wenn du sagst, es ist dir nicht egal, ob mir was zustößt oder nicht."

„Aber es ist mir wirklich nicht egal."

„Warum denn nicht?"

„Ich will verdammt sein, wenn ich das weiß!"

„Bist du dann wohl auch!" gab sie schnippisch zurück, und rutschte hinab in die Tiefen des Beifahrersitzes, die Füße gegen das Armaturenbrett gestemmt.

Samuel streckte die Pfote aus dem Rucksack und stupste Diana am Kinn. „Was ist los?" wollte er wissen.

„Ein Ruf", flüsterte die Hüterin fast unhörbar. Der Zug war gerammelt voll, denn nach den Feiertagen hatte rege Reisetätigkeit eingesetzt – trotzdem war es den beiden gelungen, einen Zweiersitz ganz für sich allein zu ergattern. Das hatten sie größtenteils einem ekelhaft realistisch anmutenden Fleck auf dessen Sitzfläche zu verdanken, den die Möglichkeiten praktischerweise zur Verfügung gestellt hatten. Sie hatte ihre Jacke strategisch geschickt über den Rucksack drapiert, aber es würde dennoch die Aufmerksamkeit diverser Zuschauer erregen, wenn sie mit ihrem Gepäck redete.

„Gut." Um seine Gedanken zu ordnen, fuhr Samuel sich ein paarmal rasch mit der Zunge über die Schulter. Danach stand sein Plan. „Wir machen es so: Du widmest dich dem Ruf, und ich fahre nach Kingston und rette die Dämonin vor deiner Schwester."

Er sah sehr ernst aus, als er Diana diesen Vorschlag unterbreitete – so ernst, wie eine orangefarbene Katze in einem grünen Rucksack eben aussehen kann.

„Nehmen wir eine Sekunde lang an, ich wäre bescheuert genug, mich auf diesen Vorschlag einzulassen. Wie willst du das bewerkstelligen?"

„Mir fällt schon was ein. Ich bin eine Katze."

„Du bist ein Engel in Gestalt einer Katze", rief ihm Diana etwas spitz ins Gedächtnis.

„Das meinte ich ja. Ich bin ein Engel."

„Stimmt. Zum Glück kommt der Ruf hier aus dem Zug. Ich kriege das hin." Diana erhob sich, ließ ihre Jacke liegen, wo sie lag, und versuchte, das Gefühl, das an ihr nagte, festzunageln, indem sie sich langsam und widerstrebend ein paar Mal um die eigene Achse drehte. Eigentlich hatte sie nichts dagegen, einen Ruf zu erhalten. Immerhin war es genau das, was Hüterinnen nun einmal taten. Aber in ihrem Portemonnaie hatte sich kein Cent Familiengeld befunden, weswegen sie ihr Weihnachtsgeld hatte hinblättern müssen, um die Fahrkarte zu kaufen. Das schien Diana ungerecht. Entweder sie war privat unterwegs, um die Dämonin zu retten, oder sie arbeitete. Was sollte es also bitteschön sein? „Da!" rief sie aus und ergänzte dann rasch, an einen Mann mittleren Alters gerichtet, der bei ihrem Ausruf erschrocken die Zeitung hatte sinken lassen: „...ist die Toilette ja!" Sie warf dem Mann ein strahlendes Lächeln zu.

Der bedachte ihr Lächeln mit einem dieser Blicke, wie Leute über vierzig sie für Leute unter zwanzig parat halten, und wandte seine Aufmerksamkeit dann wieder der Seite mit den Filmbesprechung von *Three Kings* zu, *dem* bahnbrechenden Kinohit der Feiertage. Diana hatte ihn nicht gesehen, aber sie nahm stark an, daß George Clooney fehlbesetzt war.

Sie quetschte sich gerade langsam zum Mittelgang durch, als sie das leise Kratzen von Krallen auf Polstern hörte und abrupt stehenblieb.

„Wo willst du denn hin?" murmelte sie und beugte sich so weit vor, daß ihr Gesicht nur noch Millimeter über dem des Engels schwebte. Gleichzeitig nutzte sie die Gelegenheit, eben dieses Gesicht wieder unter ihre Jacke zu bugsieren.

„Ich komme mit."

„Warum? Du kannst nicht helfen. Ich bleibe auch nicht lange. Du bleibst hier."

Samuel dachte darüber nach. „Nein", entschied er dann.

„Warum nicht?"

Die Frage schien ihn zu überraschen. „Weil ich nicht will."

„Schön." Diana schnappte sich die Träger und warf sich Rucksack samt Kater über die Schulter, wobei sie das unterdrückte „Aua!", das aus dem Rucksack drang, lieber hörte, als eigentlich hätte sein dürfen.

Wie sich dann herausstellte, befand sich die Unfallstelle wirklich in der Toilette. Leider nicht nur die Unfallstelle. Vor der verschlossenen Toilettentür standen bereits vier Menschen Schlange, alle mit leicht verzerrten Mienen und voll nervöser Unruhe, was deutlich besagte, daß sie schon eine ganze Weile hier warteten. Diana hoffte sehr, sie möge nicht zu spät gekommen sein und die durchsickernde Finsternis möge noch kein Opfer gefordert haben. Sie griff in die Möglichkeiten – nur eben so weit, daß sie sich Gewißheit verschaffen konnte, ohne gleich voyeuristisch zu sein.

Als sie sich dann die Übersicht verschafft hatte, konnte sie allerdings ein erstauntes Losprusten nicht unterdrücken. Die mütterliche Frau, die direkt vor Diana in der Schlange stand, drehte sich halb zu der Hüterin um. „Alles in Ordnung?"

„Habe mich an meiner eigenen Spucke verschluckt. Das finde ich immer ganz gräßlich."

„Verstehe." Die Dame wirkte immer noch besorgt, allerdings nicht mehr um, sondern wegen Diana. Hastig wandte sie sich ab.

Die Möglichkeiten hatten aufgezeigt, daß sich zwei Menschen in der Toilette aufhielten. Die beiden waren dort schon länger, als sie eigentlich vorgehabt hatten, und so, wie es aussah, würden sie auch noch eine ganze Weile bleiben. Die Finsternis hatte nicht vor, den beiden eine schnelle Nummer zuzubilligen – wo doch jedes weitere Hinauszögern alle Beteiligten so wunderbar frustrierte! Es gibt nur wenige Menschenansammlungen, die einem Lynchmob mehr gleichen als eine Schlange, die sich vor einer Toilettentür aufgebaut hat.

Als hätten ihr Dianas Gedanken das Stichwort geliefert, trat nun die erste Person in der Schlange, eine ältere Dame mit tiefen, zornigen Furchen im Gesicht, beide Mundwinkel herabgezogen, einen Schritt vor und klopfte laut und ungeduldig gegen die Toilettentür.

Das brachte die beiden da drin völlig aus dem Takt. So wie es aussah, würden die Dinge nun noch eine weitere Verzögerung erfahren.

In diesem Fall schien nur eine einzige Vorgehensweise möglich.

Ein paar Augenblicke später trat das Pärchen aus der Tür, so tief und vollständig befriedigt, daß es die beiden wenig zu kümmern schien, welchen Lärmpegel ihr Finale letztlich verursacht hatte. Die ältere Dame schob sich an den beiden vorbei, während sie ihr Mißfallen gedämpft, aber unmißverständlich zum Ausdruck brachte, und schlug vehement die Tür hinter sich zu. Der Knall, mit dem der Riegel, der draußen verkündete, diese Toilette sei besetzt, vorgelegt wurde, hallte durch den ganzen Eisenbahnwaggon wie ein Pistolenschuß.

Diana hob den Rucksack plus Samuel auf die andere Schulter und folgte der Schlange, die sich einen Schritt nach vorn bewegt hatte. Dann blieb sie stehen. Aus dem Klo erklang ein glücklicher Seufzer, gefolgt von einem gedämpften: „Ja! Ja! Ja! Ja!" aus dem Waschraum im nächsten Wagen. Die junge Hüterin wurde knallrot und griff hektisch erneut in die Möglichkeiten. Sie hatte doch nur vorgehabt, dem Pärchen, das sich ursprünglich in der Toilette befunden hatte, ein glückliches Ende seines Schäferstündchens zu bescheren. Sie hatte keineswegs geplant, einen jeden zu beglücken, der sich auf der Strecke zwischen Toronto und Montreal erleichtern mußte!

Auch wenn die Bahn ja mit vielen Mitteln versuchte, mehr Menschen für das Bahnfahren zu begeistern ...

Als der Zug rasant um eine scharfe Kurve bog, mußte sich Diana krampfhaft an der Toilettenschüssel festhalten und konnte gerade noch verhindern, daß ihr Kopf gegen die Toilettenwand prallte.

„Wenn du fertig bist, mußt du dir dringend die Hände waschen", stellte Samuel fest, der im Waschbecken hockte. „Du glaubst ja nicht, was hier alles rumfliegt und klebt."

„Ich kann es mir lebhaft vorstellen."

Der Kater hakte eine Pfote um den Wasserhahn, um sich festzuhalten, während der Zug schlingerte. „Irgendwie kaum erstaunlich, oder? Wie soll ein Typ denn zielen können, wenn er immerfort herumgeschleudert wird?"

„Wie wäre es mit hinsetzen?"

„Das ist nicht männlich. Da nicht die Hand hin!"

„Igitt! Du bist wirklich keine Hilfe!" Diana radierte die Signatur aus, die ein Vetter hinterlassen hatte und richtete sich auf. „Ein großes Loch ist es nicht, aber es ist hier schon so lange, daß es vielleicht eine Weile dauern kann, es zu schließen. Ich muß mehrfach herkommen, die Arbeit läßt sich nicht am Stück erledigen."

„Das wird aber auffallen, du erregst Aufmerksamkeit", wandte Samuel ein, der in den Rucksack geklettert war, damit Diana sich die Hände waschen konnte.

„Da irrst du dich. Niemand sieht hin, wenn andere Leute aufs Klo gehen."

„Es gib doch Windeln für Erwachsene. Warum besorgt sie sich keine?"

„Genau! Die soll sich mal Windeln anschaffen."

Es geschah kurz hinter Coburn; Diana hatte sich gerade aufgemacht, um ihren siebten und hoffentlich letzten Gang zum Klo anzutreten. Die junge Hüterin beugte sich fürsorglich über die beiden jungen Männer, die den Spruch mit den Erwachsenenwindeln gebracht hatten – und zwar so, daß jeder im Wagen ihn mitbekam – und strahlte die zwei süß und liebevoll an. „Ich habe meine Regel", schnurrte sie, nur für die Ohren der beiden bestimmt.

Erschrocken und mit entsetzten Mienen lehnten sich die Männer ganz weit zurück, um möglichst jeglichem Körperkontakt zu entgehen.

„Ich blute ununterbrochen, aus mir fließt das Blut in Strömen."

Der Blonde wurde grün, eine neue Hautfarbe, die den goldenen Ring in seiner Braue noch besser zur Geltung brachte.

„Sogar geronnenes."

Der Braune mußte dreimal hintereinander heftig schlucken und hielt sich dann erschrocken die Hand vor den Mund.

„Das Uterusgewebe wird in riesigen Brocken weggeschwemmt."

Die beiden warfen einander völlig identische entsetzte Blicke zu.

„Noch ein Wort von einem von euch", versprach die Hüterin, „und ich gehe in die Details!"

„War das denn nett von dir?" fragte Samuel, der aus dem Rucksack auftauchte, sobald sich die Toilette hinter Diana geschlossen hatte. „Die beiden haben sich doch einfach nur benommen wie ganz normale Typen."

„Na ja, ich bin eben kein Engel."

Samuel seufzte und schüttelte den Kopf. „Du bist noch nicht einmal eine Katze."

„Es ist ganz einfach: Halte den Pick-up an, oder ich ruiniere hier den Sitz. Du entscheidest."

Claire verdrehte die Augen, während Dean nach einer Stelle Ausschau hielt, an der er würde abbiegen können. „Du bist doch erst vor fünfzig Kilometern aufs Klo gegangen."

„Nun muß ich wieder!"

„Austin, wir haben es eilig!"

„Ich auch!"

Der Wagen stand nun ohnehin, da schien jegliche Fortsetzung des Streits sinnlos. Claire öffnete Austin die Tür und sah zu, wie der Kater aus dem Auto sprang und hinter einer jungen Kiefer verschwand.

Laut Uhr auf dem Armaturenbrett waren drei Minuten vergangen, als Claire die Beifahrertür erneut öffnete und rief: „Austin? Alles in Ordnung?"

„Ich bin alt!" antwortete die Stimme des Katers, der selbst aber weiterhin nicht zu sehen war. „Bei mir dauert es ein Weilchen."

„Sei vorsichtig." Seufzend schloß Claire die Tür.

„Machst du dir Sorgen um ihn?" fragte Dean sanft und strich ihr ein paar Schneeflocken aus dem Haar.

„Ein bißchen schon."

„Das schien mir reichlich viel Seufzer für nur ein bißchen Sorgen."

Claire sah, wie hinter der Kiefer plötzlich reichlich Schnee aufstob, warf der Uhr auf dem Armaturenbrett einen Seitenblick zu und seufzte dann erneut. „Ich kann einfach nicht anders, manchmal denke ich, es muß doch eine effektivere Art geben, die Finsternis zu bekämpfen. In der Welt läuft ein Dämon frei herum, und wir hocken hier am Straßenrand und warten darauf, daß ein Kater pinkeln kann!"

Nur weil er ganz genau wußte, daß in seinem Wagen, zumindest solange er das verhindern konnte, nicht gegessen werden würde, schaffte es Leslie/Dieter, den Tisch, den er hatte ergattern können, gegen alle zu verteidigen, die ihn ihm streitig machen wollten. Vor ihm standen zweimal die Nummer vier, einmal in Extragroß, ein Becher Kaffee und eine heiße Schokolade. Er hatte all diese Köstlichkeiten gerade wohlwollend betrachtet, als Byleth leicht humpelnd an den Tisch zurückkam. „Alles in Ordnung mit dir?" erkundigte sich der junge Mann besorgt.

Byleth zog sich die Jacke zurecht, strich sich das Haar wieder genau so hin, wie es sein sollte, und zuckte verächtlich die Achseln. „Ich hab mich durch eine Busladung alter Damen durchkämpfen müssen, um auf ein Klo zu gelangen."

Leslie/Deters blasses Gesicht über dem Rand des schwarzen Rollkragenpullovers wurde womöglich noch bleicher. Erschrocken warf der junge Mann einen Blick Richtung Damenklo, halb erwartend, von dort die blauhaarigen Horden auf sich zustürmen zu sehen, allesamt mit amerikanischen Minibacköfen bewaffnet. „Du hast nicht gewartet, bis du dran warst?"

„Ich bitte dich! Dann würde ich ja immer noch warten!" Byleth ließ einen prüfenden Blick durch die Raststätte gleiten, wobei ihr die vielen älteren Männer nicht entgingen, die an allen Schaltern des Schnellrestaurants Schlange standen. „Ich weiß ja, daß die Babyboomer langsam alt werden, aber das ist doch Wahnsinn!"

„Sie sind auf dem Heimweg. Von einem Ausflug zum Casino Rama."

„Das weißt du einfach so, nur vom Hinsehen?"

Byleth konnte spüren, daß Leslie/Deter ganz knapp an einer Lüge vorbeischlitterte. Aber am Ende schüttelte er doch den Kopf. „Nein. Das stand auf dem Bus."

„Aha. Ich sag dir, wenn ich die Hölle auf die Menschheit losjage, dann gehen die Alten zuerst hopps – weil sie nicht so schnell laufen können", ergänzte die Dämonin, nachdem ihr Begleiter einen halbunterdrückten, lautlosen Protest von sich gegeben hatte. „Hör mal, selbst Dämonen, die keine Beine haben, sind schneller als so ein alter Scheißer mit Gehhilfe!"

„Ich wünschte, du würdest nicht so reden." Er sah sich vorsichtig um, ob ihnen auch niemand zugehört hatte. Dann straffte er energisch die Schultern im schwarzen Ledertrenchcoat und blickte entschlossen direkt in ihre ...

... direkt an ihrem linken Ohr vorbei. „Ich mag das nicht."

„Wegen dieser Nummer mit Gott?"

„Ja. Wegen dieser Nummer mit Gott." Der junge Mann wurde wieder etwas lockerer, als er ihr über den Tisch hinweg ihr Essen zuschob. „Das ist doch nicht witzig."

Sie grinste ihn an, den Mund voller Fritten. „Ich habe das auch nicht als Witz gemeint."

„Byleth!

„Leslie! Ich sage dir jetzt mal, was ich wirklich nicht kapiere", fuhr sie dann fort, ehe er noch mehr sagen konnte. „Du fährst einen wirklich coolen Schlitten, hast einen tipptopp Look drauf, echt erste Sahne, so einerseits Gruft, andererseits aber auch N'Sync; du trägst weder Boxershorts noch Liebestöter – was ist dran an der Sache mit dir und Gott? Das ist doch voll gestört. Du glaubst doch nicht wirklich, du hast eine persönliche Beziehung mit dem dicken Fisch, oder?"

„Doch, glaube ich."

Byleth legte den Burger weg und sah ihr Gegenüber an. Der Typ glaubte das wirklich. Das war ... unerwartet, und irgendwie verunsicherte es sie ziemlich. Sie schob sich das Haar aus der Stirn, senkte die Brauen und funkelte den Jungen an. „Meiner Erfahrung nach bedeutet eine sogenannte persönliche Beziehung zu Gott, daß der Lebensstil kritisiert wird, den man sich gewählt hat!"

„Der Lebensstil, den man sich gewählt hat?"

Byleths Augen färbten sich onyxfarben. „Ich bin Dämonin."

Leslie/Deters Blick glitt an dem Onyx ab, irrte ein Weilchen durch die Raststätte und kehrte dann ganz langsam zurück. Die Hände des Jungen zitterten, aber er schluckte tapfer und blickte tief und unverwandt ins gnadenlose Schwarz. „Mußt du aber nicht sein", sagte er – und glaubte es auch.

Byleth schob ihren Stuhl so abrupt zurück, daß die Hartgummibeine auf den Fußbodenkacheln ein Geräusch verursachten, das einer Mischung aus Fingernägeln auf einer Schiefertafel und defektem Keilriemen gleichkam. Bei diesem Geräusch zuckte die Hälfte der Anwesenden im Raum zusammen. Die andere Hälfte legte sich die Hand hinter das Ohr, mit dem sie am besten hören konnte, und schrie: „Was?"

„Komm schon!" Byleth schnappte sich ihre Diät-Cola. „Wenn wir hier weiter so rumsitzen, kommen wir bestimmt nicht nach Kingston."

Als die Hauptstraße von Marmora gerade hinter ihnen lag, fing Claire an, unruhig auf ihrem Sitz hin- und herzurutschen.

„Alles in Ordnung?" wollte Dean wissen und streckte die Hand aus, um Claires Handrücken zu tätscheln.

„Ich weiß nicht. Irgend etwas stört mich."

Er nahm den Fuß vom Gaspedal. „Soll ich anhalten?"

„Na klar", murmelte Austin, der indigniert über Claires Schoß stolzierte. „Aber wenn eine Katze mal pinkeln muß, dann gibt es kein Mitleid."

„Bei mir handelt es sich nicht um die Blase, Austin! Es ist der Ruf."

„Das habe ich doch gewußt."

„Natürlich." Claire entzog Dean die Hand, um das dichte, weiße Fell an Austins Bauch zu streicheln. Die vertraute Bewegung und das tiefe Schnurren, mit dem sie belohnt wurde, sorgten dafür, daß sich ihre Erschütterung ein wenig legte.

„Claire?"

„Stimmt, der Ruf. Wir sollen nach Süden abbiegen. Jetzt gleich."

Dean sah an ihr vorbei auf die schneebedeckten Felder und die kleinen Wäldchen voll kahler Bäume, die die südliche Seite des Highways zierten. „Auf der Stelle?"

„Nicht unbedingt. Aber sobald es geht." Claire zog den Straßenatlas aus dem Handschuhfach, fand den Highway 7 und folgte ihm bis Marmora und darüber hinaus, „Hier." Ihr Fingernagel tippte auf den Schnittpunkt zweier roter Linien. „Fahr an der Ausfahrt 62, Belleville, ab."

„Da sollen wir dann also hin?"

„Nein, wir müssen weiter nach Osten. Aber so kommen wir rüber zur 401."

„Was liegt denn östlich von Belleville?"

Claire fuhr mit dem Finger an der Doppellinie entlang, die den Highway 401 markierte. „Erst einmal Napanee", teilte sie ihm mit, folgte dem Straßenverlauf auf der Karte aber noch weiter. „Ich glaube jedoch nicht, daß das unser ..."

„Ziel ist?" bohrte Austin nach, während er sich auf die Seite rollte und dann hinstellte. Er legte den Kopf schief, sah erst die Hüterin an, dann die dünne, graue Linie, die über den Straßenatlas hinaus verlief und sich letztlich am grauen Anstrich an der Innenseite der Wagendecke verlor. „Was qualmt denn da unter deinem Zeigefinger?" fragte er interessiert.

„Kingston." Claire ließ den Atlas mit einem Knall zufallen.

„Kingston?" wiederholte Dean.

Claire fing seinen Blick auf und nickte.

Austin setzte sich wieder. „Auch auf die Gefahr hin, Klischees von mir zu geben: Ich habe ein ganz schlechtes Gefühl bei dieser Sache."

„Weißt du, was mir an Zügen so gefällt? Wenn sie aus irgendwelchen blöden Gründen zwischen zwei Haltestellen halten, dann kann man nicht aussteigen!"

Samuel, der es sich in den Tiefen des grünen Rucksacks gemütlich gemacht hatte, gähnte. „Warum gefällt dir denn ausgerechnet das so gut am Bahnfahren?"

„Das war sarkastisch gemeint!"

„Das war mir bewußt."

„Klar doch." Diana starrte aus dem Fenster auf die Autos, die auf der Autobahn vorbeifuhren, die nur ein einziges, schneebedecktes Feld entfernt verlief – ihr linker Fuß klopfte ungeduldig auf den Fußboden, die Finger der rechten Hand hatte sie weit gespreizt gegen das Fenster gepreßt. „Ich hätte da ja rüberlaufen können und mir längst eine andere Mitfahrgelegenheit besorgt, aber nein, das verstößt gegen die Regeln. Wenn sie mich nach Kingston berufen hätten, könnte ich ja das beschissene Problem regeln, das wir hier zu haben scheinen. Aber wenn man lediglich verhindern will, daß eine himmelschreiende Ungerechtigkeit geschieht, das ist natürlich nicht genug! Mann, das ist so was von lahm!"

„Es ist wichtig, die Regeln einzuhalten."

Diana schniefte. „Ich hätte nie gedacht, so was mal von einer Katze zu hören zu kriegen."

„Das war nicht allgemein gemeint, ich sprach von dir im Besonderen."

„Ach so? Engel haben wohl nichts dagegen, einfach so ihre Zeit zu verschwenden, was? Zeit, die wir nutzen könnten, um als erste da zu sein und eine Falle zu stellen!" Der rechte Fuß der Hüterin nahm den Rhythmus auf, den der linke vorgegeben hatte. „Das stinkt so was von zum Himmel ..." Der gewichtige Blick eines Zuschauers, der auf ihr ruhte, ließ Dianas Kopf hochfahren. Neben ihr im Mittelgang stand der junge Mann, den sie zuvor so erfolgreich terrorisiert hatte und starrte auf sie hinab. „Was ist?" fuhr sie ihn an.

„Reden Sie da mit ihrem Rucksack?" wollte der Mann wissen und beugte sich vor.

Diana schloß rasch die Lasche der mittleren Rucksacktasche. „Nutzen *Sie* mehr als zwei Hirnzellen?"

„Ich dachte nur, Sie hätten da vielleicht eine ..." Er senkte seine Stimme so, daß sie im Lärm, der die beiden umgab, fast nicht zu hören war „... Katze."

„Was, wenn dem so wäre?"

Er sah sich verstohlen um, als sei er kurz davor, ihr unerlaubterweise ein Staatsgeheimnis anzuvertrauen, schob ihr dann ein Bifi zu, brachte ein halbes Lächeln zustande und eilte wieder von dannen. Stirnrunzelnd öffnete Diana den Rucksack und bot Samuel das Bifi an.

„Hast du ihn entkommen lassen?" fragte der und riß ihr das Leckerli aus den Fingern.

„Ich glaube nicht, daß er es irgend jemandem sagen wird."

„Darum geht es doch nicht", protestierte er. „Es geht darum, daß in einer Packung Bifis meist mehr als nur eins drin ist."

„Vielleicht sollte ich dem Jungen ja eindeutige Angebote machen, nur um zu verhindern, daß du verhungerst!" Ehe Samuel antworten konnte, ruckte der Zug ein paar Meter vor und fing dann an, in einer für die Wirbelsäule weitaus weniger schädlichen Art an Geschwindigkeit zuzulegen. „Endlich! Wenn diese Dämonin die Hölle in Bewegung gesetzt hat, ehe wir da sind, dann schicke ich aber einen ganz häßlichen Brief an die qualmenden Überreste des Hauptbüros der Bahngesellschaft!"

„Prima – dann hast du's ihnen gezeigt, was?"

„Soll ich dich irgendwo hinbringen, wenn wir da sind?" fragte Leslie/Deter, als der Firebird mit quietschenden Reifen die recht schmale Ausfahrtrampe zur Division Street hinabfuhr. „Wenn du hier niemanden kennst – wir haben eine Mission in Kingston."

„Das ist mir so was von egal. Außerdem weiß ich genau, wo ich hinwill."

„Wäre nett, wenn dein Fahrer das auch wüßte."

„Lower Union Street. Geht von der King Street ab." Byleth fuhr sich erwartungsvoll über die Lippen. „Das Haus heißt Hotel Elysium."

Vierzehn

„Sieht zu aus."

„Egal", sagte Byleth leise und starrte an dem dreistöckigen viktorianischen Gebäude hoch. Die Finsternis hatte zur Erinnerung eine schmierige Patina auf den dunkelroten Ziegeln hinterlassen, hinter der wohl jeder unschuldige Betrachter, bis auf Byleth natürlich, die Folgen moderner Umweltverschmutzung vermutet hätte. Die gelbbraunen Flecken, die sich in den altmodischen Mörtel eingegraben hatten, waren ja auch wirklich der modernen Umweltverschmutzung zuzuschreiben, ebenso das kränkliche Aussehen der in großen Flecken abblätternden, blaßgrauen Farbe auf den Holzverzierungen, die weißen Streifen, die der saure Regen auf dem alten Kupferdach zurückgelassen hatte, und die wirklich erstaunliche Rostschicht auf allen freiliegenden Eisenteilen. Leise seufzend frage Byleth sich, warum sich die Finsternis überhaupt noch die Mühe gemacht hatte, hier auch noch Spuren zu hinterlassen.

„Vielleicht sollte ich mit dir reingehen?"

„Vielleicht solltest du dich um deine eigenen verflixten Angelegenheiten kümmern?" Mit einem zornigen Ruck löste die junge Frau den Gurt und stieß mit ebenso zornigem Schwung ihre Autotür auf. Wem ihr Zorn galt, hätte sie selbst nicht recht sagen können. *Ich sollte dem Typen befehlen, den Gang einzulegen und gegen die nächste Mauer zu rasen. Aber warum einen so coolen Schlitten verschwenden!* Alternativ konnte sie Leslie auch bitten, unten am See zu parken und sich so weit auf das Eis hinauszuwagen, bis es ihn nicht mehr trug. Oder vom Dach eines Hochhauses zu hüpfen. Oder sich ein Britney-Spears-Konzert reinzuziehen – obwohl Byleth irgendwie bezweifelte, daß es ihr gelingen würde, genügend Finsternis aufzubringen, um das mit dem Konzert hinzukriegen. Der Rest jedoch lag völlig im Bereich des Machbaren! Byleth stand immer noch neben dem Firebird auf der Straße, hielt sich an der Wagentür fest und überdachte ihre Optionen.

Leslie/Deter beugte sich so weit über den Beifahrersitz vor, daß er ihr Gesicht sehen konnte. „Paß gut auf dich auf!" bat er.

„Wenn du meinst ..." Es war Unsinn, ihre schwindenden Ressourcen auf diesen Trottel zu verschwenden! Jedenfalls nicht jetzt, wo direkt in ihrem Rücken eine ganze Welt aus dunklen Potentialen auf sie harrte! Byleth straffte sich, spannte die Muskeln, knallte die Wagentür zu und war selbst überrascht, als sie sich, ehe sich die Tür ganz geschlossen hatte, sagen hörte: „Danke. Du weißt schon, fürs Mitnehmen."

Dankbarkeit?

Igitt, wie eklig!

Entsetzt spuckte sie aus, aber das reichte nicht, sie wurde den Geschmack im Mund einfach nicht los. Das war so was von das letzte Mal, daß sie in Kanada Gestalt annehmen würde!

Byleths Mantel stand offen. Sie schlang ihn fest um sich, um zu warten, bis der Wagen mit Leslie/Deter um die Ecke gebogen war. Diesem Gottesluden war glatt zuzutrauen, daß er ausharrte, um zu sehen, ob auch wirklich alles in Ordnung war mit seinem Schäfchen. „Als würde er irgend etwas unternehmen können, wenn dem nicht so wäre!" zischte sie verächtlich, kletterte über einen Schneehaufen und stieg die neun unebenen Stufen zur vorderen Veranda hoch. Es war noch eine zweite Treppe vorhanden, mit ebenso vielen Stufen, die nach unten führte, aber ein Teenager, der in den Keller eines Hotels einsteigt, fällt den Anwohnern in der Regel auf. Eine Kundin jedoch, die sich ganz offen der Vordertür nähert, fällt nicht weiter auf, selbst wenn sie sehr jung ist. Dieses Wissen bezog Byleth nicht aus dem dunklen Ende der Möglichkeiten; sie hatte es vielmehr den Gesprächen entnommen, die sie in der Nacht zuvor im Schlafsaal der Mission belauscht hatte. Es gab noch ein paar andere Sachen, die sie mitangehört hatte und zu gern ausprobieren wollte, und wenn die Dinge in den nächsten paar Stunden so verliefen, wie sie es wollte, dann würde sie das alles auch ausprobieren können. Was ein ‚scharfa, kuhla Hängst' sein mochte, das allerdings hatte sie noch nicht entschlüsseln können.

Die Hoteltür war unverschlossen.

Die altmodische Messingklinke ließ sich geräuschlos herunterdrükken.

Da wachte ein Vetter, soviel war sicher. Ein Vetter, der mitbekommen hatte, daß es Byleth gab, und zwar schon am Morgen, seit dieser bekloppte Engel sich so völlig unerwarteterweise gewandelt hatte. Ein Vetter, der zweifelsfrei wußte, daß sie in der Nähe war. Gut möglich, daß er gerade jetzt, in diesem Moment, gut gerüstet da drinnen auf ihr Kommen lauerte.

Einen Vetter schaffe ich locker.

Byleths Handflächen hatten sich mit einer Schweißschicht überzogen. Die Dämonin zögerte. Warum sie wohl leckte? Sie war doch wirklich durchaus in der Lage, es mit einem Vetter aufzunehmen, oder? Damals, in dem Moment, in dem sie aus der Finsternis einen Körper geschaffen hatte, diesen Körper hier, da hätte sie es spielend mit jedem Vetter aufnehmen können. Danach jedoch hatte sie sich ständig verändert. Genauer gesagt: Der Körper hatte sie verändert. Aber inwieweit? Das war die Frage – unvermittelt packte die junge Frau ein ganz und gar undämonisches Gefühl tiefer Verunsicherung. Sie erstarrte.

Ich weiß ja nicht einmal, wer ich bin! Was will ich hier? Das Ganze ist eine völlig bescheuerte Idee!

Es bedurfte eines kalten Windstoßes von See her, um Byleth aus ihrer Erstarrung zu wecken und sie wieder in Gang zu setzen. Als reine Metapher war ‚Erfrieren' wunderbar, fand die junge Frau, als sie entschlossen die Hoteltür aufdrückte. In der realen Welt jedoch war Erfrieren zum Kotzen, und zwar gewaltig. Gut, vielleicht schaffte sie es nicht, gegen einen Vetter anzutreten, der auf ihr Kommen vorbereitet war; vielleicht entpuppte sich die ganze Chose hier wirklich als total sinnlos; auf jeden Fall war alles besser, als noch eine Sekunde länger draußen vor der Tür zu stehen, wo es ihr vorkam, als würden ihr mit Eiszapfen bewaffnete Teufelchen in den Ohren herumhüpfen. So etwas kriegte sie schließlich zu Hause genug zu spüren!

Drinnen im Hotel war es dann nicht bedeutend wärmer als draußen vor der Tür.

Die Eingangshalle sowie das winzige Büro hinter dem langen Tresen waren leer, bis auf einen ziemlich jämmerlich anmutenden Schreibtisch und ein uraltes Telefon mit Wählscheibe. Entweder hatte der Vetter, dessen Gegenwart das ganzes Gebäude durchtränkte, die Falle für Byleth näher bei der Erinnerung an die Hölle aufgebaut, oder er hatte die Dämonin als nicht allzu große Bedrohung empfunden.

Byleths Hände ballten sich von ganz allein zu Fäusten. Die Stimmung der jungen Frau machte eine Kehrtwendung, und zutiefst verletzter Stolz siegte über jegliche Unsicherheit. *Na prima!*, zischte sie unhörbar, *eine richtige Bedrohung willst du also, was? Damit kann ich dir dienen!*

Sie warf einen Blick der abgrundtiefen Verachtung auf die jägergrünen Wände – die Farbe war ja so was von out! – und eilte lautlos, rein vom Instinkt geleitet, durchs Foyer. Zuerst einmal führte ihr Instinkt sie in die Küche, in der sich jedoch ganz eindeutig nie ein Loch zur Hölle befunden hatte, auch wenn der Traubengeleefleck, der den Küchentresen zierte, einen ziemlich unheimlichen Eindruck machte. Als nächstes schickte sich Byleth an, sämtliche Türen zu öffnen.

Der Keller war nicht schwer zu finden.

Angesichts der Geschichte des Hotels konnte die Dämonin sich auch nur einen Grund für die schwere Metalltür gegenüber von Waschmaschine und Trockner denken. Was allerdings der Grund dafür gewesen sein mochte, die Tür türkis zu streichen, das verstand sie nicht. Rasch trat sie ein paar Schritte näher und stellte fest, daß auch diese Tür unverschlossen war und offenstand. Hier also hatte der Vetter seine Falle aufgestellt.

„Wo soll es denn hingehen?"

Diana setzte den sich heftig windenden Rucksack vorsichtig hinter dem Fahrersitz ab, ließ sich ins Taxi fallen und schlug die Tür hinter sich zu. „Hotel Elysium. In der Lower Union Street, gleich hinter der King Street."

„Ist das in der Innenstadt, in der Nähe vom See?"

„Da war es zumindest, als ich das letzte Mal nachgesehen habe." Das war keine rein spitze Bemerkung, wenn man bedachte, um was für ein Haus es sich handelte.

„Hotel Elysium", wiederholte der Taxifahrer nachdenklich, während er seinen Wagen vorsichtig in die Autoschlange einfädelte, die gerade den Bahnhofsparkplatz verließ. „Ich wette, mit dem Namen locken die nicht viel Kundschaft an. Da könnten sie es doch gleich Vorhof zur Hölle nennen."

Diana warf dem Spiegelbild des Mannes im Rückspiegel ein finsteres Lächeln zu. „Es hat auch bereits Überlegungen in die Richtung gegeben."

„Mir gaben die Götter/Auf Erden Elysium!/Ach, warum nur Elysium! *Elysium*, Johann Wolfgang von Goethe."

„Mein Gott, ich weiß wirklich nicht, warum sich alle meine Tutoren solche Mühe geben zu verhindern, daß ich einen Abschluß in Literaturwissenschaft anstrebe!"

„Ich kann ganze Passagen aus Heinrich V. zitieren", teilte der Fahrer stolz mit, während er auf der Days Road die Fahrspur wechselte, „aber das lasse ich im Moment lieber. Die Stadt streut nicht so, wie sie eigentlich sollte, und der Schnee von letzter Nacht ist ziemlich festgefahren."

„Ich bin absolut dafür, daß Sie sich auf die Straße konzentrieren! Sie dürfen sogar ein wenig schneller fahren, wenn Ihnen danach zumute ist."

„Sie haben es wohl eilig, was?"

„Das kann man so sagen."

„Wartet ein junger Mann?"

„Was ist denn aus dem Vorsatz geworden, sich ganz auf die Straße zu konzentrieren?"

„Ich habe doch nur eine Frage gestellt." Das Spiegelbild des Mannes runzelte die Stirn. „Haben Sie da hinten eine Katze?"

„Nein." Die Antwort kam ein wenig zu rasch, aber Diana fand trotzdem, sie habe glaubhaft geklungen. Sich in einem fahrenden Auto mit dem Kopf eines Zuschauers zu befassen, war wirklich das letzte, was sie im Moment tun wollte. Nun gut – vielleicht nicht das letzte! Aber es lag ganz eindeutig auf der Liste der zehn dringend zu vermeidenden Dinge, irgendwo zwischen einem N'Sync-Film als Abendunterhaltung und einer Wurzelbehandlung. „Ich habe hier nur einen Rucksack."

„Wie Sie meinen. Könnten Sie den Rucksack dann dazu bewegen, seine Krallen nicht ausgerechnet an meiner Rückenlehne zu schärfen?"

„Wenn sie den Weg freimacht ..."

„Das ist keine Sie, es ist ein Es! Ein Stück Finsternis, das körperliche Gestalt angenommen hat. Es ist keine Person, kein Mensch!"

Dean kehrte auf die rechte Fahrspur zurück, um einen Mazda Miata zu überholen, der mit nur zwanzig Stundenkilometern über der erlaubten Höchstgeschwindigkeit den mittleren Fahrstreifen entlang kroch. Nachdenklich schüttelte Dean den Kopf. „Diana scheint sich ziemlich sicher, daß da ein Mensch an der Sache beteiligt ist."

„Diana glaubt auch, daß *The Cure* die beste Band der Welt ist!"

„Schlecht sind die nicht", gestand Dean.

Claire versuchte, sich nicht allzu alt zu fühlen, und streichelte Austins Rücken, was immer eine beruhigende Sache war. Ob sie nun allerdings den Kater oder eher sich selbst beruhigen wollte, hätte die Hüterin nicht sagen können. „Es wird nicht leicht sein, die Unfallstelle wieder zu öffnen. An der Schließung waren drei Hüter beteiligt, noch dazu Jacques und du. Es ist nicht einfach, während der Weihnachtsferien an einem Mittwoch in der Innenstadt von Kingston einen Hotelmanager aus Neufundland und den Geist eines frankokanadischen Seemanns aufzutreiben", sinnierte sie laut.

„Wie stünde es damit an einem Samstagabend Mitte Januar?" schlug Dean vor.

„Nicht unmöglich."

„Dämonen haben ihre eigene Verbindung zur Finsternis", rief Austin Claire ins Gedächtnis. „Sie würde gar nicht alle an der Schließung beteiligten Faktoren reproduzieren müssen."

„ES!" berichtigte ihn Claire. „Das ist mir klar. Trotzdem sind das ziemliche Komplikationen. Die müßten eigentlich dafür sorgen, daß alles langsamer vonstatten geht."

„Müßten?" hakte Dean nach.

„Werden. Warum wirst du langsamer?"

„Ausfahrt."

„Ach ja."

„Da vorn auf dem Seitenstreifen steht ein Streifenwagen."

„Das laß meine Sorge sein." Claire griff in die Möglichkeiten, woraufhin die Radarüberwachung auf den Kinderkanal überwechselte. „Fahr du einfach."

Weder an der Tür zum Heizungskeller noch in unmittelbarer Nähe war eine Falle.

Byleth stand am Kopf der Treppe, die hinunter auf den in den Fels gehauenen Fußboden des Kellers führte, feuchtete sich nervös die Lippen an und trat einen Schritt vor. Dann noch einen. Zwei Schritte.

Kein Vetter und bislang auch noch kein Hüter.

„Nur immer zu, beachtet mich nicht, tut doch so, als gäbe es mich gar nicht! Davon verschwinde ich aber noch lange nicht!" Das schwache Echo, das von den Kellerwänden widerhallte, klang eher schmollend als trotzig.

Auf der letzten Treppenstufe verharrte die junge Dämonin dann noch einmal, denn sie machte sich auf einmal Sorgen. Vielleicht war sie kurz davor, genau das Falsche zu tun? „Moment mal!" Die Handfläche traf Byleths Stirn vielleicht ein wenig härter als geplant. „Ich *soll* doch immer genau das Falsche tun." Rasch setzte die junge Frau den Fuß auf den Kellerboden und eilte dann bis zur Mitte des Raumes, wo die Erinnerung an die Hölle am dichtesten schien. Dort ließ sie sich umgehend auf die Knie fallen, damit bloß nicht noch eine Laune daherkommen konnte, und preßte beide Hände flach gegen den Steinfußboden. Eine Verbindung war da! Aber eigentlich hätte ein wahrer Kraftstoß sie durchzucken und jedes düstere Molekül in ihrem Körper wiederbeleben müssen. Statt dessen fand sich nur ein winziges Rinnsal der Möglichkeiten vom unteren Ende der Potentiale ein, und Byleth mußte sich sehr anstrengen, das überhaupt mitzubekommen. Sie mußte sich sogar so sehr anstrengen, daß ihre Brauen einen einzigen düsteren Strich über ihrer Nase bildeten!

DIE NUMMER, DIE SIE GEWÄHLT HABEN, IST NICHT MEHR IN GEBRAUCH. BITTE ZEICHNEN SIE EIN PENTAGRAMM UND VERSUCHEN SIE ES DANN NOCH EINMAL.

„Ach zum ..." Beide Handflächen klatschten erzürnt und lautstark auf den Fels. „Ich brauche kein Pentagramm, ich bin ein Teil von dir!" Dann stand schlagartig Byleth jedes einzelne Nackenhaar zu Berge. Mit ihrer Wut hatte sie es geschafft, die Verbindung zu stärken. Jetzt hörten die da unten ihr zu, daran konnte kein Zweifel bestehen. Wahrscheinlich stritten sie sich gerade, wer rangehen sollte! „Das ist nicht böse, Jungs, das nervt nur. Wollt ihr auf die Welt losgelassen werden oder nicht? Ich habe wahrlich Besseres zu tun, als zu warten, bis ihr euer Brett vorm Kopf abmontiert habt!"

HE! DU BRAUCHST JA NICHT GLEICH AUSFALLEND ZU WERDEN.

Byleth ließ sich auf die Hacken sinken. „Aber jetzt hört ihr mir zu! Also mußte ich ja wohl ausfallend werden, was?"

DU BIST VON DER WELT KORRUMPIERT WORDEN!

WIR HABEN DICH JA KAUM ERKANNT!

Die Hölle seufzte. SIE WERDEN SO SCHNELL ERWACHSEN!

„Hör mal, da ist ein Hüter unterwegs ..."

WIR SPÜREN NUR DICH.

WEIL DA KEIN RICHTIGES LOCH IST, DU VOLLIDIOT!

AUA!

„*Das hat sie also geschnallt!*" stellte Byleth zufrieden fest. „Was ihr einfach nicht kapiert: Uns bleibt nicht viel Zeit. Also reißt euch zusammen, ja, sprecht mit einer Stimme, wenn es geht, und sagt mir, wie ich das Teil hier wieder aufbekomme."

In der langen Pause, die daraufhin folgte, hatte Byleth das ganz merkwürdige Gefühl, die Hölle sei drauf und dran, sie zu fragen, ob ihr auch Ernst damit sei. Ob sie wirklich die Welt in einen Mantel aus Düsternis und Schmerz hüllen wollte. Die ganze Welt, einschließlich der Porters und des Typen im Plattenladen, der ausgesehen hatte wie Außenminister Axworthy; einschließlich Leslie/Deter mitsamt seinem Auto. Der bloße Gedanke, die Hölle könne sich mit solchen Kinkerlitzchen abgeben, war lächerlich! In der Regel scherte sich die Hölle einen feuchten Kehricht um die Meinungen und/oder Motivationen derer, die ihr die Chance boten, Chaos anzurichten.

Byleth biß sich so hart auf die Lippe, daß um ein Haar Blut geflossen wäre.

War sie sich denn sicher?

ALSO GUT. HIER NUN, WAS DU TUN MUSST ...

Jetzt war es ohnehin zu spät.

„Sieht zu aus."

„Egal", sagte Diana dem Taxifahrer, während sie ihm den letzten Rest des Geldes aushändigte, das sie zu Weihnachten geschenkt bekommen hatte. „Der Typ, der das Hotel leitet, ist ein Vetter."

„Na dann ist ja alles klar. Die Familie muß einen ja immer aufnehmen, oder. ‚Eine glückliche Familie ist ein Vorgeschmack auf den Himmel.' John Bowring."

„Diese spezielle Familie versucht noch dazu zu verhindern, daß wir alle einen Vorgeschmack auf die Hölle bekommen." Mit dem Rucksack auf dem Schoß glitt Diana aus dem Auto und richtete sich auf. „Das Wechselgeld können Sie behalten."

„Wechselgeld! Ah, Wechsel: ‚Es liegt eine gewisse Erleichterung in einem jeden Wechsel – und geschähe er auch vom Schlechten zum noch Schlechteren.' Washington Irving."

Mit verkrampftem Lächeln schlug Diana die Tür hinter sich zu. „Mann oh Mann! Schaff du dir bloß ganz rasch ein Leben aus erster

Hand an!" riet sie dem Taxifahrer, der allerdings bereits wieder angefahren war. Dann machte sie auf dem Absatz kehrt und rannte die Treppe zum Hotel hoch, während sie wohlweislich gar nicht hinhörte, was Samuel, der immer wieder schmerzhaft gegen ihren Rücken prallte, zu protestieren hatte. Im Haus ließ sie den Kater einfach auf den Tresen in der Eingangshalle fallen und sah ein wenig fassungslos zu, wie er bis zum Tresenende rannte, auf den Boden sprang, einmal quer durch die Lobby hechtete, die Treppe halb hoch raste, umdrehte, noch schneller wieder zurückraste, auf den Tresen hüpfte, hinüber zum Schreibtisch tobte, sich auf das Fensterbrett schwang und dann zum Tresen zurückkehrte.

„Was sollte das denn?" erkundigte sich Diana, die nur hoffen konnte, daß niemand ihn und sein Treiben gehört hatte.

„Die Sache mit den Beinen habe ich jetzt raus!" verkündete Samuel stolz. Er wandte den Kopf, erwischte aus den Augenwinkeln einen Blick auf seinen Schwanz und schlug zu.

„Samuel, das ist so was von der falsche Zeitpunkt für solche Spielchen!" seufzte die junge Hüterin und sah dem nicht besonders gut koordinierten Kreisel aus orangefarbenem Fell zu, der auf dem Tresen herumwirbelte. „Die Dämonin ist hier! Spürst du nicht, wie sich die dunklen Möglichkeiten öffnen?"

Byleth schwirrte der Kopf. Vergeblich versuchte sie, Sinn in die Informationen zu bringen, die ihr die Hölle durch die zugegebenermaßen dünne Verbindung, die sie hatte herstellen können, übermittelt hatte. „Laß mich raten", stöhnte sie verzweifelt, sich wünschend, sie könne sich die Schläfen massieren, in denen es heftig und schmerzhaft pochte. „Diese Anweisungen sind aus dem Japanischen übertragen worden, und zwar von jemandem, dessen Muttersprache Urdu war?"

NAH DRAN!

„Sie sind nämlich komplett unverständlich!"

KOMPLETT? Nach einer Weile räusperte sich die Hölle leicht beschämt. ICH WEISS, WORAN DAS LIEGT! DAS WAR DIE GEBRAUCHSANLEITUNG FÜR DIE KABELVERBINDUNGEN ZWISCHEN EINEM DVD-PLAYER UND EINEM DIGITALEN FERNSEHER.

„Ergäben sie Sinn, wenn ich einen DVD-Player und einen Digitalfernseher *besäße?*" zischte Byleth.

EHER NICHT. NEIN! HALT DURCH! WIR VERSUCHEN ES NOCHMAL.

„Dieser Vetter, der eigentlich hier sein sollte ..."

„Augustus Smythe."

Samuels Fell fühlte sich an, als habe ihn jemand, der auf einem Nylonteppich stand, gegen den Strich gestreichelt. Er mußte sich sehr anstrengen, dem heftigen Drang zu widerstehen, der ihn eigentlich zwingend aufforderte, irgendwelche Wände hoch zu rennen. „Der ist nicht hier."

„Du kannst ihn nicht riechen?"

„Oh doch, riechen kann ich ihn schon. Aber er ist nicht hier."

„Wahrscheinlich verblutet er gerade im Keller." Diana zuckte zusammen, als sich der Kater mit einem nachdrücklichen Plumps auf den Boden fallen ließ. „Wenn man das Blut eines Familienmitglieds vergießen kann, ist das die schnellste Möglichkeit, ein Loch zur Hölle zu öffnen."

„Zumindest wissen wir, daß sie es noch nicht geöffnet hat."

„Genaugenommen wissen wir das nicht, denn meine brillante Schwester hat sich nie die Mühe gemacht, das Dämmfeld zu entfernen, das um den Heizungskeller liegt." Diana ging dem Kater voran in Richtung Kellertreppe, wobei sie den Reißverschluß ihrer Winterjacke zuzog und sich fragte, warum es im Haus nur so kalt war. „Okay, Samuel, nun müssen wir ganz still und leise sein, bis wir wissen, wie weit die Dinge schon gediehen sind. Wir wollen sie doch nicht so sehr verschrecken, daß sie sich womöglich noch selbst vernichtet."

„Oder die Welt!"

„Na ja, die auch!"

Nachdem jede, wirklich jede Ampel, seit sie von der Autobahn abgebogen waren, rot gezeigt hatte, war Claire ziemlich ungehalten, als sie auch an der Kreuzung Division Street/Queen Street schon wieder in die Möglichkeiten greifen mußte, um die Ampel umzuschalten. „Es ist fast so, als wolle irgend etwas verhindern, daß wir rechtzeitig im Hotel eintreffen."

„Jesses, ich wüßte zu gerne, was das sein könnte!" kommentierte Austin trocken. „Oder vielleicht hätten wir doch einfach am Sir-John-A.-MacDonald-Boulevard von der Autobahn abbiegen sollen, wie ich es vorgeschlagen hatte. Damit wären wir nämlich dem ganzen Innenstadtverkehr entgangen."

„Ich meine das jetzt nicht persönlich", sagte Dean, während er mitten auf der Kreuzung das Tempo beschleunigte und den Fuß selbst dann nicht vom Gas nahm, als Claire auch an der Princess Street die Ampel umschalten mußte, „... aber es ist irgendwie wirklich nicht einfach, beim Autofahren die Ratschläge einer Katze zu berücksichtigen."

„Warum das denn nicht?"

„Du kannst nicht Auto fahren."

JETZT NACH RECHTS.

„Rechts von mir aus oder rechts von dir aus?"

VON DIR AUS.

„Da?"

OH, BABY ...

„Ach, hör bloß auf!" murmelte Byleth, der so gar nicht zum Spaßen zumute war. Nun hatte sie all die Finsternis, die noch in ihr gewesen war, in ein völlig bescheuertes, verschlungenes Muster gegossen, mit dem das Loch versiegelt worden war, und obwohl sie die Finsternis so dünn wie einen Zwirnsfaden gesponnen hatte, war sie mittlerweile so gut wie aufgebraucht. Verschwunden. Gut möglich, daß einfach nicht genug vorhanden gewesen war – auch wenn die Dämonin durchaus spürte, wie die Hölle auf der anderen Seite sich anstrengte, zu ihr hochzudringen.

„Das wird denen leid tun!" Es hatte ein unheilvolles Zischen werden sollen, klang aber eher nach Jammerlaut. „Das wird denen *allen* noch ganz schrecklich leid tun!"

„Wem wird was leid tun?" fragte Samuel, dessen Barthaare den Rand von Dianas Ohr kitzelten.

„Das ist der Standardschrei von Teenagern, die versuchen, die Welt zu zerstören", erklärte die Hüterin, die sich hingehockt hatte, um vorsichtig hinunter in den Heizungskeller zu spähen. „Was passiert eigentlich, wenn ihr beide einander berührt? Gibt es eine Explosion? Wie bei Materie und Antimaterie?"

„Ich glaube nicht."

„Aber genau wissen tust du es auch nicht?"

Sein Schwanz zuckte. „He! Ich bin gerade mal vier Tage hier unterwegs! Du bist diejenige, die die metaphysische Balance in der Welt aufrecht erhält, nicht ich!"

„Dies hier ist meine erste Engel/Dämonin-Schnittstelle, du solltest also lieber hier oben warten. Wir haben schließlich vor, sie zu retten, und nicht, euch beide zu verlieren."

„Was hast du vor?"

„Ich werde sie davon überzeugen, daß es auch einen anderen Weg gibt." Mit diesen Worten richtete Diana sich auf, schob die türkisfarbene Tür vollständig auf und trat dann über die Schwelle.

Niemand reagierte. Weder die Dämonin noch die Hölle.

Die müssen sich wohl beide schwer konzentrieren.

Ein Schritt. Zwei.

Vielleicht sollte ich einfach versuchen, die Dämonin mit einem Faustschlag von der Unfallstelle wegzuboxen.

Drei Schritte, vier.

Dann hocke ich mich auf sie drauf, bis sie mir zuhört.

Fünf Schritte, sechs.

Ich wünschte nur, mir wäre klar, was ich dann sagen soll.

Sieben.

Das schwarzhaarige Mädchen, das in der Mitte des Steinfußbodens aus gewachsenem Fels kniete, sah auf. Onyxschwarze Augen bohrten sich in die Dianas.

Sag doch irgendwas, du Idiotin! Claire kann nicht weit weg sein.

„Heywasgehtab?" stotterte sie dann endlich.

Byleth starrte das Mädchen auf der Treppe ungläubig an. „Mann, der Spruch ist doch so was von Asbach uralt. Noch ein Schritt weiter, Hüterin, und ich schlage zu und bin in der Hölle!" Was der totale Bluff war; Byleth war so weit vorgedrungen, wie sie konnte. Der Rest lag nun ganz bei der anderen Seite.

ALLE ZUSAMMEN, JUNGS! ALLE ZUSAMM... HÖR AUF DAMIT!

Die Sache war klar. Byleth mußte die Hüterin hinhalten.

„Schick mich jetzt zurück, Hüterin, und das ist der Weg, den ich nehmen werde. Das heißt, du öffnest dann das Loch für mich!"

„Diana."

„Was?"

„Ich heiße Diana, nach einer Großtante, der meine Mutter Honig ums Maul schmieren wollte. Ich glaube, Mama war hinter einer wirklich potthäßlichen Suppenterrine her. Hat statt dessen einen Nachttopf geerbt, Jahrgang 1915. Um ehrlich zu sein. Ich kann da kaum einen Unterscheid entdecken. Alt und häßlich ist eben auch häßlich." Zwei rasche Schritte vor, und Diana stand auf dem Fußboden, dankbar für die dicken Sohlen ihrer Winterstiefel, die die Ausdünstungen der Hölle zumindest zum Teil absorbierten.

ZUSAMMEN, HABE ICH GESAGT! WAS HABT IHR DARAN NICHT VERSTANDEN?

„Diana – das ist doch wohl kaum dein richtiger Name!" schnaubte Byleth verächtlich. „Solche Macht über dich würdest du mir doch nie an die Hand geben!"

„Warum denn nicht?"

„Pah. Weil ich bin, was ich bin, und du bist, was du ..." Die Onyxaugen blinzelten. „Es war dein richtiger Name! Bist du bescheuert?"

„Nein. Ich lasse mich nur ungern Hüterin nennen, als wäre ich ein Ohrring oder so was ... und du bist ...?"

„Beschäftigt."

„Ja, und unhöflich. Hast du keinen Namen oder was?"

„Byleth." Sie hatte nicht vorgehabt, den zu verraten, aber auch im Vertrauen liegt Macht. „Nicht, daß das eine Rolle spielen würde", schnaubte sie, wobei es ihr vollständig bewußt war, daß die Hüterin ihr den Gedanken, der ihr zuletzt durch den Kopf geschossen war, von den Augen hatte ablesen können. „Nur Dämonenprinzen haben Namen. Den hier habe ich mir geliehen."

Diana zuckte die Achseln. „Nun scheint er aber ziemlich fest mit dir verschmolzen zu sein."

„Spinn nicht rum."

„Aber klar doch. Du wirst doch selbst mitbekommen haben, wie die Gestalt dich verändert, in der du hier rumläufst. Wenn du nichts als

Finsternis wärst, dann hättest du das Loch da inzwischen offen, und ich hätte ein Brett vor dem Kopf, an dem ich vorbeireden müßte."

„Ich bin mir nicht mal sicher, ob du nicht eh schon ein Brett vor dem Kopf hast!" zischte Byleth.

„Schön. Aber hier geht es um was anderes. Der Körper, den du da hast, den trägst du nicht nur aufgrund dessen, wie du dich selbst erschaffen hast. Du trägst da ganz einfach einen voll funktionalen menschlichen Körper, und der hat dich ebenso korrumpiert, wie er auch ...", Diana widerstand der Versuchung, über die Schulter hinweg einen Blick auf Samuel zu werfen, „... du weißt schon wen korrumpiert hat."

„Du bist das Schwein, das den Engel geändert und mich bloßgestellt hat!"

„Ja, ja, Marmor, Stein und Eisen, was? Jetzt halt mal kurz die Klappe; wir haben nicht viel Zeit."

Byleths Lippen verzogen sich höhnisch. „Weil hier nämlich bald die Hölle los ist."

„Weil meine Schwester mir auf den Fersen folgt!"

„Auweh, noch eine Hüterin! Ich mache mir gleich in die Hose."

„Solltest du auch. Es ist das Siegel meiner Schwester, das du da nicht aufkriegst, und sie wird mit dir auf jeden Fall fertig, und zwar im Handumdrehen."

„Sieht zu aus."

„Egal." Der Bürgersteig direkt vor dem Hotel war gefegt worden, ebenso die Eingangstreppe; die Auffahrt hinter dem Haus und der Hotelparkplatz nicht. Dean parkte so nah an die Bordsteinkante, wie die herumliegenden Schneehaufen es ihm erlaubten. „Ich habe einen Schlüssel behalten."

„Dean! Gut gemacht!" Begeistert strahlte Austin den jungen Mann an, während Claire ihre Wagentür öffnete. „Es ist doch nett zu wissen, daß selbst in einem hochmoralischen Menschen noch ein winziger Drang zu Ungesetzlichkeiten steckt."

„Mr. Smythe hatte mich gebeten, den Schlüssel zu behalten."

Seufzend sprang Austin aus dem Auto und landete auf dem Gipfel eines Schneehaufens. „Na, das war's denn wohl mit unserem Moment tiefer Verbundenheit."

„Byleth, du bist ein Mensch geworden, und wenn du auch nicht gerade der sympathischste Mensch bist, den man sich so vorstellen kann, so unterscheidest du dich doch nicht wesentlich von ungefähr der Hälfte der Jungs und Mädels, mit denen ich zur Schule gehe."

„Ist das was Gutes?"

„Eigentlich nicht, eigentlich ist es einfach nur eine Tatsache. Genau das will ich damit auch sagen: Wenn man sich bei dir die Finsternis wegdenkt, dann kommt ein Mensch mit genau denselben Potentialen zum Vorschein, wie alle Menschen sie haben, und dieser Mensch verdient ein Leben. Ich will dir helfen."

„Ganz bestimmt. Du bist eine Hüterin, es ist deine Pflicht, mich aufzuhalten."

Diana stemmte die Hände in die Hüften und atmete angespannt aus. „Hör mal, wenn es meine Aufgabe wäre, dich aufzuhalten, dann hätte ich das wohl schon getan. Ich hätte dich aufgehalten, die Unfallstelle versiegelt und wäre einen Latte Macchiato trinken gegangen. Ich bin hier nicht als Hüterin. Ich bin noch nicht einmal hierher berufen worden, ich mußte meine Reise selbst bezahlen. Mit Geld, das ich wesentlich lieber – und das will ich hier auch mal gesagt haben – für ein neues Snowboard ausgegeben hätte."

„Das hätte ich mir gleich denken können, daß du auf Snowboarden stehst!" Byleths Augen zu beiden Seiten der Haarsträhne verengten sich. „Ich sehe wirklich nicht, was daran Spaß machen soll, mit einem bekloppten Helm auf dem Kopf einen Berg runterzubrettern."

„Ich finde schwarze Klamotten und schlechte Gedichte unattraktiv, also sind wir quitt. Komm schon! Du bist doch auf Lügen spezialisiert, du mußt doch wissen, daß ich die Wahrheit sage. Hab ich eine einzige Möglichkeit angefaßt, seit ich hier bin? Wenn du das nicht spüren kannst, die Hölle kann es." Diana wies auf den Boden, wobei sie diese Geste so neutral wie möglich hielt. Hier war weder Zeit, noch Ort, versehentlich ein Zeichen der Macht in die Luft zu malen.

Eine Tür. Jemand rannte. Noch eine Tür.

Noch ehe die ersten Stiefel oben auf der Kellertreppe auftauchten, hockte Samuel auch schon auf dem Regal über der Waschmaschine.

Reiner Selbstschutz nach Katzenart – und als er dann endlich auf die Idee kam, Diana zu warnen, da war es schon viel zu spät.

Claire erkannte er sofort! Nicht nur, weil sie fast so sehr wie Diana mit jeder Pore Hüterin war, und nicht nur, weil die beiden Schwestern sich eindeutig äußerlich ähnlich sahen. Nein, beiden Frauen gemein war zudem eine Stärke, die aus dem Wissen herrührte, daß sie jederzeit in der Lage wären, einzeln oder kollektiv jedem mühelos den britischen Humor zu erklären – und die Welt zu retten, nicht zu vergessen. Leider Gottes nur schien Claire ebenso fest entschlossen, ihn, Samuel, zurück zum Licht zu schicken, wie sie entschlossen war, die arme, verwirrte Byleth wieder der Finsternis zu überantworten. Von daher war diese Hüterin eine Person, die es zu meiden galt.

Dean, der nur deswegen hinter und nicht vor Claire die Treppe hinuntergeeilt kam, weil die Hüterin sich auf beiden Handläufen abstützte und ihn nicht überholen ließ, sah ganz aus wie ein Mann, bei dem eine Katze sich darauf verlassen kann, daß er sieben- bis achtmal die Stunde die Tür öffnet und auch schon mal ein Würstchen oder zwei rüberschiebt, um einen drohenden Hungertod zu verhindern.

Austin, der Dean dicht auf den Fersen folgte, stutzte plötzlich und drehte sich um, das Maul leicht geöffnet. Sein einäugiger Blick glitt über Samuels Regalbrett wie ein blaßgrüner Suchscheinwerfer und fuhr dann weiter, als habe er nichts gesehen.

Samuel ließ sich nicht täuschen. *Der weiß genau, wo ich bin. Was mache ich jetzt?*

Es gab jedoch nichts, was der Kater hätte tun können, außer die Pfoten einzuziehen und zu warten, wobei er hoffte, die Möglichkeiten würden ihm Gelegenheit geben, seinen Ruf wiederherzustellen.

„Gut, dann bist du also hier, weil du mir helfen willst, ich selbst zu bleiben. Na, das ist doch einfach Oberklasse. Ich bin nämlich aus demselben Grund hier." Byleth straffte die Schultern in dem roten Pulli, wobei sie sich wünschte, aufstehen und diese Hüterin niederstarren zu können. Solange die Verbindung nicht vollständig hergestellt war, durfte sie die Hände jedoch nicht vom Felsboden lösen. „Wenn ich die Tore der Hölle aufreiße, dann habe ich einen derart schlechten Ruf, daß sie mich so belassen, wie ich jetzt bin, ganz gleich, wie die Dinge sich entwickeln."

Diana seufzte. Sie war durchaus in der Lage, gespielte Tapferkeit auch als solche zu erkennen, sobald sie sie vor sich sah. Gespielte Tapferkeit war etwas, was sie jeden Tag in der Schule und manchmal auch bei einem Blick in den eigenen Spiegel mit ansehen mußte. Sie hockte sich hin, so daß sich ihre Augen auf derselben Höhe wie die der Dämonin befanden, schaute tief in pechschwarze Abgründe und fragte ganz leise: „Bist du sicher, daß du das wirklich tun willst?"

War sie sicher? Verwirrt fragte sich Byleth, wieso Dianas Frage sich genauso anhören konnte wie die, die sie ihrer Meinung nach von der Hölle zu hören bekommen hatte, kurz bevor diese sich entschied, mit ihr zusammenzuarbeiten. Vielleicht ...

Vielleicht war es doch noch nicht zu spät!

Da öffneten sich die Möglichkeiten.

Claire betrat den Heizungskeller im Laufschritt; sie hatte ihr Tempo nicht gedrosselt, seit sie aus dem Pick-up gestiegen war. Sie sah den Dämon, der in der Mitte des Raumes auf dem Fußboden hockte, die Handflächen an die Steine gepreßt, und sie wußte genau, was da vor sich ging. Sobald die Finsternis im Dämon durch das Muster gedrungen war, das das alte Loch versiegelte, und sobald es dieser Finsternis gelungen war, das ultimative Dunkel auf der anderen Seite zu berühren, war hier die Hölle los. Ein Ausdruck übrigens, den Claire mittlerweile gründlich satt hatte.

Wenn man den Dämon nun an seinem eigenen Energiestrom entlang in die Tiefen schickte und den Abgrund, der sich auftat, gleich hinter ihm wieder versiegelte, dann hatte man das Problem auf nette Art und Weise geregelt. Danach würde es noch ein paar Minuten dauern, ehe die ganze Sache stabil war. Aber dann wären alle peinlichen Komplikationen, die sich aus Deans erstem Mal ergeben hatten, erledigt, bis auf eine. Alle anderen Hüterinnen und Hüter würden sich wieder der Rettung der Welt widmen können, statt in irgendwelchen metaphysischen Chatrooms rumzuhängen und Spekulationen über ihr, Claires, Liebesleben anzustellen.

Auf dem halben Weg die Treppe hinunter griff sie in die Möglichkeiten.

Ihre Aufmerksamkeit in diesem Moment war geteilt. Claire dachte einerseits an den Dämon, andererseits an die weitere, noch verbleibende Komplikation – so entdeckte sie ihre Schwester erst dann, als diese mit einem Satz aus der Hocke aufsprang, in der sie gekauert hatte. Diana wirbelte herum, fing Claires Kraft ab und brachte diese gut einen Meter von ihrem Ziel entfernt zum Stehen.

Im Raum, im Haus, ja in der gesamten Umgebung, drei Straßenzüge weit wurde es so still, daß niemand es wagte, auch nur eine einzige Stecknadel fallen zu lassen. Der Punkt, der sich direkt zwischen den beiden Hüterinnen befand, fing an zu knistern und zu summen.

„Ich kann das nicht zulassen, Claire", verkündete Diana dramatisch. „Es ist nicht richtig."

Claire schloß den Mund mit solcher Kraft, daß man deutlich hören konnte, wie die Backenzähne aufeinanderknallten. „Was machst du denn hier?"

Soviel zu den dramatischen Ankündigungen! „Wonach sieht es denn aus, du Idiotin? Ich halte dich auf."

„Du hinderst mich daran, meine Arbeit zu tun."

„Ich hindere dich daran, das Falsche zu tun."

„Wer definiert das?"

„Das definiere ich."

„Diana, ich warne dich, geh mir aus dem Weg." In Claires Stimme lag mehr Angst als Zorn. Der letzte Kampf Hüterin gegen Hüterin hatte haargenau hier in diesem Keller stattgefunden. An eben dieser Stelle. Am Ende dann ging die eine Hüterin an die Finsternis verloren. „An mich erging der Ruf, die Sache hier zu regeln."

Diana straffte ihre Schultern. „Dann regle die Sache mit der Sache und laß den Rest von ihr in Ruhe."

„Von wegen von IHR, das ist keine SIE. Das ist ein Dämon. Hör auf, so dickköpfig zu sein und sieh ihm in die Augen."

„Ich habe IHR in die Augen geschaut, was man von dir nicht behaupten kann, und ich weiß, was ich gesehen habe."

„Du hast gesehen, was du sehen wolltest."

„Du bist so was von auf dem Holzweg! Ich habe gesehen, wovon sie nicht wollte, daß ich es sehe. Ich habe gesehen, daß sie vom ersten Moment an, an dem sie sich in diesem Körper wiederfand, nach Ausreden gesucht hat, dem zuwiderzuhandeln, was sie für ihre eigentliche Natur hielt. Nach Ausreden suchte, wie ein Mensch zu handeln. Okay, wie ein ziemlich fieser Mensch, bei dem es lange dauert, bis man ihn kennengelernt hat, und meinen Rucksack würde ich ihr nicht anvertrauen – aber sie ist trotzdem ein Mensch, und du hast nicht das Recht, diesen Menschen zu vernichten."

„Sie hat dich verführt!"

„Wie? Ach – diese Lesbensache und dann ein hübsches Mädel in einem engen roten Pulli? Sicher, ich habe gern hingesehen, aber ich lasse mich doch nicht von jeder schönen Frau verführen, die mir über den Weg läuft. Genausowenig, wie du dich von jedem schönen Mann verführen läßt, der dir über den Weg läuft." Diana warf einen Blick über Claires Schulter die Treppe hoch und lächelte: „Hallo, Dean!" Dann richtete sie ihren durchdringenden Blick wieder auf die Schwester: „Außerdem hast du gerade selbst SIE gesagt."

„Das ist total irrelevant." Ganz egal, wieviel Kraft Claire zog, ihre kleine Schwester zog mehr, ohne sich auch nur im geringsten anzustrengen. „Diana, hör zu. Bis jetzt hat das Dämmfeld deine kleine Rebellion hier in Grenzen gehalten. Aber wenn sie darüber hinausgeht ..."

„Meine kleine Rebellion?" Diana verdrehte die Augen. „Mir ist es ganz ernst. Diese ganze Sache ist ernst!"

„Du scheinst nicht zu kapieren, wie ernst." Eindeutig zog die Nummer mit der älteren Schwester hier nicht. Claire mußte härtere Geschütze auffahren. Sie schaltete auf ältere Hüterin um, wobei ihre Stimme eisig wurde. „Du verrätst alles, was du eigentlich schützen solltest."

„Hey, kratz dir doch den Dreck aus den Ohren! Ich beschütze genau das, was ich beschützen soll. Ich beschütze einen Menschen vor der Finsternis – und vor dir."

Die Luft fing an zu summen und wurde zumindest zwischen den beiden Hüterinnen ständig heißer.

Dean, der direkt hinter der Tür stand, mußte die Augen zusammenkneifen, um Dianas Gesicht noch erkennen zu können und war gerade so eben noch in der Lage, Claires Hinterkopf zu sehen. „Claire? Was sie da sagt, hört sich sehr vernünftig an. Warum läßt du es nicht erst einmal gut sein und hörst dir an, was sie sonst noch zu sagen hat?"

Die Temperatur fing insgesamt an zu steigen.

„Sie ist nicht berufen worden, Dean. Dies hier verstößt gegen alles, was wir darstellen."

Frustriert stampfte Diana auf. „Claire! Wir sind doch keine Sklaven dessen, was wir sind! Uns steht es genauso frei, unsere Wahl zu treffen, wie jedem anderen auch, und ich weiß, ich tue das Richtige."

Die Schwingungen setzten in der Mitte des Lichtes ein und arbeiteten sich dann einmal quer durch den ganzen Raum.

„Noch eine Minute, dann reißt du selbst das Loch auf", warnte Claire.

„Ich steh' hier doch nur, du bist diejenige, die mit Kraft um sich schmeißt."

„Hallo? Kümmert es irgendwen, was ich will?" fragte Byleth.

NEIN!

„Mich schon." Austin trat zwischen Deans Beinen hervor und stakste langsam die Treppe hinunter, wobei die Energie im Keller ihn aufplusterte, bis er doppelt so dick war wie gewöhnlich. Er streifte Claires Beine im Vorübergehen, warf einen vielsagenden Blick auf ein paar orangefarbene Katzenhaare an Dianas Jeans und ließ sich dann knapp neben dem Mittelpunkt des alten Pentagramms nieder. „Also sag es mir. Was willst du denn, außer der neuesten CD von Cure?"

„Woher weißt du ..."

Er lächelte sie an. „Ich bin eine Katze."

„Aber ..."

„Laß es auf sich beruhen", riet Dean vom Kopf der Treppe her.

Byleth sah ihn an, erkannte, daß er nur ein Mensch war, aber, was noch wichtiger war, auch nicht weniger als ein Mensch, sah die beiden Hüterinnen an, dann die Katze und seufzte. „Schön. Gut. Du willst wissen, was ich will? Das weiß ich nicht, kapiert?"

„Das weißt du nicht?"

„Was bist du – taub?"

„Hört sich für mich ganz nach Mensch an!" erklärte Austin, als seien damit alle Konflikte aus der Welt geschafft.

„Was sagst du jetzt", fragte Diana und durchbohrte ihre Schwester mit einem finsteren Blick. „Wir haben keine Zeit für eine DNS-Analyse. Wer von uns blinzelt jetzt zuerst?"

Selbst durch all die Möglichkeiten hindurch, die sich um sie herum aufbauten, spürte Claire Dean. Das hier war mehr als ein Ruf, es war Claires Chance, die Dinge zwischen sich und dem Liebsten ins Lot zu bringen. Mal ganz abgesehen von der Balance zwischen Gut und Böse. Wenn sie den Dämon hier nicht bannte, dann wären Dean und sie dazu verdammt, lange Nächte hindurch nichts als Karten zu spielen. Mit einem Kater, der schummelte.

„Claire? Bitte?"

Claire hatte nicht vor, dem Dämon in die Augen zu sehen, sie wußte nur zu gut, wie die Finsternis funktionierte. Also sah sie statt dessen in die Augen ihrer Schwester und erkannte, daß Diana wirklich an das, was sie da tat, glaubte. Ihr ging es nicht darum, jemandem Widerworte zu geben, bockig zu sein, es ging auch nicht um Geschwisterrivalität auf hohem und möglicherweise explosivem Niveau; es war schlicht und einfach und völlig unerwartet Dianas Versuch, das Richtige zu tun.

Aber ich wurde berufen, das mit dem Dämon zu regeln.

Würde es denn ausreichen, nur das Dämonische am Dämon zu zerstören?

„Vielleicht", sagte sie dann leise, „vielleicht haben wir ja beide recht."

Diana, die spürte, wie die Hitze ihre Brauen ansengte, lächelte erleichtert. „Damit kann ich leben. Byleth?"

Byleth schrie.

MÖGEN DIE SPIELE BEGINNEN.

„Brich ihren Kontakt", befahl Claire und bündelte die Möglichkeiten, die Diana freigegeben hatte.

Es blieb kaum ein Herzschlag Zeit, dann hätte die Hölle sie erreicht. „Wie denn?"

Ehe Claire antworten konnte, schoß ein orangefarbener Blitz an ihr vorbei, prallte auf Byleths Brust und warf die junge Dämonin in einer Explosion aus schwarzem und weißem Licht zu Boden.

„Sie ist frei!"

ICH AUCH ...

Claire traf die Hölle zuerst, mit all der Kraft, die sie aufgebaut hatte, um Dianas Block zu brechen.

NICHT SCHON WIEDER IHR BEIDEN!

Dann schleuderte Diana auch noch die Kraft, mit der sie die Blokkade aufrecht erhalten hatte.

WIR SIND DAS HERZ DER FINSTERNIS! IHR KÖNNT NICHT DIE OBERHAND BEHALTEN!

„Oh doch, und ob wir das können."

„Diana, du sollst dich nicht mit der Hölle streiten!"

Gemeinsam zwangen sie das Herz der Finsternis rückwärts den schmalen Pfad hinab und verweigerten den Möglichkeiten, die es repräsentierte, einer nach der anderen den Zutritt, bis sie die Finsternis wieder genau dahin zurückgedrängt hatten, woher sie auch gekommen war ...

DAS FÄNGT WIRKLICH AN, MIR AUF DEN KEKS ZU GEHEN!

... und versiegelten das Loch ganz dicht.

ICH KOMME WIEDER!

JUHU! SCHWARZENEGGER!

HALT DOCH DAS MAUL!

AUA!

Diana sank neben Byleth in die Knie, schlang beide Arme um Samuels leblosen Körper und starrte besorgt in dessen goldene Augen. „Alles in Ordnung?"

Er versuchte, sich auf ihr Gesicht zu konzentrieren. „Mir tut der Schwanz weh."

„Entschuldige." Hastig nahm Diana das rechte Knie hoch und setzte es woanders ab.

„Ja. Das ist besser."

„Mit dem ist alles in Ordnung." Austin legte eine Pfote auf die Flanke der jüngeren Katze. „Das war sehr tapfer, was du da gemacht hast, Jungchen."

„Das war ziemlich gefährlich", verbesserte Claire, löste sich aus Deans Umarmung und trat neben die Gruppe. „Wer bist du und woher kommst du?"

Diana seufzte. „Beruhige dich. Er heißt Samuel, und er ist mit mir zusammen."

Ein Satz Krallen fuhr in den Ärmel ihrer Jacke und ein paar Daunenfedern rieselten herab. „Bin ich das?"

„Bist du's denn nicht?"

Er rieb sich den Kopf an ihrer Wange. „Doch."

Claire öffnete den Mund, um weitere Informationen zu erbitten. Aber der Ausdruck in Austins Gesicht befahl ihr zu schweigen. Lächelnd schüttelte sie den Kopf. „Dann willkommen in der Familie, Samuel!" Als Diana überrascht aufsah, verblaßte Claires Lächeln. „Du jedoch steckst immer noch tief in der Tinte."

„Ich hatte ..." Diana hatte ‚recht' sagen wollen. Ein Blick an Claire vorbei auf Dean, der warnend den Kopf schüttelte, veranlaßte sie jedoch, statt dessen lieber zu sagen: „unrecht. Es war nicht recht von mir, einer älteren Hüterin so zu trotzen, aber für ein anderes Vorgehen blieb mir keine Zeit. Es tut mir nicht leid, daß ich getan habe, was ich tat, aber es tut mir leid, daß wir so aneinandergeraten mußten." Sie drückte Samuel an die Brust und streckte die Hand aus: „Wollen wir uns wieder vertragen?"

„Ich bin immer noch wütend auf dich."

„Das weiß ich."

„Das war schlimmer als damals, als du meinen BH mit zur Schule genommen hast, um im Sachkundeunterricht einen Vortrag darüber zu halten!"

„So schlimm war der BH doch gar nicht!"

„Diana!"

„Ich weiß."

Claire blickte hinab auf ihre und Dianas ineinander verschlungenen Hände und konnte sich nicht daran erinnern, wann genau ihre Finger aufeinander getroffen waren. „Diesmal ist aber mehr nötig als eine Entschuldigung."

„Dann sag mir, was ich tun muß, oh ältere, weisere, wenn auch kleinere Hüterin!"

„Hör auf!" Mit zuckenden Mundwinkeln gab Claire Dianas Hand frei. „Du hattest recht, und das weißt du auch, und es besteht kein Grund, so nervig darauf herumzureiten." Ehe Diana ihr widersprechen konnte, war Claire auf Byleths anderer Seite niedergekniet. „Laß uns noch rasch dies kleine Problem hier beheben, ehe sie wach wird und uns alle noch einmal durch diese ganze ... Unentschlossenheit jagt. Beim nächsten Mal gehe ich nämlich nicht so sanft mit dir um." Aber das Auge, dessen wild geschminktes Lid Claire nun hochzog, war blaßgrau, und auch der Rest des jungen Körper zeigte keinerlei Spuren von Finsternis. „Seltsam! Der heftige, unerwartete Stoß, mit dem Samuel sie von der Unfallstelle geschubst hat, muß wohl den letzten Rest Finsternis aus ihr herausbefördert haben!"

Als niemand mit einer besseren Erklärung aufwarten konnte, setzte sich Claire auf die Hacken und spreizte die Hände. „Was nun? Was machen wir nun mit ihr?"

„Was haltet ihr davon, wenn ich sie in ein Bett trage und wir alle dann eine Weile über diese Frage nachdenken?" schlug Dean vor und trat zu ihnen. „Ihr beiden müßt nicht immer sofort die richtigen Antworten parat haben."

„Offenbar hast du das Handbuch nicht gelesen", schnaubte Diana.

Claire ignorierte ihre Schwester mit der Leichtigkeit eines Menschen, der siebzehn Jahre seines Lebens in der Gesellschaft einer Katze verbracht hat. „Das ist eine gute Idee. Ich bin sicher, wenn wir alle ein wenig Abstand zu der Sache hier gewonnen haben, fällt uns schon etwas ein."

„Dann schaffe ich sie also in mein altes Zimmer." Er schob Byleth die Arme unter Schultern und Knie und hob die junge Frau mühelos hoch. „Das liegt am nächsten."

Claire, die zur gleichen Zeit wie Byleth vom Boden hochgekommen war, streckte die Hand aus und preßte sie kurz an Deans Wange. „Entschuldige, daß ich mein Versprechen nicht gehalten habe, den Dämon zu bannen."

Er lächelte. „Ich habe das Gefühl, das hat nichts zu sagen."

„Meinst du?"

„Ja."

„Ja!"

„Hilfst du mir entschlüsseln?" fragte Diana und starrte ihrer mit einem Mal so fröhlichen Schwester hinterher, die Dean und seiner Last die Treppe hinauf folgte.

Austin schüttelte den Kopf. „Das willst du gar nicht wissen."

„Äh, Austin, wegen Samuel ..."

„Was ist mit ihm?" Er warf ihr einen Blick zu, wie man ihn für gewöhnlich bei ihm zu sehen bekam, wenn ihm gleichzeitig kleine Federn aus dem Maul ragten.

Plötzlich verunsichert setzte Diana den orangefarbenen Kater auf dem Fußboden ab und stand auf. Sie hatte das deutliche Gefühl, nun würde sie alle Vorteile nutzen müssen, die ihre Körpergröße ihr verlieh.

„Er weiß Bescheid", teilte Samuel ihr mit, ehe sie sich noch eine Antwort hatte ausdenken können. „Er weiß, was ich war."

„Wirst du es Claire sagen?" fragte Diana den älteren Kater, wobei sie hoffte, er würde nicht mitbekommen, wie sehr sie diese Vorstellung ängstigte. „Nach allem, was wir mit Byleth durchgemacht haben, würde sie Samuel nicht in der Nähe haben wollen, wenn sie wüßte, wer er war. Sie würde befürchten, alles könnte sich wiederholen."

„Hey! Als wär' das mein Bier, wie ihr beiden verrückten Hühner zueinander gefunden habt!" kicherte Austin hämisch und machte sich auf den Weg, die Treppen hinauf. „Claire, denke ich, wird in nächster Zeit erst einmal mächtig was anderes zu tun haben." Auf halbem Weg jedoch drehte er sich noch einmal um und starrte prüfend in goldene Augen, die sich dicht hinter ihm befunden hatten und sehr besorgt dreinschauten. „Wenn du auch nur andeuten willst, ich sei zu alt, hier hochzusteigen, dann knipse ich dir ein Loch in deine jungfräulichen Ohren!"

„Das hatte ich doch gar nicht vor."

„Du bist ein miserabler Lügner."

„Es tut mir leid."

„Das sollte es auch, Kindchen, das sollte es auch."

Claire erwartete sie am Fuß der Treppe zum Erdgeschoß. „Dean gräbt irgendwo noch eine Wolldecke aus. Diana ..."

„Ich dachte, wir hätten das geklärt?" verlangte Diana zu wissen, während sie beide Arme vor der Brust verschränkte, trotzig das Kinn hob und ihr Bestes gab, die Maxime, der zufolge Angriff die beste Verteidigung sei, in die Tat umzusetzen. „Hör mal, ich habe gewußt, daß es dein Ruf ist, und ich hätte mich nicht einmischen dürfen, aber du mußt doch zugeben, daß du hier nach deinen eigenen Prioritäten vorgegangen bist, weswegen du nicht sehen konntest, was für mich so offensichtlich war. Wenn ich dich nicht aufgehalten hätte, hätten wir all das Potential verlieren können, das Byleth repräsentiert!"

„Ich will dem gar nicht widersprechen." Claires Ton war so milde, daß Diana sich auf das Schlimmste gefaßt machte. „Ich wollte doch nur fragen, ob unsere Eltern wissen, wo du bist."

„Unsere Eltern?" Diana brauchte einen Moment, um sich zu vergegenwärtigen, was das bedeutete. „Nein! Ich war so darin vertieft, dich aufzuhalten und Byleth zu retten, ich habe komplett vergessen, sie anzurufen!" Verzweifelt klopfte sie sämtliche Taschen ab, bis ihr einfiel, daß sie ihr Handy ja hatte zu Hause lassen müssen. „Mist! Ich werde vom Büro aus telefonieren müssen."

Mit einem Fußtritt fegte sie die Pferdeäpfel beiseite, die sich zu ihren Füßen gesammelt hatten und rannte die Treppe hinauf, wobei sie immer zwei Stufen auf einmal nahm und Samuel ihr auf den Fersen folgte.

Claire und Austin gingen den beiden etwas gesetzter nach.

„Du hast doch nicht vor, ihr diesen kleinen Zwischenfall endlos aufs Butterbrot zu schmieren, oder?"

Claire schüttelte den Kopf, wobei sie zufrieden lächelte. „Muß ich nicht. Ich hab's den Profis übergeben!"

Als sie in die Eingangshalle traten, hörten sie auch bereits ein verzweifeltes „Aber Mama, ich hatte doch vor anzurufen!", gefolgt von einem Kichern.

Kater und Hüterin wechselten verwirrte Blicke: Kichern?

Ehe sie noch Zeit hatten, dem Ganzen nachzugehen, flog die einzige andere Tür in der Eingangshalle auf, und ein kleiner viktorianischer Fahrstuhl kam zum Vorschein. Dean und Jacques hatten ihn im Herbst repariert, aber als sie dann auf ihrer Jungfernfahrt tapfer dorthin gefahren waren, wo kein Fahrstuhl vor ihnen je gewesen war, hatte Claire das Betreten des Gefährts verboten. Sie wollte es sich erst ganz genau ansehen, wozu dann aber keine Gelegenheit mehr gewesen war. Claire war aus dem Hotel abberufen worden, ehe es zu einer genaueren Prüfung hatte kommen können.

Nun trat ein kleiner, gnomenhafter Mann aus der Fahrstuhltür, am Arm einen ältlichen Rotschopf – das Rot aus der Tube! – von beträchtlichem Format. Die beiden trugen offenstehende Parkas, unter denen limonengrüne Badeanzüge für SIE und IHN im Partnerlook hervorlugten und zogen eine feine, weiße Sandspur hinter sich her, die darauf schließen ließ, daß sie eben vom Strand kamen. Als die beiden Claire und Austin erblickten, blieben sie mit einem Ruck stehen.

„Augustus? Mrs. Abrams? Was ... wo ...?" Als Claire zu der Erkenntnis gelangte, daß der Schock sie wohl dazu treiben würde, den ganzen Nachmittag lang stotternd einsilbige Fragen hervorzustoßen, auf die sie eigentlich gar keine Antwort haben wollte, gelang es ihr, sich zusammenzureißen. „Lassen Sie. Spielt keine Rolle."

Smythe schnaubte so heftig, daß sein Schnurrbart fast eine Rolle vorwärts gedreht hätte und trat vor. „Wurde ja auch Zeit, daß Sie sich blicken lassen!"

„Wurde es?"

„Ich denke doch! Wir beide sitzen nämlich in zwei Stunden schon in einem Zubringerflugzeug nach Toronto, und dann geht's ab ins sonnige Florida!"

„Florida?"

„Wir haben eine entzückende kleine Eigentumswohnung in einem Seniorenwohnblock ganz in der Nähe des Meeres ergattert." Mrs. Abrams schlang beide Hände um Augustus' Bizeps und strahlte. „Sie müssen uns dort unbedingt besuchen kommen, Connie!"

„Claire." Das alles war ein wenig mehr, als Claire bewältigen konnte.

„Keine Widerrede", warnte Smythe. „Das ist unhöflich. Außerdem", fuhr er fort, sein Knurren nun an die Gefährtin an seiner Seite gerichtet, „... kann sie nicht kommen. Sie wird ja hier sein."

„Nein!" Erschrocken hob Claire die Hände. „Ich bin nicht ..."

„Doch! Sie sind die neue Hüterin für die gesamte Region. Rufen Sie doch von Zeit zu Zeit mal Ihre verdammten E-Mails ab! Da sind Sie ja, McIsaac, ich habe mich schon gefragt, wo Sie sind. Dachte mir, daß Sie nicht weit sein können."

„Mr. Smythe? Mrs. Abrams?" Deans erstaunter Blick glitt an den limonengrünen, hochgeschnürten Ballons unter Mrs. Abrams Parka ab und wanderte danach in der Eingangshalle umher, unsicher, wo er sich denn nun gefahrlos niederlassen konnte.

„Hallo, mein lieber Junge! Mein Gott, Sie sehen aber gut aus."

„Danke. Sie ... ähm ... auch."

Mrs. Abrams gab Augustus' Arm lange genug frei, um auf die Fahrstuhltür zeigen zu können. „Wir haben schon mal ein wenig an unserer Sonnenbräune gearbeitet."

„Wir haben keine Zeit zum Plaudern!" Ein Finger mit dicht behaarten Knöcheln zeigte drohend auf Dean. „McIsaac wird das Hotel leiten." Dann änderte der Finger die Richtung und bedrohte nun Claire. „Sie kümmern sich um alles Metaphysische von Brockville bis Belleville, und das Haus hier ist Ihr Stützpunkt. Er muß mehr sein als nur Ihr Lustsklave, die Gegend hier braucht eine permanente Hüterin, und Ihr Kater macht auch ganz den Eindruck, als könne er es gut vertragen, mal ein paar Nächte irgendwo zu schlafen, wo es gemütlich ist."

„Er hat nie ungemütlicher schlafen müssen als in einem Motel Six!" protestierte Claire.

„Das war schrecklich!" stöhnte Austin.

„Zweifellos!"

„Warten Sie! Nicht so schnell!" Claires Drang, Smythe am Arm zu packen, schwand, als der Mann ihr einen wütend funkelnden Blick zuwarf. „Hüterinnen meines Alters bindet man nicht an einen Ort."

„Die Zeiten ändern sich. Dank der modernen Kommunikationsmöglichkeiten, moderner Transportmöglichkeiten und Lycra können Hüter heutzutage an Unfallstellen gelangen, ehe die die Chance haben, so groß zu werden, daß sie wirklich gefährlich sind."

„Ich habe bereits gefährliche Unfallstellen geschlossen!" widersprach Claire pikiert.

„Nun, und? Sind Sie tot? Dann widersprechen Sie mir nicht. Noch vor einem Jahrhundert hätten Sie viele Rekorde brechen müssen, um in Ihrem Alter noch am Leben zu sein! Aber jetzt sterben immer weniger Hüter, mehr Hüter bleiben am Leben, und die Familie kann größere Teile der Welt flächendeckend sichern und trotzdem ein halbwegs normales Leben führen. Reine Mathematik. Ihre Schwester wird wahrscheinlich die ersten Jahre ihres Hüterlebens damit verbringen, Unfallstellen zu schließen, die bislang noch niemand schließen konnte, weil dazu niemand mächtig genug war. Wenn sie sich nicht vorher selbst ins ewige Himmelreich katapultiert."

Das hörte sich gut an. Aber irgendwo mußte doch noch ein Haken sein. „Also wird uns die Welt irgendwann gar nicht mehr brauchen?"

„Habe ich gesagt, die Menschen wären schlauer geworden?" Er wandte sich zu Mrs. Abrams. „Hast du mich je sagen hören, daß die Menschen schlauer werden?"

Sie strahlte auf ihn hinab. „Ganz sicher nicht, mein Wonnekloß!"

„Sehen Sie! Die dummen Arschlöcher auf der Welt werden immer jemanden brauchen, der hinter ihnen herräumt. Sie kriegen nur die Chance, hier glücklich bis ans Ende Ihrer Tage zu leben, während Sie dieses Aufräumen besorgen. Wir beide, wir ziehen uns jetzt um, und dann sind wir auch schon weg. Kommst du?"

„Ich komme, mein Wonnekloß."

„Das war surreal!" bemerkte Austin erschüttert, als die beiden um die Ecke des Büros bogen und dann in Augustus Smythes Apartment verschwanden.

Claire sah sich mit einem merkwürdig unsicheren Gefühl im Bauch im Hotel um, hörte dann aber auf, sich umzuschauen, als ihr Blick an Dean hängen blieb. „Du möchtest bleiben, nicht?"

Er zuckte die Achseln. „Du trifft die Entscheidung, Boß."

„Nein, wir beide zusammen."

Er wollte das ablehnen, schüttelte dann aber entschieden den Kopf. „Ja, ich möchte bleiben."

„Weil du mehr sein möchtest als mein Lustsklave?"

„Das habe ich nie gesagt. Versprich mir nur eins", fügte er einen Moment später hinzu, wobei er ihr Gesicht in beide Hände nahm und es weit genug von sich weg hielt, daß er ihr in die Augen sehen konnte. „Nenn mich nie Wonnekloß."

Claire erschauderte. „Ich glaube, das kann ich dir problemlos versprechen."

„Hey!"

Die beiden traten auseinander, als Samuel und Diana in die Halle kamen.

„War das der, für den ich ihn halte?"

„Ja."

„Mit ...?"

„Ja."

„Warum?"

„Sie ziehen zusammen nach Florida, Dean übernimmt das Hotel, und wenn man Augustus Smythe für vertrauenswürdig hält, was er natürlich nicht ist, dann bin ich jetzt zuständig für ein bestimmtes Gebiet", mit diesen Worten tätschelte Claire fast liebevoll eine der jägergrünen Wände, „und zwar für das, was um dies Haus hier herum liegt."

Diana verzog spöttisch die Lippen. „Mann oh Mann, das ist ein derartig glückliches Ende, ich glaub', ich kotz' gleich!"

„Zieh eine Nummer, du bist nicht die einzige", empfahl Austin.

Claire schenkte beiden keinerlei Beachtung. „Was hat Mama gesagt?"

„Daß ich das Richtige getan habe und wir über alles andere reden, wenn ich wieder zu Hause bin."

„In Wirklichkeit hat sie gesagt ...", hob Samuel an, unterbrach sich dann aber selbst, als Diana ihn anfunkelte.

„Also, was machen wir denn nun langfristig mit Byleth?" Diana wollte das Thema wechseln. „Sie könnte hier bei euch wohnen, Platz habt ihr. Ich glaube, ihr beide würdet wunderbare Eltern abgeben."

Dean erbleichte. „Ich habe eine bessere Idee." Er zog einen Umschlag aus der Tasche. „Das hier habe ich in ihrer Jackentasche gefunden. Adresse und Telefonnummer von Mr. und Mrs. Porter und eine Notiz: ‚Wann immer Sie uns brauchen, rufen Sie ruhig an.'"

„Ich weiß nicht ...", setzte Claire an.

Er reichte ihr den Umschlag. „Auf den I ist jeweils ein Herz statt eines Punktes."

„Dann verdienen sie einander. Auch wenn ..." Claire seufzte nachdenklich und betrachtete mit gerunzelter Stirn die Herzchen. „Einen Ex-Dämon auf die Welt loszulassen – die Idee will mir nicht recht gefallen."

„Sie wird da auf die Oberschule gehen!" gab Diana ein wenig finster zu bedenken. „Da zahlt sie, aber reichlich, für alles Dämonische, was sie in der kurzen Zeit, in der sie hier war, hat zuwege bringen können."

„Da hast du allerdings recht." Der Umschlag wechselte in Dianas Hände. „Die Kleine ist dein Projekt, Diana, dir gebührt die Ehre!"

„Gut, aber ich rufe von dem Telefon in Deans altem Zimmer an. Ich habe so was von keine Lust, noch mal Mr. und Mrs. Fürchterliche Alte Menschen zu begegnen!" Sie machte auf dem Absatz kehrt und blickte sich suchend in der Halle um. „Samuel?"

Gerade als sie anfangen wollte, sich ernsthaft Sorgen zu machen, tauchte der Kater heftig kauend aus dem Fahrstuhl auf.

„Komm schon, wir gehen Byleths Leben ruinieren! Was kaust du denn da?" fragte sie dann, als die beiden sich anschickten, die Kellertreppe hinunterzulaufen.

„In dem Zimmerchen da hat jemand ein Stück Tintenfisch liegenlassen."

„Igitt. Friß nichts, was du auf dem Boden findest."

„Ich bin zwanzig Zentimeter hoch. Meine Möglichkeiten sind gewissermaßen eingeschränkt."

Als die Stimmen von Diana und Samuel verklungen waren, glitt Claire wieder in Deans Arme, schob ihre Hände unter seinen Mantel und grinste ob seiner Reaktion auf die Eiseskälte ihrer Finger. „Jetzt, wo die Hölle erneut nicht mehr Teil des Gesamtbildes hier ist, mußt du aber wirklich eine Heizung einbauen!"

„Ich weiß. Claire? Ich habe mich gefragt ..."

„Erdgas ist wahrscheinlich billiger."

„Das nicht ..."

Ihre Hände glitten tiefer. „Sobald wir sie alle los sind."

„Nein. Doch. Ja. Warte." Er packte ihre Handgelenke, solange er sich noch in der Lage sah, sie zu stoppen. „Der Engel ist weg, was?"

Sie knabberte an seinem Hals. „Nicht ganz. Diana hat ihn in einen Kater verwandelt."

„Samuel?" Dean preßte die Schulterblätter gegen die Wand und löste sich weit genug von Claire, um auf Austin hinabblicken zu können.

„Samuel!" bestätigte Austin. „Aber Diana meint, Claire weiß das nicht, also behalte es für dich."

„Warum?"

Der Kater zuckte die Achseln und wickelte sich den Schwanz um die Vorderpfoten, wobei es ihm irgendwie gelang, wie ein kleiner, pelziger, einäugiger Buddha auszusehen. „Das ist so eine Sache zwischen älterer und jüngerer Schwester. In ihrem Bestreben, einen winzigen Zipfel Oberhand zu behalten, muß Claire Sachen wissen, von denen Diana nicht weiß, daß sie sie weiß. Weil Diana hütertechnisch soviel mächtiger ist."

„Gut. Aber könnte die ganze Sache ..."

„Nein. Er ist jetzt genausowenig ein Engel, wie das Mädel eine Dämonin ist. Als er sie von dem Loch geschubst hat, haben die beiden sich sozusagen ausgelöscht."

„Dann hat er also gewußt, daß das so kommen würde?"

„Spielt das denn eine Rolle?"

„Wohl nicht."

„Ich würde mir über Samuel keine Gedanken machen", erklärte Austin beruhigend. „Er ist eine Katze."

„Was heißt das?" wollte Claire wissen, die sich wieder in den Kreis begeben hatte, den Deans Arme bildeten.

„Das heißt – und müßt ihr beiden das direkt vor meiner Nase abziehen? –, daß er immer noch ein höheres Wesen ist."

Tanya Huff bei Feder&Schwert:

Die Chronik des Blutes

Blutzoll

Blutspur

Blutlinien

Blutpakt

Blutschuld

***

Die Chroniken der Hüter

Hotel Elysium

Auf Teufel komm raus

Hüte sich, wer kann

(4. Quartal 2005)